谨以此文，献给我历尽沧桑的先辈们，

缅怀他们虽非绝无仅有但极其罕见的人生旅程。

也献给在他们每次人生的至暗时刻，

如烛光般温暖他们的那些生命过客。

——

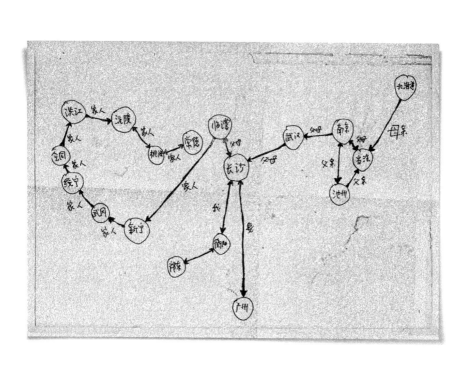

天地扬尘

潘峰 著

湖南文艺出版社
HUNAN LITERATURE AND ART PUBLISHING HOUSE

图书在版编目（CIP）数据

天地扬尘 / 潘峰著. -- 长沙：湖南文艺出版社，
2023.4（2023.6重印）
ISBN 978-7-5726-0051-7

Ⅰ. ①天… Ⅱ. ①潘… Ⅲ. ①长篇小说－中国－当代
Ⅳ. ①I247.5

中国国家版本馆CIP数据核字（2023）第028521号

天地扬尘
TIANDI YANGCHEN

作　　者：潘　峰
出 版 人：陈新文
责任编辑：徐小芳　向朝晖　李雪菲　刘　敏
特约编辑：朱雪华
装帧设计：文　俊｜1204设计工作室（北京）
内页插画：文　俊｜1204设计工作室（北京）
内文排版：刘晓霞
出版发行：湖南文艺出版社
　　　　　（长沙市雨花区东二环一段508号　邮编：410014）
印　　刷：长沙超峰印刷有限公司
开　　本：880 mm×1230 mm　1/32
印　　张：15
字　　数：262千字
版　　次：2023年4月第1版
印　　次：2023年6月第2次印刷
书　　号：ISBN 978-7-5726-0051-7
定　　价：68.00元
　　　　　（如有印装质量问题，请直接与本社出版科联系调换）

目 录

I

两旁古老庄严的石兽雕塑上，年轻的父母神采飞扬，骑着自行车，驮着小狗，驰骋在六朝古都的宁静霞光中。……过去的风雨兼程，都已经过去，未知而明亮的未来等待着他们。延安、延安，等着我们！

夜晚的山风凛凛吹来，父亲低头看看脚下黑黝黝的山谷，举头仰望明月高照的夜空，山高月冷，风寒兽鸣，前路茫茫，不知所往。回想这些年走过的路，曾经的年轻梦想似乎并不遥远，但想不明白自己此时此刻何以竟带着家人，深夜无助地站在这异乡的高山之巅，自己此生将向何处去，更是毫无头绪，一片惘然。父亲不由面对夜空，仰天长叹。

在马路巷里，人们常常会看到一队十多个金发碧眼的修女，穿着黑袍披着黑色头巾，一个接一个地低头穿过巷子，如同一列黑鱼无声地从溪水中划过……而永生堂里总会在每个礼拜天，从彩色玻璃窗里传出管风琴的奏鸣和唱诗班的吟唱声。

父亲在掩埋娟娟的土上插了一根虬曲的大松枝以做标记。……母亲找了些湘西的烈酒，把自己灌醉。……默默地将山鸡笼子提到面向山坡的窗口，打开笼子，呼唤着小妹的名字，说："真好啊，你自由了，不用再受苦了……"山鸡一振翅，飞入山中。

不知道过了多久，我从昏死中恍惚睁开双眼，先看到头上漫天璀璨的星空，再看到周围很多的人脸簇拥着从上往下看着我，再近处就是一张布满油脂的红色关公的脸……母亲心疼不已，边给我找药涂拭边问我："谁救了你？"我说："关公。"

沈从文自己描述这两栋房子外观颇像"黄色的蒸糕"。……闲时我就趴在芸庐林徽因、梁思成喝茶观赏沅江的二楼阳台栏杆上，远望长河，看大小竹筏顺流而下……穿过橘园，便可以看到永生堂已经略显破败的尖顶。

父亲第一次被叫到学校大礼堂批斗前，心里忐忑不安，毕竟这辈子从来没有过这样的经历，自己被警察抓过，被土匪追过，被日本人炸过，但面对上千人在台上接受批斗，却是前所未有过。

我从车窗里探出身来向站台上的徐敏挥手告别时，徐敏终于忍不住，一把捂住自己的双眼，失声痛哭起来。这一别，又不知何时能见，但一诺既成，万山难阻。

在用娟秀的毛笔书写在竖格的黄色信纸上的文字最后，江泉写道："青灯黄卷，万籁无声，茫然四顾，不禁怆然泪下……"

有天傍晚，外面下起了雨，我正一个人在房间里坐着发呆……突然有人敲门。我打开门，惊愕地看见父亲一身湿淋淋地背着个土布包站在门口，雨水使父亲花白的头发一缕缕紧贴在他消瘦的脸庞上……

春天，头一年的粮食已经在一个冬天吃光了，便是难熬的"春荒"，每天只能吃"薯渣子"……我下田回到肖寡妇家中，忽然发现老寡妇给我端上来一碗热气腾腾的面条，下面藏卧着两个荷包蛋。……肖家6岁的小儿子眼巴巴地在边上看着我碗里的荷包蛋，我忙夹起荷包蛋给他，他却被妈妈甩手一耳光打到墙角："这是沈干部生日吃的，你走开！"

毛政委理了理自己军装的领口，一字一顿地说："第一，这个歌剧是小沈在上级的要求下创作的，内容是歌颂一个村支部书记搞农村建设学大寨的，和林某毫无关系。第二，歌剧中提到'四野'没错，但'四野'150万人，我也是'四野'的，'四野'是共产党的'四野'，不是他林某的'四野'。第三，如果你们觉得应该把小沈抓起来，那应该把我也抓起来，把150万'四野'军人全抓起来！"

由全国各地赶回来的9个兄弟姐妹们排成一队，披麻戴孝，由最小的小弟手捧母亲的遗像，走在母亲的灵柩前。送灵队伍从芸庐慢慢地走出来，两边如潮的人群让开路，严肃静默地目送着我们。

忽然，在人群的后面，一声凭空响起的声嘶力竭的哭嚎刺破了这片肃穆……

这是一个儿子的赎罪，在多年以后，为年轻时的鲁莽冲动。我这些年从来没有和父亲再聊起过衡阳那天晚上的事，父亲也许也刻意回避，也许，已经全然忘却。但此刻，父子之间，一切尽在不言中……

夜雨带着早秋的寒意骤然袭来，而广场上的上千学生竟无人离场。在影片结束时，浑身被淋透的学生们都站起来，随着影片一起高声合唱起了我们的国歌。我热泪盈眶，扭头对导演说："我们作为艺术工作者，能看到这种场景，还有什么可遗憾的呢？"

抬头，忽然发现坟旁一棵盘根错节的老紫藤，以前从未注意，在这清明时分，紫藤花正应季开得极其灿烂。隔夜的一场暴雨，将斑驳蔓延的老藤上成串的紫藤花打落，飘落在新立的花岗岩墓碑上，飘落在墓前叩拜的我们白发苍苍的头发上，飘落在我们已经伛偻的双肩上，又随山风飞扬起来。

而时光永不停滞，白驹过隙，携卷着天地间的尘土，将每一瞬间变成往事。但哪怕这个世界满是尘土，飘荡在虚空中，当太阳出来，风起时，也都是载歌载舞的。

金黄色一望无垠的油菜花在桃源三月的田野盛开，仿如大地连接天际的地毯。在尘土飞扬的大路上，陆陆续续的难民如蝼蚁般从远方缓慢向东而来，路边有一个孩子在每一个清晨到日暮独自守望。

——

开篇

又是一个早春，曙光依然。耄耋之年的我，披衣独起，静坐窗前。花园里正对窗棂是一棵儿子特意种下的吉野樱，枝干上并无一片绿叶，而花开得正盛，粉白花瓣重重叠叠堆满枝头，晨风起，花瓣纷纷飘扬、旋转、坠落，关于我的家族那跨越百年魔幻往事的回忆，便又和无数个难眠的清晨一样不期而至。

年迈者的脑中堆满了记忆，是一个只有入口的仓库。有的东西找不到了，并非时光将它偷走，而是因为它不那么重要，湮没在记忆之海中；而有很多的东西，无论任何时候开启库门，它们总会鲜活闪亮地在那里，仿佛昨天刚刚把它们搬进去，即使时光已经流逝了数十年。关于往事，多数老人随着年华渐去，慢慢全然忘却，有的竟至忘掉亲人的名字。而我偏偏天赋异禀，记忆超凡，从3岁早早记事，几乎生命中每一件事每一个人的名字，甚至当时的神态和衣着，甚至当时的天气以及边上开的花的颜色，我似乎都记得清楚，因为它们当时都有其意义所在，在某一刻点燃过我的生命之火。记忆中有的画面静止肃立如雕塑，有的场景循环流动如江川，有的细语拂过我耳畔如温暖和风，有的呼喊震撼我耳鼓如天雷滚滚，这些记忆如同无数个灿烂烟花爆裂后纷纷落下的碎片，时常毫无征兆地重新浮现在我的眼前。也许是在我偶尔打开一本泛黄的书本时，也许是偶然听到一首老乐曲时，也许是在散步转过一个街角看到一间老屋时，它们便会突然出现，飞扬旋转，如同窗外这些花瓣，然后落到地上，沉静下来，归于尘土。

父母当年为避日寇入侵之战乱，分别从安徽贵池和当涂，经南京、武汉、长沙、临澧、新宁、武冈、绥宁、会同、洪江，走走停停，历时八载，最终到达湘西深山里的神秘古城——沅陵，自此年复一年，沉浮起落，竟至终老一生。而我那从未谋面的自东瀛跨海而来的外婆，在九华山下开满罂粟花的村落里的爷爷，都长久地被深藏在父母心中那不愿开启的秘密花园里。

少年时的我一直不太理解，饱读诗书的父母为何会在颠沛流离的日子里几乎不停歇地生育这么多的孩子，而在给我们起名字时又如此潦草。我也不能理解母亲为什么一辈子眉头紧锁从来不曾开怀笑过，而父亲则总说"很好很好！"，却又无数次地喃喃自语"都是命运注定"。

我父母给我起的名字叫一尘，我九个弟妹们的名字也和我一样都带着"一"，挨个叫起来仿佛道观里的一群道士。年少时，每当我们一家走过湘西山城沅陵那光滑的青石路面街道，路人便会说："'沈一群'又出来了！"

而今当我重燃童年时跟随父母走过的那太多太多的路的记忆，搜寻在我来到这个世界之前他们走过的更多更多的路的踪迹，尘土飞扬的路上遇到的人和事，纷纷跃然于眼前，我仿佛有了答案。尘土无疑是世间最卑微的物质，被江河裹挟，被风云席卷，随雨雪落在地上，踩踏成泥，但当阳光照耀大地时，尘土也会随着微风短暂在空中起舞，在阳光中也是多姿多彩的。我的父母其实已经在我的名字里告诉我："你什么也不是，只是一粒尘土。"同时也启示我："有阳光时，你一定要起舞。"

此刻，八旬已过的我，忽然变成了一个顽皮而好奇的小孩，逆着家族历史的涓流而上，只是采集水中那些晶莹透亮的彩石，将它们如同糖葫芦一样穿起来，永远珍藏，并启示后人。

从哪儿说起呢？先说那片油菜花地吧。金黄色一望无垠的油菜花在桃源三月的田野盛开，仿如大地连接天际的地毯。在尘土飞扬的大路上，陆陆续续的难民如蝼蚁般从远方缓慢向东而来，路边有一个孩子在每一个清晨到日暮独自守望。那年我9岁。

——

漫山遍野的土匪出现时，我正独自坐在高高的车厢顶上，遥看着沅水从夕阳余烬处缓缓淌过来。几乎在落日消失在地平线的同一时间，对面沅江北岸的山坡上突然出现了无数的火把，枪声、呐喊声隔着江水突如其来。

——

第一章

漫山遍野的土匪出现时，我正独自坐在高高的车厢顶上，遥看着沅水从夕阳余烬处缓缓淌过来。几乎在落日消失在地平线的同一时间，对面沅江北岸的山坡上突然出现了无数的火把，枪声、呐喊声隔着江水突如其来。火把也许有几千上万个，对岸刚刚暗下来的山坡瞬间又变得通明透亮，山上的林木被映照得如同无数华光流彩的圣诞树，和保牧师给我看的明信片上一样。我只在四年前沅陵城庆祝日本投降的火把游行时看到过这么多的火把，我着迷地远眺这艳丽的盛景，并不害怕。

正是1949年春上，3月2日。

土匪头子汪天华颇有枭雄之气，早在三天前便将一纸告示贴到了沅陵古城的高墙外，告示黑字白纸，淌着浓浓的墨汁，公开宣布马上要进城。之前守城的国民党军多数早已调走，去和势如破竹一路南下的解放军打仗，这远在湘西的沅陵城只剩下不到一个保安团，而汪天华聚集了号称十万分散于湘西崇山峻岭中的各路匪众，沅陵城肯定是守不住了。

城中的富裕人家，听到风声时，便已陆续携家眷逃离。出沅陵向东往官庄方向的大路上尘土飞扬，绵延不断的是拖儿带女背着细软包裹的车流人流。

父母找到了四年多前和我们逃日本人时一起从临澧过来的挑夫老蒋，他现在县汽车保养场工作，得以方便安排我们全家搭乘县里的货车再次逃难，准备往常德跑。老蒋并非我们家族的亲人，但他在我们家族的漫长故事里会反复出现，屡屡改变和影响着我的人生。

傍晚前父母就带着我和三个弟妹来到沅江南岸的汽车保养场，场内的几十辆车都已经生火，驾驶舱边上伸出的金属管"突突"地喷着黑烟。都是木炭车，美孚油太贵，沅陵的车基本都是烧湘西最常见的木炭。木炭车启动前，要早早把炉子里的木炭点燃，将鼓风机打开，"呼呼"地将木炭烧到通红。

家里的全部家当都在两只大皮箱里，父母把两只大皮箱先放到了货车上，叮嘱我在车上照看着，他们带着弟妹们在边上吃点东西，等待车队统一出发。除了我们家，汽车保养场的车坪里，陆陆续续仍有人拖着行李过来，和我们家一样，都是找了熟人搭车逃难的。车队本计划晚上 7 点开车，司机们忙着往货车上搬运物资，先不让搭车的人上，只有我，爬到了驾驶舱的顶上坐着，远望江岸。

对岸的火把一亮枪声一响，人群顿时乱了起来，有人喊："土匪来了！"接着，车队里有领头的人喊了一嗓子，有一辆车便"轰"的一下先冲了出去，其它所有的车便如同一群在草原上看到了雄狮的鬣狗一般，跌跌撞撞地全都忽然启动，冲出保养场，爬上望城坡，朝东面狂奔起来。坐在驾驶舱顶上的我，被突然启动的货车一下子甩到堆满货物的后车厢里，头撞在坚硬的车板上，不省人事。

等我睁开眼睛，抬头看到的是满天星光。我听到边上几个人在说话："唉！跑得急，没注意车顶上还有个娃。""这是老蒋的朋友家的娃，没事，一会儿就醒了……"

我起身大叫："爸！妈！"几个司机凑过来看我，有人摸摸我的头："没事没事，他们会赶过来的，我们在这里等他们，来，吃点东西！"我一骨碌爬起来，看到停在边上的车，赶紧攀爬上去，看到家里的两个大皮箱还在，这才安心地下来。但我拒绝了他们递过来的馒头，面向西面站着，看着大路的远方。夜已深，黑黢黢的大路上，只有零星的人影经过，悄无声息，形如鬼魅。我问司机们："车开了好远?"有人告诉我，现在我们在官庄，离沅陵县城 90 里路。我不语，开始在心里计算，即使父母弟妹们每天走 30 里路，也要等三天，不由悲从中来，低头拭泪。

第二天一早，我仍然什么也不吃，只是固执地坐在大路边，在西面过来的难民人群中搜寻着父母和弟妹们的身影。中午时分，远处开来一辆木炭车，老蒋从车上跳了下来，看到我，长吁了一口气，将我抱在怀里。老蒋告诉我，土匪来时他和我父母也冲散了，他找到了保养场别的车先搭车赶了过来。

司机们告诉老蒋："这娃昨晚到现在什么都不肯吃!"老蒋拉着我："叔带你吃点好的!"老蒋把我带到官庄一家狗肉店，点了个腊狗肉火锅，就着里面红彤彤的辣椒和油汪汪的狗肉，我吃了三碗饭。老蒋拍拍我的头："你是沈先生家的老大，多吃点，早点能帮你爸妈照顾你那一群弟弟妹妹!"我放下碗筷，眼泪流了下来："他们能找到我吗?"老蒋说："放心，往常德只此一条路，再等两天!"

第三天，我正坐在路边痴痴远望，老蒋忽然过来跟我商量，说车队接到命令，必须全部去桃源集中，马上就要动身。我说那你们走，反正我不走，我就在这等爸妈。老蒋面露难色，拉我站起来，让我看看路上衣衫褴褛的行人，又让我看看野地里时时出现的野狗，说："你一个小孩子，自己在这太不安全，出了事我没法和你爸妈交代。桃源也不是很远，也在这条路上，到那里我们就不走了，一直等，你爸妈他们，一周不到 10 天总到了，10 天不到半个月终归会到了。"

天色渐暗，早春带着寒意的晚风吹来，旷野里传来野狗的吼叫，我想了想，终于点头同意。一队木炭车，又轰鸣着吐着黑烟继续向东北往常德所属的桃源方向开去。

车队到达桃源县境内的八字路口，附近就是陶渊明的《桃花源记》描写的所在："晋太元中，武陵人捕鱼为业。缘溪行，忘路之远近。忽逢桃花林……"但我没有看到世外桃源，只看到城乡满目疮痍；也没看到桃花，只看到满田野无人照料的油菜长得郁郁葱葱，油菜花尚未开放，但近看已经有万千花苞在瘦长的绿枝上摇曳。

汽车保养场就在大路边，每天几十辆车从油菜花环绕的场坪里出出进进，有一辆年久失修已经彻底坏掉的车停在路边，风吹雨打，锈迹斑斑。我让老蒋帮着把家里那两只大皮箱放到这辆破车的驾驶舱里，我自己则爬上了车顶，开始了我的守望。

听说桃源离沅陵有 300 里路，父母和弟妹们没有十来天应该走不到，但我想，万一他们像老蒋一样搭上了便车呢，也许明天就到，也许，他们一会就到了。

我在白日的灿烂春光中如同一座雕塑，在晚霞漫天时成为夕阳下的剪影，以不变的姿势眺望西南方向的天际，那里大路朝天，每天有各种陌生的面孔纷至沓来，唯独没有我的家人。当夕阳的余晖散尽，原野重归一片漆黑，路上不再有人迹，我便钻进驾驶舱里，搂抱着大皮箱睡去。我睡得很浅，只要听到外面稍有动静便爬起来张望。有时，仿佛听到有妹妹的哭声，我一跃而起，只看到一家赶夜路的人匆匆经过，有和妹妹一样大小的孩子在她父母怀中啼哭。我想起我的三个弟妹，妹妹最小，才三岁多，爱笑，笑起来眼角向上扬，我最喜欢她。我想念他们。

有时我下车走到原野里撒尿，看到脚下油菜花的花苞在花枝上更加密了，一根半米长的柔软花枝上，一簇簇竟然有几十个花苞。放眼望向一直连到目光尽头的原野，岂不是有几万个、几十万个、几百万个花苞？我无法计算出到底有多少花苞，但我知道，花儿不久就要开放了。

春季的湘北，有潮湿的风从东面吹来，遇到西边的武陵山脉，便会化作甘霖。有时候，前一分钟还阳光明媚，倏忽间就大雨滂沱，我来不及躲进车厢内，便干脆任由并不太寒冷的雨水将我浇透。我观察着在雨中摇曳的万千朵油菜花苞，它们仿佛无数的精灵在原野中跳舞。我知道它们有了这春雨的滋润，将会很快盛开了。而当油菜花盛开的时候，我肯定就能和我的家人重逢了。"下吧！下吧！让花儿快点开！"我心里默默地说。

有人将雨衣罩在了我的身上，我扭头，看到浑身湿透的老蒋站在我身后，责怪我为什么不躲下雨。我指着油菜地，说："油菜花开的时候，我爸爸妈妈就来了。"老蒋苦笑一下，用手抹去我脸上的雨水，问我："如果他们不来了，你会跟我走吗？"我诧异地问："你要去哪里？"老蒋叹口气："世道太乱，我想回老家四川去了。"我说："那你走吧！"老蒋不语，抬头看看雨快停了，说："我去给你拿吃的和干衣服，赶紧换了。"

一周又过去了，千万朵油菜花苞里已经有零星的开始绽出了花瓣，我仿佛能听到花瓣伸展开的声音。你绝不可能听到一个花苞绽放的声音，但几千个、几万个同时绽放呢？我真的听得到，劈里啪啦的，如同一场盛大的交响乐。但大路上，西面过来的人多一阵少一阵，仍然没有我的家人。

老蒋又爬上来和我聊天，告诉我，这两天就有便车可以去四川，但他放心不下我；又说这兵荒马乱的年代，我父母也许改变计划去其它地方了也难说，这样等下去不是办法；又说他在老家四川还有几亩地，自己也没结婚没孩子，如果我愿意，可以认我做干儿子，我父亲对他有恩，他一定不会亏待我的，知道我学习好有文化，到四川可以供我继续读书。

我不再理睬他的絮絮叨叨，跳下车，在油菜花地里撒了泡尿，摘下一枝已经完全开放的花枝，衔在嘴里，路边就地坐下，呆呆地看着大路尽头。

又10天过去了，老蒋终究还是没有走，只是默默地每天给我送吃的，然后陪我坐很久，什么话也不再说。

原野里的油菜花已经完全盛开了。大地成了一块黄灿灿的毯子，我想，如果我能飞到天空俯瞰，这个车辆保养场那栋灰蓝色的房子，一定就像黄色地毯上的一块斑点，而中间长长的灰黑泥土大路，就像一条深色缎带，将艳黄的毯子一切为二。蜂群在花间忙碌，蝴蝶在花间飞舞，对于它们，季节的馈赠如约而至，无论人世间是怎样一副凄凉景象。

我想起在沅陵每年也有油菜花盛开，只是沅陵是山城，并无这里这般广阔的田野，村民们会在山脚下、屋檐旁、梯田间见缝插针地撒下油菜花种子，在春天也会开出成片的油菜花，等到菜籽成熟后，打下来送到油坊榨出香喷喷的菜籽油。家里经济稍宽裕点时，做饭的老婆婆会用新出来的菜籽油，给我们油炸灯盏窝吃。

我想念我们在沅陵龙兴讲寺里的家。自从四年前逃日本鬼子翻过雪峰山流落到这个古山城，全家人挨了无数的饿，流落街头，父母好不容易一步步安顿了下来，没想到土匪又来了。之前不管怎样艰难，我都和父母弟妹在一起，到晚上，家人闲坐，灯火可亲。而现在，只剩 9 岁的我一个人，坐在这油菜花地里，独自守望。

一周时间又飞快地过去了，算一下我和家人已经离散近一个月。我看看那些盛开的黄色花儿，它们已经开到了最璀璨的样子，有些花朵开始显露出即将萎谢的迹象，整个原野是一种达到顶峰后即将盛极而衰的灿烂。我忽然下了个决心。

我告诉老蒋，说我再等几天，如果等到这些花儿都谢了父母还没来，我就不再等了。老蒋有些期待地看着我："就跟我去四川？"我说："不，我就往回走，往沅陵走，去找他们！"

接下来的一个清晨，经过隔夜的大雨后，太阳出来了，明媚的晨光中，空气里弥漫着泥土的清香，野地里的鸟儿鸣叫得分外热闹，不知道它们是在蹦跳着啄食泥土中雨后的蚯蚓，还是在向我透露某种玄机和信号。大路上，这一天从西面过来的难民队伍似乎比平日更为密集。我的心突然剧烈地跳动，感觉今天一定有什么大事情要发生。我又担心也许什么也不会发生，和过去一个月里的每一天一样。我在车顶上远远看着油菜花地，发现成片的花朵已经在加速凋零。

这时，忽然有熟悉而急促的声音传来，有人在呼唤："临临！临临！"我四下张望，并不见人影。忽然，父亲的头从车厢边冒了出来，我看到一身青蓝色长褂的他正费力地往车顶上爬。我一骨碌跳下车，等父亲下来，扑入他怀中，失声痛哭。父亲紧紧捏着我的手，捏得我很疼，仿佛他只要一松手，我又会凭空消失一样。

"妈妈他们呢?"我焦急地问。父亲没说话，拽着我的手，健步如飞，直冲入广袤的油菜花地里。我俩如同大海里的轻舟，划开金黄色的海洋，往海洋深处疾驶过去。我们身旁两边的花枝纷纷倒下，花的芬芳弥漫进我的鼻腔，成群的蜜蜂在我周围飞舞。我哭着笑着打着喷嚏，一路被父亲拽着奔跑，终于在油菜花地的深处，我看到一个用做船篷的旧油布和木头搭起来的简陋窝棚，可能是养蜂人临时休息的地方。

我所有的亲人都在，母亲和三个弟妹，全都在。大家正支起一口锅，在里面煮东西。戴着黑框眼镜的母亲，正低头往锅里撒辣椒粉。弟妹们看到我都欢呼起来，母亲抬头看到我，扔下辣椒粉扑了过来，眼镜掉在地上踩碎了也顾不上，死死抱住我抚摸着我的头，我的眼泪像泉水般涌出来。母亲说:"好儿，不哭了!"我揉着眼睛说:"是辣椒粉!"母亲看看我眼角，破涕为笑。父亲将一碗很稠的青菜汤盛给我，我呼噜噜一口气喝完，只要和家人在一起，吃什么都是最香的。

我忽然想起什么，拉着父亲，跑出油菜花地，回到路边的车边，指着车里的两个大皮箱:"箱子都在!"父亲将双手放在我的肩膀上，用一种从未有过的和成年人说话的口气，说："临临，这一个月，你正式长大了。去吧，帮你妈妈一起带弟妹们过来。"我再次飞奔着穿越花海，将母亲随身的包裹背在身上，又抱起小妹妹，牵着小弟，走出油菜地。

在这一刹那，我知道我的童年已经无可挽回地结束了，我提前进入了少年时代，将和父母一起支撑起这个家。

辞谢完老蒋，父亲租了一条船，载着我们一家来到常德，准备坐船回安徽池州的老家。临行前，渡江战役打响了，长江封航。我们一筹莫展，滞留在常德多日。而此时，"三二事变"，这个整个沅陵县城被土匪占领的消息，传到国际上，媒体把湘西讥讽为"中国的盲肠"。国民政府十分难堪，只好从与解放军作战的前线调过川军 100 军，打回沅陵，赶走土匪，将县城收复。汪天华带领残余匪众退回到湘西的深山中。

听到这个消息，父母决定还是回到沅陵去。

其实沅陵并不是我们的故乡，四年前我们一家逃日本人，千里迢迢流落到沅陵城时，母亲已是身心疲惫，下了决心，说："不再跑了，就是日本人来了也不跑了，死了就死了吧！"所幸日本人最终也没有打过横亘湘西的雪峰山脉，没有打进深山里的沅陵城。

我从来没有亲眼见到过拿枪的日本人，尽管从我在湘北的临澧出生那一天开始，时常光临的日本飞机便是全城人的梦魇。但临澧也不是我们家的故乡，故乡非常遥远。对于我的父母，那些年滞留的每一个城市都只是短暂停留，不停地在奔波，换一个地方，再换一个地方，只是为了活下去。我的父亲出生在皖南的一个小村庄，而我的母亲待在娘胎里作为一个生命存在时，还在海对面的日本。

我出生的临澧隶属常德，因面临湖南四大水系"湘资沅澧"中的澧水而得名，在澧水中下游，盛产石膏，这里是林伯渠的故乡，也是最早去延安的女作家丁玲的故乡。

母亲第一个孩子在长沙大火中流产了，到临澧又怀上了我。临澧安顿下来一段时间后，母亲的肚子越来越大了。当时日军久攻长沙不下，便开始对长沙附近的城市也一并狂轰滥炸，各个城市拼命挖防空洞，学校旁不远就有可供师生避难的防空洞。任何时候，只要城市上空的防空警报一响，教师学生们就纷纷跑出教室，进入防空洞躲避。日本飞机有时真来，噼里啪啦扔些炸弹走了，有时警报响了飞机又没来。每次日军飞机来，都喜欢盯着医院学校政府机关等人群集中的建筑扔炸弹，县城里已经没有一栋完好的建筑，但飞机走后，大家便纷纷钻出防空洞，回到半损毁的建筑里，该干什么继续干什么。学生们扶起歪倒的桌椅，在墙体倒塌漏风漏雨的教室里继续上课。每次飞机来都会有没来得及躲进防空洞的人被炸死炸伤，医院里满是缺胳膊断腿的伤员，医院也被炸得快成废墟了，但医生护士们挤到尚未倒塌的病房里继续救死扶伤。

1940年7月，盛夏本不是多雨的季节，但我临出生的头一天，临澧忽然天降暴雨，并且连续下了三天三夜。日本飞机别的都不怕，就怕暴雨雷电，这三天，便没有了飞机，临澧县城有了难得的片刻平和安静，让人心惊的警报再也没有响过。人们在大雨中纷纷相携走上街头，在被轰炸后的废墟前高声唱歌，就着雨水冲洗被防空洞里的尘土覆盖的身体。雨水将残垣断壁上的泥土冲刷成泥浆，流淌过整个城市，孩子们光着脚在泥浆里跳跃玩耍。

母亲得以在废墟般的医院里平安顺利地将我带到这个世界。我出生前，母亲的肚子大得吓人，并不高大的身材托着庞大的肚子，走路都困难，父亲猜想母亲怀的可能会是双胞胎。我出生时有9斤，啼哭声极其洪亮，仿佛能穿过漏顶的房梁传入云霄，惊得医院的护士医生们纷纷过来围观。抗战时期，为鼓舞斗志，县里举办了婴儿健康大赛，半年内出生的上千个婴儿参赛。我刚满5个月，毫无悬念地得了冠军。临澧政府给发了一张奖状，上面有我出生时虎头虎脑的大照片。下面有县长的亲笔题字：中华好儿女，强壮齐抗日。

过了两年，我的大弟弟也出生了，小名澧澧。我的小名是临临。父母以此纪念我们俩出生在这个他们从来也不熟悉的澧水边上的小县城。

此时抗日战争进入胶着阶段，日本人一马平川从华北杀来，没想到在湖南这个地方受阻，日军把最有战斗力的部队都堆积到了湖南，国军也在湖南集中巨大的兵力顽强抵抗。国民党将领薛岳充分利用从岳阳到长沙的四条河流，采用后退决战、诱敌深入的"天炉战法"，先后击败了日军三次对长沙的大规模进攻。

长沙攻不下，日军在湖南其它城市也都举步维艰。我后来在有关历史记载里查到，1943 年，日军调集 7 个师团 10 多万人进攻常德。临澧距常德仅 15 公里路，整夜都能听到响彻夜空的炮声。城边的大路上，不断有溃散的败兵如蝗虫般经过，又不断有新的援军从各地赶来。

湖南这个地方，自古民风强悍。"自古无湘不成军"，民国才子杨度有词"若道中华国果亡，除非湖南人尽死"，不管部队从哪里调来，到了湖南这块土地，人人都尽忠搏命，一方水土，风气使然。

据记载，国军这次先后集中了 43 个师 21 万人迎战，拉锯数月，击退了日军，被称为"常德会战"，是抗日战争中中国战区大规模的正面战斗，被誉为"东方的斯大林格勒保卫战"。日军之前对自己军队和国民党军队的战斗力评估是4：1，也就是他们的 10 多万人，应该可以和近 50 万国民党军人打平手。常德会战的胜利，彻底改变了这个日军自信的数据。

据说孩童最初的记忆从四岁开始，我似乎更早一点，我能记起的最早的直观记忆是在临澧的两个画面。

一个画面是母亲带我到学校去看望滞留的女生们，走进教室，发现所有的女生都趴在课桌上哭。在临澧师范读书的学生大多来自常德一带，15公里外昼夜不停的炮声，使她们担忧那边父母家人的安危。那一天，不知哪个女生起了头先哭了，然后整个班级的女生全控制不住地号啕大哭起来。母亲过去逐一安慰，我呆呆地站在门边，看着这个奇怪的景观，并不理解为什么这么多的大姐姐一起哭。第二个画面是母亲带我去城楼下的菜场买菜，我看到城楼上挂着的一具穿军装的尸体，在秋风中晃动，说是常德战场上的逃兵被悬吊示众。母亲赶紧掩住我的眼把我拉走，但我仍挣脱了扭头去看这番令人惊骇的奇景。

这期间，父母因为都要上课，便请了一个姓范的当地老婆婆在家操持家务，也带我和弟弟。范婆婆一口临澧话，父母都听不太懂，范婆婆便笑笑干脆不说了，埋头做事，把家里打理得井井有条。听说她儿子当兵在战场上死了，她把我当自己儿子一样，每次把我抱起来便用当地话笑着叫我"小猪儿"，我想吃什么就去给我弄，我那张婴儿比赛冠军的照片，她每天都要擦一擦，在桌子上摆摆正。

此时临澧的情况越来越糟糕，父亲决定离开临澧前往新宁。一来那边离长沙和常德都更远，日本人应该更难打过去。家里现在已经有了两个孩子，父母首先考虑的已不再是前途和情怀，而是安全，如果有必要，一家人躲到深山老沟里去也是可以考虑的。二来新宁有个父亲在晓庄学校的老同学在县政府任职，邀请父亲过去到新宁师范担任校长，收入比在临澧高不少。

　　在临澧，每日听着远方的隆隆炮声入睡，在警报声中惊醒，满街是浑身是血的伤员，常常熟识的人忽然就被日机的炸弹炸得支离破碎，父母决心无论如何要逃离这个人间炼狱。

　　听说我们要离开临澧了，范婆婆当时就掉眼泪了，抱着我哭道："临儿临儿小猪儿，你这一走，恐怕永世不得见了……"临行前一天，范婆婆早早起来，挎着菜篮子出去了，说要最后给临儿做一些最喜欢吃的菜。范婆婆一语成谶，她出门去菜场时，回头和我摆了摆手，没想到这就是我和她的最后一面。那天日本飞机又来轰炸，范婆婆回来路上没来得及躲进防空洞，带着一篮子我爱吃的菜，倒在血泊中。那天等到中午也不见她买菜回家，母亲出门去寻她，回来泪流满面地告诉我们，范婆婆再也不会回来了。弟弟懵懂中并不明白再也不回来是什么意思，而我懂了。我哭得惊天动地，哭得在地上打滚，口里叫着："范婆婆！范婆婆！"我忽然跳起来，拉着父母带我去看范婆婆。母亲紧紧搂住我轻声说："看不到了！看不到了！"我仍是哭闹着："小猪儿要去看范婆婆！"这是我人生第一次遇到有朝夕相处的人永远离开自己，童年的我，似乎过早明白了死亡和永远的含义。战乱年代，生命如此微不足道，身边的人，忽然就没了，恰似尘埃飘散到空中。

临澧的学校里有个勤杂工姓蒋，和父亲关系甚好，我们叫他老蒋，家里有重体力活时，父亲会找他来帮忙。老蒋是四川人，虽也就三十来岁，但皮肤黝黑，脸上全是皱纹，看着就像五十多岁。老蒋力气很大，有时开玩笑把我们两个孩子一肩一个驮起来跑，逗得我们笑个不停。得知我们要离开战火纷飞的临澧了，老蒋很是难过，过来帮我们一起收拾行李，哀叹自己留在这里，哪天不是被炸弹炸死就是被抓去当兵了。父亲便问他愿不愿意一起去新宁，自己在那里是校长，安排一个勤杂工应该还有这个能力。老蒋听闻后感动万分，要给父亲下跪，父亲忙搀起他。

因为父亲担任的是新宁最主要的学校校长职位，县政府派了一辆车来接，母亲围着车四处查看，问司机："车路上不会坏吧？飞机来了车躲得掉吗？"生活让一贯淡定的母亲也成了惊弓之鸟，尤其有了我和弟弟以后，尤其在范婆婆意外离世之后。

就这样，我们一家四口带着老蒋，逃离了战火之城，又辗转前往另一个陌生的湘西南小县城——新宁。

———

1916 年初夏，日本横滨港，一艘邮轮正缓缓离开码头。……只有一对男女背对远去的码头，相拥遥望船头的西方。没有人给他们送别，他们无需回望，他们将一去不归。

———

第二章

我必须逆着时间的长河上溯，讲一讲在我出生之前我父母的往事，从他们生前的言谈里，从他们的遗稿里，从对那些当年和他们在一起的人的寻访里，从档案记录里，搜索出零星片段，整理和想象出一些发生了和一定发生过的情景，来理解我的父母，是什么样的非同寻常的经历，造就了这对将我带到这个世界来的读书人。

1916 年初夏，日本横滨港，一艘邮轮正缓缓离开码头。

黄昏，当小小的拖轮在暮色里将巨大邮轮的船头拖离码头，邮轮调整好了方向，启动轮机，照例发出一声长鸣，刺破了海上浓浓的雾气。码头上如潮的送别者手里的手绢便更加急促地舞动起来，而甲板上的旅者们也更大声地将手掌拢在嘴前呼唤着告别的语言，直到码头上的人群变得小如蚂蚁，海港终于隐入海天的尽头。只有一对男女背对远去的码头，相拥遥望船头的西方。没有人给他们送别，他们无需回望，他们将一去不归。

男人身着薄西装，是我的外公，在国内燕京大学法律系毕业后，又远赴东瀛学习法律，这次即将回到他的祖国。外公着急赶回国内，是有曾和外公同在日本留学的同学们力邀他一起去广州，参加孙中山的"护法运动"。因外婆有孕在身，外公一直迟疑，但终究还是决定带外婆一起赶回来了。

女人开口轻轻对男人说了几句话，附带了很多手势，可以知道女人是日本人，并且男人的日语并不好，他耐心地附身倾听，揣摩女人的意思。女人小腹微微凸起，细看能知道已有身孕。日本女人便是我的外婆。但时至今日，我们家族谁也不知道她叫什么名字，她从日本哪里来，她原来是做什么的，她是怎样遇见外公并相爱的。在我们家族的历史里，她像一个幻影，似乎从来不曾存在过，直到她离开这个世界近百年后，我们这些晚辈才终于找到确切的证据，确认了她的存在。那是多年后我们在沅陵的县档案馆里找到母亲在世时给组织上写的交代，上面有母亲娟秀的黑钢笔字体："我的生母是日本人。"多少年来，母亲对她的身世一直讳莫如深，我们最终也无法知道关于这个日本女人的更多信息。

我有时遐想，日本外婆是怎样的人？也许是外公在东京读书时借住的房东的女儿，茶饭交流之间渐生情愫？或者是学校里的同学，书声琅琅中眉目传情？也许是外公在浅草寺游览偶遇的樱花树下的一张明媚笑脸？抑或是外公常去的居酒屋里倒酒的女孩？她必是孤儿吧，否则怎会毫无牵挂、义无反顾跟随外公离开故土来到这个从没来过的国度？或者是爱情的火焰燃烧得猛烈，让这个女孩抛弃了一切跟随这个帅气的中国学生？我猜，她一定很美，性格温婉而坚强。

爱情，在东瀛之地，开出了它的花朵，而花朵结出的苦果，最后由我的母亲品尝终生。

外婆知道即将见到自己所爱之人的家人，有些紧张有些甜蜜，不断询问在中国第一次见长辈的礼仪。外公匆忙动身，尚未来得及告诉家人把她带回中国的事，她因此心中略有忐忑。但她也理解外公作为一个男人对事业和革命的追寻，只希望腹中的孩子能在爱人的家乡平安出生。

船到上海，二人转乘江轮，逆江而上，到达马鞍山，再雇了轿子一路颠簸，终于来到了安徽省当涂县韩家巷的韩家大院，她此时尚不知道，在这里等待她的是一场怎样的噩梦。

黑漆铜环的大院门外，一对硕大威武的汉白玉狮子，居高临下地瞪眼盯视着来人。院子就是韩家大院。

当涂是曾经的太平府，清代时长江水师提督所在地。韩家大院位于安徽当涂县的韩家巷，院子占据了整个街巷的绝大部分，白墙高瓦，几进几出，院落建筑，比县衙门都气派，韩家巷也因此命名。院子里面处处假山、鱼池、盆景，花果树木茂盛，各种庄重的匾额遍布厅堂，上书"青莲学士 红杏尚书""书香门第 礼乐之邦"等，中堂有上写"至圣先师"的祖上牌位，墙上挂着先祖身着清朝官服的大型坐像。

院子里韩家各子女分院而住，连仆人在内有近百号人。吃饭时要敲钟，儿女子孙们都聚到老太爷的堂屋就食，仆人们列队送菜伺候，川流不息，实实在在的钟鸣鼎食之家。每次当涂县有新的县令到任，必先来韩家拜访这户当地名绅。

韩家老太爷是清朝的进士，官至京城三品，据说韩家最早其实是从湖南过来，祖上应是曾国藩的部下，属于湘军僚属。韩家世代书香不绝，很符合湘军管理层以曾国藩为代表的集湖湘文化之大成的都有较高素养的背景。韩家的四个儿女均就读于名牌大学的法律系——燕京大学、金陵大学、武汉大学、安徽大学，据说韩家大院里藏书阁的书籍有万册之多。同时韩家也开着淮东地区最大的中药铺，铺面近百家，东到马鞍山、西到安庆、北到巢湖都有生意。

自己的儿子娶了日本女人回来，老太爷大为震怒，用拐杖指着外公，骂他娶了倭寇。老太爷也是读书人，也曾在朝廷为官，眼界并不闭塞。送外公去东洋读书，也是当时上层读书人的潮流，老太爷理解这是魏源提出的"师夷长技以制夷"，学了本事回来给朝廷效力没问题，但是娶个日本老婆回来就是另外一回事了。日本女人进门按中国的规矩给老太爷夫妇行礼，老太爷一点面子没给，直接拂袖而去；老太太想回个礼，被老太爷一声呵斥拖走。

我年轻的外公和外婆两人被安排到韩家大院西边最偏远的小院子里，院子里有口古井。吃饭自然不允许外婆和大家一起吃，平时也不让家里其他人来这个院子，只安排了一个最下等的丫鬟照顾饮食。而外婆在来中国前便已有了身孕，虽听不懂大家的语言，却完全明白自己的处境，但因为肚子里我母亲的存在，外婆显示出了日本女人特有的隐忍，不动声色地待在小院子里，耐心地等待着自己肚子里的孩子慢慢孕育成长。

在这个日本女人临产前一个月，孙中山领导的护法运动在广州很快就要开始，外公必须只身赶到广州去参与筹划。临行，外公告诉自己的女人，他一定会在一个月内孩子出生前赶回来，等孩子生下来后，便会带她离开这个不接纳他们的韩家大院。

这个来自东瀛的女人，大着肚子孤独地待在韩家大院最偏僻的小院里，被家族指派的丫鬟知道韩家对日本女人的态度，又听不懂日语，照顾起居上也是爱搭不理，举止怠慢。

而整个当涂县可能都没有一个会说日语的人。外婆虽早脱掉和服换上了当地女人的服装，走在街上不说话和当地女人外表无异，但感觉自己如同外星人来到地球一样，满目无一人可亲、满城无一人可语，每天一个人起床、一个人吃饭、一个人逛街、一个人入睡，没有人听得懂她说的话，也没有人在意她高兴还是悲伤。这个也许是当涂县最孤独的女人，唯有期盼外公早日回来陪伴，期盼腹中的孩子顺利来到这个注定孤独的世界。

一个早春良夜，比预产时间提早了半个月，年轻的外婆在突如其来的剧痛中醒来，没有任何人的帮助，将床巾咬在嘴里，自己忍痛用剪刀剪断脐带，生下了我的母亲。这个日本女人一边剪着鲜血淋漓的脐带，一边用日语一遍遍地呼唤着她爱人的名字，但此刻的外公远在千里之外，无法听到。

母亲来到这个世界时，没有一般婴儿应有的出世啼哭，而是安静地闭着眼，呼吸平静，眉头微蹙，心事重重。丫鬟一早看到婴儿，赶紧去和老太爷报告。老太爷和老太太带着几个仆人，穿过大院，在这个日本女人来之后第一次走进这个小院。

躺在床上的外婆想起身施礼，但没有人扶持实在起不来。老太爷看也不看她，直接走到婴儿床边，细细打量仍未睁开眼的我的母亲，看了很久，似乎想从中看出有多少韩家的血脉，有多少东瀛的传承。良久，老太爷转过身来，对日本女人说："孩子是我们韩家的，可以留下，你尽快回你的小日本去吧！"外婆睁着眼睛听不懂老太爷的话，当仆人们过来准备把婴儿抱走时，外婆才意识到他们是要拿走自己的女儿，忽然目眦尽裂地从床上翻滚下来，扑到婴儿边上，死死护住，不让任何人触碰婴儿。老太爷止住仆人，扭头出门，又从门口转过身，用拐杖指指院中的古井："别以为甲午年间你们打赢了。你们小日本在我们天朝面前，就是这井底之蛙！"随后领众人离去。日本女人恐惧地看着院子里的古井，眼神渐渐绝望。

也许是不懂中文的外婆误解了老太爷的意思，也许是那口古井给绝望中的日本女人提供了启发。几日后，这个不知名字不知从何而来的日本女人，穿上日本传统的和服，描眉画眼，把自己收拾整洁，最后给婴儿喂了一次奶，然后跳入了韩家大院的这口古井中。

多年后，当我终于知道了外婆的身世，这口我从来没有见到过的古井便屡屡出现在我的梦中。井的形状大小和它周围长的树长的草，都一次比一次清晰，它边上应该有棵大槐树，青麻石的井沿上有两条对称的裂缝，满是青苔，很滑。几十年后我终于有机会去了一趟当涂，韩家大院早已不复存在，我一路询问，找到当初的大概地址，在街口抽着烟斗打瞌睡的老人，说这里原来就叫韩家巷没错，但老房子都拆了。我问："井还在吗？"老人抬眼看看我："有口死过人的老井，还在，要我带你去看看吗？"我们转过几个街角，来到一片工地，几个推土机正在轰鸣着忙碌，在一堆堆满废弃砖瓦的垃圾堆前，我看到了一口废井，井旁有一棵几百年的大槐树，青麻石的井沿上有两条对称的裂缝，满是青苔，很滑，和多次萦绕我梦中的情景一模一样。

1917 年，世界发生了很多大事，俄国十月革命胜利；第一次世界大战的战火虽然并未燃烧到中国，但北京政府也对德意志和奥匈帝国宣战了；孙中山发动了反北洋政府的护法运动；陈独秀、胡适等发起新文化运动。这些事情似乎和我们家族无关，但又有关。在广州筹备护法运动的外公算好母亲的出生时间抽空匆匆赶回当涂，但等待他的只剩下刚出生的襁褓中的婴儿——我的母亲，而他自己的爱人已经不再等待他。

历史无法假设和重来，如果外公不是要着急赶回国，母亲也许会在日本出生，而外婆应能抚养她长大，那母亲的人生又会是怎样？

外公肝胆俱裂，安葬好外婆，和老太爷老太太彻底决裂。因忙于革命事业无法独自照料刚出生的母亲，外公将一个多月大的婴儿暂时先托付给了他的小妹，自己只身仍然回到广州。外公的小妹小时候顽皮爬上园中的大槐树摔坏了腿，再也不能如常人般行走，不方便和大家一起到堂屋吃饭，总在自己闺房绣花看书。外公一直很心疼这个小妹，和她关系也最好。小妹便把我母亲接到她住的院子，请了奶妈来照顾。

外公临走前给我母亲起名韩玉琴。玉琴，美丽而脆弱，可奏出绝美的天籁，也很容易被毁损。香消玉殒，而琴音犹在，仿佛冥冥中暗示了母亲优雅高贵而多难短促的一生。

大清早已亡了，家里又有人跳井，儿子也和自己决裂了，老太爷急火攻心，虽是卖中药材的世家，这时候什么中药也没用了，当年冬天，老太爷撒手而去，剩下老太太，把家族不吉利的这些事也都怪罪到这个有日本血脉的婴儿身上，整天在屋里念经，从不看望这个孙女。长兄为父，外公的大哥便成了家族的老大。大哥和老太爷一样，继续嫌弃这个日本婴儿，不把她当作韩家人。幼年的玉琴便在瘫腿的小姑和奶妈的照料下，在韩家大院的一隅慢慢长大。从来没有人告诉过她关于她妈妈的事。

韩家不允许家族院里其他孩子和幼年的玉琴一起玩耍，而纯真的孩子总是容易把大人的话当做耳边风，孩子们心中只有玩伴并无偏见。一次，大家叫上5岁的玉琴一起玩捉迷藏。玉琴喜欢这个游戏，特别喜欢做躲藏的人，她找到了一棵分杈很低的大樟树，独自爬上去，把自己深深地藏在浓密的枝叶间。然后管家过来招呼孩子们一起去堂屋吃饭了,大家都走了。她藏着,藏着,没有人来找她,一直到天黑,树下黑黢黢的什么也看不见了,五岁的小女孩不敢下去了,她饿了,渴了,但并不哭喊,默默地在树上等待着,然后下起雨来,浑身湿透的女孩仍然默默隐忍,直到一瘸一拐的小姑妈带着丫鬟打着伞一路呼喊她的名字寻到树下,再找家丁爬到树上去把她接下来。

在我的几十年的记忆里,母亲从来没有放声大笑过,即使有特别特别开心的事,她最多嘴角稍微上扬一下,然后马上收回,恢复紧抿的嘴角和深蹙的眉头。我想她从童年开始也许就已经不会笑了。

韩家大院有自己的私塾,请在翰林院待过的师爷到大院里给第三代孩子每天讲课。母亲长到六岁,别的孩子都到自家学堂上课,连一些高级仆人的孩子也可以来,但掌家的大伯就是不同意幼年的母亲参加。好在他忙于家族生意,大部分时间都在外地,难得回当涂。学堂就在小姑院子的隔壁,小姑便不理会大伯的意思,执意让丫鬟搀着瘸着腿硬把幼年母亲送到学堂,跟着大家一起读书。母亲单调的童年忽然有了天翻地覆的变化,入了迷地学字读书,很快便是同龄孩子里学习最好的。但这事一直瞒着大伯,有时大伯突然回家了,走近学堂,小姑就在院子里大声唱黄梅戏《女驸马》:"为救李郎离家园，谁料皇榜中状元。"幼年母亲听到这个暗号，便偷偷从后门溜走，不让大伯看到。

母亲七岁的时候，我外公回来了，要去天津当法院院长，途经安徽停留，到老家看看，还带着在广州新结婚的夫人。外公看到自己这个没有双亲照顾孤苦伶仃的亲生女儿，心里极其难过，终于下了决心，将女儿一起带到天津。但幼年的母亲从来不笑，也从来不和外公的新夫人说话。一次，夫人千方百计地找话题和女孩聊天，女孩就当她是空气一样沉默不语，只低头摆弄自己的手指。夫人摇摇头，只能起身离去，随口说："唉，跳井女人的孩子，苦命！"女孩惊恐地看着她。外公听到，过来给了夫人一个巴掌："你瞎说什么！"将年幼的母亲紧紧搂在怀中。

母亲实在无法在天津再住下去了，外公只好把她又送回当涂的韩家大院。小姑和这个亲近的小侄女相见，相拥而泣。

年幼的母亲回来后就一直追问小姑："是哪口井？哪一口井？"小姑知道她慢慢长大了懂事了，是时候告诉她应该知道的事了，七岁的母亲终于明白了自己在这个大院里一直备受歧视的原因。

她跑到那个母亲投井的院子外，看到大门紧锁，门口石阶青苔满布，高高的墙头长满了爬山虎和狗尾巴草，仿佛已经几百年没有人烟。母亲用力推动大门，将门上大锁的铁锈推得纷纷跌落，而大门依然紧闭。那晚夜深，小姑到处呼喊着母亲的名字，找到这里，看到母亲瘦小的身体蜷缩在院门外冰冷的石阶上，已经昏昏睡去。

一个月明星稀的夜晚，老太太念佛念得兴奋了，睡不着觉，把丫鬟叫醒陪着，满院子溜达。走到西面，忽然模模糊糊看到一个人穿着白色的衣服，披着长长的头发，从那个锁了多年的院子蓝琉璃瓦顶的院墙上爬了出来。老太太吓得"啊呀"一声，跌倒在地上。丫鬟大声呼叫，不一会儿，大院里的人都打着灯笼带着棍子和枪支赶了过来，老太太已经晕倒在地不省人事，七岁的母亲则穿着一袭白色的贴身衣服，头发蓬乱，默默无语地站在那里。大伯闻讯赶来，冲她大吼："你干什么？"这个女孩平静地回答："我想看看我妈妈。"

老太太第二天醒来，有气无力地吩咐："把那个日本婆的疯丫头给我赶出韩家！"

母亲从此搬出了韩家大院，我外公托小姑在当涂县城远离韩家巷的另一边租了个房子，找了个忠厚可靠的老单身丫鬟照顾她，定期从天津寄钱过来，让她坚持到当涂最好的小学中学读书。小姑偶尔会瘸着腿跑半个县城来看母亲，给母亲带来很多书。小姑也爱看书。姑侄俩坐在一起，交流着博览群书的感受，是幼年母亲最快乐的事。母亲租住的房子里，渐渐堆了半屋子的各种书。外公寄回来的生活费，生活开销外，母亲也用来买书。母亲这辈子再也没有踏入过韩家大院。母亲早早就戴上了眼镜，除了吃饭睡觉上学，任何时间她都永远在看书。生活是苦难的孤独的，但书里有无数美好的故事，书里有那么多人在陪伴着她，打开一本书，便有一个色彩斑斓的世界在她眼前慢慢展开。

岁月和书本陪伴着母亲，渐渐到了豆蔻年华，她如一株在皖南小城一隅静悄悄开放的花，独自守候着什么，等待着什么。

而在同样的历史阶段，同在安徽的另一个地方，也是1917年，母亲出生的那一年，一个穿着长褂的乡绅，正领着一个少年在攀爬四处可见各种墓冢的山坡，让少年依次向一个个墓冢磕头。离当涂300里外的一个村落，10岁的父亲跟着爷爷爬上了村后祖辈们被埋葬的山坡。

父亲出生于安徽贵池黑山乡碧野村。村子位于九华山下，向长江南岸铺展半是山坡半是平原的土地，进可以在江南的平原务农种稻，退有大山可以狩猎采药。村里一般是妇女种田男人进山，200多户村民，70%都姓沈，父亲的爷爷，以及父亲的爷爷的爷爷，甚至再往上很多代的祖宗，都能在后山上找到墓，在村子的祠堂里找到牌位。爷爷带刚满10岁的父亲到后山上叩拜先祖的墓冢，越往上爬，墓碑越古旧，满山坡的沈姓祖宗们如打乱的棋子般罗列着，躺在土里面接受我少年父亲的一一叩拜。最后又翻到后山，有一个连全名都没有的小石碑，已被风雨侵蚀得只剩半截，隐在乱草之间。拨开乱草，上面写着："沈根源之墓"。爷爷郑重地告诉父亲："这是我们的老祖宗！"

那座"沈根源"墓，是多年前一个进山打傻狍子的猎户无意间发现的，他做下标记，急急回来告诉村里的族人。大家跟着进山看了，大为激动，回来赶紧从县里请了全贵池最有经验的老石匠过来。老石匠用粗糙的手掌将石碑摩挲半晌，斩钉截铁地说："这碑，至少汉代！"

当晚，村子里沈姓有身份有地位的年长族人们都聚到祠堂里，激动地讨论了整整一晚上，抽掉了十几杆烟，感慨原来沈家已经在这里生活了千余年，而且先祖早就看出碧野村是沈家的风水宝地，所以立此碑，告诫后辈应该勤勉躬耕，守住这块土地，绝不可以轻易远离，沈家的根源在此。

爷爷给父亲起名"沈畏三"，取君子有三畏——"畏天命、畏大人、畏圣人之言"之意，敬畏天命，敬畏德行高的人，敬畏圣人的话。君子需永存敬畏之心，而天命是超人间的主宰者。世间无畏之人只有两种；一是有圣人的超级智慧的人，一是极端愚笨之人，我们都不是，便应有所敬畏。父亲后来坎坷的一生中，每遇事感慨，口头禅便是："都是命运注定……"

父亲是这个村子里第一个出远门读书的人，在村里的私塾读完小学，因成绩十分优秀，便去了省城合肥读中学。高中毕业，19 岁这年，父亲瞒着爷爷，找在县城里做木匠的姑父借了三个光洋做路费，自己坐大轮到南京，报考了著名教育家陶行知创立的南京晓庄学校。这所学校和当时其它的旧学校完全不同，可以勤工俭学不要学费，考试也别具一格，就三项内容：（1）根据所出的国文题写一篇文章；（2）从众多的题目里随机抽取一个，准备三分钟，用国语发表三分钟演讲；（3）在农田里用锄头挖好一块事先划定范围的地。这三项，对于从小生长在农村熟悉农务又文笔口才俱佳的父亲来说，自然不是问题，父亲被晓庄学校顺利录取。

但爷爷对父亲要去晓庄学校读书的事并不以为然，总说沈家根源在此，跑太远了就会忘本，迟迟不同意父亲去南京。奶奶却私下跟父亲说："村子里没啥好的，该出去就出去吧！跟你父亲好好商量，别和他吵。"

父亲自然是不会和爷爷吵的，父亲从小性格就安静平和，见长辈彬彬有礼，和小伙伴们玩耍也不争是非，在省城读完高中回来后，更显儒雅风范，待人处事，拿得起、放得下，天高云淡的感觉。村里小时候一起玩耍的小伙伴，多在种田打猎，并无太多共同语言，父亲只和一个叫江兴的同村伙伴关系甚好。江兴常往贵池县城和合肥跑，帮他家族操办着家族的药材生意，也见过些世面，最佩服父亲的学问。

爷爷当时已是碧野村沈姓族长。爷爷在村里也就 20 多亩地，并非最大户，因其为人处事公正而被选为族长。村里除了沈姓，第二大姓是江姓，占了五分之一以上的户数。江姓人户数虽少于沈姓，但财力胜于沈姓。犁田种地自然分不出高下，差别在于村后大山上的营生。

每年春天，村民们会将油菜籽和紫云英撒满田野平地，再修剪山坡上的油茶树。很快，大地上便被大片的嫩黄色和紫色覆盖，油茶树也冒出新芽。村民们将油菜籽打下来送到村里的油坊榨成菜籽油，让老牛拉着犁将油菜和紫云英一起犁进田里做绿肥，再一行一行插上稻苗。随后油茶树结出一颗颗饱满的果实，果实里的油茶籽可以榨出上好的茶油。将茶籽采下来烘干，用碾子磨成粉，再用干草捆成一块块茶枯，塞到油坊里的油槽中，油槽是整块的坚硬的花岗岩铸成。几个男人拉着绳子将悬在上面的木椎一下一下地砸，黄灿灿的茶油便从油槽的边缘缝隙里流淌出来。土地的边角地方一般种上生长迅速的白菜，可以自己吃也可以喂猪。到夏天，荷塘里荷花盛开过后，村民便可以下塘踩着淤泥挖藕摘莲子。到冬天也会带着鸟铳铁夹去山上打些野兔锦鸡，有时候还能打着獐子和野猪，也有打到过狐狸的，弄到县城都能换些银两。

但江家人却甚少狩猎，对田里的庄稼也不太上心，一年四季都进山，弄中药材，由江姓的族长牵头，统一送到省城的药行，讨价还价后卖个好价钱。山上的野物总归越打越少，而满山的药材却是取之不尽。江姓族长后来又开始逐渐把家里的土地也直接种药材。有一年，江姓族长从省城回来后，在屋后的僻静处，种了许多山上也没有碧野村之前也从没见过的特殊药材，不久开出鲜红色和粉色白色大花，结出像小灯笼一样的果实。村里沈姓人有时也去溜达打探，想知道这是啥，但江姓人对涉及药材的事一概缄口不言，应是族内有过约定。

　　这些色彩鲜艳的大花，就是罂粟。

　　看着江姓房子越建越大，江家女人们的首饰也越来越多，而沈姓族人还是种地打猎，钱财收入并无起色，爷爷作为沈姓族长有些伤脑筋，整天坐在祠堂里抽烟。这天几杆烟过去，爷爷突然一拍大腿，有了主意。

　　江家族长是聪明人，常到省城做生意，知道外面的世界才能带来金山银山，也一直羡慕沈家出了个能去合肥和南京读书的大才子，恨自己的儿子们只会卖药材，而读书不行。每次他碰到我爷爷便总夸奖我父亲，屡屡暗示自己家大女儿还待字闺中。爷爷只是不接茬。爷爷知道自己年轻的儿子心还没定。

这天爷爷约了江家族长来家吃饭，一起喝了一斤酒，江家族长抽了一袋土烟，然后喜笑颜开地走出大门，碰见父亲正好和江家族长的大儿子江兴在村口大树下闲聊，他把父亲叫到跟前，拍拍肩膀："古人说，腹有诗书气自华，不一样就是不一样啊！"扭头骂儿子："好好跟沈家大公子学，人家将来才是做大事的！"

沈江两家族长达成了协议，类似藏汉和亲，让父亲迎娶江家族长的大闺女，条件是江家把采药种药的秘诀和村里沈姓村民分享。父亲这才知道，江家地头上那些开红花白花的药材，就是平时大人抽的土烟。

爷爷之所以能当族长，与其说是公平，不如说是善于摆平。村里纷争，无非利益，无非恩怨。遇事表面一碗水端平，具体动之以情，晓之以利害得失，万事能解。爷爷在祠堂里抽烟时，也许祖宗给了灵感，竟然想出这个万全之策，自己都觉得是神迹，当晚又去祠堂给祖宗多烧了三炷香。

爷爷和父亲的谈话让父亲无法辩驳，先谈村里沈家人财力日渐捉襟见肘，自己身为族长，愧对祖宗，说到伤感处，老泪纵横。然后讲到江家努力上进，胸襟大气，愿意拿出祖传的种药秘诀帮助沈家，自己深怀感恩，不知何以为报。又提到江家大闺女秀气端庄，一直是碧野村的村花，配我父亲并无不妥。两家都是族长，能结秦晋之好，实为天意。然后严肃强调，父母之命不可违。最后作为补偿条件表态，尽快结了婚，就同意我父亲去南京读书，并资助费用。

父亲个性本平和散淡，后来人生中无数的巨大磨难，父亲却都举重若轻，泰然处之。此刻父亲心中只认定要去南京，去晓庄学校，至于其他事，全都无所谓。江家大闺女成天躲在屋里不出门，并不十分了解，但偶尔打过照面，长得确实秀丽端庄，关键是算算南京晓庄学校开学的日子也不远了，父亲再阻拦怕真要错过了，自己也不想因此家里再起冲突，也就应允了。

就这样，村子里两大姓族长子女结亲，分别在沈姓和江姓的祠堂里各开三天流水席。两家祠堂都是白墙黑瓦的徽式建筑，分别坐落于碧野村靠山的西面和靠平原的东面。沈家祠堂更开阔高大，婚宴请来的黄梅戏班子就在沈家祠堂里唱《董永卖身》《夫妻观灯》。江家祠堂精致讲究，祠堂里的桌椅都是柚木黑漆的，宾客饭后打麻将的地方就设在这里。饭席则一律露天摆放，面对着池塘和稻田，菜是臭鳜鱼、山笋烧肉、香菇板栗等婚宴必备菜；酒是自酿的米酒，用大缸摆在一边，直接用碗舀。正是农闲时候，村子里所有人都来了，碧野村好久没这么热闹过了。爷爷坐在主桌上，开心得一会儿开怀大笑，一会儿喜极而泣。婚宴开销不小，绝大多数由江家族长支出，但他懂得人情世故，对村里人宣称是两家公平各出的一半。爷爷更觉心有愧疚，私下反复叮嘱父亲以后要善待江家大闺女。

而父亲在一周的婚宴上，天天守在麻将桌上打麻将，父亲认为麻将是在混乱中创造秩序的一种有趣的游戏，牌抓上来都是一团混乱，然后一步一步朝着既定的方向组织和创造一种协调和秩序，同时要根据外在的变化随时调整策略应对。在后面的艰难而混乱的人生中，每有闲暇，父亲一有机会就玩几把。相对于人生的复杂混乱难以把握，麻将虽然主要靠运气，但似乎多少是可以把握的。

两姓族长喝酒喝开心了，在婚礼上进一步约定，让江兴和父亲的二妹妹也订婚，因二妹妹年纪尚小，缓两年等她满十八再结婚。这下沈江两家亲上加亲，不分彼此，完全一家人了，碧野村两大姓空前地和谐团结。

父亲在洞房掀开新娘的头盖，依例行周公之礼，虽无热情，也尽力温和得体，不让新娘感受冷落。初尝云雨，自有其间乐趣，但身心无法合一，这点乐趣，在父亲深藏内心的对远方的渴望面前，似乎微不足道了。事毕，父亲看看身边在睡梦里挂着微笑的新娘，正将赤裸的胳膊搭在他的胸膛上。父亲轻轻挪开新娘的胳膊，穿上衣服独自散步到村口，看到夜色中远处的群山，黑黑的如巨大的幕布，遮挡着远方的世界，隐藏着无限的未知，父亲心里不由怅然若失。他并不知道自己到底想要什么，但要的肯定不是碧野村一辈子的日出而作、日落而息。远方总有些声音在 20 岁的父亲心中响起，有一个截然不同和让人憧憬的世界在等待着他。远方哪怕最终什么也没有，但他一定还是要走的。

几天后，父亲便开始收拾行装，夫人很贤惠地过来帮忙，一扭一扭地走得很慢。父亲发愣地看着她裹的小脚，精致的绣花尖头布鞋只有半个手掌长。父亲多年后已经记不住江家大闺女的面容，偶尔这个碧野村女人的形象在脑海里掠过，就是一双窄小的绣花鞋。

接下来我要开始讲述我父亲生命中的第二个女人，虽然她仍然不是我的母亲，但我并无丝毫尴尬。人生近百年，是可以不止一次付出真爱的，没有办法也毫无必要去做一个结论，谁是这辈子唯一的真爱。但可以确定的是，只有一个女人，用整整一生陪伴父亲走完人生艰难的道路，最终被一起埋葬在同一座青山下，埋葬在同一个墓冢里，那个女人一定是对于父亲最最重要的，那就是我的母亲。

陶行知创立的南京晓庄学校，提倡他的教育理念："教育即生活，生活即教育，教学做合一。"在当时的中国教育界横空出世，完全颠覆了老派教育理念。蔡元培辞去北大校长一职，便来到这里担任校长并授课。一时间，众多进步青年蜂拥至此，而学生中，已经有诸多早期共产党员。

父亲到晓庄学校以后，开始勤工俭学，既是学生，又是职员，有固定工资，便写信让爷爷不用再汇钱过来。每逢寒暑假，爷爷便有信过来催父亲回家，父亲总找理由推搪。随着时间的推移，对于父亲，碧野村的一切似乎已经渐渐变得很遥远，父亲想成为自由翱翔的飞鸟，而不是一只风筝，终究要挣脱那根连着碧野村的长长的线。在晓庄学校里，没有人知道他的家乡遍种罂粟，没有人知道还有个小脚的女人在村里等他，他可以忘却一切过往，全身心地学习和工作，有很多的机会和陶行知以及来学校讲课的蔡元培一对一地交流。父亲觉得这才是他想要的生活。

江兴有一次做生意到了南京，穿着长袍马褂顺便来学校找父亲，滞留半日，父亲带他参观学校，看到大礼堂里穿中山装的男学生和蓝布短裙的女学生一起唱合唱，又到操场观看穿着短小精干的运动服的学生们打篮球。一个篮球滚到江兴脚下，穿长衫的江兴手忙脚乱就是捡不起来，学生们哄笑不已。临走，江兴怅惘地喃喃自语："这里真好！"

江兴还给他带来了一封信，是他大姐，也就是江家大闺女的亲笔信，毛笔小楷，字体娟秀，寥寥几句："已有孕，明春将生，择空回家。"父亲看着信愣了很久，终于还是没有回信，也没有回家。我有时诧异父亲当年这种毅然决然的不负责任，是否因为年少轻狂不谙世事所致，但不管怎样，跨过历史的长河回望，父亲后面含辛茹苦和母亲将我们九个子女带大，对于我们，自是无可指责地尽了一个父亲的一切责任了。

父亲带着几个学生负责学校的宣传墙报工作，其中有个女学生叫郭晶，齐耳短发，眼睛明亮清澈，白里透红的两颊总带着笑靥。有时清晨一起张贴墙报，父亲的余光扫过郭晶被朝霞映衬的脸，看到霞光下她白亮的脖颈闪着光泽，耳际的黑发在晨风中微微飘动，青春饱满的胸脯随呼吸起伏。父亲赶紧收回目光，试图回忆家乡的夫人，但全然想不起她的模样。

年轻时候的父亲清俊儒雅，鼻梁挺拔，双目炯炯有神。而新派女学生对爱情从不掩饰，表达炽热而坦率，郭晶在两人的关系中更为主动。郭晶已经是共产党员，党员的活动会经常邀请进步的外围学生一起参加，郭晶便常拉父亲一起去，让父亲了解了共产主义，了解了马克思、列宁和已经在俄国发生的改变世界的革命。郭晶热情洋溢地希望父亲争取加入共产党，爱情必须有共同的理想才能坚固。父亲对于这个理想已经没有犹豫无需权衡，也开始准备写入党申请书。但对于这突如其来的爱情，父亲仍然在犹豫，爱情是严肃的，不能有欺骗，父亲在考虑什么时候把自己在故乡的真实情况告诉郭晶。

1930年早春，父亲突然接到家乡的消息，他的母亲病危，父亲立即收拾行装准备回阔别两年的村子。郭晶听说了，提出愿意请假陪同一起前往。父亲知道，告诉她实情的时候到了。父亲将这段过往原原本本详细讲给了郭晶，并表示这次回去，希望能借机对这个封建婚姻有个彻底了断，能心无挂碍地在南京投入共产主义事业，当然还有爱情。听父亲讲述完毕，郭晶满眼泪光，起身给了父亲一个耳光："你欺骗了我！"扭身哭泣离去。父亲这辈子挨过两次女人的耳光，另一次是多年后，母亲给他的一记耳光。不知道这个世上有多少男人被女人打过耳光，但爱之深、恨之切，只有心爱的女人才能打男人的耳光。而这两个女人，都早早先于父亲离开人世，在生死面前，因爱生恨的一记耳光又算什么？

父亲情绪低落沮丧，终于明白了爷爷的老谋深算，不管自己飞多远，这根风筝线，永远拴在他手里，终究是难以挣脱的。

第二天父亲带着包裹，形容沮丧地走出学校大门，突然看到郭晶提着个布袋，含笑站在门口的柳树下。

"我想明白了，那时你还没有遇到我，不是你的错。"郭晶柔情万种地从布袋里拿出一件艳红色的毛衣，"我花了两个月时间，刚织好，你穿上它回家，我在这里，等你回来。"父亲欣喜地脱下身上的外衣，伸开胳膊，让郭晶将毛衣套在他身上，容光焕发而鲜红地踏上了回家乡的路。

一望无际的罂粟花海，鲜红的、粉红的、白色的，大朵地开满了九华山下的这个村庄。这是父亲离家两年多后回到村子看到的景观。

到了村口，父亲惊讶地发现碧野村已经完全变成了另一模样。过去在这个季节，村里的田野应该是黄色油菜花和紫色紫云英的世界，但现在，满目各色的罂粟花开满村子里每一寸土地，穿着红毛衣的父亲走在田埂上，穿越其间，几乎融入花海看不见。村里田野上的空气中弥漫着让人昏昏欲醉的味道，罂粟地里的村民常常干着活就困了，躺在田边就呼呼大睡，一直睡到月亮升起来，惨淡的白色光芒照着这片妖艳而鬼魅的土地。

江沈结亲后，江家人教会了沈家人在村里种罂粟，村里人不再种油菜，不再种水稻，不再种油茶树。村子里还建了炼制土药的工坊，村民们自己将罂粟炼成鸦片，沿江卖到省城甚至上海。江家族长极其聪明，其实早就想在村子里大张旗鼓地多种罂粟，但一直忌惮沈姓族人反对，不敢明目张胆地干。这次通过和亲，自己的闺女找到了心仪的郎君，罂粟也大规模种起来了，有钱大家一起赚，但因为把鸦片卖到省城的生意都还是他家一手控制，村民们种出来都由他统一收购，所以大钱还是他赚的。政府偶尔有人过来干涉，便多花些钱摆平。此时的国民政府正忙着收拾共产党，对农民种鸦片这种小事也睁一只眼闭一只眼，江家很是赚了些钱。美中不足的就是自己那个叫沈畏三的大女婿躲在南京根本不回村，女儿独守空房带着孩子，虽从未向他诉苦，但他每每想起这件事就很闹心。

但整个村子确实富了，村里新建了很多高墙蓝瓦的房子，沈氏宗祠前也添了两个气派的石狮，祠堂里摆了些可以躺着的床榻，族内有身份的老人们要谈事，便当着老祖宗的牌位，斜躺着边抽鸦片烟边聊。

奶奶躺在病床上，已经奄奄一息，看到大儿子从南京赶回来了，来到她病床前，忽然回光返照地精神起来，在搀扶下坐了起来。

"自从村里种上这大红花，我身体就不行了，这花不是好东西。"奶奶咳嗽着说。

"你应该去看看你儿子，他已经能走路了。"这是奶奶生前最后两句话，说给她最惦记的这个大儿子。

料理丧事间歇，父亲决定还是去一趟江家。推门进去，夫人正和丫鬟陪一岁多的儿子玩耍，抬头看到父亲，并无惊讶，平静如水地说："你回来了。"仿佛父亲几年来一直在家，只是早晨刚起床出门到村外溜达了一圈进了家门。

夫人搂抱着孩子，给他示范："爸爸，爸爸，叫爸爸……"孩子好奇地看着这个陌生人，张了张嘴，没发出任何声音。父亲端详着眼前这个刚学走路还不会说话的小孩，眉眼之间，依稀能看到自己的影子，尤其那挺拔的鼻梁，是标准沈家的鼻梁。父亲伸出手，试图抚摸一下孩子的脸庞，孩子忽然大哭起来。

三十多年后，这个孩子也成为一个教师，给阔别几十年的亲生父亲写了一封深情的长信，用的娟秀的毛笔，竖格的黄色信纸。

但此刻，年轻的父亲收回了手，又看看夫人平静而期待的脸，试图最后一次记住这一切。"我……对不起你！"父亲深深一鞠躬，然后毅然决然地走出了房门。

"情缘"二字，可以拆开。有情，薄情甚至无情，但缘仍旧是缘。很多年过去后，这支有缘无情的沈家孤独血脉，从家族的大树上，单独在皖南大地伸展出繁盛的枝叶，成群的子孙后裔，各自演绎不同的人生。

奶奶的丧事持续一周，和喜宴一样隆重和热闹，所谓"红白喜事"。流水席仍是在沈家祠堂里，村民们照例天天过来吃饭打麻将，照例请了戏台班子来唱黄梅戏。见到江家族长，父亲过去淡淡施礼，并无多言。江家族长很淡定，点点头，也无多言。爷爷骂了父亲几天孽子，也骂累了，伤心地一个人躲进屋里抽土烟。

丧事的最后一天，县城忽然来了几个带枪的警察，当着所有村民们的面，直接从祠堂的热闹宴席上把父亲抓走了。

　　在父亲回家乡这段日子，晓庄学校发生了大事。因为共产党在晓庄学校的活跃运动，国民党政府关闭了学校，抓走了十多个学生，陶行知流亡海外。随后，十多个学生被执行枪决，郭晶也在其中。

　　50 年后，年迈的父亲有机会来到南京雨花台革命烈士纪念馆，在密密麻麻的烈士名录的第二排看到了郭晶的名字，这个给他织红毛衣的短发女孩。这已经是在我母亲离世后的事情，母亲生前知道碧野村那个小脚女人的存在，但从来不知道深藏在父亲记忆深处的这个短发女人，但这都已经不重要。年迈的父亲，挂杖站在雨花台前，喉头哽咽，但泪水全无。

　　父亲在县城的狱中零星得到这些信息，痛不欲生。接受审讯时，毫不犹豫地说自己就是共产党，内心深处似乎盼着自己也被枪决了算了。父亲在狱中一再假设：如果自己带郭晶回老家了，她就能躲过这一劫；如果自己不告诉她家乡的事，硬把她带回碧野村，即使不开心了吵架了甚至分手了，也都是好事，至少郭晶还能活着。只要爱的人活着，比是否能在一起更重要。父亲日夜颠倒，不吃不睡，在脑海里设想了种种其它可能的情形：假想他没有回家探母，事发的时候自己英勇地带着郭晶翻墙逃离，奔向远方；又假想他把郭晶带回碧野村，然后因碧野村的事和郭晶发生争吵，又和好，又争吵，再和好，他再设法宽慰郭晶，郭晶执拗地扭身不理他，但最终还是扑入他怀抱……父亲唯一不愿去想象她被枪杀的场景，思绪触到这里便赶紧用其它的念头把它挤开，仿佛这是并未发生的事情。父亲在狱中得出结论，对于心爱的人，也许不得已的隐瞒甚至欺骗反而是真爱。父亲和郭晶，曾有的最亲近的接触，仅仅只是在校园的桂花树下羞涩地拉住过对方的手，再就是郭晶给他亲手套上那件鲜艳的红毛衣。

在贵池县城的监狱里被关了半个月，父亲忽然被释放了，形容憔悴地回到村里。

晓庄学校出事后，村子里有人到县里举报了父亲是共产党逃回村子里的。但一来政府从获取的晓庄学校共产党名册里并未查到父亲的名字，二来江家族长拿出了很多钱到县里打点，保这个江家女婿，这事也就过去了。父亲回村后，爷爷让父亲去江家登门感谢。父亲进门施礼，江家族长抽着烟斗，跷腿坐在太师椅上，胸有成竹地叮嘱父亲："外面现在太乱，先好好在村子里待着，等孩子大了再出去吧！"

关于村里是谁举报父亲的，一直是个谜。父亲偶尔脑中闪现过江兴的名字，因为村中似乎只有他最了解外面发生的事情，但随即父亲便开始责备自己不应该胡乱怀疑这个最好的朋友。也许，这是老谋深算的江家族长精心安排的一个局，以此设法让他暂时安心留在碧野村？如果真是这样，那他低估了父亲的坚定。但有些事，永远无法知道真相了。

就在碧野村所有人都认为，受了这次教训的这个沈家大公子从此会安安心心在村里安顿下来的时候，父亲却在加紧和晓庄学校的同事同学们联系，外表平和的父亲对自己认定的事情有着非凡的执着，即使在狱中最艰难的时候，他一秒钟也没有考虑过如果能出狱，自己的人生会在这个开满罂粟花的村庄里度过。不久，通过流散到当涂县的原来晓庄学校的同事介绍，父亲找到了 300 里外的当涂一所中学的职位，这就是当涂县静仁中学。

这将是我的父母相遇的地方。

1930 年秋天，父亲从碧野村不辞而别，只身来到当涂县，在静仁中学当老师。五年后，饱读诗书、年方十八的母亲也进入此校工作，是学校最年轻的教师。在这里，母亲第一次见到了已经成为校长的父亲。

学校离韩家巷不远，母亲每天下班回家，路上总会远远看见那黑瓦高墙，母亲的目光从那檐头掠过，并不停留。那墙后的院落内的一切，十多年来都已和她无关。但她能从那些耽于修补的逐渐坍塌的檐梁和总是紧闭的大门感受到它慢慢破败的气息。有一次小姑来看她，告诉她老太太也离世了，大伯去了上海，邀她进韩家大院看看，母亲坚决地摇头。从七岁离开韩家大院的那一刻，母亲便在心里给自己做了约定，此生再不踏入韩家大院的大门。

父亲在当涂静仁中学勤勉工作，数年时间，便被提拔任命为校长。只有繁忙的事务性工作可以使他疲倦，使他很快地入睡，不会长夜难眠，独对星空，想起过去的那些让他难过的事情。他专注在每一天的琐碎工作中，对未来并无设想并无期待，以为自己也许将在这个小县城终老一生，独自一人。

1931年，因晓庄学校被封而逃亡日本避难的陶行知回到了上海，父亲请假前往上海追寻这位恩师。陶行知驻留在上海的租界区，见到这位昔日的学生，甚为高兴，带着他一起参加各种活动，并在他假期到期必须返回静仁中学之前，和他深谈至夜半，安排好他去北欧的丹麦进修学习。父亲和恩师依依惜别，回到当涂准备后面的计划。

然而，北欧之旅最终没有成行，其中原因，无法凭空揣测，也没有机会在父亲在世时聊起过。也许，只是因为冥冥之中命运另有安排，命运在当涂将他生命中最重要的女人带到了他身边，也才给予了我来到这个世上的机会。

母亲来报到的第一天，简单几分钟的对话，便给父亲留下极其深刻的印象。父亲从来没见过像这么年轻的女孩子有着这么沉稳的眼神和似乎能抵抗一切惊扰的平静力量。母亲报到时，旁边一个教师不小心把茶杯摔碎在地上，大家吵吵嚷嚷地围过去看，忙乱打扫，整个过程母亲连眼睛也没有瞟过去一下，只是安静地看着父亲，对他的每个问话，思索片刻后慢慢地清晰地回答。此后，父亲发现她读的书极其多，涉猎极广，对国学、西洋文学、哲学、生物、地理、历史的了解，远超过学校任何一位专业老师。

这年冬季的一个清晨，寒风凛冽，头一晚这个皖南县城难得地下了一场大雪。父亲和往常一样，早早来到学校，踩着脚下咯吱作响的白雪，走过操场旁一棵在雪中盛开的蜡梅树时，发现有一个人比他来得更早。母亲穿着厚厚的蓝色中式对襟棉外套，正坐在蜡梅树下低头看书。晨风摇动树枝，将蜡梅黄色花瓣上的雪花抖落，撒在她的发梢和肩头。父亲放轻脚步，不打算惊动这个在寒梅下读书的女孩。但走近了，父亲便听到女孩抽泣的声音，不由停下脚步。女孩突然抬起头，泪流满面，但目光游离，似乎面对虚空。良久，女孩才忽然惊醒，看到了站在面前的校长，有点羞涩地擦掉眼角的泪水，合上书站起来。父亲点点头打个招呼，赶紧匆匆离去。但从此以后，这个在雪地里寒梅下垂泪的女孩的形象便在父亲脑海里挥之不去了。她为什么哭泣，是书中的故事让她流泪，还是她经历了什么让她难过的事情？她是个怎样的女孩子？父亲突然觉得自己渴望了解她。

多年后，当晚年的父亲和我讲起他这一次看到年轻的母亲时的场景，飘落发梢的雪花、幽香浮动的蜡梅、少女眼中的晶莹泪光，我的心中浮现出一个词语："物哀。"母亲虽然只在我日本外婆的腹中在东瀛待过几个月，并未在日本生活过，但那种源于日本的"物哀"之感似乎一直伴随她终生。万物皆有灵，尤其美好的景物往往极其短暂，雪花会消融、花朵会枯萎、泪水会干涸，因为短暂，所以美丽；因为美丽，所以忧伤。所以母亲一生不笑，所以母亲一生总在忧伤。

而我在这篇小说里，很多次地写到繁花极盛而即将萎谢坠落时的情境，有窗外如雪早樱的飘落、有满田野油菜花即将被犁进泥土中、有坟头上的紫藤花覆盖了墓碑、有千年桂花树铺满操场，此种情景，总让我感怀万分。

时间是一切生活苦难的良药，离开南京离开贵池已经多年，父亲单身一人，心无旁骛，渐渐从往事中走了出来，整理好了自己的心绪。一切都准备好了，准备好这个他一生中最重要的女人——我的母亲，走进他的生活。在静仁中学的日子里，母亲郁郁寡欢的性格渐添了温柔，父亲依然清俊潇洒，又多了岁月造就的稳重，两人走到了一起。

父母的最终相遇，是在苦难岁月坚硬的高墙上，从缝隙里，开出的绚丽的花朵。

母亲将自己的童年经历没有丝毫保留地告诉了父亲，父亲惊讶于母亲如此羸弱娇小的身材下竟然承担着这么深重的孤独和苦难。母亲说："这些年，我想过出家，也想过自杀，这个世界本没有什么我可以留恋的，但现在，我有了你。"父亲深情地将母亲揽在怀中说："我会尽全力保护和照顾你一辈子。"父亲也确实做到了。而关于自己的过往，父亲没有提及郭晶的事，将碧野村的往事也简单地一笔带过，只说自己不能接受山下小村庄那一眼可以看到人生尽头的没有未来的生活。过往不追，旧事不提，痛苦的经历，让父亲坚信自己对往事的适当隐瞒是对眼前人的一种爱护和尊重。

1937 年 7 月 8 日，父亲和母亲在当涂正式领证结婚，这年父亲 30 岁，母亲 20 岁。

父母那天在当涂的民政机构办完结婚手续出来，就看到街上路边的报摊很多人在争相抢购报纸，阅读上面的头条新闻。就在前一天，七七事变爆发，中日战争开始了。

日本人迅速占领了华北，往南一路打了过来，这个皖南的小县城也开始人心惶惶，大街小巷每个人谈论的就是听说今天日本人又打到哪里了。学校上课也进入半停顿状态，一些有钱人家已经把孩子接走，准备南逃。

8 月中旬，国共第二次合作开始，发表宣言，联合抗日，国民党对共产党的清理打压气氛暂时缓和。父亲很多销声匿迹很久的晓庄学校的共产党同学好友又开始活跃起来。一天，父亲接到了学校时关系最好的两个同学段其才和杨广宪的来信，说已经回南京，准备设法去延安，中共中央和毛主席都已经到了延安。二人邀请父亲先去南京会面，再一起同行前往延安。

父亲虽然尚未正式加入共产党，但之前在晓庄学校和郭晶一起已经是各种共产党活动的核心参与者，去延安顺理成章，只是刚和母亲结婚，正沉浸在难得的爱情甜蜜里，父亲有些犹豫要不要和母亲提此事。

一个风雨交加的夜晚，突然有人敲响了家门。父亲开门，发现门外一个陌生人穿着雨衣，拎着个小牛皮的箱子，声称有要事来找母亲。

外公在天津染病离世了，临终前，写了封信，连同这个小箱子，托可靠的人带回当涂，交给自己这个一直挂念的亲生女儿。母亲打开信，信很长，母亲慢慢看，再看一遍，足足看了一个多小时。外公在信中林林总总述说了多年来对母亲的想念以及终生的愧疚，希望自己这个女儿原谅他。满篇都是赎罪的忏悔，但母亲把信翻来覆去细读，没有找到她最想看到的内容。外公信中竟然只字未提那个带她来到这个世界的日本女人。母亲落泪了，但不全是为外公的离世，也是因为她觉得自己和生母的最后一丝联系也就此永远断掉了。

20 岁的母亲，只在 7 岁时和自己这个生父在天津短短相处过一个月，父亲的形象早已经快从记忆中淡退，而那个自己出生几天后就跳井的生母，却在这些年里常常出现在梦中。母亲读中学时学了绘画，便凭自己的想象画了一幅生母的肖像，挂在床前。肖像只是一张脸，旁边画了一棵樱花树，画中的日本女人五官精致，眉头深蹙，也许是母亲对着镜子里的自己加上想象画出来的。

　　父亲搂住母亲瘦弱的肩膀，说："你还有我!"男女之间，其实并不需要太多的甜言蜜语，只此一句足矣。母亲说："我们走吧，离开这里，走得越远越好!"父亲掏出同学的信，说："那我们去延安吧。"

　　母亲打开四角镶着银边的小提箱，里面是半箱光洋和两根金条。

　　临行，母亲托人到韩家巷找到小姑，把她接过来跟她告别。依然独身的小姑已经苍老，见到母亲和边上的父亲，宽心地说："你终于有人照顾了!"母亲说："小姑，我再也不会回来了，这辈子亏欠您的恩情，我下辈子还。"跪下给小姑深深地磕了头。小姑老泪纵横，突然唱起了"为救李郎离家园，谁料皇榜中状元"。二人回顾起当年小姑唱戏做暗号让幼年的母亲从学堂后面逃走的往事，不由抱头痛哭。

　　母亲这一走，确实是永远，直到母亲多年后被埋葬在遥远的湘西那个古山城的山坡上，此生再没有回到过当涂，没有再踏入过韩家大院。唯一能把她和这个地方联系起来的，就是她姓韩。

贵池县城，夜色中，两个年轻男子和一个女子带着行李，仓皇逃出旅馆赶往渡口，不远处，一群持棍棒的人冲向旅馆。

这个画面成为母亲终生难忘的阴影，是击碎她少女情怀的一把利刃，无数次从记忆中重现，挖得她心一阵阵地痛。

父亲在当涂办理了学校的辞职交接手续。计划往南京之前，母亲突然对父亲提了个要求，要去父亲的碧野村家乡拜见长辈。"我要明媒正娶。"母亲说。因为没有明媒正娶，她的日本生母投了井，这一次，母亲一定要这个仪式。父亲默然。那原本以为早已奋力挣脱的风筝线，这么多年后，在母亲的要求下，又出现了。

父亲从未和母亲提起过碧野村的这段往事，虽是刻意地隐瞒，但父亲早已决意这辈子不会再回到那个地方，不必要让这段过往再伤害已经伤痕累累的母亲，但此时，实在找不到理由拒绝母亲的心愿，事实将无法回避地呈现在眼前。

父亲思考良久，决定先给江兴写封信，告诉他自己带了夫人回来，让他帮忙先探探村里的情况。自己和母亲先到贵池县城找了个旅馆住下，等待消息。母亲在旅馆里难得地对镜描眉，还涂了点口红，穿上新买的从未穿过的一袭浅银色底带蓝花的旗袍（母亲一直只穿素色旗袍的），将年轻东方女性的身材展示得柔美可人，满怀期待地等待着村里父亲的家人来接新娘，并详细询问村里拜见长辈的细节规矩，以免失礼。生活往往是一种奇特的轮回和重复，当年日本女人在大海中的邮轮上询问那个中国男人的问题，多年以后，她的女儿又在询问身边的男人，而结果，并无二致。

江兴提着大箱子敲门进来，气喘吁吁："你们赶紧走吧，我父亲带了好多人拿着棍子从村里出来了，已经在路上，到县城来找你了！"

江家族长终于大为光火了，之前的大度和隐忍再也无法继续，自己明媒正娶嫁出去的大女儿，可以忍受丈夫的长期不归，可以含辛茹苦独自带大孩子，但这个男人现在要明目张胆地带着另一个女人回到村子，这是绝不可忍受的。"这是要骑在我们江家人头上拉屎啊！"江家族长暴跳如雷，将手里的烟枪狠狠地摔到地上。江家一帮年轻男丁，抄起棍棒，连夜就往县城赶来。江兴找借口先行一步，赶紧来给自己的好朋友报信。

一切都瞒不住了，父亲只能将这段事一五一十告诉母亲，母亲听完觉得天都塌了，用力给了父亲一个耳光："你一直在欺骗我！"

历史重现，七年前一个女人同样给了我父亲一个耳光，说了一模一样的话，而父亲永远地失去了她。父亲看着抽泣的母亲，他可以失去一切，但不能再失去母亲。父亲扑通一声跪倒在母亲面前："都是我的错，你想怎样都行，但现在，我们还是先走吧！"江兴帮着安慰母亲，给父亲指了指自己的箱子："我和你们一起走，你们去哪我就去哪，我也不要再回碧野村去了！"

父母就这样带着江兴一起，连夜匆忙狼狈地离开了旅馆，到船码头搭船往南京而去。船离开贵池码头，母亲将行李打开，把一杆黄铜的烟枪，和一些进口的胭脂、苏绣的丝巾、糖果等，全部扔进了滚滚长江中，这本是母亲精心准备的给碧野村长辈和晚辈们的见面礼。父亲和江兴在边上面面相觑，无法开口说什么。

母亲梦想中的明媒正娶，终究没能实现。母亲满是创伤的人生，又添了一道难愈的疤痕。人生的悲剧在于，一个人越是特别执着想得到的东西，往往竭尽全力也无法得到，哪怕这东西对于旁人稀松平常。

————

秋天的南京明孝陵，金黄的落叶铺满开阔的石子路，覆盖在两旁古老庄严的石兽雕塑上，年轻的父母神采飞扬，骑着自行车，驮着小狗，驰骋在六朝古都的宁静霞光中。……过去的风雨兼程，都已经过去，未知而明亮的未来等待着他们。延安、延安，等着我们！

——

第三章

三人到了南京，找了家旅馆住下，父亲便带着江兴去找同学段其才和杨广宪。二人见到父亲非常欣喜，告诉他战事日紧，舟车困顿，正在托人想办法先弄船票去武汉。武汉的八路军联络处有同学好友在，可以安排去延安。

等待船票的日子里，江兴天天跟着段杨二人参加南京各种共产党外围青年的活动，父亲有时参加，有时陪同母亲到南京各处逛。父亲心怀深深的愧疚，尽一切办法宽慰安抚刚在贵池受到极大打击的母亲。为了出行方便，二人买了两辆自行车，路边见到有人在卖可爱的小洋犬，母亲停下爱抚几下，父亲便把它买下来送给母亲，又带她去夫子庙品尝各种金陵小吃，在秦淮河荡舟。每夜，父亲都极尽温柔，陪母亲聊天，爱抚这个把他作为世间唯一依靠的可怜女人。行囊里有外公送过来的光洋和金条，手头也还宽裕。

秋天的南京明孝陵，金黄的落叶铺满开阔的石子路，覆盖在两旁古老庄严的石兽雕塑上，年轻的父母神采飞扬，骑着自行车，驭着小狗，驰骋在六朝古都的宁静霞光中。两人将自行车斜靠在明孝陵参天古树旁，坐在蔽日的树荫下，让小狗在绿茵茵的草地上金黄落叶间奔跑玩耍，畅想讨论着去延安后的生活，设想着以后日子的各种可能性。听说延安男女平等，恋爱自由，无论等级，官兵一致，他们喜欢的作家如丁玲、艾青都去了，他们也读了丁玲写的长诗《七月的延安》，诗中写道："七月的延安太好了，青春的心燃烧着。""四方八面来了学生几千，活泼、聪明。""大伙儿来吧，自己的事，我们自己管。"

这是父母这段人生历程中难得的唯美画面，是痛彻心扉后的短暂温暖，是更漫长的苦难旅途之前的片刻欢愉。

过去的风雨兼程，都已经过去，未知而明亮的未来等待着他们。延安、延安，等着我们！

10月上旬，大家终于弄到了船票。一行人带着行李来到了浦口码头，父母还把自行车和小狗都带着。到了码头，才发现形势已经极其严峻。

码头上聚积了成千上万的人。有军官开着甲壳虫车带着家眷和无数的行李，有黄包车拉着穿旗袍的浓妆艳抹的带着精巧箱包的女人，更多的是平民百姓拖家带口，有船票的没船票的都纷纷想挤上那西行的客船。数百名士兵在试图维持秩序，时不时鸣枪警告。有人被挤得掉到江水里，有人趁乱抢劫财物，被士兵一枪击毙，尸体丢进河里。段其才看着父母，哭笑不得："赶紧把自行车和小狗扔了吧！"自行车扔了，但母亲仍紧紧抱着小狗不舍得，大家一起拼力挤到舷梯旁出示船票。士兵检查完毕，随手把小狗拽过来一扔："人都不够上，哪有狗的地方？"小狗瞬间被人群踩踏不见了。母亲惨叫一声，被众人拖拽着一起挤上了船。

应该装几百人的客轮，挤了2000多人，船在江涛中起伏，摇摇欲倾，如同一座行将倒塌的危楼。终于，客船汽笛长鸣，摇摇晃晃地驶离了码头。码头上无数没能上船的人哭着跳着。船上的人无限伤怀地回望着古老的南京城，直到码头的人群缩小成蚂蚁般，最后消失不见。江轮在长江逆流上行，往武汉方向驶去。

当浦口码头最终从船上乘客的目光尽头消失后，船上纷乱喧哗的人开始慢慢安定下来，各自在拥挤狭窄的船体各个部位寻找能坐下来的方寸之地。这期间船上还发生了一件事，可能是因争夺船上空间发生争吵，几个人争斗起来，推推搡搡间有一个人竟然从船舷旁掉进江中，很快就被湍急的江流卷走，不见踪影。船上的士兵过来将争斗的几个人带走，船停下来了几分钟，有个救生艇放到一半又收了回去，大船很快决然地重新鸣笛开航。战乱年代，命如尘土，微不足道。

五人在一层甲板边缘寻得一块地方，把行李摞在一起，盘腿在舱板上围坐下来。父亲舒心地长舒一口气，满意地点点头说："很好，很好。"多年来，我的记忆中，不管怎样的艰险苦难，但凡有瞬间的安定，父亲的口头禅必然是这句："很好，很好！"

父亲从行李箱里变魔术一样掏出一副小小的象牙麻将，招呼大家将报纸铺在行李上当桌子，打起了麻将。父亲喜好打麻将，这副象牙麻将是他的珍藏宝贝，他一直带着它走过了千山万水，而终于在十多年后一家人快被饿死时，将这副象牙麻将换成一些红薯杂粮，全家人得以多熬过些日子，算是物尽其用了。

江兴不太会打麻将，在家里父亲管教甚严，觉得麻将是老年人消磨时间的，年轻人应该读书做事，不可耽于此物，也就进县城做生意时偶尔打过几次。父亲手风甚顺，连胡几把，爽朗的笑声回荡在拥挤的船舱，惹得几个旁人过来看热闹。有喜好麻将者跃跃欲试，江兴便乐得让座，自己在船上溜达一会儿。挤过四处堆积的行李人群，上得楼上甲板，发现母亲站在船尾，凭江风独立，看着船尾掀起的滚滚江浪。

江兴走过去打招呼，母亲像在沉睡中忽然被惊醒，点头示意江兴过去。两人凭栏而立，许久都未开言。母亲本话少，江兴性格沉稳，又刚从村庄出来进入全新的世界，一路来秉持少说多听原则，总怕说多了显出自己和这帮读书人的差距。

母亲忽然开口："江兴，你大姐她，是怎样的？"江兴一时语塞，脑子里急促地思索该怎么回答，才能无妄语又不生是非。"我大姐她，就是个老实人。"江兴四平八稳地简单回答。"她漂亮吗？"母亲时年刚二十整，尽管童年历尽磨难，少女年华仍难免虚荣。"没法和嫂子您比！"江兴这样说着，反倒释然轻松了。自从进城看到了穿洋装的新派女学生，江兴确实已经对村里任何女性的旧式穿扮无比厌弃，包括对自己的未婚妻，也就是父亲的妹妹。现在自己已经毅然决然出来了，全盘否定村子里的一切变得理所当然。"村里的女人，都像从墙上的旧画里爬出来的，没法看。"江兴又补充加强一句。母亲眉毛稍微往上扬了下，不再说什么。

这边麻将打得火热，杨广宪打出一张牌，感慨道："孔子曰：博弈，为之尤贤。"段其才赞同："是啊，这些年离乱奔波，好久没打麻将了，上次还是七年前郭晶他们出事那天，我正在和老乡们打麻将……"父亲抓牌的双手一抖，牌掉了下来，段其才一推牌"胡了"。父亲忽然立起身："休息下，不打了！"杨在下面狠狠地踢了段一脚，段方觉失言。

时隔多年，突然听到这个名字，父亲的心如同平静的荷塘里扔进一块巨石，又如熟睡的人被当头打了狠狠一拳，深藏记忆深处的痛楚瞬间弥漫全身。这些天和段、杨在一起，父亲刻意不去询问他们当时的情景，不想了解任何一个细节，多一个细节就会多一个痛点，父亲只是尽量告诫自己，往事不追，珍惜当下。看到母亲在船尾孑然独立的瘦小的背影，父亲靠近她，从背后紧紧地拥住了她。

　　船过了铜陵，就开不下去了，日军飞机已经开始沿长江扔炸弹破坏长江运输，满载旅客的大船是极好的轰炸目标。船匆匆靠了岸，船上所有人只能下船另找出路。下船时适逢大雨，一行人拖着行李冒雨在铜陵寻得一处旅馆住下，身上都浇得如落汤鸡。大家在旅馆整理好，聚在一起商量后面怎么去武汉。大家先到附近的公办汽车站查看，战事已起，难民如潮，已绝无可能买到票。江兴提议，铜陵离老家贵池县城不过一百来里路，自己之前经办家族生意常到贵池，有些熟识的生意朋友，也许可以找他们看有什么办法。大家拍手叫好。于是决定让江兴只身设法去趟贵池，大家先在铜陵等候消息，不乱折腾，免得重复奔波。母亲取出一些光洋交给江兴，作为费用让他酌情处理。

　　大家焦急地等了两天，忽听外面"踢踏踢踏"的马蹄声，只见江兴兴冲冲从一辆大马车上下来，告诉大家已经弄到从贵池往武汉方向去的长途车票，并弄了马车来接大家去贵池。众人皆欢喜，纷纷将行李搬上马车，却发现马车上剩下空间只能坐三人。好在就百许里路，江兴便建议：母亲是唯一女性，应坐马车，父亲和段、杨三人轮流两人坐车，一人跟着马车跑，自己年轻，一直跟着跑没问题。父亲暗暗赞赏江兴处事得当，将来必成大事。因需等待步行的两人，马车停停走走，足足花了三天才到达贵池。江兴的朋友原来弄的车票已经过期，大家只好又在贵池城找了旅馆先住下，继续设法搞车票。住的旅馆仍然是几个月前父亲带母亲回家而后狼狈而逃住的那一家。父亲把江兴拉到一边，小声埋怨："你就不能安排换家旅馆吗？这不是故意让你嫂子难受吗？"江兴委屈地说："这里老板我认识啊，上次你回来不也是让我帮你订的吗？"还好母亲淡然住下，并未重提旧事。

偶尔，父亲和江兴单独在一起时，心里忍了很久的话，不由嗫嚅着提起："你大姐的事，总觉心里有愧……"江兴沉默一会儿，道："我也把你大妹给抛弃了，咱俩扯平了。"两人之前关系有些复杂，父亲算江兴的姐夫，江兴又是父亲的准妹夫，两人自小是好友，本是亲上加亲，但此刻，只是要一起去延安的同道中人了。

在贵池又等了一周多，终于再次弄到车票，大家考虑到旅途中也许还会遇到各种变数，将行李做了精简，不是非带不可的东西都扔在了贵池，扔得最多的自然是母亲那些沉重的书。母亲恋恋不舍，行前整个晚上都在整理书籍，将要扔掉的一一重新翻看。

大家挤上破旧的长途车往武汉去，祈祷不要再有周折。但不出所料，车到黄石的郊外，便彻底熄火了。前面数次熄火，司机下来鼓捣几下踹几脚骂几句脏话，破车还能重新走，这次终于像一头罢工的老牛，怎么弄也不起身了。大家只能搬着行李又下车，站在路边不知所措。这是在黄石乡下的田野边，无旅馆可寻，一行人只好拖着行李走了十几里地，在路边敲了一家农户的门，给他些钱，让给弄点吃的，再做计议。在安徽大家还能找到些熟人，这是湖北，谁也没来过。农户做的菜奇辣无比，难以入口，讲的话也听不太懂，大家将就填饱肚子，晚上在农户的客堂里聚坐在一起，筹谋后路，但一筹莫展。

随后的日子，大家择天晴就顺路往武汉方向走，遇雨至夜则找农家借宿，有时找不到农家，就在菜地里找一个废弃窝棚将就一夜，如此走走停停，行程缓慢。母亲在贵池精简行李时，仍然有很多书不舍得扔，倒是把自己和父亲备用的鞋子都扔了，只剩脚下穿的一双布鞋，几天走下来，早已破得不成样子，没办法走路了。父亲便将自己脚下尚完整的鞋子脱下来，在里面塞上干草，给母亲穿，自己则找杨广宪拿了一双硬皮鞋。父亲脚大，杨偏小的硬皮鞋穿在父亲脚上，几天下来，全是血泡。每天晚上母亲便点燃火柴给绣花针消毒，捧着父亲的脚替他把血泡一个个挑破，防止血泡越走越大，这样第二天才能继续走。

十来天后，到了鄂州地区，江兴突然发现路旁停着一辆军车，车上装满了纱布、担架等医用物资，一个穿军装的驾驶员正在睡觉，可能连续开车累了，边上一个拿枪的军人在路边站着抽烟。江兴便找母亲要了一包烟，上前去搭讪。远远地看到江兴把烟给了军人，朝大家这边指指点点。一会儿，江兴跑过来，找大家要各自的教师证等身份证明，说："我跟他说了，大家都是教师，他说如果有证件，给10块光洋，可以带我们去武汉。"母亲立刻打开那个牛皮小箱子，从里面取出光洋交给江兴。终于，大家得以搭军车到达武汉。

多年后，我在沅陵档案馆找到父亲的交代资料，关于这一段历程，除了后来父亲和我多次谈及的之外，父亲用简练的语言，寥寥几句予以描述："深夜携眷共友逆江而上，风餐露宿，颠沛流离，经过了许多提心吊胆的危险，受尽了千辛万苦的磨难，足有一月时间，方抵武汉。"

父亲此时并不知道，这段辛苦的路途，比起他和母亲后面将经历的颠沛流离，根本不算什么，一切只是序章。

到达武汉，一行人先暂住在同学友人开的生活书店，但发现时局又有变化，日军打得太快，已经逼近武汉，武汉的八路军办事处已经搬迁到长沙。好在武汉大城市交通相对方便，一周后大家从武汉设法弄到了车票，一行人坐车又来到长沙。

10个月后，武汉也被日军攻陷。战争的乌云，一层层压了过来。

1937年底的长沙，是抗日后方的最重要城市。

北大清华南开三校师生，搬迁到长沙，于10月25日正式成立国立长沙临时大学。率领"一·二八"淞沪抗战的国民党著名将领张治中于11月到任湖南省主席。此时正值国共两党联合抗日合作期间，又有亲共的张治中在，长沙的共产党力量比较强，八路军长沙办事处非常活跃，是召集各路进步青年的联络核心。

众人在长沙找了旅馆临时住下，便去八路军办事处联系去延安的事。办事处有熟悉的同学在，将大家都登记在册，然后告诉大家不着急去延安，现在长沙更需要他们。因为段其才、杨广宪和父亲都是晓庄学校的，是陶行知和蔡元培的学生，在教育界有良好的背景基础，便安排他们去国立长沙临时大学总部宣传共产主义。

国立长沙临时大学校址位于湘江河西岸、岳麓山下，工学院就设在名满天下的四大书院之首的岳麓书院。岳麓书院门口有对联"惟楚有才，于斯为盛"，朱熹曾长期在此讲学。理学院设在湖南圣经学校，文学院设到了衡山圣经学校。临时大学的校歌里唱道："暂驻足，衡山湘水，又成别离。"

父亲在大学见到了闻一多、陈寅恪，还有沈从文。父亲一定想象不到，以后他会带着众多儿女在沈从文在沅陵的房子里住了20多年，而母亲也在那里离世。

当时的长沙，一片国共合作联合抗战的火热气氛。通过在长沙的原晓庄学校的老师介绍，父亲到长沙天心阁旁的私立育英学校担任研究部主任，母亲则临时在该学校的幼儿园教唱歌。育英学校是共产党地下党的组织，此时，毛泽东的老师著名教育家徐特立常来学校讲课，父亲常陪伴协助他。徐特立以近60的高龄参加了红军二万五千里长征，又肩负使命回到长沙担任中共代表。父亲告诉徐特立自己也将去延安，徐特立说："不管在长沙，还是在延安，都可以为抗战做贡献。"不久，徐特立在中山路旁的教育会坪发表了著名的团结抗日的演讲，广场上数千人，演讲时时被欢呼声打断。父亲、母亲和段其才、杨广宪、江兴等都在教育会坪的广场上帮忙组织工作。各湖南本地高校以及刚迁来的临时大学的学生们，不断上街组织抗日游行，分发宣传资料。湖南的乡绅们纷纷捐款，仅洪江一地的乡绅们便合捐了一架飞机。

随着战火向湖南蔓延，临时大学在长沙驻留短短几个月后再次搬迁至昆明，全校师生分三条路线前往西南方向。父亲和段其才、杨广宪、江兴等奔往岳麓山下，给闻一多参加的最艰难的步行团送行。看着数百名年轻教师和男学生们身背草鞋、油布伞、水壶、搪瓷饭碗和旅行袋，将袖子卷起来，宛如一列不带武器的军队，年轻的父亲心潮澎湃，坚信自己很快将和那逐渐远去的优秀的学子们在中华复苏之日再次相见。

闲暇时，大家遍览长沙这座历史悠久的古城。来到橘子洲头，看着滚滚北上的湘江河，在无人的地方一起大声吟诵刚从八路军办事处抄来的毛泽东的诗篇《沁园春·长沙》："独立寒秋，湘江北去，橘子洲头，看万山红遍，层林尽染；漫江碧透，百舸争流。"来到爱晚亭，追怀毛泽东当年在此和同学们"恰同学少年，风华正茂，书生意气，挥斥方遒"。登上岳麓山，寻得辛亥革命先烈黄兴和蔡锷的墓冢，感慨唏嘘。

父母搬到城西江边的朱张渡一处民房租住，此处是当初在河东的张栻和河西岳麓书院的朱熹在湘江河两岸往来坐船见面论道的地方。二楼阳台一直伸到水上，低头可见滚滚湘江水，抬头是橘子洲头和远处的岳麓山。母亲甚是喜欢，总在阳台上久坐，直到夜色降临，江流在夜光下闪亮，江中几艘小船上有点点灯火闪烁。也就在这个江边小屋，到长沙的第二年初秋，母亲惊喜地发现自己怀孕了。父亲自然也欢喜，对母亲更是体贴，照料更为殷勤。

此时日军步步进逼，10月底占领武汉，觊觎长沙，长沙的抗日大后方位置岌岌可危。八路军办事处通知大家分头赶赴延安。而此时母亲的肚子已经明显地鼓起来，无法承受远距离折腾了。父亲决定暂留长沙，等孩子生出来，再去延安和段其才、杨广宪等会合。江兴也随段、杨二人一起先去延安了。大家依依惜别，相约延安见，父亲给他们留下自己在长沙的几个可能的联系地址。江兴和父亲拥抱："我在延安等你。"父亲淡然一笑："前路茫茫，一切难料，再见即是缘，希望各自平安，便很好。"至此，父亲和他们在长沙分道扬镳，走上了完全不同的人生道路。

此刻的父亲做了一件人生中极其重要的决定：选择了爱人和家庭，暂时放弃了情怀和梦想。人生漫长，将屡屡遇到各种歧路，而并无红绿灯的指引，告诉你应该走哪条路，而每次选择，后面又将在这个选择的基础上面临更多的选择，如此无穷直到生命的最后，生命是千万次叠加选择的偶然结果。生命也不可以回溯重来，不能假设"当初如果我选择了怎样，后面就会怎样？"。父亲可以选择说服怀孕的母亲去承受遥远艰难的旅途坚持去延安，甚至可以抛下母亲自己先去。但父亲做出了他的选择，这辈子也从来没有听他提起过对这次选择的丝毫后悔。父亲知道那个没有丈夫陪伴的日本女人的事，也记得他不在身边时那个送他红毛衣的短发女孩的事。

他知道，只有陪伴，是世间最真情的告白。

11 月初，日军攻进岳阳，离长沙只有 150 公里。日军飞机日日轰炸长沙城。蒋介石密电张治中"如果长沙被攻陷，放火毁城"，张治中听命做好了相应安排，守城将士在各要点备上稻草堆和汽油，听候指令。

战乱年月，意外和清晨往往不知哪一个先降临这个城市。12 日半夜，城南一家伤兵医院意外着火，长沙警备区司令误以为是烧城信号，下令在已经准备好的各要塞点火，刹那间，城市数百处同时燃起熊熊火焰，整个长沙城陷入一片火海中。

父母在睡梦中惊醒，发现房屋已被燃烧的火焰包围。父亲唤醒母亲，四顾熊熊火焰，只能拉着她冲到阳台上，欲跳入江中，但母亲迟疑不决，她知道此刻跳进冰冷的江水对腹中的孩子意味着什么。火势渐凶猛，楼梁断裂，阳台摇摇欲坠。父亲知道母亲的顾虑，一把搂紧母亲："跳吧，你没有了，哪还有孩子？"两人相拥跃入江中。父亲是游泳好手，携着母亲，单手划动，一口气游到对面的橘子洲。还有些善泳的民众也纷纷泅水过江，爬上了对岸的橘子洲。

隔江回望，熊熊烈火映红了天际，夜空下的整个世界都在燃烧，满天星月黯然失色，城市的群楼不断坍塌，腾起巨大的黑烟，和红色的火焰缠绕在一起，似有千万条狂躁的巨龙在空中缠斗。火神尽兴地舞蹈，将几乎整个城市能燃烧的一切都变成了焦炭。父母立在河滩上，看着江对岸的辉煌火焰，不知道这是他们心怀希望奔波人生的闭幕仪式，还是后面无尽苦难的开篇序曲。

三天三夜后，不断燃烧升腾的烟尘堆积在城市上空，终于遇到了南来的潮湿空气，开始凝结，下出墨汁般黑色的大雨，大火终于被黑雨浇灭了。幸存的人一个个囚首垢面互相扶持，在自家的废墟上挖刨，试图寻找亲人的尸骨和残存的财物，但这场大火烧得是如此彻底，一切都变成了简单的炭，各种形状的炭。

11月12日的战时密码是"文"，大火起于半夜，史称"文夕大火"，烧毁长沙城90%的建筑，3万多居民被烧死，长沙是二战期间和斯大林格勒以及广岛、长崎并列的损失最大的城市。事后，国民政府将长沙警察局长、长沙警备区司令和长沙保安团长全部枪毙，事后张治中引咎卸职，对最高层的错误计划只字不提。

父母在大火中捡了条命，但所有细软钱物化为乌有，除了母亲手上戴的一个戒指，和父亲随手操起揣在兜里的那副象牙麻将。母亲腹中胎儿流产，本来我应该有个姐姐或者哥哥，但命运还是安排我成了这一代的长兄，注定让我承担更大的长兄之责。

几乎烧为废墟的长沙城，随后却成了日军最难以攻破的障碍，从 1938 年底开始，国民党军队在此一共和日军进行了四次大规模长沙会战，双方总共投入近 200 万兵力。国军浴血死守，前三次都没让日军攻破长沙，一直到 1944 年的第四次会战，长沙才陷落。

在 1939 年的长沙，八路军办事处已经撤走，同行的友人都已远去，父亲工作的修业学校化为了废墟。一场大火让父母失去了一切，衣食都成了问题，几乎沦落到流落街头。国民政府此时一方面在长沙继续组织抗战，一方面招聘有知识的年轻人分散到各中小城市开展政治教育工作。已身无分文需要养家糊口的父亲，只能报名参加省政府行政学院教育辅导班，短期培训后被派到常德附近的临澧师范参与对教师训导，算是有了工作和收入。

从长沙大火到父亲临时找到在临澧的工作，在这个居无定所的混乱流离阶段，母亲神奇地怀孕了，肚子里的孩子就是我。也许是在最困顿潦倒的时候，相爱的人之间更需要温存体贴、相濡以沫，父母在毫无精心计划的情况下，将我带到了这个世界。

父亲暂时在临澧工作，在长沙尚未被大火烧尽的河西租了个房子安顿母亲。母亲一个人在长沙，父亲十分不放心，而行政训导工作实在不是父亲所喜欢，具体的事就是代表政府跟学校教师们宣传国民党的政治思想，父亲便时时自行取消掉训导课，偷偷跑回长沙和肚子日渐隆起的孕中母亲相聚。行政学院负责人发现父亲经常离岗，又查出父亲的晓庄学校背景，怀疑他偷偷跑回长沙是通共，直接派了警察把他从临澧师范抓了过来，准备关进省政府的拘留所审查。

警察押送父亲到了长沙，刚到省政府大院门外，便遇到大着肚子的母亲站在大门外拦着。在省政府门口，警察也不敢对一个孕妇太乱来，只是举枪呵斥她让开，但母亲就是不让，纹丝不动地站在警察前面，厉声问："我丈夫犯了什么罪？"父亲也极力辩驳。

相持间，正巧碰到省主席张治中和几个下属经过，听到边上有些争吵喧闹。尤其是父亲的安徽口音吸引了张治中的注意，因为张治中是安徽巢湖的，和池州仅100多公里，口音完全一样。便走过来问什么情况。父亲说夫人独自怀孕在长沙，自己不想干了，但抓自己没道理。学院负责人说这个人是晓庄学校的，怀疑他是想逃跑通共。张治中此时因长沙大火事件即将引咎离职，他本来也比较亲近共产党，又看父亲是老乡，再看到边上大肚子的母亲，便扬扬手："这是政府部门，又不是军队，来去自由，让他走吧！"

事后，父亲有点责怪母亲，说："你是个女人，和警察对着干多危险。"母亲不语，只是温柔地看了父亲一眼。在以后的岁月里，母亲为了父亲和孩子们，又多次在关键时刻站了出来，每一次，她与生俱来的一种力量，总能让对方退却。

父亲被国民政府行政辅导班开除了，但他被派去训导的临澧师范了解到父亲是著名的晓庄学校毕业的，在安徽当过中学校长，在教育方面颇有经验，便极力留请他在学校任教。父亲此刻别无选择，临澧虽是常德边上的小县城，但好歹算是有了正式稳定工作，便把母亲接到了临澧，学校看到母亲的资历和学识，也就连母亲一起聘用了。

抗战艰难时期，小县城的学校经济也极其困难，父母在临澧师范的工作，收入极其微薄，只是几十斤大米和几块钱的工资，但生逢乱世，命若浮萍，不至于饿着，便已很好。

父母就此在这个湘北的小县城暂时安顿下来，两人分别在学校教国学课和地理课。几个月后，我在此出生。

——

夜晚的山风凛凛吹来，父亲低头看看脚下黑黝黝的山谷，举头仰望明月高照的夜空，山高月冷，风寒兽鸣，前路茫茫，不知所往。回想这些年走过的路，曾经的年轻梦想似乎并不遥远，但想不明白自己此时此刻何以竟带着家人，深夜无助地站在这异乡的高山之巅，自己此生将向何处去，更是毫无头绪，一片惘然。父亲不由面对夜空，仰天长叹。

——

第四章

1943 年，3 岁的我跟着父母逃离战火纷飞的靠近常德城的临澧，来到湘西南的新宁。

新宁隶属于邵阳也就是古老的宝庆府，处于湘西南盆地，四面环山，往西就是湖南两大山脉之一的雪峰山脉。雪峰山高近 2000 米，山的另一面，就是湘西的崇山峻岭了。

终于暂时不用听着枪炮声入睡，父亲在新宁专心工作，牢记教育救国的理念，并在此完成了一部 30 万字的《小学教师必备》，书中除了讲述作为教师这个职业的基本技能之外，更多地从道德修养角度讲述为人师表、言传身教之重要。听说此书后来在上海出版，很受当时小学教师的欢迎。

在犹太教里，人们认为所有的人死后都要面临上帝的审判，总结自己的一生，由上帝决定上天堂还是进地狱，但有两种职业的人可以不经审判直接上天堂：医生和教师。

父亲自从当年进入南京晓庄学校，师从陶行知、蔡元培那一天起，便决定了他的终身应以教师这个神圣的职业为生，但命运往往并不按其所愿。虽然自己一直在奋力坚持人生的方向，但人生路途的疾风暴雨，仍一次又一次把他抛向荒原，抛向他从未想到过的地方。

在新宁的日子，父亲以他的才能和品行，很快得到了重用，县政府又让他兼任了县教育科科长，后又提拔为县政府主任秘书，同时仍兼任新宁师范校长。母亲则在新宁的私立学校楚南中学教授国文。

此时抗日战争开始进入胶着阶段，三湘大地成为日军无法攻破的堡垒。国民政府稍有喘息，便开始加紧党派管理，名义上虽仍处国共合作抗日阶段，但张治中的后任湖南省主席薛岳开始整顿加强党务管理，在国统区尽量消除共产党的影响，加大国民党的力量，要求各地政府行政人员 35 岁以上统一加入国民党，35 岁以下统一加入三青团，不加入的一律去除公职。

我想象中，父母离开当涂的那一刻，目标是象征着共产主义的延安，而现在需要他们彻底改弦易辙加入国民党，应是极其痛苦而艰难的抉择，深埋心底的梦想、革命的情怀，就此放弃，情何以堪。但父母选择了顺从，并无多大心理挣扎。乱世学子，为稻粱谋而已。

在新宁我又有一个弟弟和一个妹妹诞生，带着四个孩子的父母，简单地选择了让家人在这个乱世活下去。父母本计划和同学好友去延安，而今延安的梦想已经变得十分遥远，好友江兴和段其才、杨广宪他们已再无音信，甚至不知道他们是否还在这个世上。而安徽的当涂，对于母亲已经再无瓜葛，父亲也永远回不了安徽老家的池州碧野村了。天地之大，只此湘西南的小县城，似能容下父母这对世界的弃儿。若能带着孩子们，在此平安终老，倒也无妨。所谓梦想、情怀、信念等，在"努力活着"这个最基本的愿望面前，皆为虚妄。

阴差阳错没有去成延安成为共产党员的父母，就此一个集体加入了国民党，一个统一加入了三青团。然而，父母只是教师，仅此而已。

这一段时期，收入相对稳定，家中经济状况略有好转，父母请了一个姓王的二十来岁的年轻女子在家帮忙带孩子料理家务，叫她王嫂。我们一直不明白为什么要叫她王嫂，因为她明明是单身年轻女子，长得秀气俏丽。不知她祖籍何来，在新宁似乎并无亲友，母亲待她犹如姐妹，下班就和她一起打理家务，还时时给她些书让她多读书，但王嫂似乎对读书毫无兴趣，更喜欢攒下些钱去集市买些小饰品把自己打扮得漂漂亮亮。相比母亲总是一身中式素色衣服，王嫂穿着倒妖艳。而随父母从临澧过来的勤杂工老蒋在学校里也被父亲安排了正式工作，尽管跑前跑后，也算安定了下来。

1944年，日军在长达五年中先后三次大举进攻长沙的作战均告失败后，春天再次组织36万精锐部队对长沙发动了第四次长沙会战。这一次，日军改变策略，先强攻下长沙城西面的岳麓山，然后在山上架上大炮，日夜居高临下炮轰长沙城，四天后长沙终告失守。大批难民从北面涌来，带来各种让人恐怖的消息，传说着日本人已经杀进了长沙城，逢男人就砍头，见了女的就强奸。

县政府开始还组织帮助接纳难民，但难民越来越多，县城储备的粮食已经捉襟见肘。就在这时，新宁县姓廖的县长忽然宣称到乡下去搞调查，实际上带着家眷和细软偷偷跑了。新宁县一时群龙无首，乱作一团，大批国民党的败兵过境，难民也如潮水般涌来。

父亲不断地给长沙的省政府上级主管打电话，而此时的长沙，省府已经人去楼空，无人接听电话。县政府剩下的几个主要行政人员只好聚在一起商量，有人便提议让作为主任秘书的父亲先临时代理县长职位，同时尽快联系省政府申请派新的县长过来。父亲一贯办事公正稳当，条理清楚，深得同僚信赖。提议一出，大家都一致赞同，父亲再三推却，但有同僚说:"这不是让你当官,这是让你拯救县里百姓于水火之中。"父亲无言以对,便应允了。同僚里有考虑事情周全的,提笔模仿省府公文格式写了个委任状,塞到父亲手中。

政府门前聚集着无数县里的百姓以及外来的难民,听说县长跑了,要往县政府冲,呼喊着让把粮仓打开。保安团拿着枪阻挡着,眼看就要有流血冲突,此时,父亲在几个同僚簇拥下,推开县政府大门出来,手里举着一张盖印的纸,大声宣布:"省政府已经任命我为县长,大家放心,我绝不会让一个百姓在新宁饿死!"

县警察局长有些怀疑,觉得现在这么乱,省里的命令不可能来得这么快,过来找父亲要细看委任状。这个警察局长一贯喜欢仗势欺压百姓,父亲素与他不和,怕他唱反调,便将委任状一扬,声色俱厉地说:"国难当头,岂能儿戏?"又从口袋里掏出5个美金,塞给局长,说:"省府还给了我们补贴,让我们坚守岗位。"警察局长把美金揣到兜里,不再吱声。

这5美元还有些故事。之前县长伙同财务科长和教育科长贪污县里教育经费25美元,因账目无法瞒过当主任秘书的父亲,县长便私下硬塞给父亲5美元,然后自己拿10美元,财务科长和教育科长各分5美元。父亲极其震惊,但明白以一己之力也改变不了什么,拒绝肯定会引起县长的反感。这

5美元揣在兜里多日，一直如火燎般烫得父亲心里难受，这次终于把它扔出去了，而且是为民生，心里便坦然很多。那时一个美金可以换两个半光洋，而一个光洋可以买30斤大米或者10斤猪肉。一个普通工人一个月收入不到两个光洋，父亲那时一个月有25个光洋的工资，县长工资就更高了。

父亲果断利索地发挥新宁县长的能力，对难民进行赈济，同时发动当地有余粮的乡绅进行救灾捐赠，不惜采取强硬手段。警察局对富裕乡绅挨家逼捐，一半救了难民，一半进了警察局长的口袋，这些细节，父亲就无能为力了。父亲另一个工作就是安排转移保存县里的重要文物和档案资料，避免落到日本人手里，该焚毁的焚毁，该藏的藏。

这时整个县城已经极度恐慌，仿佛日本军队今晚就会杀进城门，东面涌来的难民裹挟着更多本地的新难民向西南边奔逃。父亲忙于代理县长的最后收尾工作，让母亲带孩子和行李，先往西面逃，自己则料理完县政府的后续事情后去追赶他们，约定在100多里外的武冈县同保楼外相见。

父亲冒充了23天的县长，安顿好新宁县政府的一切，只身去追赶已经先行离开的母亲及家人。之后真正被任命的新宁县县长叫徐君虎，是湖南历史上的传奇人物。此人出生在新宁本地，1924年加入中国社会主义青年团，同年加入国民党（国共合作期间），1925年被送往莫斯科中山大学学习，和邓小平、蒋经国同班。他本在广西担任国民党高官，长沙失守后，主动请缨回家乡当县长，组织抗日。徐君虎外号"徐老虎"，干了很多了不起的事。他到新宁先把作恶多端的警察局局长、副局长全部枪毙，重组警察局和保安团进行抗日。1946年徐君虎调任附近的邵阳县县长，1947年国民党一个省级专员在邵阳趁乱安排抢劫了永和金号的大量黄金，并嫁祸共产党。徐君虎秉公深查，抓捕了所有官匪，不管位置高低，全部枪毙，为共产党正了名。此为著名的"乱世黄金案"，还被拍成了同名电影。1949年初，徐君虎重回新宁任县长，10月10日率领全县武装起义，迎接解放军。后任民革中央委员、全国政协委员，80年代曾致信蒋经国，倡导第三次国共合作，以实现祖国和平统一。

历史就是一本无严格的因果逻辑可循的故事，在漫长人生旅途中踩下的每一个脚印，也许会被后人膜拜，成为闪光的印迹；也许会成为一块疤藓，永远贴在身上无法去除，而终生痛苦。

当这个县长名载史册的时候，父亲的后半生却一直在这23天代理国民党县长经历的重压下苟延残喘。父亲在新宁虽没有做出徐君虎那样惊天动地的大事，但在短短的时间里，仅凭一己之力和深藏内心的良知，做了他愿意做和能够做的事情。在后半生的困难年月，也许他对这段经历有过刹那间的后悔，但最终仍是释怀。当父亲年近70终于得以平反后，竟然充满童真地写了入党申请书。这已非功名利禄所使，而是父亲希望通过它来确认，自己一辈子所言所行，从未违反过一个教书人的良知。

1944年早春，日本人逼近新宁，母亲问给我们做家务的王嫂是和我们一起逃，还是留在新宁。王嫂坚决地说和我们一起走，说日本鬼子如果进城了，自己一个孤身年轻女人，也许命都会没了。学校里和我们家关系最近的勤杂工老蒋也说要和我们一起走，路上多个男人可以有个照应。老蒋原来是父亲在临澧当老师时学校的一个勤杂工，1943年临澧战火甚烈，他跟随父亲到了新宁。

父亲想想有道理，自己带着两个女人四个孩子逃难，实在是艰难，便说给老蒋一天半块光洋，让他挑个担子，我的两个弟弟分别坐在担子两边箩筐里，先把我们送到哪算哪，后面的事，只能走一步看一步。老蒋本不肯要钱，但父亲正色道："付出劳动就应该有合理酬劳，你要是不收，就不要和我们走了！"老蒋只能点头答应。

同行的王嫂其时才二十多岁，之所以称她为王嫂，应是她已经结过婚，但我们从来没有见到过她的丈夫或者孩子。一路上，王嫂负责抱着我的才一岁的大妹。

父亲此刻先留在了新宁处理县政府的事，约定随后到武冈和我们碰面。武冈的西面有高大的雪峰山脉，百姓们以自己朴素的生活常识判断，只要越过高耸入云的雪峰山脉，就会安全些，至少日本人应该不容易打到雪峰山那边去。

新宁本非重镇，但因在湖南、广西交界处，当时有传说日本人想从新宁进入广西到云南，彻底切断滇越铁路，摧毁中国和东南亚方向英法军队的联系。但事实上最终日本人并没有打进新宁，而是绕城而过了。但命运之神终于在这个十字路口把我们家族最后用力一推，推入了我们的第二故乡，那神秘而梦幻的湘西土地，也开启了后面我们的魔幻之旅。

逃难途中自是极其艰苦，王嫂一路上抱着我的大妹，总叫苦不迭，而老蒋挑的箩筐里坐着我两个弟弟，还有些行李，扁担都压得悠不起来了，老蒋却从不叫苦，只是闷头往前走。有时老蒋的担子不小心碰到了王嫂，王嫂便把老蒋一通痛骂，老蒋全不回嘴，只是笑笑，走路尽量离王嫂一些距离，但眼光却总往王嫂那看。穿着碎花衣服的王嫂抱着我大妹在前面走，一扭一扭的，仍是年轻动人的身姿。夜过雪峰山时，王嫂一屁股坐在地上哭着说再也走不动了，母亲在一旁安慰王嫂，老蒋将脖子上带着汗臭的汗巾递给王嫂擦眼泪，气得王嫂直接把汗巾扔进了山谷，老蒋也是笑一笑，不说什么。

路途中，母亲提个小皮箱，四岁的我肩上也斜挎着个小背包，王嫂总是走着走着就喊抱不动我大妹了，挑着箩筐的老蒋便停下来，让王嫂将旧衣服做个背袋，将我大妹背在他身上，再挑起箩筐两边的大弟、二弟。承受着三个孩子的重量往前走，我看到老蒋每走一步，那双干瘦而有力的小腿上的青筋暴出来一跳一跳的。此时的王嫂便有些歉意地跟在边上，时不时从怀里掏出带着她年轻体香的手绢给老蒋的额头擦汗，老蒋立刻就长了力气，将扁担悠起来像秋千一般，他箩筐里和背上的三个孩子都咯咯直笑。大家休憩时，王嫂会偷偷掏出自己珍藏的糖，塞给老蒋一块，自己再和大妹你一下我一下地舔着吃。老蒋将糖块咬成两半，又偷偷塞给我半块。

就这样，一行人沿大路挤在难民队伍里一直往西而去。

母亲在铁锅里放一点盐和油，把已煮熟的米饭炒到极干，用旧衣服袖子做成长长的布袋，把干饭灌进布袋里，两头扎紧，斜挎在我们每个人身上。妹妹还在吃奶，母亲会择僻静处从王嫂怀中抱过妹妹给她喂奶，两个弟弟坐在老蒋挑的晃晃荡荡的大竹箩筐里，四岁的我跟着他们，饿了就从布袋里抓一把干饭咀嚼，渴了就到路边的小河沟里喝水，走到天黑了累了便在路边找棵大树下睡会，有时天气好就赶着在星空下继续往前走，似乎每多走 100 米，就能离日本人远 100 米。走着走着，发现路越来越窄，似乎上山了，母亲想，这应该就是雪峰山了，翻过了山，日本人就来不了了。

但母亲并不知道，雪峰山主脉应该是在和父亲相约会合的武冈以西，父亲不会让母亲和我们独自翻山的。大家继续往山上爬，发现周围已经没有其他难民，便感觉有些不对。停下歇息时，我走到山崖边，凭高远望，忽然发现自己仿如进入了一个梦幻世界。远处烟云缭绕，无数如同春天竹笋般竖立的山头在白棉花般的云海中忽隐忽现，每个山头上都开满红色的映山红。我们仿佛是天庭的神仙，正俯瞰人间，观赏着一座精美的盆景。

我指着远处说："那里好漂亮，我要过去那里！"老蒋笑道："你飞过去吧，我挑不过去。"我口里发出飞机的声音，双臂张开，做欲飞翔状，母亲忙拉住我："临临，别胡闹！"老蒋四处转悠，突然发现了一块简易的路牌，上面写着："广西方向下山。"大家终于明白走错了路，我们是要去湖南西边的武冈，不是要往南去广西。

这座山叫做崀山，是雪峰山脉的一个南段支脉，80年后的现在已经是世界自然遗产和国家级风景区，喀斯特地貌下的石笋状山可媲美桂林和张家界。这个美景让童年的我难以忘怀，成年人却对此毫无反应。逃难途中，大家并无心情欣赏美景，母亲担心错过和父亲的会合，着急让大家原路下山返回。这一来一去，多耽误了两天，等从新宁出发六天后我们终于赶到武冈和父亲约定见面的武冈同保楼，远远看到父亲蓬头垢面、衣衫褴褛，正焦急地在高大的城墙下来回踱步。

父亲行使完短暂的代理县长职责，一袭布衣，两袖清风，加入如蝗虫般的难民队伍里，日夜兼程，风餐露宿，追赶他的家人。多年后我和父亲聊到这一段路途，问："你也是县长，难道就不能至少弄辆车，让我们逃难也别那么辛苦？"父亲愣住了，想了想，说："我不是县长，我只是没有任命的代理县长。"

多年后，父亲提起这段往事便苦笑道："我的确是个'伪县长'。"而这段经历给他往后的一生带来的灾难却是始料未及的。

武冈在汉朝开始便是重镇，各朝代都在此称王建府，其城墙高大威武，以数百上千斤乃至成吨重的方形青石砌筑墙体，有"宝庆狮子东安塔，武冈城墙盖天下"之称。太平天国石达开两次派大将攻城两次未下，张云逸率领红七军北上时也未能攻下只有几百民团把守的武冈城，抗战时期的武冈一战，日军也未能突破城墙。

父亲带着大家在城楼下打算品尝武冈有名的地方美食——铜鹅，意外地在餐馆里看到了逃跑的廖县长，肥头大耳的廖县长正带他的老婆孩子在闷头大啃鹅头。父亲走上前去，坐在他的面前，直视着这个置民众不顾的县长。廖县长抬起头来，忽然看到自己这个下属，有些尴尬，把嘴上的油擦一擦，招呼父亲带家人一起过来吃。父亲一摆手，问："你怎么能够就这样一走了之?"廖县长深深叹口气："政治我比你懂，时局已经不可收拾，还是各奔前程，照顾好家人吧!"说完一稽首，领着老婆孩子，匆匆上了外面的车，往西边而去。

父母带着我们，在武冈稍事停留，继续一路向西。老蒋挑着箩筐，王嫂抱着大妹，我步行跟着背行李的父母。出了武冈便进入绥宁，要翻过湖南境内延伸最长的山脉——雪峰山。

雪峰山古属梅山，其北段山脉将沅江和资江划断，最高的苏宝顶海拔1934米。翻过雪峰山，即进入少数民族聚集的湘西地带。据记载，1945年初，日军想攻过雪峰山，夺取湘西的芷江。109联队的4000多名日军一度攻入雪峰山西麓的龙潭一带高地，但最终被国民党第74军、100军和18军等调集的部队合围，被全部歼灭，此战史称"雪峰山会战"或"芷江保卫战"，是日本投降前中国最后一次正面战争的胜利。

但此刻的1944年春天，父母带着我们四个孩子和王嫂及老蒋，开始了艰难的路程，攀登雪峰山。山路崎岖蜿蜒，父亲有时拉着我走，看我太累了就背着我。我看到两侧山坡很多高耸笔直的杉树直入云霄，山更高处是成片的马尾松，低一点的地方是密布的毛竹林。正值春天，万千春笋从地上落下的竹叶间破土而出，父亲和老蒋用扁担当锹，挖出些笋，切成块，在山坡上用搪瓷碗放点盐煮了，给大家作为干米饭之外的食物补充。有时能看到肚皮呈红色的锦鸡忽然扑腾扑腾从我们头上飞过，也能看到麂子在低矮的鹅掌楸灌木丛中注视着我们，稍一走近便惊奔而去。越往高处山路越险峻，老蒋负重行走，脚上的水泡几乎有半个脚掌大。停下来时，母亲拿一根针用火柴点燃消毒，帮老蒋把血泡挑破。老蒋只是闷头赶路，哪怕挑着担子走得头上青筋直暴也从不喊累。王嫂还是一个年轻姑娘，一路抱着大妹走来一路哀叹，已经苦不堪言。

在一个月朗星稀的夜晚，大家爬上山顶的一处高点，已是精疲力竭。王嫂终于一屁股坐在地上，痛哭起来，说再也走不动了，让日本人来吧，死了就死了，奸了就奸了，反正就是不走了。母亲放下行李，蹲下来耐心地劝慰，告诉她现在没有退路，她一个孤身女子现在留在这战乱路上，轻则遭受凌辱，甚至可能会命都没有，再苦也只能挺过去。说着说着，母亲自己也忍不住抽泣了起来，抱着王嫂一起流泪，怀中的大妹也跟着号啕大哭了起来。两个弟弟见状也跟着哭，只有我不哭，我突然觉得饿了，从布袋里抓了一大把干饭，很香地嚼着。

王嫂哭着告诉母亲，自己其实已经结婚，家在新宁郊外一户王姓人家，因为不堪忍受男人喝酒后殴打，逃出来的。说早知道现在这样，还不如留在家里，被男人打就打了。老蒋在边上听得唏嘘感慨，说如果将来有机会回去，一定替王嫂去揍那个男人。母亲听了，沉思良久，叹气说："女人都不容易。我，也受过些苦。"母亲并没有打算和王嫂说起她自己那更为苦难的往昔，母亲觉得现在不是诉苦的时候，一家人暂时还平平安安地在一起，已经是万幸。

夜晚的山风凛凛吹来，父亲低头看看脚下黑黝黝的山谷，举头仰望明月高照的夜空，山高月冷，风寒兽鸣，前路茫茫，不知所往，回想这些年走过的路，曾经的年轻梦想似乎并不遥远，但想不明白自己此时此刻何以竟带着家人，深夜无助地站在这异乡的高山之巅，自己此生将向何处去，更是毫无头绪，一片惘然。父亲不由面对夜空，仰天长叹。

歇了一个时辰，母亲擦擦眼泪，站起身，坚定地说："我们走吧，没有别的选择！"母亲抱起大妹，老蒋将箩筐往肩上一悠，父亲双手提起行李拉着我，王嫂抽泣地跟着，大家继续向雪峰山的更高处一步一步走去。

在1944年的春天，我们就这样一路风餐露宿，历时近半个月，翻过绥宁境内的雪峰山，到达雪峰山西面的会同县时，已经是初夏。

这一带已经主要是侗族人的居住地，靠近湖南和贵州边界，大家终于得以在会同的一个小镇觅得一处旅馆暂歇。此地盛产名中药材"三七"，街边到处用扁平的竹篾筛在晾晒块状的三七。父母在一家小饭铺，买了一大罐三七炖母鸡。这是半个月来大家第一餐认真吃的饭，汤浓味鲜，用这三七母鸡汤就米饭，一个个吃得肚子鼓起来。老蒋兴致盎然，大声说着话，吃了五碗饭。

我们饭后闲坐，看着宁静的小镇。穿着绣有龙凤图案的无领大襟衣、头插银钗的侗族妇女们在安详地忙碌摆摊卖东西，小茶馆外几个老汉叼着烟斗在晒太阳聊天。感觉过了雪峰山，日本人似乎真的就远了。

这时，一个汉族老人带着一个年轻人走过来，和父亲说话，问我们从哪来。老人衣着讲究，整齐干净，下巴一绺白须，谈吐从容，完全不像战乱年代的百姓。聊天中老人得知父母是逃难过来的教师，便得意地对年轻人说："我眼光如何，一看他们就像读书人！"老人又问及父母欲向何处去，父亲摇头说并不知去往何处，只求有一去处，能保一家饱暖，免于奔逃就好。老人沉吟片刻，指着远方的巍巍山脉，说从会同往北翻过那座山，仅 50 里地，有一处妙境，应可让我们家长久安顿。父亲将信将疑，老人便坐下来，原原本本把情况讲给父亲听。

山后有一古村名叫"高椅村"，因四面环山，形状如同一把椅子而得名。高椅村地势险要，几千年来未受过战乱匪患侵扰。村民数千人，均安居乐业。现在村里的私塾缺少教师，派他俩就是出山来到会同，寻访合适之人，请到村里去做教师的。母亲问："日本人也打不进来？"老人一捻胡须，自信地回答："打不来的！"

穷途末路或者说走投无路的父母，决定大家跟随二人进山看看。老汉自我介绍姓杨，让年轻人一路帮忙背行李或帮老蒋挑担子，甚是殷勤，又随手摘下山路边初发的柳枝，做成柳笛，给我和两个弟弟一人一个，我们开心地吹着柳笛踏上了崎岖的山路。母亲偷偷跟父亲唠叨："他们不会是坏人吧？"父亲笑一笑："我看不像。"

夜晚，老人将大家带到山谷里一处农舍，主人和老汉很熟悉的样子，准备了一间干净的房间让我们休息，从屋檐下悬挂的各种腊味里砍了一腿野猪肉，放上辣椒，做了个腊野猪肉干锅，又从屋后竹林挖了春笋，放在锅里一起煮，香味扑鼻，大家吃得满头大汗。第二天清晨，我们在山谷的鸟鸣中醒来，收拾行李继续赶路。中午时分，翻过了大山，登临山巅后，豁然见远方一个巨大的山谷平原，数百户黑瓦木楼，密密连成一片，从高处俯瞰，呈一朵巨大的梅花状，花分五瓣，中间是更密集的多层高大楼房，形同花蕊，五个方向再分别延伸出五个结成一体的建筑群，绝无零落孤房。一行人顺山间小道下行，终于进到村里，看见户户均是高墙小窗，但又边门无数，户户相通。整个村落用小青石为地基，高出地面半米，下面都有相通的下水道。村内多处水塘，种满荷花。户户门窗都有精致的雕花，或龙腾或凤舞，或花鸟人物。村中皆为汉人，衣着整洁，态度从容，并无附近的侗族人出入。父母疑心自己像晋代的陶渊明，无意中闯入了一个世外桃源。

老人将大家带到村中祠堂旁边一所宽敞的屋子里安顿下，不一会儿年轻人便领着一位穿着彩缎长褂的老人过来了。是村长前来拜访。村长也姓杨，他告诉父亲整个村子里都姓杨。村长进屋和父亲详谈一个时辰有余，客气地再三拱手礼让而去。过了一会儿，领我们进村的老人又进来了，说是转达村长迫切希望父母在此留下、主持村里私塾事务的恳切请求，同行的挑夫老蒋也可以在私塾做杂务，并许以父母可观的工资。父亲再三感谢，但说希望容自己一晚和夫人细细商议考虑一下。当日，村长安排了丰盛的酒菜派人送了过来，送菜的人并不多打扰我们，将酒菜放下，便掩门而退。

母亲和父亲对坐，良久无语。母亲说："这里富足安全，又可以继续当老师，似无不可。"父亲沉吟半晌，忽然从行囊里取出那副精巧的麻将，开始摆弄。我好奇地凑上去抓那些精致的象牙牌，父亲挡住我的手："临儿别捣乱，我再用《易经》算一算。"摆弄了半个时辰麻将，父亲如释重负般叹了口气，跟母亲说："卦象显示，这里并非我们的久留之地，还是要走的好。"母亲问："卦象显示我们应该去哪里?"父亲端详了麻将半天，说："山，很多山，但山边有大河。不是这座山。"母亲不再言语，家中大事，自然男人做主。

多年以后，我和父亲聊起这段神奇的往事，父亲承认，所谓算卦只是一个托词，虽然卦象确实显示留在那是"凶"，但深层次考虑，父亲刚经历了短暂的代理县长，看到自己有能力在更大的舞台施展自己报国为民的抱负，眼前虽然窘迫，但内心深处仍不甘心就真在这个世外桃源般的小村落安逸终老。看村里人真诚，更不敢以权宜之策先答应着，而后又半路离开，那样反而对不起高椅村，不如先行谢绝，后面再苦也要先闯一闯。

第二天，村长一行将我们送到村口，并派两个精干的小伙子护送我们翻过山头，一直送到前往洪江的大路上。临出村子时，村长拉着父亲的手说："小潭难容飞龙，我理解沈先生志存高远，但山外世道颇乱，你们读书人一定要小心，以后如果太难了，随时可以回来我们高椅村。"父亲再三躬谢，领着家人离开了这个缘分未到的桃源之地。

我偶尔遐想，如果父亲当年做了另一个选择，留在了那个世外桃源——高椅村，不知我的人生，会怎样重新演绎?

几十年后，年逾 80 的我有机会重游高椅村，开车 20 多分钟即可从会同县城经过盘山公路到达。我漫步在那五瓣莲花状的村中，流连在那黑瓦木楼和雕花窗棂之间，房屋街巷和当年并无变化，只是多了些山谷风雨和岁月磨损的痕迹，但满村的卖旅游纪念品的小店和游客们都在提醒我，高椅村已经不是当年的高椅村了。

1944 年秋季，我们到达了洪江。算算从早春时离开新宁，我们用双脚已经走了半年了，其间也偶尔宿过旅馆，但多数时候均是夹在难民里风餐露宿。父亲和老蒋脸上的胡子和头发已经长到了一起，父亲青蓝色的长褂已经被尘土染成了灰色，而母亲和王嫂仍然保持着整洁，她们总会在沿路遇到的清澈溪流边梳洗，将发髻整整齐齐地盘到头上。王嫂早已经不称呼母亲为"夫人"，而叫"韩姐"了。

进到洪江城的一刹那，我们全都不敢相信这是战争年代的县城。一方面雪峰山将战火隔绝在了山的另一面，湘西几无影响；另一方面，无数的湘东湘中的官富人家纷纷逃离战火，携带着家眷和金银财宝来到了这个本是"七省通衢"号称"小南京"的商埠之地，一时间，洪江更是变得热闹非凡。

湘西及贵州、广西盛产的木材，经陆路和水运到洪江集中，再运销三湘乃至江汉。建房子造船做家具都需要用到这一带上好的木材，而木材必须刷桐油才能不开裂，湘西盛产的桐油又聚集到洪江，在这里加工炼制后成为全国最有名的"洪油"，销往各地。这些年又开始有大量云南、贵州的鸦片在这里聚集再散到全国。这三大产品带动了洪江的兴盛，至于这一带盛产的柑橘等农作物，倒是渐渐式微了。在洪江，一切都是水运。洪江此时号称有48个船码头，往来船只摩肩接踵，各个码头都繁忙得如同雨前搬家的蚂蚁窝，90%的船只装运的都是这三样东西：木材、桐油和鸦片。

当地人把国内自产的鸦片称为土烟，和进口的鸦片膏区分开来，鸦片本有药用功能，便冠以药材之名，抽鸦片叫吃土烟。洪江城里据说有200多个土烟馆，有钱人抽高级的进口鸦片膏，必到烟馆享受，斜躺在烟榻上，有丫鬟给点烟泡还给捶腿按摩，点上一粒黄豆大小的进口鸦片膏，需一个光洋，可以享受半小时。当时一块光洋够一个普通人家一个月生活费。土烟则便宜很多，尤其在洪江，普通人家在家里也可享受。烟馆便类似现在我们的高级咖啡馆，大家谈大生意必在烟馆抽着鸦片谈。最高档的烟馆叫福兴昌烟馆，专供豪商巨富消费。商人手里必有一杆烟枪，烟枪的高级程度是身份象征，简单的是竹制水烟袋，中档的有白铜刻字水烟袋、黄铜刻字水烟袋，高档的有景泰蓝黄铜水烟袋、黄铜套玉旱烟枪。

那时的洪江满街都是做生意的，有流传八方的俗话："一个包袱一把伞，跑到洪江当老板。"人人都在谈生意，这个小县城在那时的货币流通量排到湖南第二，仅次于省会长沙。钱多了，就要钱庄兑换银票存取现款，洪江有数十个钱庄，史载最大的是丰盛钱庄。运送钱财需要安全保障，便有很多家镖局，最有名的是忠义镖局，镖师们押货均带着流星锤、狼牙棒和方天画戟等触目惊心的武器，虽未必能用上，以震慑为主。镖局押送一次钱物需收取5%～8%的费用。大小商行在洪江街上鳞次栉比，大的有美孚洋行，收购当地的丝绸茶叶，将昂贵的煤油卖给当地人，进出口贸易自然是暴利。药房生意也好，进门木质的长条柜台上，一罐罐摆着鱼腥草、牛膝、薄荷、甘草、陈皮等常见中药，后面整整一面墙的柜子里，上百个抽屉，琳琅满目，都用毛笔在红纸上写着品名贴在抽屉上，赶上顾客要买偏门一点的药材，店小二往往要踩着木梯子爬上去取。政府的厘金局，对通过洪江水陆要道的货物设立关卡征收捐税，一般为1%。

经济繁荣便一切都繁荣，洪江有许多家戏院，夜夜笙歌；登记挂牌的妓院——数来据说竟有50多家，暗巷流莺则无法统计；还有卖艺不卖身的高档会所，最有名的是荷风院，姑娘们都来自绍兴班，琴棋书画无不精通；洪江还有18家报馆——《湘西新报》《潮报》《蛮报》《敢报》《亚南晚刊》《正谊日报》等，内容自由大胆，全是吸引眼球的广告和言语开放的文章。

在洪江停留的几日，虽暂时免于路途艰辛，但所见所闻，实在让父母触目惊心。父母找了个小旅馆住下，整个县城的空气中都弥漫着浓厚的鸦片气味；晚上出门便有涂脂抹粉的暗娼拉你往黑暗处走；街上所有的人都眼睛发光地在忙着谈生意；码头上劳累一天的水手们喝得醉醺醺地扯着嗓子在街上唱歌，在江边打架；镖局的镖师们扛着大刀抬着整箱的钱喊着让道从街上威风凛凛地走过；戏院里坐得满满的，戏台上一队队背上插着彩旗的武生翻着跟头。

王嫂看外面热闹，就惦记着想出去逛逛，母亲不放心她一个年轻女子，让老蒋陪着她一起。老蒋喜笑颜开地陪王嫂出去了，很晚两人才回来，王嫂也很开心的样子，说是老蒋请她吃了饭，又看了戏。我和二弟便吵着也要出去玩，被父亲喝住："这里太乱，小孩子不许出去！"

第二天下午，大弟趁父母不留心自己从旅馆偷偷跑了出去，很快便在熙熙攘攘的人群中没了踪影。父亲发现大弟不见了，忙带着老蒋出去找，叮嘱母亲和王嫂看住我们其他三个孩子，绝对不许出门。一直到黄昏时，父亲和老蒋寻到一家戏楼旁，听到边上桥头有人敲着锣在吆喝，闻声看去，发现有城里的警察领着大弟，敲着锣在喊："谁家的娃？谁家的娃？"

父亲和老蒋将大弟领回来，把旅馆房间的门紧紧从里面反锁上，和母亲商量下一个去向："这里乌烟瘴气，满街都是妖魔鬼怪，不宜久留。"

那一晚，已到夜半时分，旅馆外却仍然喧哗不息，有人喝醉了在窗外咿咿呀呀地唱着悲伤的歌，又有两个女人在外面用当地话吵架，声音一阵高过一阵，忽然又听到一声枪响，一阵急促的脚步跑过，随后更多的脚步声跟过来。我无法睡觉，爬起来，看到父母正在灯下一起看着什么。我便凑过去，见父亲母亲正拿着地图在细细地研究。父亲感慨："从新宁到洪江也不过 400 里路，我们一家人竟是走走停停近 4 个月了！"母亲点头道："我们出发时还是早春呢，那时新笋刚发，如今已是盛夏，街上都有卖橘子的了。"

父亲忽然用手一指地图上的一个点："玉琴你看，这里怎样？"父亲发现从洪江县城码头顺沅水而下，可到一个叫做沅陵的县城，坐船的话，路程并不算远。父母之前对沅陵略有听闻，知道这是个历史悠久的古城，在秦朝时便是"黔中郡"所在，管辖整个中西南，有中国历史最悠久的佛学院龙兴讲寺，王阳明曾在那里公开讲学。还有著名的"二酉洞"，所谓"学富五车，书通二酉"，沅陵必是文雅之地。

"就去沅陵了！"父亲决定。我便也很高兴，跟着喊："去沅陵了！"在边上本已熟睡的大弟二弟都被我吵醒，迷迷糊糊揉着眼睛，跟着我这个大哥说："去沅陵了！"

沅陵，这个陌生的名字，第一次出现在了我的人生中。

父亲到附近的辰沅码头询问去沅陵的水路事项，本谈好了租一条小乌篷船，大家正好可坐船顺沅江到沅陵，免了徒步艰辛。这时边上有人来搭讪，告诉他既然要租船去沅陵，为何不顺便带些货过去。比如土烟，在这里买了到沅陵必是可翻倍卖出的。父亲当然不会买土烟，这是昧良心的买卖，但心一动，盘算下自己还有100块光洋的存余，如果真能顺便做点生意赚点钱，到沅陵后也可以安顿得从容些。便问除了鸦片，还有什么可以运过去赚钱，边上便又有人过来说："弄船橘子过去也不错，不过你需要租大一些的船了！"父亲便跟随那人过去，看到在码头边停着一艘大许多的乌篷船，满载着黄灿灿的洪江蜜橘，那人介绍："你把这整船橘子买了，连船运100光洋，船大，还可坐8—10个人，你连租船费都省了，到那随便卖200光洋。"父亲窃喜，认为这确实是相当不错的主意，遂交了定金，急忙跑回旅馆，向母亲炫耀自己的安排。父亲本是读书人，这辈子从来没做过生意，到洪江几天，似乎也被那句"一个包袱一把伞，跑到洪江当老板"洗了脑，梦想着做生意赚钱了。

母亲对此事颇有疑虑，提醒父亲自己只是读书人，做生意未必能做好，总觉得这事有什么地方不太对，但又说不出。

而父亲比较坚持，认为自己研究思考过，不会有问题，自己刚才还特意到旅馆边上的茶馆找当地人闲聊，确实在沅陵那边的橘子比这里贵很多。母亲便也没再多说什么，开始收拾行李，准备带着大家往辰沅码头出发。

卖橘子的人很讲信誉，已经把船舱里放橘子之外的地方打扫得干干净净。父亲付完余款，大家上了船，安心地坐下，看着水手一长篙将满载橘子的船撑离熙熙攘攘的辰沅码头，闻着满船的橘香，心情都好了起来。父亲随手抓几个橘子，扔给母亲和老蒋、王嫂："满满一船呢，随便吃！"母亲剥了几个橘子，喂给我和弟弟们吃。橘子很甜很香，我自己跑到船舱里，又拿了一大捧，盘腿坐在船头一个个吃。母亲叮嘱："别吃太多，吃多了胃会疼的！"我才不管，边吃边将橘子皮奋力扔向江中，看着它们如同一艘艘金色的小船，在沅水清澈的波涛间起伏漂流。

老蒋终于不用挑担子了，开心地吃着橘子，哼起了家乡的歌，同时用眼瞟看王嫂。王嫂正开心地逗弄小妹妹，把她惹得咯咯直笑。父亲将长衫一撩，立起身来，昂然站立在船头，看着乌篷木船顺水破浪而行，回头看看，喧闹的洪江城正渐行渐远，慢慢消失在沅水弯曲的尽头。我们一家，又将前往一个从未去过的古城——沅陵，在颠沛流离的旅途中再一次燃起对未知生活的憧憬。

乌篷船顺着清澈的沅江顺流向东，穿过群山。两岸时而巨石耸立，时而青竹成林；有时满山的野花，有时又有用枫木和杉木搭建、三面悬空、雕栏飞檐的吊脚楼，错落有致地立在江边山坡上。同是吊脚楼，苗族、土家族、侗族和瑶族的吊脚楼形状各异，但都是方便就地取材又可防虫蛇毒物且通风透气防潮湿。长在湘西居住的人，一眼便能看出眼前的吊脚楼是哪个族的，而在我们看来，都是极其新鲜的异族风情。

　　沅水里鱼多，老蒋找船工借了钓竿，竟然钓上来好几条大小不一的鱼，便在船舱里，放些盐和辣椒一锅煮了个杂鱼汤，就着玉米棒子，大家吃得很饱。船工还拿出些米酒，靠岸泊好乌篷船，和老蒋对饮。至夜，喝了酒的船工有点懒于摇橹，便将船漂在泸溪近岸的浅水处，也不系缆，任它顺沅江慢慢往下漂。众人都在船舱里睡去，我却有些兴奋，跑到船头坐下，看江边月色下的岩壁、木屋和黑黝黝的大树慢慢往后退。

　　王嫂心情好了，常常坐在船头唱歌，老蒋远远地坐在船尾，目光越过船篷痴痴地看着王嫂。

　　船近辰阳（辰溪），因离岸很近，即使没有桨声的乌篷船，也会带起水声，离吊脚楼近了，便必有犬吠。初时吠声高昂凶猛，而后就是歌咏般的长吟，似乎在月光下给后面吊脚楼的同类传递信息，直到下一条狗接过来吠叫方才罢休。船行了数小时，这月夜的犬吠竟是没有停歇过，直到两岸渐渐显出陡峭的岩壁，岸边已无木楼，方才安静。

隔日忽然下起了暴雨，平静的沅江变得波涛汹涌，江中的船只，大都纷纷靠到岸边暂避，只有木排一如既往地顶着风雨在浪涛中起伏着继续前行。木排上的水手都把衣服脱了，光着膀子，喊着号子，用长长的竹篙一会儿探进江底，一会儿戳着岸上的岩壁，从我们眼前驶过。我们满船的橘子，被雨水洗得光鲜透亮，母亲提醒："要不要找东西盖一下？"父亲摇手："没关系的，挂在树上不也是风吹雨打的？"

下午雨停后，乌篷船重新启程，继续向沅陵行驶。老蒋又开始钓鱼，我兴致勃勃在边上观看，眼见一条大鱼上了钩，我便探出身子去抓，直接掉进沅江中。母亲一声惊呼，但从来没有学过游泳的我，竟然飞快地在江水中扑腾着，游回来抓住了船舷，被老蒋和父亲一起拎了上来。游泳于我，似乎是天生就会，之后在沅陵的日子里，在沅江里自由自在地畅游，是我童年生活的最爱。几十年后，50多岁的我在长沙工作时，参加单位的游泳比赛，仍然胜过单位一大堆年轻人。在游泳这件事上，我无疑也是天赋异禀。而这次失足掉进沅水中，是童年的我第一次和这条古老的江水亲密接触，从此后，它成为我的母亲河，即使我成年后离开了它，但我的心仍长久地挂念着它。

几天后船快过辰阳了，两岸吊脚楼复又更加密布起来。父亲看着滚滚江水，想起屈原的诗句"朝发枉渚兮，夕宿辰阳"，自己竟然也飘荡到了屈子涉江之地。"苟余心之端直兮，虽僻远其何伤；入溆浦余僔徊兮，迷不知吾所如。深林杳以冥冥兮，乃猿狖之所居。"父亲越吟诵，越感到自己和这位2000年前的伟大诗人在同一地方魂灵交融，所思所见，绝类其同，不禁感由心起，怆然而涕下。

出了辰溪，便到了泸溪。沅江在泸溪一带，只在两岸峭立的石壁间流淌，乌篷船在岩壁高岸下显得极其渺小，如一片竹叶漂在溪水中。到夜晚我忽然看到在峭壁上竟然悬空挂着几个黑乎乎的规则长条形东西，比人略长，不知怎么放上去的。我正好奇地凝神仰望，不知什么时候父亲站在了我的身旁，手按着我的肩膀："那是古人的悬棺。夜凉了，睡吧！"而我的目光仍然难以遏止地在峭壁这森然的景观上流连。

第二天清晨，我起来坐在船边无聊，伸手又剥了个橘子吃，将橘子皮当成小船，将橘子的籽一颗颗放进这金色小船里，口里念叨着："这是爸爸，这是妈妈，这是老蒋……"橘子的籽不够了，我又剥开一个，看也没看就塞进嘴里，忽然大叫一声吐出来："苦的！"母亲过来查看，才发现我手里的橘子外面已经长出淡淡的白毛，忙细看船上其它的橘子，有一半的表皮上面都开始长出或浓或淡的白毛绿毛。父亲从和屈原的隔空交流中回到现实，也来查看橘子，一下子就慌了，忙质问水手："你们的橘子怎么坏了？"水手两手一摊："我只是水手，是卖橘子的老板付钱让我撑船的，橘子的事我可不知道。"父亲焦急地在船头走来走去，一会儿过来看看橘子，不知所措。等到船过了泸溪时，满船的蜜橘已经被白毛覆盖，破开的橘子皮处如同脓疮，汁水横流，吸引得无数只苍蝇围着上下翻飞，压在下面的橘子发酵了，散发出热烘烘的臭味。王嫂用手绢紧紧捂住鼻子，母亲忍不住趴在船舷上朝江里哇哇地吐。父亲欲哭无泪，只能找水手帮忙，一起把满船烂橘子用木桨全部铲进滚滚的沅江水里。鲜红的橘子在江水中翻滚着，有的继续漂荡着，有的沉入江中，渐渐离船越来越远，终于彻底消失在我们视线中。一起消失的，是我们家的几乎全部家当——100光洋。

父亲这辈子第一次也是最后一次做生意便这样以血本无归告终，到沅陵下船，摸摸口袋，只剩下几块光洋，前面给过老蒋十几块光洋，算一算剩下的连老蒋一天半个光洋的挑担子工钱也远远不够付了。父亲懊悔中脑子里冒过一个念头，也许在洪江听前面那个人的指点，运点土烟倒是真有可能赚钱，但这确实不是读书人可以做的事，做了会有报应的，也就释然。

大家大大小小八个人，拎着行李，茫然地站在沅陵的中南门码头被江涛打湿的光滑石阶上，东张西望，不知如何是好，如屈原所吟："迷不知吾所如。"还是母亲提议："不管怎样，还是先想办法找个地方住下吧！"一行人迤逦往县城中走去，并不知道今晚将在何处安睡。

沅陵城地处湖南两大山脉武陵山脉和雪峰山脉交叉处，也是沅水和酉水交汇处。这座两山两水汇集的古山城，藏在这湘西一隅，经历了几千年的风雨，沉淀了几千年的故事，为一个漂泊流浪走投无路的读书人家庭，把一切都准备好了，准备好让这个家庭别无选择地投入它的怀抱。而我们的父母，从这一刻起，直到离世长眠，就再也没有长久地离开过它。这个古城，似乎历经沧桑地等待了我们几千年，终于在1944年秋的这个黄昏和我们相遇。

———

在马路巷里，人们常常会看到一队十多个金发碧眼的修女，穿着黑袍披着黑色头巾，一个接一个地低头穿过巷子，如同一列黑鱼无声地从溪水中划过……而永生堂里总会在每个礼拜天，从彩色玻璃窗里传出管风琴的奏鸣和唱诗班的吟唱声。

——

第五章

我们一家在沅陵城中南门码头上岸时，已经弹尽粮绝，在这座从未来过的小城里彷徨，走进一个大巷子口，看到路边有一口引人注目的古井，周围有精致的雕花石栏围着，大青石雕的张扬的龙头往外汩汩地吐着山泉水。我们便在井边停留休息下，用山泉水洗洗困顿旅途的尘土。

后来我才知道，这口井是沅陵城大名鼎鼎的"龙头井"，传说是沅陵城的龙脉开端。沅陵县志写道："天下之龙在辰河，辰河之龙在辰州，辰州之龙在龙头井也。"古辰州便是沅陵。龙头井是山泉水汇集到城中的出口，从不断水，龙嘴里永远喷涌着清澈的山泉，传说如果哪天龙头断水，就要改天换日了。

龙头井边上有一妇女正在洗菜，看到父母文质彬彬是读书人样子又带着四个孩子，便过来询问。得知我们的困境，就说自己的房子里还有个空屋，就离这个龙头井不远，看我们可怜，可以便宜点只收四块光洋一个月租给我们，但挑夫和保姆不能住，人太多。老蒋是男人年轻力壮，自谋生路自然没有问题，但王嫂一个年轻姑娘，在这人生地不熟的地方怎能生存？母亲和这妇女好说歹说，终于同意让王嫂一起。

父亲惭愧地跟老蒋说："欠你的工钱，要不容我些日子，凑齐了再给你？"老蒋爽快地手一挥："沈先生不要提了，你们现在这么难，再说再说！我自己还有些存余。"老蒋背起自己的行囊转身就走，一会儿又折回来，把母亲拉到一边，偷偷塞给她两个光洋："一块给孩子们买吃的，一块替我给王嫂吧！"转身背着行囊大踏步离去，我看到老蒋并不魁梧的背影，在沅陵的夕阳下，竟然有些高大伟岸。

我们七个人挤进了秦家女人的那间空屋子里，母亲在屋子中间拉上一道布帘子，父亲带我和两个弟弟睡这边，母亲和王嫂带着大妹住帘子那一边。

秦家女人的小院子就在龙头井上坡几十米的地方。她带着两个儿子，大的七岁，就是旺子，旺子还有个三岁的弟弟。院子里没见到过旺子的父亲，秦家女人似乎是个寡妇。

第二天一早，旺子兴高采烈地过来找我了，他光着膀子

又着腰站在门口，眼睛炯炯有神，流露出渴望和我一起玩的眼神，好像等待一个伙伴已经等了很久，我俩一见如故。

旺子拉着我走出院门，远远地可以看到有包着蓝布头巾的苗族女人在龙头井打水洗衣服洗山货，一会儿，又看到有个彪形大汉拎着两个水桶过来，在井边接水。旺子忽然说："我带你去看好玩的!"拉着我的手，跑向井边，一直跟着那个大汉，来到拐角一个像仓库一样的地方。

我看到有鲜红的血从屋子里流淌出来，大汉将提来的水往地上冲，将血水冲走。我听到屋子里有"呜呜"的哭声，我吓得扭头想跑，旺子一把拉住我："别怕，这是杀牛场。"

大屋里有一头老牛，正站在那里哭，是真的在哭，眼泪哗哗地从橘子那么大的牛眼睛里淌出来。汉子进到屋里，从木栏上拿下两根长长的缆绳，牛便哭得更厉害了。屠夫将缆绳一甩，先套住了老牛的一双前腿，一拉，老牛便跪下了。屠夫又将另一根缆绳一甩，将老牛的一双后腿也套住，一拉，老牛就躺在地上了。屠夫把绳子紧了紧，然后去拿刀去了。老牛忽然抬起头来，眼泪汪汪地看着我们俩。旺子赶紧推了推我："快，把手背到后面去!"我不知所以，跟着他把手背起来。旺子在我耳边悄悄说："如果牛死了后，到阎王那里告我们两个的状，说我们不救它，我们就可以说我们的手也被绑起来了，没办法救它。"

115

我不想看了，扭头跑出去站在门外，听到后面发出的嚎叫声渐渐弱下去。我低头看，我的脚下已经汇成了一条河流，老牛的鲜血如奔涌的溪水般漫了过来，漫过我的脚跟，一直涌到院子里，涌到街上。旺子兴致勃勃地走出来，笑着拍我的肩膀："你不敢看，那如果有红烧牛肉你吃不吃呢？"

我到沅陵的第二天，旺子便带我体会了血腥和杀戮。而在以后的岁月里，当我不得不再次看到更血腥的场景时，便不再害怕了。生命中出现的每一个人，都是带着使命来到你的身边，教会你一些东西，让你领悟一些道理，旺子也许就是那个被派来教会我看淡生死的使徒。多年以后，旺子成为一个壮硕的青年，参军后打仗打到印度，立了战功回来，听说他在战场上英勇无比，对死亡有着不可思议的藐视。我当年正好大学放假回沅陵遇到他，和他讲起这段看杀牛的旧事，他诧异地问："有这事吗？你再说给我听听！"童年的这段经历，他已经全然忘却，而我却刻骨铭心。我又把当初的事讲给他听，他听完后，很长时间沉默不语。

五岁的我的这段记忆画面，后来我曾和人提起，听的人马上反驳说："这不可能，动物怎么会哭？一定是你小孩子想象的。"我不语，我坚信我的记忆不会有丝毫偏差。

不久，在旺子家又发生了一件离奇的事，而全家人里只有我知道。那天半夜，我在迷迷糊糊的睡眠中忽然被一阵时断时续的哭泣声惊醒，像是院子里传来的声音。我看看父母和王嫂及弟妹们都睡得正香，便轻轻爬起来，轻轻打开房门。

我从门缝里看到旺子拉着他弟弟的手，正背对着我，远远地看着院子中间一块长长的黑布，长长的黑布鼓起来，下面似乎有什么东西，而秦家女人正蹲在黑布前哭泣。黑布的边上站着一个穿着奇怪、戴着高帽子的人，手里拿着一根长长的带长须的棍子，后来我才知道那是道士，手里拿的是拂尘。秦家女人停止哭泣，站起来，从兜里掏出一些钱给了道士，道士一鞠躬施礼，便悄无声息地飘然离去，一点脚步声也没有。我有点害怕，将身子缩回门缝内。秦家女人低声和旺子交代了几句，匆匆走出院子。看到哭泣的秦家女人走了，我胆子大了些，打开门悄悄走出来。旺子扭头看到我，做了个手势让我别出声，转身让弟弟站着别动，然后拉着我一起走到黑布面前。我这才看清黑布下躺着一个人，身子和脸都遮住了，只露出一双赤裸的脚，而脚板上鲜血淋漓，在明亮的月光下分外刺目，仿佛光脚走了很远的路划破的。

旺子轻声说："这是我爸爸，他一个月前在武汉死了，但我从来没有见过他。"我懵懂地说："哦，是刚才那个戴帽子的人把他送回来的？"旺子说："是的，听妈妈说那是道士，很厉害，用他手里的棍子，就能把死了的人赶回来。"旺子又指着那鲜血淋漓的脚："你看，我爸是蹦着回来的，脚都蹦出血了。"旺子又说："我还没见过我爸，我想看看他长什么样。"说完准备去掀开那块黑布，刚掀开一点，才露出里面旺子的父亲额头上一张有图案文字的黄纸，院子外忽然传来杂沓的脚步声，旺子赶紧盖上黑布，我也赶紧跑回屋内，把门紧紧关上。秦家女人带着几个人进来了，指挥大家七手八脚地把旺子的父亲搬了出去。我看看屋里的家人，仍然都睡着没醒，我偷偷爬到父亲身边，紧紧搂住他，听着他熟睡中均匀的呼吸，方才安心一点，但我的心仍然怦怦直跳，睁眼到天亮，无法入睡。

第二天早晨起来，秦家女人碰到父母若无其事地打招呼，院子里刚用水冲洗过的地面干干净净，什么痕迹也没有留下。我偷偷跑到昨晚放黑布的地方看地上是否还有血迹，但什么也没有。我后来年纪慢慢大了后，越来越想不明白那个瘦弱的道士怎么可能一个人拿一杆拂尘就把旺子的爸爸赶到院子里来，而死了一个月的尸体脚上，怎么可能还流出鲜血。这事我当时并未和父母提起过，当时我们家连饭都吃不饱，父母根本不会有心思搭理我说的这种事。

很久以后，好像是我快读大学时，从书上看到，据说沅陵城里厉害的道士会做"辰州符"，不管家里有什么邪气鬼怪，小到孩子夜哭，大到鬼神索命，道士过来做好法把"辰州符"往大门上一贴，便从此安宁。传说更有最厉害的道士会"赶尸"，有亲人客死他乡希望魂归故里身体也埋在家乡，便花钱请道士去，凑一队尸体一起，道士给尸体念了咒，白天休息，晚上便使法术驱赶群尸走夜路一路跳回来，到家后尸体脚上都是磨破的。于是我和父母聊起当年在旺子家看到的情景，父亲听了，立刻说："没错，这就是'赶尸'。"母亲却说："子虚乌有，你那天晚上是在做梦。"

在旺子家寄居这段时间，眼看一个月过去了，父亲找工作并无结果，吃饭都成了问题。母亲从行李箱里翻出自己前些年买的最喜欢的一件驼绒大衣、一件旗袍，还有一套搪瓷碗碟、一个胭脂盒，还有父亲的皮鞋、母亲的牛角梳，拉着我到最热闹的中南门摆了个地摊，换了些钱，够一家人又能吃几天饭。到了月底，姓秦的女人来催房租，父母自然是拿不出的，只能央求再宽限下，说父亲很快可以找到工作，到时候连利息一起还。秦家女人脸拉得老长，但看着我和旺子在院子里玩得开心，终不忍把我们一家赶出去。

我们储蓄花尽，后来干脆在她家混吃混喝了。秦家女人刀子嘴豆腐心，虽总给我们脸色看，但吃饭一定不忘叫上我们，嘴里唠叨着："本来应该赶你们出去，但你们要是饿死在我家也是晦气！"她每天做饭都会做出多些的分量，但肉自己和儿子先夹走，即使碗里还有肉我们也不敢夹的，只敢吃点豆腐青菜。父亲唯唯诺诺，每次吃一小碗就赶紧放下筷子。

旺子却经常把肉夹给我，我又夹给母亲，母亲又夹给弟妹。秦家女人深叹口气，也不再多说什么。

父亲便时常在教我读书时叫上旺子一起，没有读过书的旺子从此迷上了读书识字，天天缠着父亲教他，而后坚持和他母亲吵着要正式去上学了。他不知道，我父亲曾经是中学校长，是陶行知的学生。这也是命运的安排，让旺子的人生从此有了不一样，旺子后来成了作家。

这期间，父母继续寻找在沅陵的谋生方式，如果没有橘子生意失败的事，本可以更从容些，但现在连下一个月的房租也付不起了，还有一家人及王嫂吃饭的事。母亲歉意地跟王嫂说："我们家现在的情况，暂时肯定是付不出你的工资了，你愿意留下帮我最好，若有其它好的出路你就走吧！"王嫂无语，暂时自然也无去处，仍是住在家中，但在屋里干活也就懈怠些，除了带大妹比较上心外，常常没事就独自去外面转悠，有时很晚才回来。因为没钱给王嫂工资，母亲也不好意思询问。

老蒋则隔三岔五地过来家里坐坐，并告诉我们，他已经在县城的汽车保养场找到了工作。每次来，老蒋手里总会拿些吃的给我们这些孩子，而每当进屋，没见到王嫂的踪影，便有些失落，总是临走时才随口问问："王嫂呢？"母亲说不知道呢。

这一天，老蒋过来，王嫂仍不在，老蒋忽然和母亲悄悄说，自己喜欢王嫂很久了，能跟随沈先生一家一路走来也是缘分，自己不好意思开口，问母亲能不能帮着说一下，自己现在已经在汽车修理厂找到了工作，能养活她。母亲说自己早就看出来了，开心地答应一定和王嫂说说。回头母亲跟王嫂一聊，说起觉得老蒋是个很不错的人，能吃苦又仗义讲情分，是可以依赖的。王嫂听了后只是"嗯"了一下，什么也没说，开始收拾打扮又准备出去了。母亲追上去问她觉得老蒋人怎样。王嫂回过头来，说："老蒋人不错，但是又黑又丑……"然后哼着歌走了。姻缘毕竟是自己的事，母亲也就不好再多说。老蒋知道王嫂的反应后，有些沮丧，但仍时时带些食物过来坐坐，看看大家。

有一天，王嫂忽然容光焕发地回来，准备收拾行李，跟母亲告辞，说过几天就搬走。父母出于关心想细问问情况，王嫂有点不耐烦地说："你们不用管了，我找着好男人了。"母亲还是有些担忧，问："具体是怎样的男人，可靠吗?"王嫂有些得意地说："当官的，人也帅。"临出门又补充一句："比老蒋强100倍!"母亲还是不放心，便悄悄跟了出去，一个多时辰才回来，心事重重地坐在屋角面色铁青。父亲问情况，母亲告诉父亲，自己跟过去，找王嫂去的地方隔壁邻居打听了，她是被一个省城派驻沅陵的姓赵的国民党军官看上了，军官早有家室在长沙，王嫂这是在给人做小啊！听说这个姓赵的军官长得英俊潇洒，经常带王嫂去看戏看电影。晚上王嫂回来，母亲严肃地把她叫到一边，细细聊，越聊声音越大，我听到母亲几乎呐喊般说："只要是明媒正娶，找谁我不会管你，但给人做小，绝对不行！"我们从来没有见过一贯淡定从容的母亲那么激动。王嫂仍激烈地争辩着，然后出人意料的一幕发生了，母亲抓住王嫂的头发，给了她狠狠两个耳光。

听说当年母亲在贵池打过一次父亲耳光，但我们没有见到，而在我们这一辈子里，这是唯一的一次看见母亲如此激动还动手打人。母亲已经把多年在一起的王嫂当做了亲人和孩子，爱之深、恨之切。

王嫂捂着脸哭泣着，终于还是执拗地开始收拾行李，说第二天一早就走。母亲不再多说，想想后又出门了，到汽车修理厂告诉了老蒋这件事。第二天天还没亮，老蒋就来了，仍是带了些吃的给我们，然后递给母亲一根烟，和父母相对无言地坐着。王嫂收拾好行李，老蒋便起身帮她拎着，向我父母深深鞠了一躬，然后大步先走出门去。王嫂显得有点犹豫的样子，用眼角瞟了母亲一下。母亲像她惯常的一样，黑框眼镜后的目光低垂着，只是看着地面。王嫂终于一转头，看看在门外等候的老蒋，走出门外，不再回头。王嫂这一去，便再也没有踏入过我们的家门。

几个月后军官调走，什么也没给她留下。一年多后，母亲在中南门的一个药铺门口忽然看到了王嫂，王嫂正弓着腰给躺在竹靠椅上那个 70 多岁又瘦又老的药铺老板点鸦片烟泡，眼角无意中瞟到母亲，赶紧一路小跑躲进屋里去了。听说王嫂嫁给了这个鸦片鬼药铺老板做妾，成了她跟随我父母来到这个小县城后的最终归宿。

而老蒋在沅陵后面五年的岁月里，一直单身，直到在 1949 年逃土匪时，老蒋单独照顾陪伴了和家人离散的我一个多月。

1945 年，山外传来佳讯，进攻了中国十四年的日本人终于投降了。侵华十四年的日本人是在雪峰山最终停止了脚步，也就是父母当年和老蒋及王嫂带着我们深夜翻过的高山。雪峰山脉成了他们不可逾越的障碍。日军最后疯狂地向崇山峻岭的湘西进攻，想要摧毁雪峰山后的芷江机场，因为陈纳德带领的美军空军基地就在这里，曾起飞到东京轰炸日本的皇宫。但最终越过雪峰山的小股日本军队被国民党和共产党的联合部队全歼在山谷里，而日本对中国的洽降谈判，便选择在芷江进行，称为"芷江受降"。

从我在日本人飞机轰炸间歇的废墟般的医院里出生起，父母就在逃日本人，走了那么长的路，一直到我们一家来到这个湘西深山里的古城，都是逃避日本鬼子的结果。如果日本人成功地打过雪峰山打进沅陵，谁也不知道我们最终将逃向何方，也许贵州、云南，也许逃到东南亚也未可知，而我也许会成为东南亚某小国的一个华侨后代。

而现在，这个高悬在人们头上的梦魇忽然就消失了。

沅陵城举行了盛大的"火把游行"庆祝。那天晚上，县城里几乎所有的人都出来了，人们将船上废弃的竹缆绳砍成小段，在桐油里浸泡一下，点上火，就成了火把。欣喜若狂的人群举着火把在城里聚集庆祝，越来越多的人加入，手举火把浩浩荡荡穿过整个县城的各个街道，高喊着欢呼着，走过中南门，穿过尤家巷，经过龙头井，登上天宁山。游行的人群狂欢了整夜，久久不散。第二天，沅陵的政府和学校都放假，继续满城庆祝。

我和旺子那天晚上跟着游行的队伍一路走一路玩，看见大人们这么高兴，我们自然也高兴得很，虽然到现在我们并没有亲眼见过据说都青面獠牙的日本鬼子。旺子突然说："我们去山上看，一定很漂亮！"他便拉着我，往凤凰山跑去。我们登上夜晚的凤凰山，回看城中，一条无比长的火龙在山下的整个县城里闪着火光慢慢蠕动，而夜晚的沅江上，数百条船只和木筏上也都燃起了火炬，将夜色下黑黝黝的江水映照得流光溢彩。我看见载着一点一点火光的船只在江中移动，如同无数的萤火虫沿着一条宽带飞舞，又如千百颗流星在银河里缓慢地舞蹈。童年的我，被眼前的景观震撼，扭头看旺子，他也双手抱膝，痴痴地看着这夜晚的沅江，喃喃自语："真漂亮！"而我下一次再看到这么多火把，是在四年后，土匪漫山遍野举着火把冲向沅陵城时。我后来渐渐领悟，当很多火把同时出现时，一定是有大事，好事或者坏事。

日本人投降的消息，让父母也激动得泪流满面，当弟妹们闹累了睡了后，父母仍坐在院子里，切切细语，百感交集。我也毫无睡意，坚持和父母坐在一起，听他们聊天。父亲抬头仰望夜空，吟起杜甫的诗："剑外忽传收蓟北，初闻涕泪满衣裳。却看妻子愁何在，漫卷诗书喜欲狂。白日放歌须纵酒，青春作伴好还乡。即从巴峡穿巫峡，便下襄阳向洛阳。"此情此景，正是应景。父亲问母亲："我们回去吗？"母亲说："回哪里去？我们哪有地方可回？"父亲沉默。在安徽出生长大的父亲母亲，从1937年为逃日本人离开，八年里少有安定，多为奔波。而他俩出生的贵池和当涂，即使没有了日本人的侵扰，他们也已经再回不去了。父母已经没有了故乡，只能把沅陵这个山城，他乡作故乡了。

沅陵虽然并未曾见过持枪进城的日本军队，但也深受侵略者的侵凌。1938年湖南省政府短期搬迁到沅陵后，日本的轰炸机曾经连续几十次飞过雪峰山轰炸这座山城，炸死了近千沅陵居民，城区许多建筑也被炸成废墟，大家总时时担心日军哪天会翻过雪峰山打过来。这下放心了，沅陵人认为可以从此安心过平安日子了。

这期间，母亲的一个亲戚忽然来到了沅陵，其实就是她同父异母的弟弟，我的舅舅。外公在天津去世后，后娶的夫人留下一儿一女，儿子现在已经是国民党的一个团长，去贵州公干正好经过沅陵，不知怎么得知了自己的大姐也在沅陵，便想方设法联系上，穿着精神抖擞的军装带着勤务兵过来看望自己这个未见过面的同父异母姐姐，还给父母送了一条从战场上带回来的美国骆驼香烟。

战乱流离的年代，有故土的亲人远道而来，是件难得的大事。父母此时虽然境况潦倒，但母亲好面子，不想让这个弟弟知道自己目前的困境，将变卖细软所得的小半个月生活费全部拿出来，请他在沅陵最有名的一家位于尤家巷的餐馆"小嘉乐"吃饭，我们全部孩子都去了，点了餐馆最有名的杂烩和扣肉等菜。我和弟妹们都是第一次进这么好的餐馆，看着桌上的菜肴口水直流。母亲叫了一大壶米酒，和弟弟举杯痛饮，目光湿润。团长意气风发，大谈美国人两个原子弹一扔，日本人就投降了。父亲谈起日本人虽投降了，但湘西还有土匪，国共两党后面还会要争斗的，天下尚未太平。团长轻蔑地将手一挥："这些都是草寇，不值一提！"

临告别，舅舅问母亲："还会回安徽吗？"母亲摇头："自从父亲去世，我这辈子就不打算回去了，只是有时候有些思念小姑姑。"团长告诉她，小姑姑尚健在，在日本飞机轰炸时很险地从倒塌的房子里爬出来，只受了轻伤，但大院藏书万册的藏书阁已经在飞机轰炸后的大火中全部烧毁。舅舅说起小姑也经常提到和想念我的母亲。舅舅还告诉她，自己的妈妈在天津时也经常提起和挂念她，常常责备自己没能让她小时候在天津待下去，很希望哪一天能再见到她。母亲听了垂泪不语。

　　第二天，父亲就跑到中南门的集市，将那条骆驼香烟卖掉，换得一家数日温饱。

　　接下来的日子里，一家人的境况日益艰难，虽然流落到湘西山城，但曾经是陶行知的学生还担任过中学校长的父亲为稻粱谋，决定去长沙找找机会。

　　他得知此时的湖南省主席王东原也是安徽徽州人，离贵池很近，算是老乡，就打算去碰碰运气，老乡见老乡，两眼泪汪汪，也许有什么契机。父亲只身来到长沙，先通过在长沙的其他老乡介绍认识了一个姓巴的省政府秘书长，也是安徽人。等了数日，巴秘书长终于找着机会带父亲守候在省政府门外，赶上王东原出门时在车边引荐了一下，王东原却根本没细问，挥手说："长沙的安徽人多了，我还都能安排工作?"就匆匆上车走了。巴秘书长只好两手一摊，看着父亲。父亲本来清高，但此刻，为稻粱谋，只能抓住这最后一根稻草，苦苦哀求秘书长再想想办法。巴秘书长便写了个便条，让他去找省教育所王所长。父亲千恩万谢，拿着字条又跑到省教育所，王所长拿着便条左看右看，说："王东原主席没批字啊！你过几天再来找我，我想想！"父亲又等了几天，再去找他，所长却去外地出差了，等了10天也未见回来，父亲只好又找巴秘书长，秘书长叹口气："现在时局还是乱，长沙谋事不易，这里倒是有个临时工作，但是个苦差，也不是长久的位置，你要愿意就先干着。"

其时抗战刚刚胜利，但战乱后的城市民生尚未安顿好，长沙仍有数千外地难民流离失所。政府此时虽手头紧，但也需要对这些难民有所安置，便利用长沙大火中没被烧尽的近郊一些破房子搞了些难民招待所，其实就是难民营。正式编制的官员们谁也不愿意干这苦活，招待所主管也就是个临时工的位置，工资也低。父亲便欣然前往，出任长沙难民招待所主任，天天起早摸黑，奔波在各个难民招待所之间，为在战争中失去了家庭住所和亲人的难民们安排食宿，用极其有限的经费，不让滞留在长沙的外地难民们饿着冻着，并帮助他们设法返回原籍。工资虽然微薄，但父亲终于有点收入，全部汇回沅陵，供一家大小吃饭。父亲在长沙照看着数千难民，而在湘西，还有自己一家子的难民。父亲给母亲写信，说："此工作虽劳顿辛苦，但能以一己之力，帮助和我们一样的诸多战乱后之苦难民众，深感慰藉。"母亲回信："不用担心我们，你在做有价值的事！"

三个月后，难民们逐渐返回原籍，回到家乡，难民招待所完成了它的历史使命。父亲送走最后一个难民，关上招待所的大门，交还政府，也知道，自己的工作结束了。巴秘书长给父亲写了个便条："你的家人还在沅陵，你还是回去吧，去找我在沅陵的一个朋友，我看你办事稳重尽心，他会用你的。"

父亲回到沅陵，下船后没有回家，先风尘仆仆地直接按着便条上的地址找到了沅陵民众教育馆，竟然是在大名鼎鼎的千年古刹龙兴讲寺里。敲门进去，见几个人正在埋头打麻将。父亲客气地询问杨馆长是哪一位，并拿出巴秘书长的便条，桌上一个戴眼镜斯斯文文的人从麻将桌上伸过手来接过便条，扫一眼，又看一眼父亲，问："会打麻将吗？"父亲赶紧点头："会的会的！"杨馆长说："那你先替我几把，我要出去办点急事。"父亲一时有点发愣，赶紧上去坐下，又把自己的简历一起递给馆长。约一个小时后，杨馆长回来了，父亲手气不错，竟然替他赢了不少。杨馆长说："你继续打！"自己在边上饶有兴趣地看着，忽然随后问："你是晓庄学校毕业的?"父亲说是的,馆长沉吟片刻,说:"你明天来上班吧!"

父亲那天脚踏清风地跑回家宣布这个消息的时候,神情十分得意,先告诉母亲说自己下船就打麻将去了。之前母亲接到父亲信得知他又失去了长沙的工作回来,很是忧心,又听说父亲在家里如此困顿的时候还有闲心打麻将,不免眉头一皱。但父亲随即宣布了找到工作这个好消息,并不忘又补充了一句:"男人做事业,要交朋友的,我可不是为了玩。"母亲不吱声,一个为了家人而低声下气在外面奔波的男人,其实是无可指责的。母亲多年后有次忽然和我提起,说父亲拿得起放得下,这点比她强。而母亲这辈子,无论境遇多么困苦,都永远高昂着她的头,从未向任何人低头哀求过。

不久后,杨馆长看出父亲境况窘迫,又是难得的人才,便想办法在民众教育馆办公所在的龙兴讲寺里弄了间闲置的房子,让我们一家搬过去住,我们不用再付房租寄居在秦家女人家中,而我们已经拖欠了很久的房租了。我们一家的窘迫生活,终于有了转机。我们终于得以付清欠秦家女人的房租,和他们告别。父亲想多给些算是几个月来的伙食费,秦家女人脸一板:"看不起我孤寡人家吗?你教旺子读书,我也没给学费啊!"

父亲在民众教育馆的工作是负责给当地的民众扫盲,父亲作为陶行知和蔡元培的学生,现在需要给湘西的一众文盲讲课，实在大材小用，做这差事虽然委屈，但此情此境，好歹有份收入，不至于全家出去要饭了。家里确实已经山穷水尽，能卖的细软已经全部卖光了。

我们居住的龙兴讲寺始建于唐贞观二年，由唐太宗敕建，是中国现存最古老的佛学院。唐太宗赐名"龙兴"，是希望借此传播佛法，感化叛服无常的西南群蛮，在大西南实现教化一方稳定一方。

明代圣贤王阳明在"龙场悟道"后，赴任江西庐陵知县，途经辰州，也就是沅陵，被此地山水人文所打动，停留下来，在龙兴讲寺院子里靠近虎溪山的西侧要了块地，开堂讲学，最早在此提出"致良知"的学说，留有两首《辰州虎溪龙兴寺》的诗："杖藜一过虎溪头，何处僧房是惠休。云起峰头沉阁影，林疏地底见江流。烟花日暖犹含雨，鸥鹭春闲欲满洲。好景同来不同赏，诗篇还为故人留。"然而这些年来，沅陵各种洋教兴盛，天主教基督教伊斯兰教都信众如云，佛教儒教反而都被冷落，巍然耸立的古老的龙兴讲寺，早已无僧众，空留盖满尘土的巨大的菩萨们孤独地或立或坐，而整个寺院变成了民众教育馆这么一个地方行政机构的办公所在。

龙兴讲寺位于沅陵城的虎溪山顶，坐北朝南，依山就势，纵深五进，从沿江的西关码头需攀爬数百级石梯才能到寺庙门口。寺院建筑黄瓦红墙，翠柏苍松，庄严肃穆。大雄宝殿里由明代礼部尚书董其昌题写的"眼前佛国"的牌匾还挂着，已是布满尘土。爬数百级石阶进到头山门，然后是过殿、二山门、大殿、后殿、东西厢房、弥陀阁、观音阁等，再到大雄宝殿。大雄宝殿由沅陵特产的八根楠木柱子撑起，直径有三尺，气派非凡。前面右侧有一间房，我们家就住在西厢房。出门往左看就是双目微张的庄严的如来佛等三尊佛像，内廊画壁上是玄奘西天取经的宏大的群像雕塑，往右是玄关，走下去便是弥勒佛笑嘻嘻地坐着。再往西的院子就是王阳明的虎溪学堂，他的两首诗刻在石碑上，已被风雨侵蚀，字迹模糊。中殿再往下就是将宝剑抱在怀里的韦陀菩萨，按佛家规则，任何寺庙如果韦陀菩萨是把宝剑抱在怀里，便可以接受外来居士"挂单"（留宿）；如果是把宝剑竖在地上，便不接受"挂单"。父亲略懂此规则，对韦陀菩萨施礼，说："我们这个单，可要挂久一点了。"

白天的龙兴讲寺里熙熙攘攘，并非求佛的善男信女，只是民众教育馆里的工作人员在忙碌着。到暮色降临，龙兴讲寺归于宁静，只剩下我们一家人，和被灰尘覆盖的菩萨们相伴。

住进去后几天，父亲带回来几条很大的鲤鱼，有黑色的有金黄色的有红色的有浅黄色的，将它们养在寺中天井里一个巨大的水缸里，并指定每一条鱼由我们一个孩子照料。我那条是红色的，大弟弟的是金黄色的，二弟的是黑色的，大妹的是浅黄色的。父亲说："鱼是带来平安的。"这么些年来，我们家孩子第一次有了各自的宠物，大家每天都去看它们，给它们喂食。父亲心目中，希望就此不要再奔波，平安是福了。

我站在高高的龙兴讲寺的大门外，便可以看到远方宽阔激荡的沅水和酉水（沈从文笔下的白河）在白田头处交汇。每到五六月，沅水会澎湃汹涌，变得浑浊，发"端阳水"，滚滚江水如同一条黄龙，而酉水此时依然澄净碧蓝，于是两江相遇处，便见到一线碧蓝的水，飘若翠带，一直拖到中南门下。此为沅陵著名的八大景之一的"酉水拖蓝"。

民众教育馆是国民政府设立的专门给沅陵当地百姓扫盲和进行文化教育的机构，和1000多年前唐太宗敕建龙兴讲寺的初衷似乎也有相通之处，将已经衰败的龙兴讲寺征用为民众教育馆的办公地点也顺理成章。

父亲在民众教育馆很快干得风生水起，每次讲课，下面除了沅陵城里的人，还挤满了城边山里来的穿着不同民族服饰的乡民，大家兴致勃勃听这个儒雅博学的教师谈古论今，大开眼界。民众教育馆办公的龙兴讲寺里大雄宝殿改的教室已经坐不下，父亲便到龙兴讲寺外面的山门外讲。大门在高高的虎溪山上，几百级台阶下面是玉带般的沅江，下面听课的常常上千人，他们或站或坐地拥挤在山门外的石台阶上山坡上，都仰着脖子看这位沈先生绘声绘色地讲课。一时间，沅陵城里，聚集到龙兴讲寺听父亲讲课的人，远比去永生堂听保牧师布道的人多。父亲每次讲完课回来嗓子都嘶哑了，但兴奋不已，回家和母亲说："这就是陶行知提倡的教育！要把教育和知识变成空气一样，弥漫于宇宙，洗涤于乾坤，普及众生，人人有得呼吸！"

对于父亲，作为一个教师，人生最大的乐趣和宽慰，莫过于此。

不久，父亲被提拔为该馆的教导部主任，工资也增长了不少。这期间，满腹经纶的母亲也终于在县税务局找到了一份出纳的工作。父母都有了收入，家境稍微宽松了一点。而父母都要上班，家里的孩子越来越多，父母便找了一个苗族的女人来家里料理家务和帮忙照顾孩子们。

这个女人名叫桂玉。桂玉刚来我们家时并不是很老，四十出头而已，但她被沅江凛冽的江风洗礼过的面庞满是皱纹，加上头上整天包着个蓝布头巾，我们一开始就称呼她"老婆婆"。老婆婆这一来，在我们家就待了二十多年。

自从老婆婆来，家里的一切都变得井井有条。她身体壮硕，做事雷厉风行，可以一个人一边做饭一边打扫卫生一边把孩子们都看好。听说她年轻时是个在沅水上闯荡的女

"排古佬"。

湘西多山多木材，尤其以楠木最为著名，明代修故宫时大殿所有的殿柱全部用的是沅陵的楠木。湘西山路崎岖难行但水流充裕，自古便有"排古佬"这一古老职业，多为身强力壮的年轻男性。人们从深山里砍倒参天大树，劈去旁枝只留主干，一根根丢入顺山脉而下的溪水中，再在溪流回转处将木材用竹绳捆扎成木排。"排古佬"便负责站在木排上，用长篙撑着木排在湍急的溪流中下行，进入沅江上流，再经过无数个水急浪大的滩头，最终将木排送到常德甚至武汉，卖给木材商人。木排上往往会顺带搭放些成桶的桐油，一起到城里卖个好价钱。而返程而上，则需用乌篷船载货，因水急浪大，于是有了纤夫。逆水拉纤，更为危险。沅陵到常德，一路上不知道要经过多少险滩，最难的是青浪滩，每年在青浪滩都要死很多个纤夫和"排古佬"。曾有个痴情女子，因其丈夫在青浪滩送了命，便四处唱渔鼓募捐，凑钱在滩头最险要处修了许多长长的铁链，铁链的两端牢牢钉进两岸的岩壁中，让纤夫们经过时可以手抓铁链，不易被急流卷走，被称为"寡妇链"。

女人没有做纤夫的，而女人做"排古佬"的，自古也寥寥无几，但桂玉婆婆就曾经是"排古佬"，和男人们一起驾着竹排，穿浪越滩。我们从未问过老婆婆的家人情况，她似乎一直孤身一人，也许，她的男人，也是那些命葬激流的"排古佬"中的一个？

据说老婆婆还会"放蛊"。蛊毒是湘西苗族特有的民间制毒方式，只在苗女间流传，而放蛊的对象却多是自己钟爱的情郎。湘西穷山恶水，男人多要外出谋生，有的放排到了常德、武汉就不再回来。偏偏湘女多情，怕情郎千允万诺后在外面花花世界有去无回，便会在临别前给情郎冲一碗甜酒冲蛋或者下一碗猪脚粉，用指甲尖弹一点蛊药进去。半年内情郎若不回来，便会发病无法医治；只有回来，放蛊的女人才有解药。但也常有苗女哭哭啼啼拿着解药进城去找她的男人，不希望他真的死掉。惊心动魄的爱之深、恨之切。而蛊药的制作原理，听说是到深山中采集各种毒虫，放到一个土罐里，让它们互相吞食，将剩下的最后一只，烤熟了磨成粉，再将雄鸡的胆也烤干磨成粉，混在一起，放到屋顶上让霜打一遍而成。至于解药从何而来就不得而知。当地人把会放蛊的老年女人称为"草鬼婆"，一旦家里有人得了不明不白的病，往往总怀疑是"草鬼婆"干的，常有老年女人因此被欺凌殴打。

老婆婆对我们慈爱可亲，但听到了关于她的这些事，她在我眼里便越发神秘，我总怀疑在深夜我们都熟睡的时候，老婆婆也许会穿上奇怪的衣服跳上房顶，施展一些了不起的法术。我有一次忍不住缠着老婆婆让她教我放蛊，老婆婆一愣，板下脸说："小孩子瞎说什么！这都是没有的事！"

　　老婆婆在我们家待得越久，在家里的地位便越高，对孩子们而言，似乎父母不在没关系，老婆婆不在就不行。父母对老婆婆从来不批评指责，家里生活上的一切事都由老婆婆做主，老婆婆不同意的，父母从来不做，而老婆婆决定的事，父母一定言听计从。多年后我们家九个孩子的时候，吃饭时父母和老婆婆还有我坐在桌上，因为我是老大，其他八个弟弟妹妹除了最小的尚在吃奶外，其他的都轮流拿着饭碗过来盛一点菜，在边上自己找地方站着或者蹲着吃。老婆婆负责给大家分菜，她喜欢谁就会给谁多一点，大家都要想办法讨好老婆婆。老婆婆对孩子们有自己的偏爱，最喜欢四弟小毛，有时候一家人一天的饭菜钱三毛，老婆婆带着四弟去菜场，只花两毛钱给大家买菜，花一毛钱给小毛买零食，被其他孩子知道了，羡慕不已。

　　孩子多，粗茶淡饭都缺少油水，老婆婆会精心算计好开销，偶尔在月底去屠宰场花很少的钱买回一整副猪大肠，这是最便宜的荤食，当时只要一毛八一副。回家剪开肠子洗干净里面的秽物，加些梅干菜用大锅煮出来。煮大肠时整个屋子里飘满了油香味，孩子们像一群小狗一样围着灶台转，口水直流。父亲回家闻到香味也直咽口水，想想一家人还住在庙里，扭头看到外面的菩萨，只能心中默念"罪过罪过!"，然后低头一起大快朵颐。

老婆婆又在厨房中间做了个火塘，可以烧柴也可以烧炭，还可以在上面熏腊肉，冬天屋子里总是暖洋洋的。她又用红辣椒和玉米做了很多酸辣子和糟辣子，存在瓦罐里，下饭得很。还自己做甜酒，糯米甜酒、红薯甜酒、小米甜酒都有，用土坛装好，父母来了客人便按当地习俗用细竹管一起凑上去吸。还用糯米放油炒成粉末放在坛子里密封成炒米茶，用热水一冲加点红糖，美味至极。家里各种坛坛罐罐摆满了墙角。

沅陵城临水背山，除了一条正街和一条河街外，几条小街都是南北向斜通向沅江，最宽的一条小街又叫马路巷，可能得名于街道宽敞可跑马，现在的人把它叫做"宗教街"。最靠近河岸的地方便是供奉圣母玛利亚的天主教堂，附近有修道院，往上几十米就是蓝色圆顶的清真寺，稍远是佛教的白圆寺，再上去是有戴着方头高帽的道士们出出进进的道观，最高处就是供奉耶稣的基督教永生堂，哥特式的建筑，尖顶的钟楼上有个大十字架，上菱下方的长条形窗子，彩色的玻璃。附近还有漂亮的教会宏恩医院和整齐的教会学校——贞德女中、辰粹女中和朝阳男子中学等，再加上两个女中的附小，都是雕花石砖外墙，建筑精致。

在马路巷里，人们常常会看到一队十多个金发碧眼的修女，穿着黑袍披着黑色头巾，一个接一个地低头穿过巷子，如同一列黑鱼无声地从溪水中划过，据说她们来自欧洲的德国、法国和匈牙利等地。而永生堂里总会在每个礼拜天，从彩色玻璃窗里传出管风琴的奏鸣和唱诗班的吟唱声。

在沅陵，基督教的信众们都把耶稣叫做"爷叔"，据说这是永生堂里的保牧师的发明，用当地话这么一叫，这个遥远的西方的耶稣便仿佛和中国文化血脉里的祖宗崇拜挂上了钩，叫着也亲切。

清末年间，湘西瘟疫流行。民风彪悍的湘西人，怀疑是教堂里的洋人在井水里下药，便聚集起来，用砍柴刀将沅陵城教堂里的神父杀了不少，这便是著名的"辰州教案"。清政府只好将肇事者及相关人员也全杀了，又赔偿了洋人巨额的款项。洋人却奇怪地将这些钱又拿出来，在中国建了更多的教堂，而在事发地的湘西沅陵，更是把教堂建得高大雄伟。一些虔诚的西洋教士，捧着十字架来到这片蛮荒之地。自此，在湘西一隅，有高鼻子的西洋牧师混迹于背着竹背篓的苗民们中间就并不奇怪了……

我第一次见到保牧师时，我们全家还在旺子家寄住。那天我正独自坐在屋门口的台阶上发呆，忽然鼻子闻到一股奇异的香味，然后看到一双大手伸到我眼前，胳膊上全是金色的长毛，这双大手拿着一块奶油蛋糕，这是我第一次见到奶油蛋糕。我抬头看到一个极其高大的洋人正半蹲下来，咧嘴笑着看着我，他蹲下来也比我高，而脸上煞白的皮肤、鹰钩鼻子和粗大的毛孔实在有些吓人。我有点惊恐，但是蛋糕散发的香味实在是太诱人，我想了想，还是一把抓过蛋糕，慌忙扭头跑回屋里，准备和弟妹们分享。背后听到这个洋人用沅陵话喊着："慢点跑，莫要绊倒了啰！"

我将蛋糕分成四块，和弟弟妹妹们吃了，比起这块奶油蛋糕的香甜，我之前吃过的任何美味都差太远了，更何况我们家正处于食不果腹、衣不蔽体的阶段。

后来我进了沅陵的教会小学——辰粹女中附小读书，身为忠实信徒的老师会常常带班上几个成绩好的学生去教堂甚至去保牧师家里玩，我便经常遇到保牧师了。保牧师住在离永生堂不远的一座白色小楼里，在这小楼里，保牧师给我们展示了许许多多我们从未见过的新奇东西。除了奶油蛋糕，我们还尝到了各种颜色的糖果。保牧师还会拿出一台能发光的机器，给我们放幻灯片。我们看到了美国人住的别墅，各家修葺整齐的花园，屋里有壁炉，燃烧着熊熊的炉火，墙上挂着逼真的人像画和美丽的风景画。保牧师又送给我们圣诞卡，上面印着精美的图画，有长角的鹿拉着雪橇，还有穿着红衣服的白胡子圣诞老人。

在学生中，保牧师似乎最喜欢我，只要我一去，他便张开双臂，高声说："聪明的临，快过来！快过来！"等我们开始学一点英语时，我便问他的英文名字叫什么。他说了很长一串，我只听懂了他的姓应该是"保罗"，但在整个沅陵城，大家都叫他"保牧师"。沅陵当地也有"保"这个姓，他遇到姓"保"的，便高兴地说："我也姓保。"

保牧师十分忙碌，每有信徒家人离世，他必举着十字架第一时间赶到，亲手为死者合上双眼；每有信徒家中诞生婴儿，保牧师便会在教堂里准备好做洗礼的铜盆和圣水，提着婴儿的双脚，将头在铜盆里浸一下，说："愿主保佑你。"每到礼拜天，永生堂举行活动，沅陵城里一些虔诚的信徒，会统一穿上青蓝色长袍，跟随着保牧师，排列在管风琴前，随着管风琴的伴奏和声一起吟唱："主是好牧人，好牧人为羊舍命……"

保牧师有空时最爱去沅陵城热闹的尤家巷转悠，或者到通河桥集市挤在包着不同颜色头巾的苗族、土家族和白族的山民中，和小摊贩开开玩笑、讨价还价，或者跑到中南门码头，饶有兴趣地观看赤膊的水手们将烟草、板栗、橘子和木材卸下船。他最着迷的是湘西的辰河戏，每到春节，河滩上会连续演半个月的辰河戏《目莲救母》，保牧师必挤在人群中，听得如痴如醉，跟着摇头晃脑地学唱。这片藏在东方的深山中的古城，对于已经待了近三十年的保牧师来说，依然充满了新奇。

而父亲则时时叮嘱我不要太多听那些外国人的东西。父亲是陶行知的学生，并非只懂孔孟之道的守旧文人，但对西方宗教一直怀有戒心，最推崇的是王阳明的"心学"，认为自己的老师陶行知的"生活即教育"的注重实践行动的理念，就是王阳明"知行合一"思想在教育领域的体现。父亲说："西洋人的东西，在中国，走不通的。"父亲常跟我说"举头三尺有神明"，做人做事要有敬畏。我问："那神明又是谁？是这寺庙里的菩萨吗？"父亲摸摸我的头说："等你大了再慢慢跟你讲。"

有一天，我和老师去永生堂时，保牧师忽然拉住我，说听说我父亲是县城里最有学问的人，很想和父亲见面交流学习一次，让我转告下。我便回家告诉了父亲，父亲沉吟片刻，欣然答应。

保牧师在一个秋日周末的午后，拎着一盒奶油蛋糕，攀上虎溪山几百级台阶，来到我们家居住的龙兴讲寺西厢房。父亲拿出珍藏的安徽老家的太平猴魁茶，用寺院后清冽的山泉水煮开了给保牧师泡茶。母亲拿出一张草席，放在弥陀阁外的天井，父亲和保牧师盘腿席地而坐，我和弟妹们吃着奶油蛋糕，在边上嬉戏。那时我已经八岁，父亲叫我："临儿，坐过来一起听听。"我只好坐在一边，听他们聊起我并不感兴趣的话题，恍惚间沉沉入睡。等我惊醒，发现夕阳已经将黄瓦红墙的房屋染成金色，飞檐的投影映在保牧师和父亲的脸上，两人仍然在兴致勃勃地讨论着什么。保牧师走时，父亲一直将他送到半山腰，才拱手告别。我一直不知道，整整一下午，他们都聊了些什么。一个中国旧式家庭出来的新派博学文人，和一个浸淫在湘西山城二十多年的美国牧师之间，能碰撞出怎样的文化交流火花？

那时，我已经进了教会的辰粹女中附小读书。教会小学的教师都和蔼亲切，并不像传统私塾那般严厉。因是女子中学附小，学校学生绝大多数是女生，男生数量极少，女生们人多势众，难免有时会欺负男生。我便邀集了几个男生好朋友，以我最喜欢的黑色为主题，组织了一个"黑衣党"，每当有男生被欺负，我们几个便用黑布巾将嘴和鼻子围住，团结一致，一起跳出来和人数众多的女生们打斗。事情传到了学校，副校长把我们叫到办公室，排队每人伸手让他用戒尺重打三下，以示惩戒。有挨打经验丰富的同学教大家事先采些墙头野生的洋姜涂在手上，手掌便是麻的，怎么打手也不会疼。

遇到不太认真点名的老师的课，我们便逃学出去玩。背着书包玩不方便，被街上的大人看见就知道我们是逃课的，也会很多事地过来数落我们，大家便把书包藏在学校旁一个小庙里菩萨像的屁股下面，这样东西不会丢。在湘西，没人会在菩萨边上偷拿别人的东西。然后我们就可以放心地出去疯了。

在学校里，来自沅陵各个丰富多彩的不同家庭的小伙伴们带我领略了这个古城的另一番七彩斑斓的风情。

我们相约去一个家里开染坊的姓付的同学家，一进他家院子，便看到墙角堆满了山上采摘下来的制造靛蓝用的菘蓝草，其根茎便是做药的板蓝根；用菘蓝草染出的靛蓝布料做成衣服穿在身上，可防蚊虫虱子。而院子中间，在阳光下用竹竿架晾晒着无数靛蓝长布，在风中如彩旗般舞动，呼呼作响。大家在"彩旗"间追逐奔跑，将竹竿架打翻，蓝布散落一地。等大家尽兴散去，留下染坊老板的儿子等待父母一通狠揍。

大家又去一个开豆腐店的姓张的同学家里，豆腐坊里热气腾腾，他父亲正用巨大的网筛在滤豆渣，到处飘散着新鲜豆浆的香味。同学的父亲从齐人高的青瓷豆花缸里用小竹铲给我们每人铲了一碗刚做好的豆腐花，还滚烫地冒着热气，加一点酱油和辣子，再撒上葱花和榨菜末，说："敞开吃！"豆腐花实在是太好吃了，第一碗我们像猪八戒吃人参果一样还没品到味道就没了，马上再盛一碗，我们每人吃了五碗。

还有个同学我最记得，姓刘，他父亲外号"一枝花"。"一枝花"其实是一个丑陋的老男人，在沅陵城有着这么俏丽的外号，是因为他只有一只眼睛，另一只眼睛据说是年轻时和苗民打架被捅瞎了。他做的饺儿面最好吃，在楠木街开着沅陵城最有名的饺儿面馆，每天不大的小铺面都要排队。饺儿面就是一半肉馄饨一半素面条，用老汤煮在一起，再放上很多辣椒油和香菜。我们去自然是不用排队的，也不用给钱。"一枝花"只要看到儿子带着我来，一定放下手里所有事，跑过来俯下身子把只有一只眼睛的头凑到我面前，咧嘴笑嘻嘻地问我今天吃几碗。他儿子在班上成绩最差，在班上和我坐同桌。"一枝花"知道我成绩最好，总想拍我的马屁，让我多帮帮他家的小子，最好考试的时候直接帮才好。

　　还有个同学姓张，家里开酱园的，一缸一缸的豆瓣酱，放在深褐色的大酱缸里，上面用竹篾做的盖子封着，密密麻麻的上百个，摆满后院，让其日晒雨淋地发酵。豆瓣酱直接吃太咸，有时我们去玩，张同学的父母便弄了些新鲜的腰花切成丝，加上他们家的豆瓣酱，再放上干辣椒粉，炒一大盘，配上白米饭给我们吃，真是下饭极了。吃完饭走时，他必用小竹筐装上豆瓣酱，让我们每人带一筐回家。

　　有一个姓彭的同学家没有房子，就住在一条渔船上，吃饭睡觉都在船舱里。船舱里有口缸，把沅江水打上来倒在缸里，丢一块明矾，慢慢地水就清澈了，用来做饭和烧水喝。我们跟着他们家的船出去捕鱼，黄昏时将大网撒在波光粼粼的沉水中，他们家还有四只鸬鹚，等鸬鹚下水抓了鱼上来，我们再好奇地看着他父亲将鸬鹚的脖子一挤，一条鱼便活蹦乱跳地落在鱼筐里。晚餐自然是吃鱼，就着船舱中的土炉子，一大锅放了辣椒和酸萝卜的红烧鱼汤便香喷喷、热乎乎地端上来，我更爱吃用鱼籽和鱼泡放上仔姜、辣椒干烧在一起的那盆菜。正是盛夏，大家吃完后浑身发热，干脆跳进江中，游完泳再回家。

大家轮流做东，轮到我请大家来家里，大家发现我住在庙里面，觉得新奇不已。有调皮的同学直接爬到弥勒佛的头上骑坐着，弥勒佛自然永远笑眯眯的并不生气。庙里前院有棵千年银杏，正是晚秋季节，金黄的落叶铺满庭院，大家将满地的金黄叶子掀起来互相扔，又在堆积的落叶上打滚。然后有人发现满树的银杏果，我便找根竹竿，大家将银杏果打下来一地，捡拾起来坐地分吃。银杏果有微毒，很快一个个吃得肚子疼，赶紧各自捂着肚子回家找大人，大人找了解毒的中药，吃完药自然免不了各自又补挨一顿揍。

又有一个同学姓田的，苗家孩子，家里在山上有大片果园。一天盛夏的中午，他领着我们爬了半座山，到了他们家的梨园。他父亲看到这么多孩子过来，大手一挥："自己上树，自己摘！"于是我们顶着烈日，爬上了结满果实的梨树，随手摘下一个梨子，梨子外表被太阳晒得滚烫，一口咬开，热乎乎的汁水在口中崩裂，这种滚热的梨子的口感，几十年后回忆起来，也仿佛是昨天刚吃过一般。

我们同学中最阔绰的姓胡，他父亲是个道士，有个小小的道观在西边的铁炉巷里，据说他父亲得四千年前胡氏真人的真传，会画"辰州符"。我们跟他去那道观玩，前来求符的人络绎不绝。他父亲画符时周围不许有声响，大家都屏息静气。他父亲念念有词，用毛笔在黄纸上涂鸦。画好后在烛台的火焰上转三圈，交给求符人。胡同学告诉我们，朱砂一定要用最好的辰砂，鬼见朱砂是火轮；毛笔一定要狼毫；墨要用松烟墨，必须新磨墨汁，不能用墨盒；砚台必须是石质的老砚台；纸要用上等黄纸；水须用露水。辰州符贴门上，鬼邪不入；贴伤口，鲜血立止；贴牛羊身上，瘟病即消；贴尸体额头上，由资深道士指挥，尸体便可立起来跳跃归乡。我怀疑之前深夜在旺子家院子里看到的便是胡同学的父亲，但这边道士，都戴着中间画着八卦阴阳图的青色方头帽，一概清瘦有长须，都长得差不多，难以分辨。

天主教会医院的院长姓唐，是湖北人，他儿子也在我们班和我关系甚好，一次我去他们家玩，他家住在一个很大的庭院里，有许多的房间。戴着金丝眼镜胖乎乎、笑嘻嘻的唐院长看到我伶俐，很喜欢我。同学的妈妈穿着精美的旗袍，头发精致地挽上去，拉着我问长问短。夫妻俩常让儿子邀请我去他们家吃饭，餐桌上用的碟子和刀叉，吃饭前要先祈祷，叉子用起来实在不方便，我便弃了刀叉用手直接拿到嘴里吃，院长夫妇也不介意，都看着我笑。

一个闷热的周末中午，我又在他家玩，忽然觉得口渴，便在院子里乱窜找水喝，无意中推开了一扇房门，惊讶地发现平时西装革履的院长正光着身子，把我同学的妈妈压在床上。我吓得赶紧跑出来，告诉我同学，他爸妈打架了。过了一会儿，院长夫妇穿着西装和旗袍出现在我们面前，笑盈盈地看着我。唐院长蹲下身子，对我说："我们没有打架，我们不会做需要向主忏悔的事情。"

还有个同学姓颜，从来不邀请同学们去他家玩，大家玩了一圈都嚷嚷该去他家了，他就是不吱声，大家觉得他太小气，都生他气，而且约定以后出去玩就不带他了。颜同学因此很伤心，有时看着我们又相约出去玩，只能远远地看着，不敢过来。我想他家可能很穷，不好意思，便悄悄跟他说："你就请大家去嘛，没有吃的没关系，看看玩玩也很好。"就像到我家，我也没能给大家吃上好吃的，只是打了一地银杏果把大家肚子吃疼，但大家还是很开心，过些天又来，继续爬佛像继续打银杏果，只是不敢再吃了。

可能他终于想通了，有一天，他偷偷叫上我，约我单独去他家吃饭。我说为什么不叫大家一起，他嗫嚅道："我家人太多……"这天中午，我便跟着他，绕到伍家坪下面的一个狭窄的小巷子，进了一个门口挂着灯笼的院子。院子很大，有十多间房，两层楼绕一圈，每间房外面都有一个灯笼。我惊讶地和颜同学说："你家好大呀！下次叫大家一起来！"

颜的母亲身体富态，涂脂抹粉，衣着鲜艳，看到我来喜出望外的样子，上来拉着我的手问长问短，说这是第一次有同学来家里玩呢，以后常来啊。吃饭时间到了，摆着巨大长桌的大厅房里，陆续来了十多个年轻女子，全都穿着花旗袍，紧紧裹着修长的身体，画着浓浓的妆，耳下挂着叮当作响的耳坠，但细看在粉黛下的年轻面容上，已满是倦怠的纹理。女子们看到八岁的我，都很意外也很高兴，围上来捏捏我的脸摸摸我的头，还有的亲我脸颊一下，掏出糖果塞给我。

大家坐一大桌吃饭，我边吃饭边大声问颜同学："她们都是谁啊，为什么都住你们家？"颜低声说："她们都是我姐姐。"我大声问："你怎么会有这么多姐姐？太厉害了！"大家听了都笑得东倒西歪，纷纷对我说："没错，我们都是姐姐，以后等你长大了，要常来看姐姐们啊！"姐姐们都不断给我夹菜，都不停地看着我笑。

后来等我大了一些，大概明白了这些大姐姐是做什么的时候，颜同学已经退学了，我再也没有看到过他。我成年后偶尔忆起这件事，奇怪的是心里从未有过任何不适，相反，这个难忘的童年片段总是在我记忆里一再出现，闪烁着温暖和悲悯的光芒。

我讲这座城市的故事，一定要专门讲到沅江。沅江是沅陵城的母亲河，数千年来，古辰州在它的滋养下，历经兴衰。中南门码头是沅水上各种船只的集散地，各种运木材运桐油运草烟运板栗的不同样式的船只在此歇息，驶向下游的滩头，往常德、武汉而去。在寒冷的冬季，水手们便下船在码头上喝些酒，吃碗牛杂汤。

在明代时候，这里就已经是沅陵的重要码头，明代诗人何景明曾夜过当年的中南门码头，留下《沅水驿》的好诗："小驿孤城外，阴森草木幽。晚凉凭水榭，秋雨坐江楼。绝域鸿难到，空山客独愁。夜深归渡少，渔火照汀洲。"

这年冬天，沅陵难得地下起了雪，我正在门口举着手接天空中飘来的雪花，父亲忽然从外面披着一身雪花回来了，在门口看见我，便没有进屋，偷偷叫我："临儿，跟我出去一趟。"我随着父亲一起，踩着青石板路上薄薄的雪，来到中南门船码头。码头上很多各式各样的乌篷船零乱停靠着，在江边装货卸货，水手们上下忙碌着，寒冷的江风夹着雪花一阵紧似一阵地吹来，水手们都裹紧了夹袄。岸边有人支了一口

上的水手们都叫他"老田头"。后来我没事便自己跑来找他，听他海阔天空地聊，聊完还会免费给我盛一碗牛杂清汤。免费的汤里，牛杂当然是没有的。

我知道了沅水有三垴（水下暗礁）九洞十八滩四十八溪，二十个船站。沅水上有很多蜂窝岩，是千百年来船工在巨石上用竹篙点钻出的圆孔，密密麻麻形如蜂窝；有很多纤索槽，是沿江石头上被纤夫肩头的纤索拉出的几寸深的印记；寡妇链的故事我早已知道，是一个父亲、丈夫和儿子都死在最险的青浪滩的女人唱渔鼓募捐修的帮助船工过滩的锁链。我还知道了在青浪滩岸上，有个伏波庙，曾经远征"交趾"（越南）成名的东汉著名的"伏波将军"马援带兵征服南蛮时，无法逾越水阔浪疾的青浪滩，在此受阻染上瘟疫。马援和众多官兵都在此殉命，相传化作3000只乌鸦盘旋在青浪滩上空。后人修建伏波庙祭奠马援，乌鸦则聚集在庙中。路过青浪滩的船工必须烧纸敬神，将米饭抛向空中喂食乌鸦，才能平安通过。还有个孝子索的故事，说一个寡妇带着儿子住在沅水这边，偷偷和江对岸一个寺庙里的方丈幽会，儿子看在眼里，渐渐长大了，考取了功名当了官，回乡在两岸修了一座纤索桥，可以直接从桥上过江，让母亲不用再绕很远的路经过险滩去对岸，但儿子从此再也没有回来，和母亲断绝了往来。

湘西的传说，往往古艳动人，而沅水的故事，总是无穷无尽。多年以后，大型水电站的修建，将沅陵古城淹没，沅水的所有这些故事，都已一起沉入水中，成为古远的传说。

沈从文笔下的酉水，是文静温婉的女子；而沅水，无疑是赤膊高歌的壮汉。

和汨罗江纪念屈原的龙舟赛完全不同，沅陵的龙舟赛有着更古老的历史，是当地少数民族纪念他们的祖先盘瓠的。相传盘瓠是天庭的神龙，犯了错被贬成一条神犬，来到人间娶了帝王的女儿，生了五个儿子，儿子们成人后听道士言说他们的父亲是犬，便将盘瓠杀死在沅江里。其母告诉他们，父亲其实是天庭的神龙，儿子们后悔不已，驾着船到沅江寻找盘瓠的尸体，后便演化成一年一度的龙舟赛。在盛世年代，沅陵的龙舟赛有上百条龙舟，5000 个水手参赛，两岸观众超过 20 万。多年后，我翻阅沅陵的县志，上面有讲到根据严谨的历史考证，当时沅陵的龙舟赛，是同时期地球上全人类规模最大的群体聚集行为。

每年农历五月五，沅江上便会鼓乐齐鸣，人潮如海，龙舟赛开始了。

沅陵的龙舟赛参赛各队，多年来一成不变，按来自不同的地方，龙舟分别有固定区分的颜色。在沅陵的所有成年人甚至孩子，只要一看船的颜色就知道这是哪里来的队伍。黄色龙舟来自黄草尾，黑色龙舟来自老鸦（wā）溪，白田头来的选手驾驶白色龙舟，而红色龙舟则是洪家坪的，还有菜花龙舟，则属于蔡家铺。各色龙舟十多艘，在沅江一字排开，舟上的桨手们都年轻健壮、孔武有力，龙舟尾部必有一经验丰富的老艄公，必白胡子鹤发童颜。枪声一响，桨手们喊着号子，节奏统一地挥桨激浪，龙舟便如同一支利箭划开了沅江碧绿的水面冲了出去。老艄公在后面稳稳地把住船舵。两岸瞬间爆发出震天的欢呼声，人群和水面一样翻腾起来，所有人都高呼着自己心仪的龙舟队的名字，声嘶力竭地加油喝彩。

我和弟弟们最喜欢的是黑色的老鸦溪队。老鸦溪队船体用桐油和清漆刷得乌黑发亮，如同一支乌金打造的巨箭，桨手们穿着黑色的短裤，头上绑一根黑色的布带，太酷了，也让我从此喜欢上黑色，认为这是最强大和最酷的颜色。我们跳着叫着喊着："老鸦溪！老鸦溪！"当黑色龙舟终于甩开了其他的龙舟，在向拉在江中间的红绳冲刺的刹那，桨手们全力最后一划，白胡子老艄公最后将船舵奋力压出水面减少阻力，叫做"抽艄"。锣声一响，我们最爱的老鸦溪夺冠了，我们都兴奋得"扑通扑通"跳进水里，将水边的野鸭子惊得四处飞散。

龙舟赛结束后，挑选出的全城最美丽的少女们将盛装列队而来，给获得冠军的龙舟选手们献上鲜艳的花环，冠军队将获得沅陵有钱的乡绅们捐赠的不菲的奖金。老鸦溪的村民们会举行三天三夜的庆祝盛会。而在接下来的整整一年里，沅陵的茶馆里大家会一直津津有味地回顾龙舟赛的每一个细节，而来自老鸦溪的人，不管走到沅陵城的任何地方都可以趾高气扬，因为他们是龙舟冠军队地区来的。

沈从文的著名小说《边城》里三次描写到的龙舟赛，是在位于茶峒的酉水上，小说中称为"白河"。而茶峒的龙舟赛，比起沅陵龙舟赛的规模，是小巫见大巫的。当年张学良被软禁在沅陵凤凰山上时，每逢龙舟赛，必在山顶搭上凉棚，拿着望远镜在上面呐喊叫好。

那时的沅陵城，已经有了电影院，坐落于中南门的市场内。每到周末，我们全家人一起去看场电影，是家人在一起的最大盛事。每次我们全家出动，大大小小一起沿街走向中南门，熟识的路边街坊们就会笑着说："沈一群又去看电影了！"

电影院老板姓谢，喝浓茶嚼槟榔抽土烟，张开嘴时一口黄牙上有黑色烟渍和红色槟榔汁，触目惊心。谢老板和父亲关系甚好，空时总爱来找父亲聊天，佩服父母的学识，对他们所了解的山外的世界总是问这问那，充满好奇。他的电影院放映着遥远他方的故事，但他自己这辈子却都待在这个小山城里，从未离开。

我们去看电影，谢老板总是只象征性让我们买两张票，全家便都可以进去了。电影院放得最多的是《火烧红莲寺》《天字第一号》等商业影片，而最受欢迎的无疑是《一江春水向东流》《八千里路云和月》等国产现实题材影片，一个影片往往连续放个把月都座无虚席。看着白杨、陶金等明星在影片里演绎国乱家破的百姓人生，座中人无不联想到战乱奔波流离的各自经历，感慨唏嘘。每次母亲看时都哭得稀里哗啦，哭完过一段再去看一次，再哭一场。

等到放美国好莱坞电影时，拷贝是没有中文字幕也没有中文配音的，解决这个问题，谢老板自有方法。他自己搬个小桌子和椅子放在电影屏幕的右前角，泡壶茶润润嗓子，拿着影片进口公司给的翻译台词本，跷着二郎腿，喝着茶抽着烟，看着屏幕剧情进展，用沅陵话朗朗有声地逐字逐句代替外国人说话。

看《乱世佳人》时，老谢便用沅陵话替男主角说："你是不爱我啰？你到底爱还是不爱我嘛？"而放歌舞片《出水芙蓉》时，屏幕上女主角边唱边跳，老谢也情感投入地站起来边抬起胳膊做出舞蹈的动作边翻译歌词，观众在下面笑得人仰马翻。老谢于是很严肃地停下来，把茶壶重重地往小桌子上一掼，严厉地说："这是爱情歌舞片，不是喜剧，你们笑个什么咯？"大家还是笑，老谢便生气，作势转身要罢工离开，有人忙上去拉住他："我们不笑了，不笑了……"放卓别林的《淘金记》《摩登时代》《寻子遇仙记》等喜剧片时，老谢就比较轻松，大家在下面看动作就笑得人仰马翻。本来就是默片，偶尔下面几句英文字幕台词翻译下就好。我尤其记得，我们家一起去看卓别林的《城市之光》时，在影片的结尾，当眼睛复明后的美丽盲女抚摸着卓别林熟悉的手，终于认出他时，老谢也温柔地翻译："是你吗？"然后扭头哭了起来。满电影院被老谢带动得哭声一片。

电影院也兼做戏院，县城里常有江湖戏班子来演出，白天如果有穿着一身闪亮的洋服的四人小乐队举着剧目广告牌奏着乐穿过最热闹的街区，就是晚上有演出了。当时最受欢迎的是《狄青招亲》，台上穿着鲜艳混乱的少数民族服装的匈奴公主搔首弄姿，做各种性感姿势勾引狄青，狄青却穿着件不合时宜的破旧西装，羞答答做躲避状，两人满舞台追逐。台下观众看得开怀大笑，十分欢乐。也不知道他们唱的是什么戏，总归不像京剧也不是湖南的湘剧或者花鼓戏，乱唱一气，不管三七二十一，够热闹就好。

当时抗战刚结束，大半个中国千疮百孔，全中国有名的一线明星便都纷纷到未经战火摧残的湘西来走穴赚钱。红遍中国的谐星殷秀岑和韩南根来了，两人一胖一瘦，一个傻头傻脑一个精明狡猾的搭配，大受欢迎。两人曾合演过 200 多部电影，此刻来到沅陵，现场给大家表演，沅陵城万人空巷。殷秀岑胖到近 300 斤，在国难年头十分罕见，都不用表演，大家花钱买票能看到这个大胖子就很开心。然后著名的艳星李丽华也来沅陵了，李丽华拍过不少电影，后来主走艳星路线，性感迷人，家喻户晓，这时也拍不了电影了，来到沅陵现场演出。有同学拉我去戏院看李丽华，父母自然不会同意让我们去看她的演出的。我们便在一大早偷偷溜进戏院，来演出的演员晚上就住在戏院里面二楼的厢房里。我们钻进大门，正好看见李丽华刚起床，在楼上把头伸出来刷牙，熬夜后的眼睛如同大熊猫一样乌黑的一圈，头发乱蓬蓬如同乌鸦的巢穴，正将一口漱口水往外吐，差点吐到我身上，把我们吓得撒腿就往外跑了。

此时的湘西一隅，仿如整个中国的缩影。有的醉生梦死，有的家破人亡；有的有家难归，有的大发其财。而内战的阴影已经笼罩大地，神州大地充满魔幻色彩。

抗日战争胜利后，内战便毫无悬念地接踵而至，而湘西的土匪便猖獗起来。

湘西的土匪历史悠久，所谓"穷山恶水出刁民"，很多土匪并非专业的，丰年正常务农，到了荒年实在过不下去了便进山当土匪。深山里的人家，很难分清谁是匪谁是民。早年的湘西土匪一般不会抢劫当地平民，主要目标是从洪江等地前往贵州四川做生意经过湘西山区的商贾之人，所以洪江一带的镖局甚多，大的商队往往重金雇佣镖局的人保护。20世纪40年代开始，战乱频仍，国民政府先是忙于对付日本人，后是对付共产党，无暇顾及湘西这遥远山区的百姓，而民生艰难，土匪便越来越多。

老婆婆在山里有个侄子，有个湘西男子常见的名字，叫盘古。盘古在10岁左右便父母双亡，父亲是和土匪起争端而死，母亲不久也得病而亡，孤苦伶仃，靠山里的亲戚们帮着照顾活下来。多年前我们家在沅陵安定不久，老婆婆刚来的时候，有时十六七岁的盘古会来到沅陵城里找老婆婆，黝黑的面容，眼眶凹进去很深，已经有了明显喉结，唇上有了淡淡的胡须，但穿着破烂，不甚言语，正在长身体的年龄，饭量很大。父母便总让老婆婆多让他在家住一段，吃饭时家里添双筷子和我们一起吃，盘古吃完一碗便放下筷子，母亲总会拿过他的饭碗，再给他添一碗，盘古吃完又放下，如果家里这天饭还有多，母亲会再给他盛一碗，他接过来又吃光。老婆婆很是感激，但终究不好意思让盘古住太久，一般最多过了一周左右，便赶他回山里去。父亲在民众教育馆工作的阶段，家里境况稍有好转，每次盘古来，老婆婆想让他回去，母亲总极力挽留，有时盘古在家住近一个月。

盘古没读过书，不识字，父母有时会教他认一些字，而当父母有时在家闲聊起一些国家和政治的事情时，盘古便凑过来，特别有兴趣地认真地听，并刨根问底地询问很多不明白的事，父母总是乐于教给他。在我们家里，他知道了国民党和共产党的区别，知道了在这个湘西山城之外，还有遥远的冬季严寒的北方，有和我们毗邻的日本朝鲜，更远有强大的苏联和美国。

有一年秋天，盘古忽然又到家中来看望我们和老婆婆，我们才想起之前每隔一段时间就要来家里小住的盘古似乎已经很久没来了。这次见到的盘古已经和之前的样子完全不同，身材已经很高大，比父亲还高了半个头，身上肌肉鼓鼓的，孔武有力的样子。几年不见，盘古已经不是以前怯生生带着羞涩的大男孩了，这次气宇轩昂地背着个大包进了门，嗓音洪亮地给大家问好，说进城办事，顺便给我们家带了很多山货和礼物，有野鸡有野兔，还给母亲送了一条看着很精美但半旧的丝巾，给老婆婆送了一只旧玉镯。父母照例留他一起吃饭，晚上在龙兴讲寺的家中和我挤一床留宿。第二天一早，等盘古走了后，母亲悄悄跟父亲说："我看盘古现在可能是土匪了呢！"父亲诧异地问道："为什么？"母亲说："他取山货时我看到他大包里的枪了，那可不是山里打猎用的鸟铳，是打仗的枪。"母亲沉思良久，叹了口气，将盘古送的丝巾取出来，远远地走下几百级台阶，抛到滚滚的沅江中。

母亲那时在县税务局上班，税务局长是省会长沙派来的，家人还在长沙。有一次局长的夫人从长沙坐着一辆吉普车来看丈夫，局长便邀请父母一起去他家和夫人打麻将。局长夫人穿得珠光宝气，靓丽的旗袍，走在沅陵街上十分惹人注目，引起孩子们围观。局长夫人小住半月后回长沙，没想到在半路上便遇到了土匪，财物被洗劫一空也就罢了，自己竟然被土匪打死了。局长闻讯赶过去时，看到夫人已经倒在吉普车旁的血泊里。那时的湘西土匪一般只劫财劫色，不到万不得已不愿意伤人性命，听说是护卫和土匪枪战，夫人被流弹意外打死了。消息传来，父母也惊悸多日，感慨世道并未太平。

抗日战争刚胜利，内战便开始了，解放军和国民党打得不可开交，湘西的国民军都调到北方去和解放军打仗了。当地只留下很少的部队和地方保安团驻守，兵力薄弱。

之前湘西群山里散乱的土匪这时候慢慢聚集起来，经过内部争斗，渐渐合成了一股强大的力量，有个叫汪天华的土匪头子成了众多土匪的总领头，手下汇集了近 10 万匪众，对沅陵城虎视眈眈。

终于到 1949 年春上的一天，汪天华明目张胆地将亲笔书写的告示，贴到了沅陵的古城门外，公开宣布将于月内正式进城。沅陵城陷入一片恐慌，有条件的居民纷纷携带细软举家外逃。

童年的我，并没有近距离看到过持枪举刀的土匪，只是永远记得我们家在沅江南岸的汽车保养场准备搭乘老蒋的车离开沅陵时，黄昏中，沅江对岸突然漫山遍野的火把燃起、枪声响起，这岸的人群慌乱奔逃，叫喊着："土匪来了！"父母带着弟妹们和老蒋在下面吃东西，独自坐在车顶上看守行李的我被慌忙启动奔逃的木炭车带走，和家人失散一个多月，而父母和弟妹们，则面对面遇到了土匪。

汽车保养场里的十多辆木炭车都吐着黑色的浓烟绝尘而去，场坪里剩下的人则争先恐后地往东面的大路上奔逃，父母和三个弟妹被裹挟在人流中，已经跑远的老蒋逆着人潮回身来拉弟妹们，父亲奋力摇手呼喊着："临临在车上，别管我们，去追临临！"我的小名就叫"临临"，此时我已经被忽然启动的车甩倒在货车厢里晕了过去。老蒋想了想，便扭身奋力顺着人流朝前跑，追赶车辆。

人们如同蚁巢被毁的蚁群一样一直往东奔逃，一口气跑了十几里地，才慢慢放慢脚步，回望夜晚西边的沅陵城，有火光燃烧照亮了夜空的天际，汪天华的土匪必然是已经占领了沅陵城。到后半夜，三个弟妹实在走不动了，父母便在路边的菜田里寻得一处窝棚，一家人相拥着将就休息下。这个地方叫马底驿，离沅陵县城 20 里，离前面的官庄尚有 70 里路，父母不知道，那个税务局局长的太太就是在这里被土匪打死的。

　　湘西土匪其实可分为两大类，第一类是在古丈、保靖和永顺一带山区的惯匪，踞于深山中打劫往来客商，算是专业土匪，势力最大的自然是汪天华，其次就是龙平；第二类则是遍布整个湘西的"业余土匪"，这些人在年景好时种地种菜，和普通农民无异，赶上荒年乱世，便少则十几个人多则近百人，也做打家劫舍之事，但主要针对路过的外乡人。当初税务局局长的太太，就是在马底驿被一帮"业余土匪"抢了。

　　天刚蒙蒙亮，父母忽然被窝棚外的吆喝声惊醒，匆忙爬起来把头探出窝棚，发现已经被十多个人围住，除了其中为首的二三人手里举着火铳，其他人只是拿着棍棒和镰刀。父亲心里叫苦，知道虽然逃过了进攻沅陵城的汪天华的山匪，却在马底驿遇到了另外的散匪。土匪们让父母和弟妹们走出窝棚，便进去翻找行李，一无所获。父亲和他们解释，行李被木炭车带走了，实在没办法。为首的人很不相信的样子，认为父母肯定是把行李藏在了附近的菜地里，让两个年轻的土匪看着他们，自己带着大家到边上菜地里继续翻找。

　　这两个年轻土匪，最多也就十六七岁，一个手里拿着个木棒子，一个举着镰刀，有些紧张地死死用眼睛瞪着我父母。最小的妹妹吓哭了，母亲将她抱在怀里不要她看那闪亮的镰刀。母亲从她的黑框眼镜后冷冷地打量着两个年轻土匪。在母亲冷冷的眼光注视下，拿木棒的土匪忽然有些怯意，躲闪着母亲的目光，低下头，玩弄手里的棒子。母亲说："你们不是土匪！"拿镰刀的少年一挥镰刀："我们当然是土匪！"母亲说："你们还是孩子。"两个年轻土匪面面相觑。其他土匪陆续回来了，仍是一无所获，为首的恶狠狠地揪住我父亲的衣领："你要是什么都没有，就跟我们走。"父亲苦笑道："我一个教书的，你带我走也帮不上你们，但只要我夫人和孩子们没事，我可以跟你们走。"土匪头扭头打量了下母亲和弟妹们，问："你俩都是教书的？"母亲从怀里摸索半天，掏出了她在当涂时的教师证和一块光洋、几张金圆券："这是我随身的钱，都给你们了。这是我的教师证。"土匪头一把夺过光洋和金圆券，接过教师证，递给边上另一个土匪，似乎只有这个土匪认识字。这个土匪看了看，点头说："是老师。"又指了指我父亲："他在龙兴讲寺经常讲课的，我去听过。"为首的土匪目光变得温和起来，将教师证和钱一并还给了母亲，扬扬手："你们走吧！"又让一个背着大包的土匪拿出几块烧饼，递给弟妹们，扭头教训我父亲："以后晚上找边上农家借宿，带着小伢儿，怎么能在野地里过夜？教书人有时候就是笨！"

父母带着弟妹们在众土匪的目光注视下，迎着东方升起的朝阳，继续一步一步沿大路向官庄方向走，去寻找我这个失散的大儿子，继续那前途未知的逃难旅途。一个月后，当我和家人终于重聚，父亲和我说起这段惊险的经历，叹道："乱世，民非民，匪非匪。"

令我们全家逃出沅陵城震惊中国的"三二事变"，使强大的汪天华匪众如蝗虫般涌入县城，这是中国近代史上第一次有土匪正式占领一个重要的县城的事件。汪天华遵循老派江湖规矩，进城前三天，放任土匪们烧杀抢劫，三天后停止。一时间，沅陵城凄风苦雨，没能逃出城的居民，女的被奸淫，财产被洗劫，反抗者当即被枪杀，留在屋里的财物悉数被土匪劫走。

由于"辰州教案"的教训，土匪不想得罪洋人，汪天华有令："有洋人的地方不许进去。"这使得城内众多的教堂、教会医院、教会学校等成了灾难中的避风港，许多没能逃出城的妇女儿童老人都纷纷躲进了这些有洋人的场所。

有土匪追到基督教堂门外，便踯躅不前了，不敢进教堂。有些小土匪试图冲进去，身穿蓝色长褂的美国牧师保罗昂然站在教堂的大铁门前，右手高举十字架，左手向土匪们竖起手掌，毫无畏惧地逼视着土匪们，如同一个救世的英雄，保护着躲在里面的近千百姓，以一己之力阻挡一大批拿枪的土匪。晚霞照在他身上，熠熠发光。土匪里也有知道点基督教的，惊呼道："他就是'爷叔'啊!"

土匪准备撤退，但此时这位在沅陵待了二十多年的保牧师看到自己的阻挡奏效了，忽然开始更进一步，用地道的沅陵话大声呵斥教训起土匪们来，但这通沅陵话一讲，土匪们又回转头来了。有人嘀咕："说话和我们一样，这是假洋鬼子吧？"几个土匪端着枪上去，有的揪他头发，有的拧他鼻子，弄得保牧师狼狈地左躲右挡，威仪全无。最后土匪们还是确认了他是真洋鬼子，悻悻地离去。保牧师转身进了教堂，把门从背后关上，腿一软，用沅陵话说了句"吓死老子了！"。

　　许多土匪冲进伍家坪下面的妓院里想开开荤，发现大红灯笼都高高挂着，整个巷子里却早已空无一人。事后我那个他妈妈是开妓院的姓颜的同学告诉我，他的妈妈平时是虔诚的天主教徒，每个周末都到天主教堂去祈祷和捐款，土匪进城前，他妈妈带着他所有的姐姐们全都躲进了天主教堂的修道院，和那些金发碧眼的修女们吃住在一起。土匪撤走后，大家平安回到伍家坪，有几个姐姐却选择留在了修道院，不施胭脂，素面朝天，头上披上黑巾，正式做了修女。

　　有些深居山里多年的土匪，这辈子第一次进县城，大开眼界，雪花膏、万金油、牙粉都是从来没见过的洋玩意儿，看到就纷纷抢夺带走；有用枪逼着电影院的老谢给放电影，看到屏幕上的人惊诧不已，转到银幕后面去看是否后面躲着人在演戏；有个土匪看到亮晃晃的电灯泡觉得这个漂亮，拿剪刀剪下来准备带回去送给山里的老婆，结果直接被电死。

三天后，汪天华一声令下，恢复秩序，谁也不许再干坏事，自己则揣着手枪带着几个贴身护卫满沅陵城巡视，看到还有手下的土匪在抢东西的，直接掏出手枪，一枪击毙。沅陵城就此恢复了宁静。

土匪攻占沅陵城的事影响极大，在近代史上，一个重要县城被土匪完全占领也是罕见的，全球舆论哗然，严重影响了国民党政府的国际形象，国民党只好从和解放军作战的前线调回了彪悍善战的川军 100 军过来，把土匪们从沅陵城赶回了深山，并加强这里的驻军人数。抓到的几个土匪小头目，把头砍了，在城楼上挂了一个多月；其他活捉的匪众，一律拖到河滩上，用机枪扫射，几百具尸体，晾在河边，蝇虫飞舞，污血横流。汪天华带着剩余的队伍躲入了深山里，而后又有两个部下分裂，自立山头，汪天华占领沅陵城号称 10 万的匪众分崩离析。

1949 年春，为逃土匪，我和家人从沅陵一直逃到常德，其间经历了一个月的失散，终于重聚。父母本计划从常德坐船回安徽老家，但渡江战役快开始，长江水路停阻，而此时沅陵城的土匪已经被国民政府从前线调回来的川军 100 军驱回深山，父母便带着我们再一次回到了山城沅陵。

———

父亲在掩埋娟娟的土上插了一根虬曲的大松枝以做标记。……母亲找了些湘西的烈酒，把自己灌醉。……默默地将山鸡笼子提到面向山坡的窗口，打开笼子，呼唤着小妹的名字，说："真好啊，你自由了，不用再受苦了……"山鸡一振翅，飞入山中。

————

第六章

虽然土匪走了，驻军留下了，但沅陵城依然一片混乱，忙于应付解放军的国民政府并无暇管理这个湘西县城，父母工作的民众教育馆和税务局都处于瘫痪状态，原有的人多数死的死了，跑的跑了。

我们一家回到之前在龙兴讲寺的住所，推开门，愕然发现里面已经住满了前来剿匪的国民党军队。之前我们在家中米缸里留的大米，挂在屋檐下的腊肉，还有弟妹们在大水缸里养的几条各种颜色的鲤鱼，都已不见踪影，想必早就成了士兵们的果腹之物。操着四川话的士兵拿着枪把我们赶出了大门，龙兴讲寺里不再有我们的容身之处。

在街头流浪整夜后，父母带着我们又来到龙头井旁，再一次敲开了秦家的院门。五年前，我们逃日本人顺沅江而下流落到沅陵，便是在这里寄居半年多。秦家女人面容憔悴地打开了门，看到拖着行李的我们并不惊讶，仿佛我们昨天刚刚离开。秦家女人只是说了一句："已经这么多孩子了？进来吧！"

从上次搬离她家，五年过去了，我的好朋友、秦家女人的大儿子旺子已经长得很高，见到我非常高兴。父母想和秦家女人讨论下房租的事，她一摆手："先不谈吧，饭你们要自己想办法，这些年我也没什么存余了。"

我记得多年前初进秦家院子，在那个诡异的深夜远远看到过旺子父亲蒙着黑布的尸体，秦家并无劳力工作，就靠着收点房租度日，而乱世中房租自然也收不上了。秦家女人有时会到集市摆个小摊卖些不知从哪里弄来的针头线脑，看他们在院子里吃饭也再也见不到肉了。有时旺子带我去山坡上挖芭蕉树的根回来，煮了吃。我们又去当年去过的那家屠宰场，在屠夫把屠刀捅进牛的脖子鲜血迸射时，冲上去用碗接些牛血回来也算半荤的食物了。我们不再把手背在背后，我们甚至暗暗期盼着牛身上有更多的血淌出来。

父母没了收入，只能搜罗仅存的细软，一起委托秦家女人去集市上卖掉。当几乎所有的东西都卖光了后，父亲想出一个主意，到街上摆了个摊，替不识字的山里人写信，这个生意不需要本钱，一支笔和满腹文章就行。信多是苗女给出外当兵的丈夫写的，父亲总是很认真听完她们想说的，字斟句酌写出来，文白夹杂，情真意切。信寄出去大多有去无回，偶尔有回信的，往往夸去信写得好。于是父亲的摊上还总有回头客，能收点散碎金圆券，全家勉为其难地聊以果腹。

父亲身为教师，难忘职责，待在秦家院子里，没事便教我们几个大的孩子和旺子读书写字背诗，还给我们布置作业。有时父亲带着我们背着诗，我们的肚子便开始饿得轮番"咕咕"直叫，父亲只好停下来，等声音停了再接着读。但过了一会儿，父亲自己的肚子也开始"咕咕"乱叫，父亲只好苦笑着放下书，叹道："仓廪实而知礼节，衣食足而知荣辱。"旺子问什么叫仓廪实，父亲说就是能吃饱肚子。

有一次，父亲看我们读书有点不认真，便给我们讲了一个笑话：有个财主家请了老师来教儿子学写字，第一天教他写了"一"，第二天教他写了"二"，第三天教他写了"三"，财主的儿子就说"不用教了我会了"，然后天天出去玩再也不学习。有一天财主想请一个姓"万"的朋友来家吃饭，想起儿子已经学了写字，就让儿子替他写封信给这个朋友，儿子满口答应。一直到晚上信还没写好，财主进书房一看，儿子正用梳子蘸着墨水在纸上一次画十多道，口中抱怨："姓什么不好非要姓万，我写了半天才写到千，还好有梳子。"我们全都笑疯了，滚倒在地上，喘不过气来。有父亲在，再窘迫的时候，我们家也是笑声不断的。只有母亲不笑，在边上一边低头读书，一边偶尔抬头，目光温和地静静地看我们一眼。

旺子调皮，有一次忽然问我："你妈妈为什么从来不笑？"我挠挠头，说："我也不知道，我妈妈从来没有笑过。"旺子便说："我一定要让她笑一次！"我说不可能，旺子便提出和我打赌，用他脖子上挂的一块龟甲坠子赌我的那支狼毫毛笔，这支毛笔是父亲给我的，旺子一直很喜欢。那天晚上，旺子做了充分准备，跑到我们房间里，戴着一张不知从哪里弄来的傩戏面具，在我们面前翻跟头，把我们一群孩子和父亲都逗得笑个不停。折腾了近半个小时，父亲笑得喘不过气来，捂着胸口叫停。我偷眼看母亲，母亲只是将右眼上的眉毛稍微向上挑了一下，脸上并无半点笑意。第二天，旺子认赌服输，沮丧地将龟甲坠子给了我。但我的毛笔也没有保住，很快就被父亲拿走卖了。

家里生活日益艰难，光靠父亲摆摊帮人写信是没办法养活一大家子的，父母将家里能换钱的东西几乎全卖了，父亲把自己最珍爱的象牙麻将也拿到当铺当了，换了些钱给家人买食物。孩子们整天跟小狼崽子一样，看见吃的就眼睛发光。

不到两岁的小妹妹娟娟断了奶，没吃的，饿得整天哭。这时有一家殷实人家忽然找上门来，男方是国民党军官，女方因身体原因无法生育，看到娟娟长得伶俐可爱，说愿意要过去做养女。父亲觉得这也是个办法，家里少份口粮支出，关键是娟娟能过上好日子了。母亲却十分犹豫，说眼前难关挺一挺也许能过去，亲生骨肉，送出去就要不回来了。小妹妹像能听懂话一样，本来哭着，只要父母聊起这个话题，立刻就不哭了，用嘴含着手指头瞪着大眼睛看着父母。官太太很上心，隔几天就来看娟娟，给她带些蛋糕什么的，并许诺一定会好好照顾她。一天娟娟忽然发烧了，父母一筹莫展，只能拿毛巾沾上冰凉的井水敷在她额头，家里是一定拿不出任何钱送她去医院的。正好官太太来看娟娟，便安排车子把娟娟送去医院打针，没两天娟娟就好了，又开始笑着要吃的。母亲终于同意了。

那天军官夫人带着保姆来接娟娟，还带着几身漂亮的小花裙子和花格衫，当场给娟娟穿上，把娟娟身上原来的旧衣服随手扔在了地上。我问父亲："你是把妹妹卖了吗？"父亲扬手欲打我，但巴掌终归没有落下，转头拭泪。母亲过来拉着我的手，说："我们是让小妹去过好日子了！"

娟娟还小，穿着新衣服感觉很新鲜，一直用小手拨拉着衣角。当娟娟被军官夫人带的保姆抱着，渐渐远去时，她从保姆肩头上扭过头来，瞪着一双大眼睛一直看着母亲，并没有哭。母亲终于忍不住，扭头进门抽泣起来。

娟娟过去后，军官夫人把一直缺失的母爱泛滥地发泄到她身上，每天给她换不同衣服，餐餐喂她吃各种好吃的东西。可能妹妹的肠胃已经习惯了家里的贫寒日子，一段时间下来，上吐下泻，身体反而不行了。开始那家人还请医生给她看病，但总也不好，天天病恹恹无精打采的，那家就嫌弃起来，把她送了回来。也是奇怪，到了家里，没几天娟娟就好了，笑呵呵地开始第一次清晰地叫"爸爸妈妈"。军官夫妇听说了，又过来把她接了回去，但过去后很快又不行了。军官太太终于厌烦了，懒得管她，自己穿金戴银地出去玩，把她丢给家里的保姆。保姆也是年轻女孩，全无带小孩经验，干脆也不太管她，一个月下来，那家人有一天发现娟娟已经奄奄一息，才找人过来通知我们家再把她领回去。

父母慌忙奔过去，把娟娟抱了回来，两岁多的小妹妹穿着漂亮的带花边裙衫，和衣衫褴褛的我们完全不同，但人已经瘦成一把骨头。父母围着她喂米汤敷热布巾，想尽各种方法，我们也都围着她不断地叫她的名字，但娟娟根本无力回应我们。几天后的一个黄昏，娟娟忽然睁开了她那双明亮的眼睛，四处搜索着，然后伸出一只小手，母亲紧紧将她的小手握住，娟娟似乎也在用力地捏着母亲的手。娟娟的眼光在我们全家人身上逐一流连，最后落在了母亲满是泪水的脸庞上，就那么看着母亲。娟娟的手慢慢松开了，她看着母亲的闪亮的眼光如油将耗尽的油灯，跳跃了一下，渐渐地暗了，更暗了。最后，她将头扭了开去，给家人留下最后暗淡的一瞥目光，闭上了双眼。可怜的妹妹，在生命的最后时刻，终于还是能和家人在一起。

父亲卷起家里的一床草席，拿上一把铁铲，母亲含泪把娟娟抱起来，两人出门向后山走去。娟娟的身体轻得如同一个小枕头，在母亲的怀中颠簸着，小脑袋一仰一仰，仿佛在不断点头。到了后山坡上，父亲用铲子一铲一铲地挖土，渐渐挖出一个刚够掩埋娟娟的土坑。母亲抱着娟娟木然地站着，纹丝不动，身影如同无风之夜边上松树林中的一棵树。母亲呆呆地看着一堆堆土块随着铲子的挥动从父亲弯曲的背影下跳跃起来，从土坑里飞扬出来，月光冷冷地照着这个越来越大的土坑。父母将娟娟放进草席里卷起来，用两根麻绳捆上。对于娟娟瘦小的身体，草席太大了，卷成一卷的草席还空着半截。父母将草席抬放进土坑里，这就是娟娟的棺木。父亲在掩埋娟娟的土上插了一根虬曲的大松枝以做标记。

回来后，父亲翻出闻一多悼念女儿的诗《也许》，轻声落泪诵读："也许你真是哭得太累，也许，也许你要睡一睡，那么叫夜鹰不要咳嗽，蛙不要号，蝙蝠不要飞，不许阳光拨你的眼帘，不许清风刷上你的眉，无论谁都不能惊醒你，撑一伞松荫庇护你睡……"

母亲找了些湘西的烈酒，把自己灌醉。屋里有一只从山民手里换来的野山鸡关在竹笼子里，本来希望这只母山鸡能下几个蛋补贴家里食物。此时母亲将酒饮尽，默默地将山鸡笼子提到面向山坡的窗口，打开笼子，呼唤着小妹的名字，说："真好啊，你自由了，不用再受苦了……"山鸡一振翅，飞入山中。

母亲痛哭了整夜，从此后，这辈子，母亲再也没有大哭过。也许，痛苦和哭泣的关系就如潮汐和海岸一样，当潮水最大时能打湿的礁岸最高处，以后就再也难以触及。母亲的后面的人生，依然痛苦不断，但都无法与这次失去爱女的痛楚相比拟了。

埋娟娟时父母没让我们去，但回来听他们提起过妹妹的坟上有一根大松枝。过了几天，趁他们不在，我还是偷偷带着几个大一点的弟妹，爬到后山上，四处寻找掩埋娟娟的地方，但山上杂草丛生，满地松枝，野坟遍布，我们一直找到天黑，带刺的杂草划破了我们的脸，四顾茫然，终寻不见。我只能领着弟妹们一排站好，朝着黑暗中的埋葬着娟娟的这座青山深深鞠躬。

民众教育馆关闭后，杨馆长也赋闲在家，有一天，他忽然约父亲去他家里打麻将，并介绍了两个朋友给父亲认识，都是之前并不认识的新面孔，并非沅陵本地人，初来乍到，就住在杨馆长家里，两人谈吐得体，一看都是读书人。杨馆长给他们介绍，说父亲原来是晓庄学校的。那两人闻听甚是惊讶，说没想到在这个小县城竟然有如此背景的英才。父亲忙摇头说："都是很久以前的事了，莫提莫提！"父亲提到自己当年差点和江兴他们一起去了延安的事，两人互相看一眼，微微点头。大家谈起外面的战争，父亲得知国民党军队已经不行了，解放军早就打过了长江，蒋介石准备往台湾撤退了。打完麻将临走，杨馆长把父亲拉到一边，让父亲周五的晚上来一趟，有重要事情和父亲讲，父亲问："是有工作机会了吗？"杨馆长笑笑："后面有的是事情让你做，准备好吧！"

父亲很开心地回家，告诉母亲说杨馆长很快就能替自己找到工作。母亲也很高兴，想想历史轮回，一切好像又如四年前的事情一模一样再重演一遍，又住到了秦家，又是和杨馆长打麻将找到工作。

周五晚，父亲如约去到杨馆长家，惊讶地发现门口贴了封条。忙找隔壁邻居打听，得知政府昨晚上派了一大帮警察过来，把杨馆长和他两个朋友都抓走了，据说他们是共产党，潜伏到沅陵来搞破坏的。又过了几日，传来消息，说专门枪毙罪犯的教场坪那里刚刚枪毙了几个共产党，其中就有杨馆长。

父亲听闻后吓出一身冷汗，神色恍惚地回到家里，怔怔地跌坐在椅子上，半天也说不出话来。

父亲忽然想起当年自己差一点和同学好友去延安，只是因为母亲怀孕才没去成，而当年的同行好友段其才和杨光宪他们，还有江兴，这么多年过去了，再无音信，也不知道他们去延安后怎样了，他们这些年都经历了怎样的事。也许他们已经不在人世，也许他们现在正带着解放军部队打过来，都有可能，至于哪种可能性大，倒也难说。但他们是一定想不到长沙一别后，自己现在这个湘西小县城的困窘状态。但自己和家人在这乱世中还活着，已属万幸。

"都是命运注定。"父亲喃喃自语。

那天傍晚，父亲突然让我陪他去一趟龙兴讲寺，我们在暮色中登上了虎溪山，父亲伫立在寺门口，俯瞰沅水、酉水在山脚下缓缓流淌。有一阵阵浑厚的钟声，远远传来，这个钟声我经常听到，并不知道是从哪里传来，我问父亲："这是哪里的钟声？"父亲抚摸着我的头，说："这是对面鹤鸣山上玄妙观里的'吼苦蒲牢'，意为'吼哮人间疾苦的大钟'。钟声代表着人间纷争疾苦，人间疾苦一日不止，钟声一日不停！"

——

不知道过了多久，我从昏死中恍惚睁开双眼，先看到头上漫天璀璨的星空，再看到周围很多的人脸簇拥着从上往下看着我，再近处就是一张布满油脂的红色关公的脸……母亲心疼不已，边给我找药涂拭边问我："谁救了你？"我说："关公。"

——

第七章

彻夜大雨后的宁静清晨，晨雾弥漫在沅陵的青石板街道上，一队穿着绿军装的队伍，踏着整齐的步伐，走进了这个湘西古城。多少年过去了，虽然我们的国家在这个转折点之后，又经历了种种磨难，但我永远记得这个秋日清晨的场景，一切的希望，一切的未来美好的可能性，仍由此而生。

1949 年盛夏，时任国民党湖南省政府主席的程潜和驻湖南的国民党军第一兵团司令陈明仁发动和平起义，湖南宣告和平解放。在抗日战争中阻滞日军长达七年的湖南，曾是日军最难攻克的堡垒，但在解放战争中，却以如此简单的方式得到了和平，湖南的百姓并没有因持续的战争而受更大的苦。湖南是个神奇的地方。

消息传来，在沅陵的国民党驻军随即作鸟兽散，军队、警察、主要政府官员和一些听说共产党要打土豪分田地的有钱人全都跑了，而平民百姓则没有逃土匪时那样的反应了，大都选择留在家中，也都听说共产党对老百姓很好，便有些忐忑地期待着。整整一个多月里，沅陵城成为一个无任何政府机构管辖的地方。沅陵城的居民担心土匪重来，大白天也把大门紧锁，城内有亲友的尽量聚在一起，男人随时带着猎枪和扁担木棒以防万一，家家户户夜晚不敢出门，灯都不敢点，屏息等待着未知的变化。

在沅陵城空荡荡的街上，忽然有一个胡子拉碴的老警察，喝醉了酒，拎着酒壶独自在路上摇摇晃晃地走，时时摔倒在湿滑的石板地上，有好奇的小孩围上去，他便一边醉醺醺地努力爬起来一边嘟囔着："你们不怕？共产党来了！要共产！共产！"孩子们在边上嬉笑着，看着他滑稽的模样，但并不知他讲的是什么意思。

基督教的信徒们聚集在永生堂里，对着那被钉在十字架上的"爷叔"祈祷。有人问保牧师："你知道共产党是什么人吗？"保牧师和蔼地说："和你我一样，都是上帝的子民……"

9月18日，已是仲秋时节，前一天晚上沅陵下了整整一夜大雨，到清晨雨停了，街道的石板路被隔夜的雨水冲洗得闪闪发亮，浓厚的水气弥漫在晨曦初绽的街头，沅陵安静得如同无人的空城。这时候，远处的街上隐隐传来节奏分明的脚步声，越来越响，越来越近。我们跑到院子里，从门缝里向外张望，看到穿着绿军装帽上缀着红星的军人队伍，将裤腿和袖子都卷起来，踏着整齐的步伐，背着冲锋枪，走进了县城古老的街巷，队伍绵延不绝。看到有居民从窗口向外张望的，穿绿军装的军人们便微笑着挥手致意。渐渐地，有人打开了房门，也有人走到街边，好奇地站在路旁围观这支从未见过的头戴红星帽身着绿军服的军队。

父亲说："变天了。"我跑到边上的龙头井，发现并未如传说中说的改天换日就会断流，雕花的龙头依然清水如注，汩汩有声，宛如美妙音乐。

解放军进城后，先驻扎到空置的前国民党政府各部门，住不下的再和有空房的居民逐一商量借住，并不强占扰民。秦家女人把一间杂物间清理打扫出来，解放军的一个班便在这屋里打上地铺，安顿了下来。领头的班长姓吕，是个山东人。

年轻的军人们没事就在院子里擦枪、唱歌、读马克思和毛泽东的书。看到我们这么多小孩，也逗我们玩，教我们唱歌，有时还拿干粮给我们吃。部队的炊事员会在每天吃饭前的时候，挑着箩筐沿青石板街道一路走来，给分散居住在城区各个民居里的士兵们送吃的，都是米饭、馒头和最简单的菜。军人们吃饭时，我们家和旺子家一共五个孩子总忍不住围着看，像一群小狗般吞着口水，但解放军的食物也并不充足，并无多余的量分给我们。

过两天，炊事员过来送饭，吕班长便把他叫到一边，指着我们这群孩子交代了一下。从那以后，每次炊事员过来送饭，便会多带一些不算正式兵粮的锅巴，用旧报纸包着，很大的一包送给我们家。我们把锅巴用热水一泡，再放一点酱油，不但可以果腹，已经是难得的美食了。我们家和旺子家靠这些锅巴支撑了很久，一直到吕班长他们离开而父亲在行署找到工作，家中没有人饿死。

有时吕班长兴致好，会在院子里摆开架势，唱一段京剧《秦琼卖马》，我和旺子便跟着学唱几句，觉得秦琼很威武的样子。吕班长告诉我们，秦琼又叫秦叔宝，是《隋唐演义》里他们山东的好汉，武艺非凡，忠义两全。旺子说："我们家也姓秦，我要做秦琼。"而我之前听父亲讲过《三国演义》里的关公关云长的故事，知道关公也是武艺极高也是忠义两全，便说关公更厉害，有把青龙偃月刀。旺子说肯定还是秦琼厉害。两人争论起来，便去问吕班长，关公和秦琼谁更厉害。大家听得哈哈大笑，吕班长摸摸我俩的头，说这两人碰不上的，差了 400 年。

住在院子里的军人们多数都不识字，吕班长连自己的名字都写不好。父亲便找来纸笔，逐一用漂亮的毛笔小楷，把他们的名字一个个写出来，教他们至少应该写好自己的名字。我记忆力极好，在边上看着，便也能把他们的名字都一一写出来，写在一张包锅巴的旧报纸上。有时他们在院子里排队操练时，我和旺子便顽皮地躲在屋里，从窗口把头探出来，拿着那张旧报纸，胡乱叫他们的名字。军人们笑笑，也不和我们计较。

不久以后，这些穿绿军装的军人忽然离开了秦家院子，据说是开拔到山里剿匪去了。临走，背着行囊的吕班长忽然把我拉到一边，悄悄对着我的耳朵说："其实我觉得，如果真要打起来，还是关公比秦琼更厉害一些。"我听了十分得意，回头跟旺子说起，旺子诧异地说："吕班长昨晚跟我说，我是对的，秦琼更厉害！"

多年后，我故地重游，回到沅陵，在沅陵胜利公园中心的"湘西剿匪纪念塔"上密密麻麻的1005名在剿匪中牺牲的解放军烈士名单里细细查看，终于看到了几个我不想看到的名字，都是我在秦家院子里写过并记住了的名字，包括吕班长，我的山东好汉。可惜那张写满战士们名字的旧报纸，已经找不到了。

如果这些穿绿军装的军人没有在那个中秋的清晨走入沅陵，或者他们再晚几个月来，或者他们来了没有住进秦家院子，我们家是否已经饿死了几个已经不得而知，但命运之神自然会对世间的每一个人做出它悲天悯人的安置，让我们这个家族得以延续它后面的故事。

这期间，又有一队穿着黄色军装的人数更多的部队到达沅陵，稍作停留休整后，又出了沅陵，向贵州和四川方向而去。这是中国人民解放军第二野战军，途经沅陵继续往西去追剿国民党西退的残余部队。而最早来到沅陵的绿军装的部队就此驻守了下来，负责建立新政府以及剿匪，这是中国人民解放军第四野战军。进驻沅陵的是"四野"第47军，47军总部就设在了马路巷，一个教会建筑里。

湘西剿匪的战斗并不容易，这时土匪的格局已经发生了变化，汪天华不再是唯一的老大，由于内部纷争、意见不一，另又分出去两拨独立的匪帮，汪天华手中只剩下一万多人。此时，汪天华选择了投诚，带领他的这支队伍加入了解放军；另两支土匪队伍选择继续和解放军对抗，逐渐被歼灭殆尽。另一派土匪龙平的队伍也逐渐被消灭干净。那一段时间里，中南门的河滩上，每隔一段时间，便会有负隅顽抗的被活捉的土匪被剿匪的解放军捆绑押送过来，在河滩上用冲锋枪直接枪毙示众，以警告城内居民不要通匪。每次枪毙土匪，旺子都会拉着我跑过去看热闹，旺子还大胆地拿着树棍去戳那被冲锋枪打成筛子的尸体。有时，我和旺子看到剿匪归来的穿绿军装的队伍进城，便会挤上去看，希望在队伍里找到吕班长，我俩必须拉着他当面说清楚，到底是关公厉害还是秦琼厉害，否则我和旺子会一直为这事争吵下去。但最终我们也没有看到吕班长的身影。

有一天突然一个穿着崭新的解放军军装的军人，进到秦家院子里，大家诧异地看着他，还是老婆婆认出了这是自己的侄子盘古。

盘古穿着军装，英气逼人，进门就帮老婆婆烧菜做饭，陪我们玩耍，等着父亲回家。看到父亲进门放下腰里揣的大盒子，盘古笑道："沈先生也有枪了?"父亲有点自豪又有点无奈地摇摇头："秀才当兵，这东西我根本不会用。"又问盘古什么时候加入的解放军。盘古便把这些年的事一五一十和父母讲了。

盘古解放前就加入了汪天华的土匪，成为汪的三个最主要得力助手之一，当年土匪进城那次，盘古是负责在山中留守的，并未进城。土匪败退回山后，盘古看国民党和共产党打得厉害，想起多年前来我们家寄住的时候，听父母聊天讲起过共产党比国民党要正派公平得多的话题，便建议汪天华选择方向，站在共产党一边。解放后，汪的另两个骨干都坚持和共产党对抗，各带一支队伍分离了出去，盘古成为汪的主要副手，最终说服汪向共产党投诚，一万多人的土匪队伍被整体收编加入了第 47 军。盘古现在 47 军里已经是中级军官，仍然协助被任命为师长的汪天华统领着这支土匪衍生出来的军队。

湘西的土匪，其实基本全部是山里普通家庭出来，因山区偏远穷困，赶上荒年实在无法生存，被迫落山为匪，打劫城郊的商旅过客，而到好点的年份又回家种地，所以民匪难分。这些人出身贫苦，吃苦耐劳，勇猛善战，经过大半年的整顿，成了 47 军里战斗力极强的一支劲旅。

母亲说："当初你不应该当土匪。"盘古低头无语。父亲忙说："不提了，盘古现在不是很好吗？走上正途了。"盘古跟父母说："我今天是来告别的，我们马上都要去朝鲜了，我第一次听到这个国家的名字还是你们给我讲的。我明天就动身。"父母才明白他为何突然跑来家里吃饭，原来是为了辞别。在几千里外的朝鲜，中国的志愿军已经在和世界上最强大的美国正面开战，从东北一直杀到江南。刚刚在解放战争中立下汗马功劳的"四野"并未有太多的时间休整，又将马不停蹄地回到东北，跨过边境线，继续为国家而战。汪天华的战斗师、盘古的战斗团，即将开拔，和美国人战斗了。

盘古临走前立起身，拿起摆在桌角的军帽，双手握着，规范有力地戴上，给父母和老婆婆敬了一个军礼，然后大步流星地在黄昏中走出院门。

我再次见到盘古已经是三年后，在沅陵城欢迎回来的志愿军的盛大仪式上，他戴着红花和军功章，坐在台上。听说在朝鲜战场上，在美国军队里流传着一个传闻，说有一支从遥远的湖南湘西来的队伍，是他们这辈子从未见识过的最不要命的队伍，让人闻风丧胆。而这支由沅陵的土匪组成的队伍，在战争结束后，只有不到三分之一活着回到了湘西。

大多数人，包括汪天华自己，永远地长眠在了鸭绿江的对岸那片异国土地上。历史就是一出没有剧本的大戏，英雄匪乱，才子佳人，谁也不知道自己在下一出戏里会唱什么角色，只能留待后人慢慢评定。

盘古活着回来了，只是少了一只胳膊。盘古后来作为伤残军人退伍，但并没有享受到他在部队的级别和功勋应有的待遇，只是被任命为离沅陵城100多里外的一个村子的大队支书，而且一干就是20多年。也许，有一些往事，无法磨灭，将永远如影随形地伴着他的一生。

这里想说一下湘西另一支土匪队伍的故事，除了汪天华，龙平是盘踞在保靖一带深山中的惯匪，手下土匪多时也有上万之众。不像汪天华得势时敢于攻占沅陵城，龙平一直躲在山里，建立了牢固的山寨堡垒，层层设防，经常派出各路土匪队伍出来抢劫过路商客，有时也进村子打劫富人，抢完便缩回深山的寨子里。龙平最有名的事就是劫了湘西一带极其有名的一个苗族美女，叫田芸，皮肤白皙、身材匀称，见者都惊为天人。听闻她的美貌远近闻名，便直接进村里将她抢回山寨，做了压寨夫人。而事后，龙平和田芸感情甚好，慢慢地许多大事都变成田芸做主了。

田芸给土匪们立了规矩：穷人不抢、教书的不抢，不许伤及孩子和妇女老人。同时，田芸还关照土匪们要照顾好方圆几十里内的所有山民，谁家有困难都要帮助。逢年过节，田芸经常自己带着一队随从挑着各种食物，翻山越岭，逐家逐户地给山里贫穷的人家送过去。土匪婆田芸的大名，在湘西一带无人不知。解放后，47军进山剿匪，汪天华投诚后，龙平依然坚守在山里拒不投降。民间的传闻是，田芸力主向解放军投诚，但龙平觉得自己罪大恶极，投诚了最后也没有好日子过，选择了负隅顽抗，田芸便派了两个心腹直接到沅陵找47军沟通，但因当时具体负责剿匪的相关人员都不在沅陵而未果。最终，剿匪的解放军还是攻占了山寨，土匪头子龙平饮弹自尽，土匪婆田芸被活捉。

土匪头子按惯例是先游街，再枪毙的。但当田芸被五花大绑地拉着在沅陵游街时，不像其他土匪被游街示众时边上百姓扔菜叶扔石头，一路上反而很多的居民上来给她喂水喝。湘西行署的人觉得此事蹊跷，决定先暂缓枪决田芸，开始组织工作人员到湘西一带做了深入调研，了解多数民众的想法。

有关田芸的资料汇集成厚厚一册，送到省政府，湖南省政府也难以把握分寸，决定将资料送到中央，最后到了国家最高领导人手里。领导人批示："女匪首，又是少数民族。诸葛亮可以七擒七纵孟获，我们为什么不可以？"

沅陵城举行了一次几千人的群众大会，会上讲到田芸之前做过的一些好事，将她当场释放，并希望她将功补过，为人民政府出力。田芸被释放后，多次回到湘西山中，说服剩余散匪放弃抵抗，向解放军投诚，大大减少了剿匪的伤亡。几年后，田芸被选为县政协委员，在"文革"开始前得病而亡，余生未受到任何打击，安详离世。

解放战争结束，国民党逃到了台湾一隅，剿匪战斗基本结束，被战乱纷扰多年的古老沅陵城终于逐渐安定下来。

解放后，接收沅陵城的47军成立湘西行署政府，统管整个湘西事务，随军的文职官员各司其职，留下来成为新政府机构的主要建立者，同时开始整理当地原有人员，挑选合格的新鲜血液进入政府机构。湘西行署发布告示，让原在国民政府工作的基层公务员重新到新政府登记，酌情挑选合适人员补充到新政府的公务员队伍里。

父亲忙一路小跑去行署排队登记，和接待人员一聊，接待人员便赶紧把文化教育处处长叫来了，他们惊讶地发现在这个偏远小城里竟然有陶行知的学生，著名的南京晓庄学校出来的高材生。处长姓甫，是去过延安的，作为解放军文职干部随 47 军来到沅陵。新政府百废待兴，正是用人之际，父亲的出现无疑是给行署文教处的意外礼物。甫处长马上安排父亲第二天就来行署上班，先到文教处担任干事。母亲很快也被行署重用，以她的学识和资历，被沅陵县立第一小学聘为校长。

父母终于都有工作了，已经山穷水尽的我们家又有了盼头。父母把逃土匪时分开的老婆婆找了回来，当父亲领回第一次工资的时候，照例让老婆婆去菜场买了两副猪大肠，又买了很多锅巴，叫上旺子一家，煮了一大锅，大家一起大快朵颐。我和旺子吃得躺在那都不能动了，开心地互相摸对方鼓鼓的肚子。

但父亲第一份工作却无关文化教育，而是代表政府去山区征粮。这是极其危险的工作，并非父亲这样一介书生能胜任，也许是政府故意先考验下父亲吧。湘西民风强悍，匪患虽平，匪气仍在，常常有征粮的干部被山民所伤。行署给这辈子从未摸过枪的父亲配了个大盒子炮，腰里有枪，山民才会有所忌惮不敢乱来。每次看着温文尔雅的父亲腰里别着极不相称的大盒子出门，母亲便担心得要命，反复叮嘱父亲，千万不要和山民发生冲突。我和弟弟们则羡慕不已，总想去摸摸那把威武的枪，被父亲严厉呵斥："小孩子，不要碰这个!"然后忐忑不安而又有些自豪地出了门。

想象父亲一介书生，揣着枪翻山越岭去敲响山民的柴扉，让他们上缴粮食，是个何等无厘头的情形。父亲每次出去进山，十多天回来，身上让树枝挂得衣破皮伤，疲惫不堪，但仍精神十足。父亲的这份工作做了半年，而这半年里，母亲不知道度过了多少个不眠之夜。半年后，行署文教处终于给父亲安排了为他量身定做的重要工作，那就是加入行署委派的三人小组，负责接收合并原来沅陵城的六所学校，包括晚清成立的最古老的辰郡中学和贞德女中、辰粹女中和朝阳男子中学等教会学校和其他两所当地学校，合并成立新的辰州中学，父亲将担任这所中学的总务主任。

沅陵是跟随整个湖南一起和平解放的，仍留在沅陵的国民党余部响应程潜和陈明仁的号召集体投诚，进驻沅陵的解放军四野第47军就地成立湘西行署，军长就住在了龙兴讲寺里，就是那个我们家曾经居住过的千年古寺。解放军的部队文工团很快随着部队来了，文工团经常在城内最大的辰郡中学礼堂里表演节目，市民们都争先恐后去看。一帮英姿飒爽的男女军人，在舞台上一边唱一边跳："向前向前向前……"台下观众看得大开眼界，听得情绪激昂，都学着一起唱。文工团又表演苏联红军舞、鞑靼舞，学生们被组织在部队文工团指导下练习合唱《黄河大合唱》《淮河大合唱》等。老谢的电影院重新开业后，放映苏联影片《静静的顿河》《幸福的生活》和《攻克柏林》等。我们一家也纷纷参加各种演出，我在苏联儿童话剧《中队的荣誉》里扮演主角阿廖沙，母亲则在话剧《雷雨》中扮演鲁妈，大妹在苏联话剧《一年级小学生》里扮演主角马露霞。

文工团来沅陵后，培训了很多当地演员。上演《白毛女》时，父亲在民众教育馆的一个同事演黄世仁，把地主黄世仁演得惟妙惟肖。演到黄世仁强抢喜儿的时候，台下有观众愤怒地站起来向他扔石头，差点把这个演员的头砸破，被边上维持秩序的解放军士兵制止。

湘西地区投诚的原国民党余部，基层士兵根据自愿原则，或编入解放军，或解甲归田，200 多个原团级（含）以上军官，则被集中安置在沅陵城天宁山一处相对独立的大院子里，暂时接受解放军的管理和教育，叫做"和平军官训练团"。院子仍是由持枪的解放军看守。

"和平军官训练团"每天组织唱"解放区的天是明朗的天""我们的队伍向太阳"，再在解放军指导下出墙报学习宣传共产主义，似乎已经改头换面。有时候军官们会在院子外面搭个台子，自己组织唱歌演戏。这些军官都受过较高的文化教育，京剧唱得字正腔圆。

那年我 10 岁，原来上学的教会学校已经关闭，新的学校父亲正和行署文教处的同事在加紧筹办中，我家正好住在训练团旁边的院落里，整天闲得没事，有时便和小伙伴们跑到院子外，爬上土墙探头往里看热闹。

有一天，似乎是一个什么庆典的日子，"和平军官训练团"在院子里认真搭了戏台，听说晚上要在上面唱京剧《华容道》，一个个都化了妆，备上了正规的京剧服装。很多附近居民便都赶过去看，熙熙攘攘地挤满了院子里外的空地。我赶到的时候台下已经完全没有了可以看到舞台的位置，我个子小，为了想办法看清楚，便灵机一动，索性爬上舞台侧面的一棵高大的槐树，骑在大树枝上，拨开枝叶看那流光溢彩的舞台。台上绿袍金甲蚕眉凤眼的红脸关公在一阵锣鼓声中出场："正气冲霄汉，文光射斗牛。"台下齐声喝彩，关公随即开始舞动他那把青龙假月刀。我骑在树上，看得如痴如醉。

大槐树上如藤蔓般拉着许多电线，上面坠饰着很多闪亮的电灯泡，用来照亮戏台。我在树上看得兴起，一不小心把手搭在了裸露的电线上，电线"滋滋"冒烟，我瞬间被电打得僵在那里无法动弹。而此时台下观众们注意力都集中在舞台上，台上锣声正紧，白脸的曹操马上就要出场了，此刻，没有人会抬头看到旁边大树上有一个小孩触了电。这时，戏台上正背插令旗举着大刀唱着的关公突然抬头看到了树上的我，立即停下唱段，身背令旗直接从戏台中间向大树冲了过来，举起手里的青龙偃月刀，奋力将电线一把挑开，我"咣当"一声摔倒在大槐树下，晕了过去。我眼前的世界黑暗一片，安静一片。

不知道过了多久，我从昏死中恍惚睁开双眼，先看到头上漫天璀璨的星空，再看到周围很多的人脸簇拥着从上往下看着我，再近处就是一张布满油脂的红色关公的脸，关公正在用力挤压我的胸膛，汗水从他涂满红色油脂的脸上滴下来，滴滴答答地落在我脸上和身上。我清醒了过来，一骨碌爬起来，拍拍身上的土，扭头就跑了，听到后面有人喊："小孩!"我回到家里，母亲正在忙着照顾最小的弟弟吃奶。我大声说："我触电了。"母亲没听清楚："什么?""我触电了!"母亲忙放下弟弟过来查看，见我衣服上满是各色油彩，掀开来，胳膊上腿上已经有大块的淤青。母亲心疼不已，边给我找药涂拭边问我："谁救了你?"我说："关公。"

这时湘西剿匪虽已近尾声，但仍有少量残余土匪利用熟悉地形的优势在山里负隅顽抗。中央下达了死命令，给出了时间表，要求按时彻底肃清匪患。47军又从城里增调了很多士兵派进山中进行撒网式搜捕清剿，听说军部只剩下一个警卫营驻守沅陵城防。

事后听说，和平军官训练团里有7个军官偷偷向47军军部密报，说那200多个投诚军官组成的"和平军官训练团"

正在密谋利用沅陵城内解放军兵力空虚的机会，准备发动暴乱，夺取沅陵城，这几个军官还提供了一些证据。这种情况下，军部宁信其有，不能冒险，以现在城内的解放军军力，如果这200多名素质优良的国民党军官先动手发起暴动，后果不堪设想。47军军部紧急开会，部署了最万无一失的先发制人的方案。

这天清晨，我们在家清楚地听到隔壁大院的集合号声和歌声，军部组织所有投诚军官到电影院开大会。军官们以为只是和往常一样地组织学习上级精神，大家列好队唱着歌，走出营地，穿街过巷，在剧院里一一坐定。两旁二楼的栏杆边上突然出现了很多手持冲锋枪的解放军战士，包围了军官们，然后用冲锋枪押着一个一个捆绑起来，押上了军车。

我从此再也没有看到过他们，而这之前，我一直想去找他们，找到那个"关公"，但他对我而言，只是一张红白油脂覆盖的关公的脸，我并不知道他的名字和卸下油彩后的长相。第二天，我独自跑到天宁山下那个大院子里去，院子已经空空荡荡。我四处游荡，在一个柴门半开的小杂货屋子里看到了许多堆积的演戏道具，斜立在窗前的就是那把青龙偃月刀。

回到家里，我忽然趴在父亲怀里哭了起来，父亲很诧异地问我为什么哭。我张了张嘴，不知从何说起，这个故事太长太复杂，10岁的我没办法把它讲清楚，即使讲清楚了，也不知道父亲能否听懂；我怕他即使听懂了，也会说出我不愿意听到的复杂的道理，那会更让我伤心。有的故事，只能藏在孩子的心里，永远无法和成年人沟通和分享。我擦擦眼泪，抬头对父亲说："再给我讲讲关公的故事吧！"父亲于是又一次给我讲起我听过很多遍的关公的故事，关于他的赤兔马，关于他的青龙偃月刀，一直到我趴在父亲怀中沉沉睡去。

那天，整个白天我都在睡觉，一直在反复做着同一个梦，我看见重墨油彩的红脸关公，在深夜黑暗的悬崖上，身背令旗，骑着他的赤兔马，奋力挥舞他的青龙偃月刀，在和夜空中看不见的对手奋力厮杀。他的每一刀，砍到的都只是虚空，而他的身后空空荡荡，并无一兵一卒，只有惨淡的月光从黑夜的云朵间透出一丝光亮，映照着他高大而孤独的身影。然后他突然回过头来，看了我一眼，和赤兔马一起掉下了悬崖，坠落在无尽的夜色中。青龙偃月刀被扔在夜色惨淡的悬崖上，刀锋依然闪着亮光。

生命中偶尔会有人，如璀璨的流星瞬间照亮了你，挽救了你，然后消失在茫茫夜空中。你不知道他的名字，甚至无法看清他的面容，但在某一个刹那，他曾是你的救世主。他之前干过什么，他之后怎样了，全都不再和你有任何关联，关联只在他照亮你人生改变你人生的那一瞬间。

土匪平息了，国民党残余反扑的隐患消除了，新政府开始集中力量处理民族问题、洋人问题、封建迷信问题和道德风俗问题。对少数民族实行团结发展，对中国多年来半殖民地统治下的西方文化入侵实行清肃，破除封建迷信，消除不良风俗。

政府在湘西的少数民族地区，大力宣传男女平等，宣传婚姻法。山里有个苗族汉子可能因为怀疑妻子有奸情，把妻子杀了。在过去在苗民里这并不是件大事，但政府立刻派警察把他抓了起来，公开审判，游街示众，立即枪决。还让行署文教处的组织人员，针对这件事编导了一个阳戏，在城里演出。而教堂和教会的宏恩医院，辰粹女中、贞德女中、朝阳中学等都被收归国有，教士修女们都被遣返；一些弄假法术骗人的道士被抓起来；妓院都被关闭，妓女们统一收容后，进行各种基本技能培训让她们自食其力。土烟（鸦片）被禁止，发现贩卖土烟和抽土烟的立刻抓起来。世界已经完全不一样。

政府接收了天主教堂和基督教永生堂，将包括美国人保牧师在内的所有西洋传教士遣散回国。

父亲当时已经在行署的文教处工作，负责教育方面的事务。有一天，父亲偶然看到保牧师穿着一件当地人的灰色布袄，手里拿着一叠纸张，正在和行署里负责宗教事务的工作人员交涉。穿军装的工作人员耐心地和他解释，说这是政府规定没有办法通融，限定他一个月内回美国去。保牧师说我可以不传教不当神父，我可以干别的。工作人员笑着问："你不传教还能干什么？"

"我可以唱戏！"保牧师忽然看着稿纸，唱起了抑扬顿挫的辰河戏，把行署的人都逗笑了。终于还是连哄带劝地把保牧师打发走了。

教堂和教会医院教会学校等都被收归国有，其他的教士和修女们都已经陆续离开，只有保牧师拖拖拉拉到最后期限，终于收拾包裹，要走了。

我不知道我的保罗朋友在他的故乡美国是否还有亲人和朋友，也许这 30 年来，他的亲人和朋友就只在这个湘西的小山城了。保牧师的行李异常简单，肩上挎着个靛蓝的布袋子，里面装着几件随身衣物，手举十字架，在这个秋天，就这么走了。从永生堂到渡口，很多信众跟随着他，一个抱着刚出生的婴儿的母亲挤上来，让保牧师最后给婴儿做个洗礼。保牧师左右看看，没有铜盆，没有圣水。保牧师找船家借了个洗菜的木盆，从滚滚的沅江里舀出半盆江水，提起婴儿的双脚，将他的头在水中浸了一下。再将十字架放在婴儿的胸前。江水太凉，婴儿打了个喷嚏，大家都笑了，也有人落泪了。

保牧师弯腰捧起江水，洗了一把脸，又喝了一口，说："沅水，就是你们的圣水！"然后昂然迈步登上了渡轮，回头向信众们挥手，向这个陪伴了他 30 年的山城挥手，没有说再见，永不再见了。

多年以后，我故地重游，回到沅陵，来到马路巷。因为修建水电站，古城已经大部分被淹没，马路巷下端的天主教堂医院等都已经在沅江的水下，但永生堂因为地理位置高，得以保存。永生堂前立着一块石碑，介绍这座已经在风吹雨打下破旧不堪的教堂："'辰州教案'后，西方列强利用清政府赔款修建了该教堂，开展文化入侵活动。"

历史是复杂而深刻的，如同一个魔幻的水晶球，从不同角度会看到里面完全不同的镜像。

我闭上双眼，在我眼前又出现了保罗，正蹲下来递给我人生第一块奶油蛋糕；我又看到他高举十字架，伸出手掌，阻挡着持枪的土匪。

不久，父亲又碰到电影院老谢来文教处办开业手续。老谢见到父亲很高兴，说电影院被关闭了半年，又要重新开业了，自己这一段闲得实在无聊。父亲说等忙过这一段一定继续带家人去看电影。

湘西行署文教处派分管电影的工作人员过去，监督着老谢在电影院大门外，将一大堆解放前的和好莱坞的电影胶片付之一炬。堆积在地上的胶片一碰火就毕剥作响地燃烧起来，发出浓重的臭味。周围看热闹的人群围作一圈，小孩子们跑来跑去，用竹竿捅逐渐燃烧殆尽的残烬。老谢站在一边叼着烟，哼着小曲，似乎并无不开心，只要让他放电影似乎就是开心的事了。第二天，电影院重新开业，放映国产的《白毛女》《八女投江》和苏联的《幸福的生活》《顿巴斯矿工》《攻克柏林》《斯大林格勒大血战》等，是带中文字幕或者有语音翻译好的，老谢不用再坐在屏幕边现场翻译了。好久没看电影的沅陵人排队买票，电影院恢复了昔日的热闹。

行署没有给老谢批雇佣工作人员的预算，老谢便每天猫在放映室里自己摇那咯吱作响的放映机，仍然是浓茶一杯，香烟一根根叼在嘴里不断。偶尔碰到文教处的人，问老谢："那些旧胶卷都销毁干净了吧？没藏着吧？"老谢忙不迭地点头："不敢不敢，都销毁了！"

但不久后，有住在电影院边上的居民，闲聊提起电影院有时候会深更半夜里传出声音，怕是闹鬼了。消息传到行署，行署便在一天派人半夜里前往电影院查看。电影院大门锁着，里面确实有声音，行署的人便撬开大门进去，一眼便看到空无一人的大厅里，屏幕上几个穿着暴露的女洋人正在水里跳舞。推开放映室的门，老谢正叼着香烟，手摇着放映机，摇头晃脑地跟着屏幕上的《出水芙蓉》哼着曲子。

看到行署的人，老谢慌张地站起来，嘴里的香烟惊得掉下来，烟头落在胶片上，胶片开始冒烟。行署的人说："好啊老谢，你就是这么欺骗政府的？"老谢哆嗦着，忽然将行署的人用力推出放映室门外，将门一把反锁上。行署的人怎么撞也撞不开，只好扭头回去搬救兵。半夜时分，等几个人再次赶到电影院，发现救火车已经在他们之前到达，正往电影院喷着水柱。边上的居民都半夜爬起来围观，聚在电影院外议论纷纷。

有人说："放映室都烧掉了，还好，电影院还在。"又有人说："可惜老谢啊，早就和他说放电影时不要抽烟，这下自己命都搭进去了。"有人接话："半夜三更的，放个鬼电影啊？也没见卖票啊！"

老谢一直单身，无儿无女，他的电影院和展现着这个山城之外的世界的电影，便是他的世界，他的一切。从此后，沅陵城再也看不到那个端着茶杯叼着烟，在屏幕下摇头晃脑翻译台词的满嘴黄牙的黑瘦男人了。

多年后，当我从事电影工作后，看了无数世界各地的电影，也许 1000 部，也许更多。电影并无国界，电影里讲的都是关于人类的故事，不管这个故事发生在这个蓝色星球的哪一个角落，只要它能打动我，有美好的东西，便是好电影。电影如同梦境，带我们去体会作为一个普通人在极其短促有限的生命中不可能亲身感受到的不一样的广阔丰富的人生。沅陵的老谢，在梦境被击破的刹那，也许，他选择了从此不再醒来，永远留在他的梦境中。

沅陵解放后，教会医院虽被收归国有，但和没收教堂后将洋教士们和修女们驱逐出境的政策不同，教会医院里原来的外籍医生和护士如果愿意留下的可以继续待在沅陵，编入新的人民医院，所以沅陵的医院里相当长时间里仍有许多的西洋的医生和护士。后来，进驻湘西的47军部分随军医生也进入了人民医院，而这些随军医生里还有一些日本军医。于是，在沅陵的医院里可以看到各种不同的医生，西洋人、日本人、军人、当地人。

新的人民医院里的外科主任便是日本人，叫水谷，戴个精致的银丝边眼镜，也穿着"四野"的绿军装，能讲一口流利的中文，轻易看不出他是日本人。"四野"在东北接收了3万日本医护人员和技术人员，这些人都正式加入了解放军，穿上了绿军装，参加了几乎所有后来"四野"在解放战争中的战斗，水谷便是随着47军最终来到了沅陵。

水谷偶然和父母认识了，不知是否知道了母亲的日本血统，和父母关系甚好，偶或来家闲聊。孩子们只要身体有恙，水谷便会义务过来帮着诊断开药。来家里时，水谷会脱下军装，穿上一件陈旧但整洁的咖啡色西装，这样一眼就能看出是日本人了。沅陵因为没有被日本军队占领过，没有直接经历过日军的蹂躏，所以对走在街上的日本人并无特别反应，但水谷仍是很小心，见人就鞠躬，彬彬有礼。水谷一口流利的国语，带点东北口音，想必是跟随四野在东北时学的。水谷每次来都会带点好的茶叶，并随身带着几个精美的小瓷杯，自己动手为父母煮好茶，倒在瓷杯里，双手捧上，然后盘腿坐下和父母聊天。父亲不喝茶，母亲会将茶一口一口慢慢细品。听他们谈的，似乎都是文化方面的事，《论语》《道德经》之类，更多时候是父亲在侃侃而谈，水谷静心倾听，不断点头。我们孩子有时在边上嬉戏，而当他们的谈话和"日本"这两个字相关时，父亲便会带着我们孩子离开，似乎不想让我们听到，留下母亲和水谷两人喝着茶，轻声谈话。后来，我才知道，母亲和水谷谈起了她身世成谜的日本亲生母亲，水谷答应她将来回日本后，根据她提供的极少的线索，帮她寻找她生母的身世来源。

记得水谷第一次来我家，大弟听说来的是日本人，便冲着他大叫"八格牙路"，举起手做开枪状，被母亲呵斥。但我也有些好奇地问水谷："你是日本人？那你杀过人吗？"水谷微笑着摸摸我的头，回答说："我没有杀过人，我只救过人。"我又追问："那你救过多少人？"水谷笑着摇头："这个，数不清了……"父亲郑重其事地对我说："临临，你记住，在犹太教里，只有两种人死后是可以不经审判直接进天堂的，教师和医生。"于是我们一大群孩子纷纷嚷着："我长大后要做医生！""我要做教师！"

有一次，在湘西行署文教处工作的父亲进山征粮，被毒蛇咬了，虽用了苗民的解药，但并不见明显好转，到半夜父亲仍是神志昏迷。母亲让老婆婆带着我连夜去找水谷，水谷立刻背着个医疗箱就赶了过来，用酒精棉签给父亲处理了伤口，又打了针，父亲很快就康复无恙。水谷叮嘱母亲，以后有病痛不要用那些山里农民乱七八糟的药，那都不是科学，要相信真正的科学。

不久，我腿上忽然长了个莫名其妙的肿块，越来越大，无法消除，母亲又到医院找了水谷，水谷过来查看后告诉母亲："这是毒瘤，如果再发展到全身，临临会命都没有！要想保住他的命，只能马上去医院把腿锯掉。"母亲沉思良久，坚决说："不锯！我宁愿他死，也不要他只剩一条腿！"然后母亲托老婆婆到乡下去寻找山里的苗医。多年后我回想起这件事，仍诧异母亲作为一个文化程度极高的读书人，为何会毅然决然做出这个匪夷所思的决定，是母爱到极致的疯狂，还是超越知性的直觉？

老婆婆受了嘱托便进山了，第二天带回来一个又黑又瘦、满嘴龅牙、包着蓝绿条纹头巾的苗族老头。进门后，老头点上烟袋，一边抽着烟，一边不急不慢地细细查看我的腿，然后不声不响地叼着烟袋出去了。几个时辰后，老头左手抓着一大把野草，右手拎着一只野猫回来，把野猫杀了，剥皮除肉，只剩猫骨，然后在火塘里添上松木柴火，将猫骨架在熊熊火焰上烧，然后开始将带回的各色野草放嘴里慢慢嚼碎，将咀嚼后带着绿色汁水的渣子从他那张满嘴黑色龅牙的嘴里吐出来，涂在我腿上的肿块上，然后用猫骨燃烧时的浓烟熏烤肿块，直到猫骨全部烧为灰烬，最后对着我腿上的大肿瘤用我们听不懂的话念了些咒语，说："会好的！"收过老婆婆给的钱，老头赶着夜色便走了。

几日后，我腿上的肿块逐渐变小，半月后，竟基本消失。水谷一直很担心我的情况，有一次专门过来探看，惊讶地发现我的腿已经基本痊愈。水谷戴着眼镜，把我的腿看了又看，追问老婆婆那个苗医到底用了什么药。老婆婆说就是山里的中草药和猫骨吧。

水谷忽然向老婆婆深深鞠躬，希望老婆婆带他去山里认识下这个苗医。老婆婆要忙着照顾我们一家人，自然没有应允，水谷便三天两头过来，不断地向老婆婆和母亲鞠躬请求，固执得很。实在耐不过水谷的执着，母亲便让老婆婆找时间还是带着他去了山里。此后，水谷便时常自己跑去山里，每次回来，都用袋子装着很多各种各样的新鲜植物、枯枝落叶和干果。几年后，水谷根据中日政府达成的协议，被统一遣送回日本，之前部队发给他的解放奖章收回。水谷脱下军装，带着对中国的记忆以及大包小包的中草药材回到了日本。

1956年周恩来总理说过："我们很感谢一部分日本人，他们在解放战争时期，作为医生、护士、技术人员参加了解放战争……日本的军国主义确实是残酷的，但是协助我们的日本人民有很多。"1972年中日恢复邦交后，水谷曾参加由当过解放军的日本人组成的"回想四野会"到长沙、宜昌、荆门、襄樊和沅陵等他们征战和工作过的旧地重访，因当时形势还是敏感，所有活动都由接待的中国当地政府统一安排，水谷想单独寻访我父母等老友的念头只能打消了。

而几十年以后，我在东京再巧遇水谷，一起追忆往事，唏嘘感慨，后文另述。

当时在沅陵，平常每逢兄弟姐妹们偶有小恙，父母是不会把我们送医院的，老婆婆基本就能解决。如果谁发烧了，老婆婆就找两个银元在我们后颈刮出鲜红的痧印，一般就退烧了。有一次大妹烧得厉害，头脑滚烫、四肢冰凉，刮痧也不管用，老婆婆就使出更厉害的招，先用手掌揉大妹胳膊，揉到手掌发红了，再拿缝衣针在火上消毒后，在十个指头上各扎一针，有淤血从十指尖渗了出来，老婆婆把淤血挤掉，大妹当晚就退烧好了。父亲有痔疮，疼痒难挨，老婆婆就弄些石灰和稻草，用鸭蛋做黑乎乎的皮蛋给父亲吃，父亲吃了一段时间，痔疮也就不再犯了。

直到我自己的晚年，曾遇到过几次重疾的侵扰，有的是西医治愈，而当西医无解时，最终都是中医彻底治愈。烧猫骨算是邪术还是中医，不得而知。但在那深邃的湘西大山里，是否真隐藏着一些我们并不真正了解的古老智慧呢？或是另一种科学呢？

每年阴历新年的夜晚，沅陵城就会在河滩上搭上舞台，演出长达半个月一直演到正月十五的目连戏《目连传》。目连戏是中国最古老的剧种，里面将儒道释融合，唱做念打、杂技歌舞、民间风俗全部糅在一起，演了不知多少代仍不衰。舞台上有帝王将相、公子佳人，有菩萨佛祖、八仙道士，有神魔鬼怪、英雄好汉，包罗万象，热闹非凡。

冬天的河滩上寒风阵阵，但露天舞台下的观众成千上万，人潮拥挤，是沅陵城春节最盛大的聚会。

母亲最爱看里面的李慧娘一段，每年都会带着我去河滩上看。故事无非是绝情公子痴情女的老套，但里面最惊艳和惊悚的高潮是：当薄情的裴公子抛弃了李慧娘后，李慧娘上吊自杀，化作厉鬼寻仇。演李慧娘的漂亮女演员会在台上装成"女吊"，将头挂在上吊的绳索上，在舞台上大幅如秋千般荡起来，荡的次数越多，幅度越大，台下观众的喝彩声便越大。

这个演员叫兰羽秋，是当地辰河戏最著名的青衣，唱得好，身段好，卸妆下来，也是沅陵城远近闻名的美女。有在茶馆闲聊的读过些书的当地老人评论她："浮世万千，倾国倾城。"母亲和兰羽秋关系很好，常有往来。兰羽秋佩服母亲的学识渊博，有拿不定主意的大事，总来听母亲的建议。和所有尊重母亲的人一样，她尊称母亲为韩先生。我曾经好奇地问她："你是怎样做到挂在绳索上荡动而脖子不会被勒坏的？"她笑着冲我眨眨眼，说这可是秘密，谁也不能说的。

兰羽秋孤身带着一个女儿，叫芳儿，和我同岁，长得漂亮伶俐，活脱脱就是年少时的兰羽秋。芳儿在辰郡中学母亲做班主任的班上读书。慢慢地，偶听父母聊天，知道了兰羽秋之前被一个国民党高官抛弃，留下这个女儿，从小和她学唱戏。而兰羽秋因为这个女儿，无数次拒绝了沅陵城诸多的追求者，独自陪伴着女儿。

解放初期，学校组织学生排话剧，是岳野写的《同甘共苦》，安排芳儿出演里面官员家的小保姆，让我演暗恋她的通讯员集大成，于是我们彼此更熟悉了。芳儿常邀请我去她家吃饭，每次兰羽秋看到我来便很高兴，不断给我夹菜，并说韩先生学问很大，在沅陵城排第一呢。有时言语之间，似有希望我们俩成年后能够在一起的意思。我那时才十多岁，少年懵懂，尚不解风情，多年后母亲偶尔提到此事，我才回想起这个女孩的模样，确实美丽可人。

芳儿在豆蔻年华时，下乡演出忽然染上奇怪的病，不治身亡。丧女后的兰羽秋，忽然就变了一个人，加上解放后，政府不让她再演装神弄鬼的李慧娘了，她开始酗酒，湘西低度的寻常米酒已经不能满足她，天天去找高度的精酿白酒把自己灌醉。有一天，母亲在街上看到她在一家商店门口被人拉拉扯扯，赶紧上去看是怎么回事。原来兰羽秋已经赊欠了这家店铺许多的酒钱，又想赊酒，店主不干了，逼她还钱，边上看热闹的混混便起哄说可以用身体还，趁机上来推推攘攘地占便宜。母亲立刻走上前去将兰羽秋护住，狠狠地训斥店主和那几个小混混。母亲刚解放时在沅陵县立第一小学当校长，那个店主的孩子就在这个学校，店主也认识我母亲，赶紧驱散了小混混们，和母亲诉苦说兰羽秋欠的钱实在太多，自己小本生意受不了了。母亲随即将身上所有的钱都给了店主，虽然不够，但店主也就收了，并答应兰羽秋所有酒钱就此勾销。

母亲领着兰羽秋到家里，她看到我，又想起了芳儿，已经干涸的眼眶里再次落下泪来，唠叨道："是报应，是报应，我演鬼演太多了……"母亲给她泡上一杯热茶，说："什么鬼，这世界上根本就没有鬼！"兰羽秋睁大双眼："那，灵魂有吗？我的意思是，如果我死了，能再见到芳儿吗？"母亲沉吟半晌，轻轻说："灵魂，也许，有吧……"

在二十多年后，当我的母亲在沅陵去世的那天晚上，我在南岳衡山山顶的上封寺，清晰地看到了我的母亲在月色中穿过窗棂向我走来。接下来的一段日子里，我禁不住一再想起母亲当年的这句话。

我忽然想起芳儿曾经送给我一块上面用红色丝线绣着荷花的手绢，当时我觉得这是女孩子的东西，转头就给了爱美的三妹。有一次芳儿和兰羽秋一起来我家，看到三妹系在发际的那个手绢，神色有些黯然。我回想起来，心里有些难过，有一点难以名状的惆怅。

来我家那次以后，经过母亲和兰羽秋一番长谈，兰羽秋戒了酒，再也不整天醉醺醺的了。有一天，她来我家时，把我叫过去，掏出一块精致的弯曲状小木板给我看，告诉我："这个脖垫，就是'李慧娘'的秘密，不要对外说哦！"我好奇地接过来仔细研究，把它在自己脖子上比画。兰羽秋一把抢过来："小孩子，还是不要碰这种不吉利的东西吧！"

20世纪60年代后期，也就是父亲在养猪挨批斗而我在农村下放的时候，留在沅陵的四弟有一天看到兰羽秋被挂着牌子在游街，牌子上的字写得密密麻麻，包括"国民党情妇、妓女、装神弄鬼的封建戏子……"，兰羽秋的脸上、头上挂满了沿路看热闹的人扔的菜叶子，衣服被拉扯得破烂不堪，露出腰肩上曾让很多不怀好意的人垂涎的白皙皮肤。听说后来这个一直演上吊女鬼的"李慧娘"真的上吊了。这次她没有垫上"李慧娘"的小脖托，但她在屋里房梁上挂的草绳并没有舞台上的绳索那么结实，草绳断了，她摔下来骨折了，被邻居听到声响送到医院，终是没有死成。

80年代初，我在省里从事戏剧工作，参与研究挖掘目连戏这种古老文化遗产，又想起了这位"李慧娘"，通过沅陵的文化局，竟然找到了已经60多岁的她，得以邀请她来到长沙，参加目连戏的研究活动。兰羽秋又穿上昔日的"李慧娘"的服装，登台表演，厚厚的妆彩掩盖了岁月给容颜留下的皱纹，舞台灯光下的"李慧娘"仍然扮相俏丽、光彩夺目，但"李慧娘"再也不能够把脖子挂在绳索上空中荡动了。

活动结束后，省里的相关戏剧工作人员和剧组聚餐，我借故离开了。旧人重逢，唏嘘往事，有时并非快事。有的伤疤，已经被岁月愈合，不揭开为好。

——

沈从文自己描述这两栋房子外观颇像"黄色的蒸糕"。……闲时我就趴在芸庐林徽因、梁思成喝茶观赏沅江的二楼阳台栏杆上，远望长河，看大小竹筏顺流而下……穿过橘园，便可以看到永生堂已经略显破败的尖顶。

——

第八章

解放前在沅陵历史最悠久的中学是辰郡中学，已经有一百多年历史，是在晚清时候设立的中国最早的一批新派学校，据说比长沙的长郡中学和雅礼中学都要古老。新中国成立后，政府将原来的三所教会学校贞德女中、辰粹女中及朝阳男子中学一起，加上其它两家当地中学，六校合一，归并到辰郡中学，改名为辰州中学。文教处甫处长亲自领衔，和父亲及另一个干事组成三人小组，到辰州中学负责接收合并事项，甫处长任校长，父亲被任命为总务主任。母亲之前任沅陵县立第一小学校长没多久，也被转聘到辰州中学教授历史和语文，后来又担任高中班主任，同时任女生部部长。辰州中学当时面向整个湘西十多个县招生，学生已达到一千多人。

命运将父母安置到了湘西群山中这座古老的学府，从此便是终生。

我已十岁，随着学校合并，从教会学校转入了辰州中学初中部，弟妹们大一点的也都先后进了辰州中学。"三二事变"逃土匪后回到沅陵，父母又找到了老婆婆，把她请回来，继续在家照顾更小的弟妹们。这些年，虽然全家一直颠沛流离，母亲的肚子却似乎没有停止过孕育新的生命，弟妹们仍是一个个接踵而来。

不久，学校给我们安排了一处校区边缘山坡上的平房，我们终于得以再次和秦家女人及旺子告别——希望不会有第三次再落魄地敲响他们家的大门。旺子也进入了辰州中学读书，我俩时不时在学校遇到，仍常常一起玩耍，一起探索沅陵这座城市里那些我们仍然未知的神秘世界。

父亲虽然出自名校名师，但如果真论起学问，应在母亲之下。母亲孤苦的少年时代，读书是她唯一的寄托，所读之书，数量之大、涉猎之广是惊人的。跟随父亲在各个学校任职过程中，母亲先后担任过国文、生物、地理和历史老师。离乱年月，无论生活如何艰难，儿女众多，琐事繁重，只要稍有安稳，母亲的床头便永远堆满了书。在孩子们都安睡后，母亲给大家洗完衣服，往往已是半夜，但只要在睡前有片刻闲暇，母亲总要躺在床上看一会儿书，这是她忙碌一整天之后最大的享受。

到辰州中学工作后，生活安定了，母亲又开始怀孕，我的弟妹数量仍然在增加。当年学生们的记忆里，每天学生做早操时，无论多早、天有多冷，总能看见女生部部长韩老师挺着大肚子，手背在身后，戴着黑框眼镜，头发梳理得一丝不乱，准时在七点钟站在操场前面看着大家做操。母亲在相当长的时期里，无论社会上流行怎样的服饰，她始终不变地穿一袭黑裤子、白连襟衣的两截式中式父母装。她满腹经纶，讲课时引经据典，娓娓道来，深得学生们尊重。

几十年后辰州中学编撰校史，或是当年的学生撰写回忆文章，多把母亲描述为辰州中学第一大才女、天宁山上的师太，提及其人品、师德、学识、才干和诸多故事，称在湘西也有可与林徽因等著名民国才女媲美的韩老师。存留下来的所有的黑白老照片里，都是师生们笑容灿烂地簇拥着母亲，母亲背着手站在中间，脸上并无一丝笑容。

学校分给我们家的住房其实是一大套简陋的泥土平房，有七八间屋子，我们只住了一边。在泥土房的后面往山坡上去的方向，有一片很开阔的平整的荒地，杂草丛生，还有个布满浮萍的池塘。

家里搬过来后，便觉得可以好好开垦一下那片荒地，种些东西。虽然父母都有工资收入了，但养活一大家子那么多孩子仍非易事，还需开源节流。父亲便带着我们几个大孩子，齐心协力，花了不少时间，将荒地开垦成了一垄一垄的菜地，种上各种蔬菜，白菜、黄瓜、辣椒、茄子、南瓜都有，同时养鸡养鸭，一度我们家还养了二十多只兔子，弟妹们每天去菜园里摘白菜或者从山坡上割些嫩草喂它们。

父亲上班忙碌之余，从学校回来，有空就带着我和大弟二弟下到菜田，松土、施肥、种菜、摘菜，干各种农活。农家出生的父亲，又进一步在县城郊外的气象站外面的一块荒地上，带着孩子们每人挖一块地种菜，让大家比赛，看谁的菜长得好。入则书香，出则田园，颇有"采菊东篱下，悠然见南山"的风貌。

养的鸡鸭基本不用怎么喂食，让它们自己到山坡和池塘觅食，母鸡母鸭还常常下蛋，可以补充我们家的食物。养兔子最初是父亲的主意，并未想好养大后怎么办，但得到了几个妹妹的全力赞同，都觉得兔子伶俐可爱，又有足够的草料喂养。但兔子们终于让我们失望了，有一天突然得了病，一只只腿蹬直了全死了。一直负责照顾它们的大妹二妹只好将它们埋到后面山坡上，难受得好几天想起来就掉眼泪。

有时在晚上我会带着几个弟弟到坡下的池塘钓青蛙，弄个竹竿拴根线，下面捆一小团白色棉花球，月光下把棉花球往池塘荷叶间一晃，便会有青蛙误以为是小虫从水中跃起一口咬住棉花球，有时一晚上可以收获十数只，让老婆婆杀了放辣椒炒了吃，十分美味。

小池塘里水草丛生淤泥堆积，浮萍挤在茂盛的菖蒲、铜钱草之间，将水面完全覆盖。水中并没有大鱼，我们便买了些小鱼苗丢进去，盼着它们长大，但鱼苗进了池塘后便再也不见了踪影，我们总怀疑池塘深处有什么厉害的水怪把它们都吃光了。

到暑假或者周末，我们会去郊外采摘野菜。春天有荠菜、胡葱和春笋，夏天则是马齿苋的季节，我们将马齿苋用背篓背回家，在井边洗干净，父亲会将它们焯水后晾晒在屋顶上，储存到冬天再用水泡发了做菜吃。

附近的山坡边上有个草棚屋，里面住着一家乞丐，乞丐儿子和我年龄相仿，和我成了好友，抓青蛙的秘诀就是他教我的。他们全家白天进城里面讨饭，黄昏时回来，碰到我也下课，我俩就会约着一起玩很多好玩的游戏。

除了钓青蛙，他还教我用长长的竹竿到高高的树干上去粘夏日聒噪的知了、摘下春天的柳枝抽去中间的白茎做成可吹响的柳笛、在冬天的雪地里做罩子抓取饥饿的禾雀。在田野里，几乎没有他不懂的东西。我崇拜他的同时，他也崇拜我，因为我可以背诵那么多诗词，还知道那么多几百几千年前的故事。所以作为交换，他每教会我一项新的技能，我就要给他讲古代的故事和诗词。

我有时钻进他们家的草棚里找他玩耍，好奇地打量这个什么家具都没有的栖身之处，欣赏他展示给我的各种他的宝贝，比如一个弹弓，一个他自己用竹子做的短笛。草棚里虽然家徒四壁，但实在是充满了趣味。有一天我便把他带回家邀请他一起吃饭，父母看我带了个小叫花子回来，有些意外，但并没有说什么，让老婆婆给他盛了满满一大碗米饭和菜，还让他上桌和我们一起吃，其实家里饭桌不够大，只有我和老婆婆是在桌上和父母一起吃饭的，其他弟妹都是各人端着碗夹点菜自己找地方坐着蹲着站着吃的。

现在回想起来，父母为人处世的修养，毫无遗漏地传递给了我们，这一辈子我们都懂得对世间任何与我们不同的人的一种基本尊重。

后来政府清理收容乞讨人员，小乞丐一家就离开了，以后我再也没有见过我这个童年时代的田园之师。

不久，堂屋对面的屋子搬来了一户人家，老两口带着一个女儿。男主人姓向，穿着打扮极其类似闻一多的感觉，深蓝长褂，大黑边眼镜，头发桀骜不驯地向脑门后面梳上去。他们家也在后面菜地种了些菜。有一天，大妹妹看到他们家的西红柿长得漂亮，这个是我们家没有种植的品种，很是喜欢，便带着二妹妹偷偷去他们家菜地摘几个，刚摘完，一扭头，看到向先生如同一尊雕塑一样站在窗后面，眼光犀利且面无表情地看着她们，吓得她俩尖叫一声，慌不择路连滚带爬地逃回家里。当晚，向先生和太太带着一筐西红柿过来小坐，和父亲说起这件趣事，哈哈大笑。向先生看我在学校成绩最好、普通话最为标准，特别喜欢我，时时叫我过去他家，给我讲戏剧讲文学，讲各大表演理论流派，教我朗诵和唱歌，给我在后来的人生中和艺术文学创作结下不解之缘埋下了重要的种子，是我童年的艺术之师。

后来我才知道，他叫向培良，曾担任南京国立戏剧学校研究部主任，又曾主办上海大戏院，曾是鲁迅的学生并和鲁迅一起创立"莽原社"，在《鲁迅文集》里有100多篇书信往来。因为和鲁迅产生分歧关系破裂，被鲁迅写信痛骂，后辞职回到湘西老家，在辰州中学当一名普通教师。有一次，在全校纪念鲁迅先生诞辰日的大会上，向先生上了讲台，泣不成声地表白自己有愧于鲁迅先生，几乎要打自己的耳光，我在台下看得惊骇不已。

新中国成立初期，文化活动很多，我们家纷纷参加各种演出，我在苏联儿童话剧《中队的荣誉》里扮演主角阿廖沙，母亲也在《雷雨》里扮演鲁妈。向培良便经常给我们做指导。而后有一天，他忽然收拾行李，离开了辰州中学，再也没有回来。

父亲在合并后的新辰州中学担任总务主任，新体制下，百废俱兴。父亲个性平和，这些年来遇到多苦的日子也很少唉声叹气，总能随遇而安。现在忽然得到政府的重用，学而优则仕，文人心中那股希冀以自己的才华报效国家、服务民众的雄心渐起，没日没夜地投入工作中，为新的辰州中学竭尽全力地做事，热诚地投入各种社会活动中，在这个县城里，实现多年前自己的老师陶行知所提倡的"行是知之始，知是行之成"的理念。

辰州中学的生源，有的来自周边很远的地方，有泸溪的、辰溪的，甚至很远的靖县的。每到寒暑假结束后的开学时间，我们本地的学生最喜欢做的一件事就是聚在校门口，看着那些外地的同学陆续像乞丐一样走进校门。这些山里来的学生，就是用脚走过来的，穿的往往是草鞋。有的走两天，有的走三天，甚至有要走五天的，并无父母陪同，带几块蒿子粑沿路喝溪水就这么硬走过来，风餐露宿，到学校已经衣衫褴褛、蓬头垢面，和叫花子无异。

父亲这一阶段总是每天满怀悲悯地站在校门口守候，等来一个就赶紧安排年轻老师和大一些的本地学生给他们安顿洗澡，弄吃的。父亲不断往县里甚至省里跑，申请经费，希望给学生建更多的宿舍。父亲常常会不打招呼就带几个学生回家吃饭，都是山里来的最穷的孩子，有时候让老婆婆煮一大锅饭，和我们兄弟姐妹一起，十多个孩子端着饭碗挤在房间里吃。

每天放学后，父亲都会安排工友去各个教室和宿舍巡查，遇到有什么被学生扔掉的东西，但凡还能用的都收起来洗干净放到仓库里保存，遇到山里来的穷学生生活困难，父亲便会让工友从库房里变魔术一样找到各种干净的旧鞋子、旧衣服送给他们。

父亲遵循他的老师陶行知"教育即生活"的理念，组织教职员工和高年级学生将学校周边的荒地都开垦成菜地，大家工作学习之余，都要轮流去菜地干活，而种的菜都无偿提供给学生食堂。"吃自己的饭，滴自己的汗，自己的事情自己干"是父亲在学校里反复提倡的口号。

父亲担任总务主任总共只有三年半的时间，这段时间里，新的辰州中学几栋最主要的校舍都在他主持下落成，从而有能力安置大部分住校的 1500 名学生。整个校区花园草地遍布，果树繁茂，父亲连种什么样的树、种哪些花都会亲自参与决定，辰州中学在短短几年内成为一个崭新的花园学校。

每到春天，父亲安排学校老师一定要带学生去春游，接触大自然，自己也每次都参加。辰州中学学生出去春游，无非两个地方，或者去凤凰山，或者去河涨洲。去凤凰山大家便兴味索然，太近，山也矮小，取名"凤凰山"是和龙头井对应"有龙有凤"，上面有个庙有个碉堡，"西安事变"后关过张学良的地方。山也不大，没啥意思，但如果去河涨洲，大家就会欢喜雀跃。

河涨洲是在城外下游沅江转弯处的一个江中的孤洲，因无论江水涨跌，洲的吃水永远不变而得名，传说有一对巨大的金鸭婆在下面驮着它。洲上有一白塔，叫"龙吟塔"，是沅陵三塔最高的一座，和河两岸的"凤鸣塔""鹿鸣塔"隔着沅水连成一条直线。"龙吟塔"高七层，耸立在茂密青翠的竹林间。洲头面对沅江最开阔的江面，有个开阔的沙滩，学生们背着铁锅和菜米，走很远的路出城，找人划船送到洲上，在河涨洲游泳、抓江蟹、爬白塔、砍竹子做柴火埋锅煮饭做菜，一直疯到晚霞将白塔的江中倒影镀成金色，才欢歌而还。多年后，每当我们家庭在困顿窘迫中稍有开心的事，父亲仍然喜欢带我们去河涨洲。

县城西的江对面就是二酉洞。有一次，父亲找了条小船，将我们拉到了二酉洞，告诉我们"学富五车，书通二酉"的典故：当年秦始皇焚书坑儒，有个叫伏胜的朝廷博士官，偷偷运走了五车的书，藏在这个二酉洞里，子孙世代守护，到汉代才拿出来，保留了民族的古文化。父亲让我们向洞里叩首，说："你们将来一定要多读书才是正道。"

父亲又利用学校在郊区山坡下的一大块空地，主持修建了一个养猪场，里面养了几十头大肥猪，可以偶尔用来贴补学生稀缺的肉食。但命运弄人，没想到这里后来成了他十多年的做工与栖身场所。父亲的命运如同一叶扁舟，屡屡被风雨吹向他无法预测的方向。

在学校旁那个有池塘有山坡有菜地的土泥房院子里住了两年后，辰州中学给我们家安排了另一处住房。房子坐落在学校大门高坡下的天宁山半山腰，面对沅江，景致极好。这是个不小的庭院，两栋大楼房，一栋砖瓦建造，中西合璧的风格，外墙是深黄的色调；另一栋是纯木质的日式风格。父母的学校同事有几户也住在这个院子里。我们家人多，占据了两栋中的四间大房，包括中西合璧楼房的二楼，面对沅江带阳台的风景最好的两间，从窗口看出去，可以看到沅江如同一条玉带绕城而过，再远处是耸立着宝塔的凤凰山。

这个院子叫芸庐，是沈从文出钱并请北京的朋友专门设计，委托他哥哥监造的。沈从文自己描述这两栋房子外观颇像"黄色的蒸糕"。1934 年，沈从文专程从北京回沅陵探望母亲，并验收查看刚建好的这个庭院，将其命名为芸庐。随后，安置母亲和小妹居住在这里多年。他自己在 1937 年抗战爆发时，从北京回来住在这里，完成了作品集《芸庐纪事》。而后抗战期间，北大、清华、南开三校组成国立长沙临时大学，先南迁到长沙再搬到昆明，走陆路的人便要经过湘西落脚沅陵。沈从文当时不在沅陵，便委托家人代他在这里接待梁思成、林徽因等著名文人学者，林徽因后来在写给沈从文

的信里提到："你老兄的房子在小山上，非常别致有雅趣……我们真欢喜极了，都又感到太打扰得他们有点不过意。虽然，有半天工夫在那楼上廊子上坐着谈天，可是我真感到有无限亲切……"参加湘黔滇1600公里徒步团的闻一多，更是在芸庐滞留数日休养生息。解放后，芸庐被政府接收，分给辰州中学作为教师宿舍。

从辰州中学大门出来右转，下坡走不到百米，便可到芸庐的后门。每天，不住校的学生和老师上课，都会从这里经过。芸庐正门往下不远，有一口圆口方壁的井，井内缀满了厚厚的青苔，石缝里生出一丛丛蕨叶，这是"芸庐井"（也叫朱家井）。这口井是沈从文的哥哥沈云麓所凿砌，他最喜欢坐在阳台上，远远看着井边人来人往打水洗衣淘米。

"芸"是指"芸香草"，一种能散发特殊香气的草，古人藏书为防虫蛀，往往在书籍中放置"芸香草"保护藏书，因此古人称藏书阁为"芸台"。于是，我们一家得以在这栋充满了大师和书的气息的房子里一住二十多年。而我们家也姓沈，不知在远古两家是否有关联，但住在这里确实是一种有趣的缘分。我的兄弟姐妹们，成年后大多能文善写，也不知是否因为这屋子里有太多文豪们的气息，隔空留魂？

我们住在芸庐的日子里，沈从文正在北京潜心研究中国古代服饰，成为这个领域的专家，但封笔再无文学作品。沈从文的《湘行散记》大部分都讲的沅陵，讲到沅陵的吊脚楼、街市、土家族苗族汉子和女人、教堂、船码头和灯盏窝，描述的是比我来到这里的时间约早十来年的沅陵，而在我看来，全无二致，十来年后的沅陵，并无大的改变。

在芸庐里的头几年，是我们家庭多年离乱奔波后难得的幸福时光，岁月安好。父亲作为学校的总务主任，为学校的发展整日奔忙，颇受尊重；母亲的讲课，博学生动，最受学生欢迎；我们家孩子热热闹闹，走到哪都被人善意地笑说："沈一群"出动了。我和大弟都已读中学，其他弟妹有读小学的，也有还在学步的，而母亲的肚子又日渐隆起。老婆婆继续主持打理着家中一切，父母则忙于工作。

闲时我就趴在芸庐林徽因、梁思成喝茶观赏沅江的二楼阳台栏杆上，远望长河，看大小竹筏顺流而下；有时我会穿过钉满人圆钉有一对大铁环的院门，到芸庐井看人们打水洗菜；或者跑到边上的橘园玩耍，穿过橘园，便可以看到永生堂已经略显破败的尖顶。而芸庐后门外靠近辰州中学大门的地方，有两棵参天的大槐树，浓密的树荫在夏天几乎可以遮盖住芸庐的一半天空，有时我会在树下的长石凳上乘凉午睡，睁眼时总看到学生们夹着书本匆匆而过。

在芸庐房间里时，我最喜欢去母亲床头乱翻她看的各种书。母亲的床头，常摆着惠特曼的《草叶集》，《普希金抒情诗》,屠格涅夫的散文、巴尔扎克及左拉的小说,及巴金和沈从文的作品,也有消遣的闲书,如张恨水的《啼笑因缘》、唐人的《金陵春梦》和曼殊文选。母亲对我翻看她的书,从不阻拦。我问她:"这些书我都可以看吗?"母亲沉吟片刻,说:"都可以看一看。"而父亲床头的书,便多是《论语》《道德经》等,远不如母亲床头的书来得有趣。

母亲似乎最爱看的是苏曼殊的作品,有他翻译的雪莱和拜伦的诗,也有他自己写的清艳明秀的古诗。后来我才知道,苏曼殊虽才华横溢,但曾削发为僧,35 岁即离世,他的生母也是日本人,在苏家备受歧视,他很小的时候母子俩就被赶出苏家大门。

有一次我翻看沈从文的《边城》,虽然我看不懂其间的男女之情,但觉得文字优美温婉,万分喜爱,翻来覆去细读。母亲看见,又拿给我一本沈从文的《湘行散记》,并告诉我,这个作者就是这个房子的主人。我问:"他会回来吗?我能见到他吗?"母亲说:"他在北京,我想他应该再也不会回来了。"

从芸庐进学校大门不远处,在学校大院深处的一个操场边,有一棵千年的桂花树,枝繁叶茂,树冠展开有近 20 米,这个操场因此被称为"桂花操场"。每到秋风起,桂花开,父亲便会组织学校几个年轻教工一起,用竹竿将桂花打落,下面用大布接住。桂花如雨如雪般洒落，搜集起来足有百余斤。桂花被分给教师们，大家拿回家晒干储存在密封的瓦罐里，可以做桂花汤圆，或者撒到甜酒冲蛋里，或者泡酒冲茶，芬芳气息可以漫进整整一年的平淡生活中。

我们家在芸庐里住了 20 多年，同住在芸庐里的其他辰州中学的教师已经换了很多批，而我们家一直留在了芸庐，即使在父亲被打为"反革命"去养猪的时候，学校也未曾把我们驱赶出去。

芸庐的邻居里，我印象最深的是一位姓刘的老师，他是学校语文教研组组长，颇有古风，没事常来我家串门，和我父母海阔天空地闲聊。一次在课堂上给我们讲《孔雀东南飞》，他将双手背在身后，腰弯下去，头又仰起来，不是背诵，而是慢慢用带着浓厚沅陵口音的国语，抑扬顿挫地吟诵出这个诗篇："孔雀东南飞，五里一徘徊。十三能织素，十四学裁衣……"当吟诵到"徘徊庭树下，自挂东南枝"时，刘老师转过头来，我们看到他已经满脸泪水。课堂里的很多女学生也受到感染，"呜呜"地哭成一片。

我的母亲是 1975 年在芸庐离世的，我仍能清楚地记得当时的情景：灵堂设在芸庐院子里。按当地习俗，由我最小的弟弟捧着母亲的遗像走在前面，我们所有兄弟姐妹和父亲一起扎着白头巾，一起走出芸庐。

已经退休搬出芸庐的刘老师在葬礼后，专门来芸庐看望我们九个兄弟姊妹，我们中的大部分都曾经是他的学生。刘老师和当初给我们上课时一样，先是给我们吟诵了一首悼念我母亲的诗，然后说："你们的母亲是一位了不起的大才女，作为你们的语文老师，我今天给你们布置一个作业，每人写一篇文章，叫'我的母亲'，回头给我过目。"遗憾的是，随着我们纷纷成年，离开沅陵，离开芸庐，这个作业，大家都没能及时完成。直到我们都步入老年，才在一次回沅陵祭拜父母时在谈论中忆起。大妹不久后终于完成了她的作业，写了一篇数万字的悼念母亲的文章。而我，就以这部小说来给刘老师交作业了，尽管他已经离开人世很多年，而他的墓地，也在埋葬我父母的鸳鸯山上，两座坟茔相隔不远，互相守望。

　　90年代初，学校要建新的教学楼，看中了这块地，而芸庐已经老旧不堪，便将它拆除了，从此世间再无芸庐。

　　世上多少文豪的故居，现在都成为瞻仰的景点，而芸庐无此殊荣，只是默默陪伴了我们家庭二十多年，看我们哭看我们笑，然后被轰然拆解，坍塌成废墟，只留下几张黑白照片，记载了我们"沈一群"住在里面的时光。

——

父亲第一次被叫到学校大礼堂批斗前，心里忐忑不安，毕竟这辈子从来没有过这样的经历，自己被警察抓过，被土匪追过，被日本人炸过，但面对上千人在台上接受批斗，却是前所未有过。

———

第九章

我一直对自己记忆中的一个画面难以忘怀：父亲坐在学校食堂窗口旁的小木桌前，边上摆着一个巨大的米缸和一个落地的大铁秤，将学生们上交的一袋袋颜色杂驳的米称完，倒进米缸。

这个画面中，父亲已经不是总务主任，而是学校食堂的餐票管理员了。人生多变，但并非如四季般有规律可行，更像隔日的天气，你永远无法知道，下一个清晨，你是在温煦的朝阳中睁开双眼，还是被敲窗的骤雨惊醒。

正式于 1955 年 7 月 1 日开始的"肃反"运动，其实在1953 年就已经初步展开了。往事被一一翻出来重新评估界定，是否为隐藏在革命队伍内部的反革命分子。政府发现父亲曾在新宁担任过国民党伪县长，开始对他进行详细调查。这段历史父亲从未隐瞒，以前说到自己当时并没有真正的任命书，临时被同僚们推着救急而已，真的是"伪"县长，大家笑谈而过。但现在不一样了，学校派出三人调查组，奔赴长沙、临澧和新宁逐一寻找当时的各种见证人，背着一大摞见证材料回来，都有当时在场的各种人的签名。调查材料里无一例外地显示，父亲在23天代理县长时间里，只是出面安置难民，管理县政府的日常工作，无任何侵害百姓的行为，也无和国民党上级政府有任何沟通；而在临澧和长沙时，一介书生，普通教师而已，则更无任何卖国反共的不妥行为。1953年底，学校经研究，决定还是免去他总务主任职位，改为普通教师，负责教授历史，同时任一个班的班主任。父亲坦然接受，毫无怨言，甚至有些高兴自己可以从繁重的行政管理工作中脱身出来，重上讲台，做一个传道授业解惑的人民教师了。

但树欲静而风不止，父亲并没能如愿安心教他的历史。肃反小组抓到了这么一个伪县长，不找到些事总觉得成果不够大，便三天两头找父亲去，逼他进一步交代写材料，父亲常常课上到一半便被从讲台上叫走，把学生丢在课堂上。父亲不堪其扰，心想是否总归再交代点什么也许就没事了，冥思苦想，深刻反省自己人生中还做过什么不对的事情，忽然想起了那次县长塞给他 5 美元的事，尽管自己也把它用在了帮助民众上，但毕竟这件事还是有些难堪的，便把此事的来龙去脉详细交代了出来。

多年后我们从沅陵的档案馆里找到了纸张已经泛黄、一碰即碎的交代资料，上面写着："×年×月×日，和县长、县财务科长、教育科长共同贪污县教育经费 25 美元，分得 5 美元……"后面的文字被撕掉，想必是父亲也讲述了自己把这 5 美元如何给了警察局长以便帮助难民的事，但调查组只需要前面的文字。于是，父亲成了鱼肉百姓、贪污教育经费的伪县长，老师是肯定不能当了，坏分子教书是要误人子弟的。

1960 年，父亲被免除教师资格，安排到学校图书馆任图书管理员。辰州中学的图书馆藏书甚为丰富，除了古老的辰郡中学的藏书，合并后原来两所教会学校的英文原版书和杂志也都非常丰富，各种线装书和世界名著数不胜数。父亲对这份工作也毫无怨言，同时乐得有机会畅游书海，当个书虫。工作上，父亲兢兢业业，两年多时间里，将整个图书馆的名录分档整理得井井有条。然而，在他离开这个岗位前往学校食堂工作后，接任他的新图书管理员，因学校要求大家积肥，将未燃尽的草木灰堆放在书库的木地板上，半夜引发火灾。独处校园一隅的图书馆的灾情无法被人及时发现，所有的藏书全部化为灰烬。父亲第二天赶到现场，面对他曾经倾注心血的这一切，落下了眼泪。

1962 年，学校决定将父亲调到学生大食堂，具体工作是卖餐票。每天在校的弟妹们去食堂吃饭，便看见父亲坐在食堂窗口后的一个小凳子上面，弓着身子，一张张数着饭票菜票卖给来来去去的学生们。母亲的课因为极受学生欢迎，岗位暂未变化，但受父亲影响工资减了不少，而父亲的工资更是只剩原来的小半，带着一大堆的孩子，一家人的生活又开始窘迫了。

历史再次轮回，和当初全家人靠解放军炊事员送的免费锅巴熬过一段苦日子一样，现在锅巴又再次成了全家人的救命稻草。

那时父亲做的一个很重要的工作就是收米，收学生的米。辰州中学面向整个湘西招生，每到开学，除了城里的有条件的孩子交钱做一个学期的食堂伙食费，多数山里来的孩子，都是直接背着米袋子，走几天山路来上学。十来岁的孩子，有的背一二十斤，有的背得更多，到食堂让父亲称一下登记好重量，一起倒进学校的大米缸里。这些自带的米的重量，父亲都记在账上，后面学生们在食堂吃饭就可以抵充饭票。学生们带来的米品种不同、颜色不同，有白的有黄的还有黑米、糙米，全都混在一起，所以食堂煮出的米饭都是杂色的，煮出来锅巴特别多，底下都烧煳成黑色，这些煳了的锅巴是不可以正常给学生吃的，食堂会以比较便宜的价格卖出来。一旦有这种机会，父亲便常常将成袋的锅巴买下背回家，在火上把它们烤得干干的不会发霉，再塞到大坛子里，保存很久。大家加点酱油加点辣子用热水泡了当正餐，或者我们下课回家饿了从坛子里掏一块出来嚼着吃，或者母亲晚上读书到深夜饿了掰着做零食吃，是家里不可或缺的基本食物。我到现在八十多了仍然一口好牙，什么都咬得动，大概和从小多年嚼锅巴的磨炼不无关系。

这之前，原来湘西行署派出一起和父亲接收辰州中学的甫校长已经被提拔调到长沙，担任中南矿冶学院的部长，因妻子暂时还在沅陵，偶尔会回来。两家之前关系甚好，往来密切，甫校长非常喜欢我们家聪明伶俐大眼睛的小妹，曾不止一次和父母提出，希望再过些年能让自己的儿子和小妹结为秦晋之好。两家有意无意地经常让两个孩子多在一起相处。

甫校长回来看到父亲的状况，甚为不安，便找了现任的辰州中学的领导班子，告诉他们自己多年来了解沈先生的为人，不管他过去有什么历史问题，自己可以保证他是正直的人，不要太为难他让他受苦。而甫校长的儿子早已经跟着他去了长沙，和小妹的姻缘自然也就此不再有结果。

前面说到父亲的遭遇，多是我上大学离家后发生的事，直到几年后我方得以回家探望。当我急匆匆赶到母校，看到日渐衰老的父亲躬身坐在食堂柜台侧面的一张低矮小木桌上，将老花眼镜架在前额上，低头认真地一张张清点五颜六色的学生餐票，不由鼻子一酸，悲从中来。

1966 年，"文化大革命"开始了。已经平静地卖了几年餐票的父亲，再次被揪出来。当政的学校领导认为父亲是不能在食堂工作的，决定安排父亲去养猪场养猪，也就是多年前父亲担任总务主任时在校区外建的那个养猪场。父亲的工资被停发，只发给 12 块钱一个月的基本生活费。

父亲仍是毫无怨言，将食堂餐票管理工作交接好，便去养猪了。父亲每天将食堂的泔水搜集起来倒进泔水桶里，抬到三轮车上，蹬着三轮车运到猪圈，再将臭烘烘的泔水桶独自搬下来，倒进大泔水缸。还要每天带着镰刀到山上砍猪草，回来用大铡刀切碎。打扫猪圈，铲猪粪，给十多头猪冲澡，从早忙到黑。

几个小弟妹不懂事，看父亲喂猪了还挺高兴的，常常跑去猪圈，好奇地观看父亲将猪草细细切碎，再混合进食堂的泔水桶里，提到猪栏前倒进食槽，看着大猪小猪争先恐后地拱着吃猪食。有时，弟妹们在学校碰到有人问："你爸爸去哪了？"便会骄傲地说："我爸爸在喂猪！"

每当父亲一身臭味地回到家里，母亲便赶紧烧热水让他洗澡。父亲洗澡会洗很久，洗完换上干净的衣服出来，在竹靠椅上斜躺着，问弟妹们："今天学校有什么开心的事吗，说给爸爸听听？"弟妹们永远报喜不报忧，告诉父亲哪门课又考了第一，参加什么比赛又获奖了，或者说一些学校同学和老师们的趣事。父亲闭着眼睛听着，手肘搁在竹椅扶手上，中指有节奏地轻轻敲击，仿佛在聆听一曲美妙的交响乐。

父亲第一次被叫到学校大礼堂批斗前，心里忐忑不安，毕竟这辈子从来没有过这样的经历，自己被警察抓过，被土匪追过，被日本人炸过，但面对上千人在台上接受批斗，却是前所未有。批斗的牌子是须自己按批斗的要求写好做好自己挂上的，父亲头一天晚上很认真地从床底下找了一块之前打家具剩下的柚木板，在木板上糊上纸做了块牌子，在上面用毛笔工工整整写上自己的名字"沈畏三"，前面加上"反革命"字样，再在自己名字上面画上黑色的大叉。第二天早上临动身前，父亲仍犹犹豫豫，不知道应该是拿着去会场还是挂着牌子直接去，路上旁人看见该如何是好。他从芸庐二楼的窗口往外看，突然发现另外两个资历颇深的教师同事，已经自己挂着牌子从窗外的路上急急往学校礼堂方向走去，瞬间就释然了，不再忐忑不安，手忙脚乱地赶紧给自己挂上牌子，下楼出了芸庐追了过去。和他们一路同行，心里踏实多了。

父亲有时被批斗完就可以回家，有时则还要游街，游街时是不给饭吃的，有时候从上午游街到下午。弟妹们便将锅巴煮成锅巴粥，算好时间等在父亲被游街示众的路边上，远远看见父亲双手被反拧着过来了，就跑上去追着喂父亲几口，父亲边走边匆忙吞咽，也许是哽住了，眼泪止不住掉在饭碗里。押送的人看父亲逆来顺受也还听话，也就不阻拦，放慢些脚步，让父亲边走边吃，补充点体力，有精神接着游街。批斗完了，一般马上会放父亲回去接着喂猪，从来不隔夜扣留，因为猪是一定不能饿着的。父亲回到猪圈把猪喂好，回到家里，只字不提白天被批斗的事，先打水洗澡。洗完澡出来的父亲，面容一定是轻松愉悦的，和没睡的孩子们说笑着。母亲含着眼泪，查看父亲被拧出血痕的胳膊，给他敷上热毛巾。

学校批斗会上，父亲和其他被批斗的人在台上站成一排，父亲一般站在最边上，属于陪斗性质，不是重点。因为每揪出一个新的反革命，就要举行批斗会，也会把早已经定性的老反革命分子叫上一起陪斗，上面十多个人满满站一排才气派。每次听说学校又揪出了新的反革命，父亲就叹一口气，知道马上又要陪斗了。每次批斗，所有被批斗人的家属都被要求必须在下面观看。

弟妹们半大不小，和其他被批斗的教职员子弟一起远远站在观众席后面看热闹，不知究竟，并无悲伤。台上被批斗者的孩子往往在下面还互相揶揄，争论谁的爸爸今天是主角谁的爸爸今天只是配角。有一次，一个孩子嘲笑四弟："你看你爸爸那个牌子，都是歪的，没有我爸的牌子挂得正!"四弟不服气地反唇相讥："你爸爸那个牌子算什么，是纸糊的，我爸的牌子是纯柚木的!"那孩子往台上看看，脖子一缩，气焰便短了些。五弟在边上忽然推推四弟说："我觉得还是纸牌子好，轻啊，你看看爸爸的脖子被勒得多难受!"四弟点头："对! 回去我们就给爸爸做个纸牌子!"

父亲回家，看见两个儿子正忙着在一张厚厚的瓦楞纸上用毛笔写着"打倒历史反革命分子沈××""打倒国民党伪县长沈××"，气得扬起手要揍他们，但忽然用手掂了掂纸牌子，摸摸自己被铁丝和木牌子勒出血印的脖子，瞬间明白了，不由眼圈发红，蹲下来用双手搂住他们，眼圈红了。

随着被揪出的反革命越来越多，每次批斗，台上满满的，都快站不下了，而父亲养猪的工作又无人可替代，渐渐地，父亲被叫过去接受批斗的次数越来越少了，再后来便再也不叫他，学校似乎把他给忘了。

父亲专心养猪，什么也不再想，只是偶尔在黄昏时收工后，独自坐在猪圈外的土坡上，看落日熔金，晚霞映照着天宁山下的沅陵城，会想起几十年前，年轻的自己和妻子骑着自行车，在晚霞中穿过明孝陵，金黄的落叶在滚滚的车轮下绵延无尽。那是他们准备和段其才、杨广宪和江兴他们去延安的前夕。

一次养猪场里买了砍猪草用的镰刀，用报纸裹着，母亲便随手拿起这些报纸翻看，忽然叫父亲过来一起看。此时，北京正在召开一个什么代表大会，报纸的头版是参会代表的名录和职务。父亲在上面看到"段其才，××部副部长……杨广宪，××大学党委书记……江兴，上海市××局局长……"等一个个熟悉的名字。父亲逐一细看，然后放下报纸，喟然长叹。

母亲感慨："如果我们当初去了延安……"父亲叹道："没有如果啊，都是命运注定，都是命运注定。"父母都各自沉默许久，也许在想象当初如果去了延安会怎样，想象各种后面发生的事情；也许脑子里也都闪过念头，要不要现在去联系这些远在北京的曾经的挚友如今的高官，但最后谁也没有再说话。父亲翻过这一页，漫不经心地翻看报纸其它版面的新闻。

有一件事父亲一直没和母亲提起过，就是在解放初期他在学校担任总务主任时，在北京的杨广宪联系了他，邀请他去北京工作。父亲当时考虑到自己在学校的重任，同时家里已经孩子一大堆了，经不起折腾，便婉谢了。而现在自己已经是反革命养猪倌，自然不会再去找他。在后来的"文化大革命"中，在北京的杨广宪也受到了极大冲击，最终被批斗至死，而在湘西一隅的我父亲反而得以延年苟存了。

多年后回过头来看，学校安排父亲去喂猪，到底是一种惩罚还是一种保护，很难一言道尽。在远离学校的后山养猪，工作虽然更低贱和辛苦，但大家在学校看不到父亲，慢慢就把他淡忘了。父亲后来得以在沅陵这个第二故乡，以高寿离世，儿孙满堂，多有成就。对于父亲，人生有憾，但无悔。

父亲因历史问题，在沅陵的辰州中学从总务主任变为食堂卖餐票的时候，母亲仍然在学校担任主管全校女学生事务的女生部长，几百名女生有什么难处就找韩先生已经成了习惯。称有知识的值得尊重的年长女性为"先生"是约定俗成的，其实母亲当时也才50岁左右。而女生们只要有什么女生特有的隐私的事，都会和这个从来不笑的女生部长私下诉说，她淡定从容、不苟言笑的神情反而让女生们无比信赖，因为母亲从来没有忽视或者冷淡过任何一个来寻求她帮助的女生。几百个年少的女生都没有自己的母亲在身旁，似乎我们的母亲便成了大家的母亲。

母亲一辈子从来没有开怀笑过，从来没有。即使有让周围所有人一起捧腹大笑的事，母亲最多眉毛扬一下，然后很快收回来，眼睛垂下来。她的学生们对她的描述是："戴一副深度近视眼镜，斯文儒雅，人很清瘦，说话声音非常好听。"

"从不发火，但不怒自威。"

我多年后从辰州中学校庆的相片栏里难得地找到了一张母亲的照片，母亲毕生不爱照相。照片中，十多个散发着年轻活力的女生围绕着这位女生部长，姿态各异，个个笑得手舞足蹈如鲜花般灿烂，而母亲穿着她一贯的黑色对襟衣，宽松的白色中式长裤，安静地站在中间，面无表情，眼睛并不看镜头，而是低眉看着地面。我们这些儿女似乎都没有和一贯严肃从不大笑的母亲在一起拍过这样的照片，我们九个儿女和父母一起的照片，都是规规矩矩的，垂手站立在父母边上。女学生们的姿势和表情竟然让我隐隐有点妒忌。

常有女生得了女人的隐疾，需要熬中药吃，又不方便在宿舍里熬，便纷纷来我们家，带着各自的药罐子，把芸庐里煮得整天弥漫着苦涩而芬芳的中药气息。母亲帮她们去药房抓药，再教她们怎么煮。到学期末，常常有山区来的贫穷女生生活费花完了，吃不饱，母亲便带她们来家里，添几双筷子，让老婆婆多煮点饭和锅巴，和食物并不宽裕的我们一起吃，因此家里连我们兄弟姐妹在内有十多个孩子一起吃饭是常事。

中学的高年级女生豆蔻年华，难免情窦初开，恋上某个男生，而那时的早恋是绝不允许的，女生便会敞开心扉和她们信赖的韩老师讲，母亲一定会耐心地和女生讲明道理，委婉而坚定地告诉她们这是不可以的事情。在辰州中学读高中时，除了我，班上另两个成绩最好的便是男同学刘军和女同学周维，他俩都是参加志愿军回国的，年纪大班上同学几岁，见过大世面，比大家显得成熟得多。班上考试的前三名，总是我们仨轮流排位，但他俩都有着一个强过我的地方，就是他俩当年都是部队文工团的，都能拉一手好听的小提琴。有时候下午下课后，他俩就各自从包里拿出小提琴，一起在教室里拉出各种悠扬的乐曲，可以不用着急回家干活的同学们往往都舍不得走，继续留下来坐在教室里，抬头痴痴仰望着高大魁梧穿着军裤的刘军和留着微鬈短发眼睛明亮的周维，聆听着他们的合奏，直到黄昏天色渐暗，才依依不舍地离开，而他俩，会一直拉到很晚。

不久，他俩突然就出事了，被晚上巡查的学校职员发现他俩在教室里做了伤风败俗的事情，并且铁证如山，属于当场擒获。此时离高考时间仅仅几个月了，刘军和周维被通报并开除，两人不但无法参加高考，连在整个沅陵找工作都不再有任何可能。在那个年代，这确实是声名扫地的大事。学校开除是无法避免的，而校方本决定要全校开个大会，让两人在台上曝光被批判，以示警惩。母亲和教导主任说不通，直接找到校长，说按规定开除这两个学生她没有意见，但坚决反对开批判会，如果一定要开，这是自己作为女生部长监管不力的责任，自己也上台一起接受批判。校长拿这个学校德高望重的韩老师没办法，取消了批判会。刘军和周维含泪收拾行李离开学校，母亲将周维送到校门口，叮嘱她吸取教训，后面的人生之路还很长。

辰州中学那时有 1000 多个学生，绝大多数吃住在学校里，母亲作为女生部长，每天都要去女生宿舍查铺，等所有女生都到位了、寝室关灯了，她才离开学校回到家中。学校传达室的张师傅，已经习惯了等她离开后才锁上学校的大门，因为母亲基本上是全校每天最后一个离开校园的老师。一次查房后夜归，母亲不小心掉入了学校旁边白天挖土时没有填平的沟壑，身上和腿都摔得青肿，满身泥水地回到家里，但第二天照样去上班。学校领导和同事都劝她在家休息几天，但没人能劝得动她。她在伤口涂上紫色的碘水，一瘸一拐地依然早起看早操晚上查房。

在父亲时时被拉出去批斗的日子里，母亲似乎并未受到过多牵连，她每日照常在讲台上娓娓道来，仍然担任她的女生部长。"文革"开始后取消了历史课，担任历史教研组组长的母亲便改教语文，国学基础深厚的母亲教起语文来比教历史毫不逊色。当时，学生们常常在上课时从平房教室的窗口跳出去玩耍，任课老师不敢管。但在母亲上课时，绝无此情况，课堂秩序井然，母亲在大家眼中，不怒自威，所有人都把她当作最值得尊重的韩先生，而不是我那被批斗的父亲的妻子。

还在大弟和二弟考上大学之前，有一次他俩去郊区砍柴，不知怎么跟一帮伐木工起了争端，被工人们绑在树上。到天黑了，大弟二弟迟迟没回家吃饭，有熟识的人看到跑来家里报信，母亲镇定地问完情况，沉思片刻，起身往学校宿舍去了。很快，学校20多个年轻男教师，开着学校总务处那辆运煤的卡车，直奔郊区山上而去。伐木工有30多个，身强力壮，双方正对峙中，眼看就要爆发冲突，伐木工的主管领导坐着车来了，一下车看见瘦弱的母亲穿着她那件标志性的中式父母装迎风站在山坡上，忙说："是韩先生啊！"赶紧呵斥工人们放人，转身对母亲施礼："韩先生，您还记得我吗？"母亲看着这个曾经的学生，嘴角微微扬一下，说："我儿子有做得不对的地方，包涵了！"领导赶紧说："韩先生的儿子，就是我的兄弟，夜色已晚，您注意身体，莫受风寒！"

父亲"文革"开始挨批斗后，有一天黄昏，学校的一帮造反派突然冲到芸庐，说要检查反革命的屋里是不是藏着反动资料。那时弟妹们都已经回家，父亲也正好在家，小弟小妹吓得哇哇地哭，父亲逆来顺受的样子，不知所措，四弟和五弟挡着门和他们理论。这时候母亲回来了，看到这情况，往门口一站，淡淡地说："谁要进去！"母亲戴着她那副黑框眼镜，仍然穿着中式短裤，怀里还夹着带回家批阅的学生作业，就那么瘦瘦小小地站在那里。人群里还有高年级的学生，很多都上过母亲的课，一下子愣住了。有人还想往里冲，被人拉住："这可是韩先生……"一帮人扭头回去了，母亲淡然地进屋，搂抱安抚被吓得哭泣的小弟。从那以后，再也没有人到家里来骚扰过我们。

还有一次，二妹去泸溪参加班里土家族同学家人的婚礼，深夜赶回沅陵，在野山上迷了路，半夜音讯全无。母亲带着几十个学生，打着火把满山遍野寻找，直到快天亮时才在荒野找到二妹。当天早上7点的学校早操，母亲仍然按时出现在操场，而几十个学生，也无一缺席地按时出现在操场上。母亲并无太多表情，只是站在操场边上，向头晚帮过忙的学生们微微颔首。

父亲工资停发后，全家只能靠母亲一个人的工资收入维持生活，家里已经太久太久没吃肉了，弟妹们有时候跑到猪圈看父亲喂猪，也能馋出口水来；想出去抓青蛙，发现青蛙都被抓光了。那年除夕的下午，母亲没和任何人说，自己拿着个包裹悄悄出门，往下南门的集市而去。不久，拎了一副猪大肠回来。大家欢喜雀跃，老婆婆一把接过去就开始收拾，大家全都围着不肯离开。父亲很高兴，也不问猪大肠怎么来的，在一边很轻松地哼着小曲逗小弟弟玩。大家终于在大年三十晚上，畅快淋漓地吃得满肚子油水，连锅上的最后一点油汤都舔干净了。父亲心满意足地打着嗝，穿上衣服，叫母亲："穿上你那件呢子短外套，咱俩给同事们拜年去！"母亲嗔怪地看他一眼："哪还有外套？"父亲诧异道："前几天你不还穿过吗？怎么？丢了？"母亲说："你也不想想，今天的大肠哪来的？"母亲唯一的一件好外套，换得了全家人过年难忘的一锅大肠。

而母亲在辰州中学最为人称道的，并不是她作为女生部长和九个孩子母亲的身份，而是她的才情。在我的眼中，母亲就是那个几乎从来不笑的对我们要求严格的母亲，在她生前我竟然没有机会去听过她的任何一次讲课。直到多年后，我从母亲众多的学生所撰写的回忆文章里得知她被称为"天宁师太"，说她"学通中外、鉴古观今"，说她对学生"有教无类、慈善为怀"，又说她对东西方哲学的造诣很高，很多学生师从她而了解了黑格尔、费尔巴哈及辩证法、三段论，更有赞颂她的诗"擎称天宁巾帼雄，慈母心肠学人功。咏絮才通文史哲，天花散落醉春风"。如果时光可以倒流，我真想听一次母亲的讲课，不是作为儿子，而是作为一个学生。

四个年纪大些的儿女都考大学出去后，家里早已不可能请人帮忙料理家务，老婆婆年纪也大了，她的外甥女生了孩子，她便离开我们家过去带孩子了。父亲便对仍在家的儿女们安排分工明确的家务活。三弟最大，负责挑水这项最繁重的工作，父亲在水桶上写上三弟的名字，家里的水都靠三弟到几里外的学校的老井去挑来；四弟负责炒菜，直到大了仍是弟妹们里厨艺最好的；二妹负责洗菜洗衣服，三妹负责打扫卫生，最小的五弟负责倒垃圾。母亲下班回家，会指导儿女们做事，然后将没有洗完的衣服全部洗掉，一般要忙到晚上九点多，然后才是母亲一天中的重要幸福时光。母亲会用热水泡一碗锅巴作为零食，吃着锅巴，倚在床头，看书看到1点才睡，第二天一早6点便起床，风雨无阻赶到学校，参加7点钟开始的学生早操。

母亲的穿着在学校的同事眼中，是另类的。那时候的知识女性都流行穿列宁装，但母亲永远穿大襟褂子的民国旧式便装，又称父母装，上身对襟黑色褂子，领口扣得紧紧的；下身是宽松的白色长裤，式样简朴，但有着与众不同的风范。多年来家中经济窘迫，母亲抽最差的烟，喝最低档的茶，但这二者不可或缺。而母亲穿着节省，一套衣服可穿20年。母亲给几个女儿的打扮也都极其朴素，从不让她们穿花衣服，直到大妹要参演话剧《同甘共苦》，导演强调排戏需要，母亲才第一次给大妹做了一条花连衣裙。

母亲多年来一直有个特别的爱好，就是喜欢挪动家具，家里虽然并不宽敞，也总共没几件家具，无非几把椅子、一张桌子，两个柜子和几张床。但母亲每隔一段时间，便会指挥大家帮忙，把这个床挪到那边，把那个桌子挪到这边。每挪动一次，家里便有了些不一样的新鲜感，仿佛到了一个新的地方，一成不变的平淡生活忽然有了些许的不一样。母亲特别爱整洁，房间里永远一尘不染，要求每个孩子都不许乱扔东西，随时保持整洁，自己弄脏的地方必须自己随时打扫干净。

不管在哪里居住，母亲总会在某个阳光明媚的周末，早早起来，组织全家人进行水漫金山式大扫除。在秦家院子时，总共就是一间大屋，母亲会下到龙头井提来一桶桶的井水，直接倒在屋里的石板地上，再把水用拖把推到院子的地上，我们孩子光着脚在如同小溪的屋里蹦跳，非常开心。搬到龙兴讲寺后，寺内也有井，母亲依然如法炮制，每每将屋子里先弄成河流，再清扫干净。搬到天宁山的平房时，边上有个大池塘，取水方便，母亲更是频繁地冲刷房屋，似乎每一次看着水流泛着泡沫将墙角地面的灰土裹挟而走，家中的烦恼也就都带走了。搬到芸庐后，因为是木质地板又主要住在二楼，无法简单地用水冲刷了，母亲便让我们男孩子负责把所有的家具搬出去晾晒在太阳下，她带着妹妹们用湿毛巾沾上肥皂水，跪在地上一寸寸地擦木地板，然后沾上清水再擦一遍，等地板干了，再将家具搬回来，自然又要换个位置换个方向。

　　每个这种举家打扫卫生的周末，似乎是我看到母亲最为精神抖擞最为快乐的时候。此时的母亲，眼睛发出异样的光彩。江风从阳台外的沅水上吹来，屋子里弥漫着肥皂水的芳香，阳光从敞开的窗外照进来，木地板闪亮光洁。母亲情绪高昂地一会儿告诉妹妹们哪里没擦干净，一会儿指挥弟弟们把刚摆放好的桌子再换个角度，然后退一步，看看窗外的阳光，欣赏一下。父亲是不参与打扫卫生的，此时的他，会把椅子搬到外面的天井里，避开杂乱的屋子，专心在阳光下看书，偶尔抬眼看看忙碌的母亲和我们，很舒心地微笑着。晚上，大家聚在打扫得干干净净的房间里，闲聊吃瓜子，家具换了位置，似乎搬了新家一样，家人闲坐，灯火可亲。

　　母亲种了一盆茉莉花，放在芸庐院子里大家共用的台子上，每天给它浇水，并把茶叶渣倒在盆里，据说这是好的花肥。待到茉莉花开出芳香的小白花，母亲便会常常久久伫立在花前，再摘下几朵闻一闻，放进茶叶筒里，回头泡茶喝。到冬天，母亲一定要上野外去弄几枝蜡梅来，找个瓶子插上，放在屋子里的床头或者书桌上，整个芸庐的房间里便被蜡梅的暗香浸染。

　　我年少时听到过母亲唱歌，而且不止一次，但从来都不是唱给别人听。一个星光璀璨的晴好之夜，我莫名地在芸庐里醒来，奇怪地听到若有若无的歌声。我揉揉眼睛爬起来，循声而去，看到母亲一个人坐在院子里的石台阶上，仰望着一方星空，身子左右微微摇摆着，在哼唱一首老歌："雪霁天晴了，腊梅处处香。骑驴灞桥过，铃儿响叮当……"母亲的嗓音略带沙哑，声音很低很低，怕惊醒熟睡中的家人，这是她唱给自己听的歌谣，从她美丽哀愁的内心深处唱出来。从内心深处唱出来的好听的歌，一定是唱给自己听的。多年后，当成年的我饱受生活磨难，也会常常独自面对昏黄的油灯，轻声唱起最喜爱的歌曲，唱给自己听："冰雪遮盖着伏尔加河……"

母亲还有一种最爱吃的食物，就是在沅陵街头小巷到处有挑着竹筐担子卖的用小瓦钵装着的冷甜酒糟，只要几分钱一钵，清凉甜糯，带着淡淡的酒香。一年之间难得有几次，碰上家里有重大的开心的事，母亲心情好，便会带着弟妹们去一人吃一碗，妹妹们尤其喜欢，吃完后满脸通红。父亲问："小孩子吃这个，好吗？"母亲说："偶尔微醺又何妨？"

接下来我要讲一下辰州中学一个著名的学生，她的名字叫田丽。讲田丽，其实也是在讲我的父母，我的父母和他们生命中遇到的这个人的故事。

如果在当时的辰州中学要选出一个名气第一的学生，那一定是田丽。田丽进学校读书比较晚，年龄比同班的学生大很多，她比我低两个年级，年龄却比我大两岁。田丽走在辰州中学的校园里，总是最惹人注目，是那种让人炫目的漂亮，如果大家一起拍照，不管她站在什么位置，也一定是照片中最靓丽的。而她又唱歌跳舞表演全都擅长，学校只要有演出，毫无疑问她是主角。记得学校排的岳野的话剧《同甘共苦》里，她是女一号华云，我只能演配角通讯员；而在歌舞表演《采茶扑蝶》里，她在舞台中间连唱带表演，我和另一个男生则是穿上花褂子在边上扮演蝴蝶，张开手臂作为蝴蝶的翅膀，围绕着她转悠。她表演的《夫妻观灯》，只要一上台，便让台下所有高年级的男同学喝彩不断，如痴如醉。

但是有一天晚上，我下学回到家里，意外地发现一贯在学校里眼睛朝天傲气十足的田丽坐在我们家房间的一角，眼角有泪痕，两手放在膝盖上，怯怯地四处张望。吃饭时，父母安排她一起坐在桌边，而平时只有我作为老大可以上桌和父母及老婆婆坐着吃的，弟妹们都是端碗夹菜在边上吃。晚上，母亲给二妹床上加了个枕头，对田丽说："这段时间你就住这里吧，上学下学时，我或者沈老师会陪着你。"我心里暗暗有些不高兴，平时父母带经济困难的学生回家吃饭也就罢了，现在这个大名鼎鼎的田丽竟然也来家里吃饭，还要住在家里，她为什么不回她自己家吃饭睡觉呢？田丽变得完全不是平时骄傲的田丽了，一直忧郁地低着头，坐在桌上菜都不敢夹，还是母亲一直给她夹菜。我和弟妹们都没敢问为什么，只是时不时拿眼睛瞪着她，田丽更是紧张，垂下眼帘，似乎眼泪随时会从她漂亮的大眼睛里滴落下来。

事后我终于知道了事情的原委，说来话长。田丽的父亲原来是国民党的一个伤兵，山东人，身材高大，看着年轻时应是英俊帅气的，但腿已经瘸了，不知怎么就在沅陵留了下来，还娶了个漂亮的苗族女人做老婆，生下的田丽便有了北方汉族男人高大身材和南方苗族女人细腻精致面容的混合血脉，家境虽然清苦，但田丽仍然日益出落得异常漂亮。解放后，她父亲寻得了在沅陵酒厂的工作，但他自瘸腿后就酗酒，在他的苗族妻子得病去世后，更是整天喝得醉醺醺的，大骂世态炎凉，常常在厂子里偷酒喝被抓住，几次差点被开除。厂长念他是残疾人最终容留了他，田丽的父亲因此对厂长感恩戴德，而这个厂长40多岁了，一直单身，一次偶然看到了漂亮的田丽，念念不忘，便动了心思，想把她娶做老婆。田丽的酒鬼父亲想着自己如果做了厂长的岳父，自然不用再为生活困扰，于是下了决心，让田丽退学，嫁给这个大她20多岁的酒厂厂长。

田丽百般不从，被酒后的父亲打得遍体鳞伤，这一天，田丽独自走到沅江边，思前想后，终于万念俱灰地跳进了江水中。也许她命不该绝，父亲正好因最近工作上琐事繁多有些困扰，独自在江边散步思考，忽然听到不远处江边有"扑通"落水的声音，循声看过去，见一个女子的长发在水中慢慢飘动，父亲立刻跳进水中，奋力将女子救了上来，发现竟然是自己的学生田丽。父亲曾经当过她的班主任，对她十分熟悉，而母亲作为女生部长，更是对田丽非常了解。父亲带着和自己一样浑身湿透的田丽回到家中，和母亲商量后，两人决定要尽全力帮助这个可怜的女学生。

从此，田丽就在家中住了下来，天天和我们一起吃饭，晚上和二妹挤一张床睡觉。有时我们都睡了，醒来看见父母和田丽坐在天井里，三人促膝交谈，直至半夜。父亲打着手势，似乎是在像他一贯的那样讲着很多大道理，母亲则拉着田丽的手，轻声细细地说。

田丽的父亲数日不见田丽回家，便找到学校，但谁也不告诉他田丽的去向。她父亲毕竟在沅陵多年，到处打听寻找线索，终于得知了自己的女儿躲在了学校的沈先生和韩先生的家中，就在芸庐里。

这天，母亲检查完女生宿舍，回到家中时天色已黑，老婆婆等着母亲回来张罗开饭，而父亲尚在学校忙碌，大家不等他了先吃。桌上只有两个菜，一个萝卜，一个白菜，米饭是锅巴和糙米混合的，黄黄黑黑的。田丽和我们坐在桌上，弟妹排队轮流过来，让老婆婆挖一勺菜在碗里。忽然芸庐的大门外传来一阵喧哗，有人嚷嚷着冲进来了，正是田丽的瘸腿父亲，仍是喝得醉醺醺的，手里拿着个大木棒，叫嚷着："我的女儿是我养大的，谁也管不着!"一边嚷，一边举着棒子穿过院子，直接冲到我们吃饭的堂屋门口。听到声音，我们都放下碗筷，扭头向外看，只有背对门口的母亲像没听到一样，低头夹起一筷子白菜，放到受了惊吓的田丽的碗中。

叫嚷声在门口停住了，传来"当"的木棍落地的声音。这个曾是伤兵又是酒鬼，穷困潦倒、满腹牢骚的北方汉子，看到一幅安详的景象：在昏黄温暖的灯光下，一位衣着简朴的中年女教师，正带着一大群大小不一的孩子，在安静地吃着白菜萝卜和锅巴饭，其中有他的女儿，而这位韩老师，一直背对着他安静地坐着，并未回头，也未抬头。

这个北方汉子忽然就酒醒了，流泪了，转身一瘸一拐悄无声息地离开了芸庐，从此再也没有来找过他这个女儿，而田丽也再也没有回到过那个家。田丽在我们家住了下来，家中仿佛多了一个大姐姐，田丽总抢着帮老婆婆干活，有时在院子里教妹妹们唱歌跳舞。

几个月后，田丽还是退了学，她考上了在长沙的省军区俱乐部做电影放映员。田丽知道她在沅陵已经没有家了，而我们家虽然已是她的第二个家，但她已经18岁，可以自己在外飞翔了。田丽和两位救命的恩师洒泪告别，背上行囊，独自离开了让她悲伤的沅陵城，离开了充满美好记忆的辰州中学，独自踏上了前往长沙的人生旅途。

数年后，父母收到了她的来信，她告诉父母她结婚了。不久，田丽带着自己的丈夫回了一趟沅陵，并未去自己酒鬼父亲的家，只是来到芸庐，专程看望我的父母和我们兄弟姐妹。这时我们才知道，她所嫁之人，竟然也是个40多岁的男人，不同的是，听说这个男人是北京的位置很高的领导人的弟弟。想必是给领导放电影时结下的姻缘，窈窕淑女，君子好逑，人之常态，而美丽，对于女人，总归是不可多得的天赐之礼。

田丽带着自己的丈夫，拉着母亲和父亲的手，说："滴水之恩，必当涌泉相报，沈先生韩先生的救命之恩，我终生难忘。"田丽没有食言，在后面的岁月里，田丽不止一次地出现在我们家族的生活中，不止一次地报恩。

关于我们家这个阶段的处境，奇怪的是，那么多年里，即使安排父亲在食堂卖餐票，再去养猪场，学校也从未想过把我们全家赶出芸庐，也许在他们眼里，芸庐并无价值，也许他们看到我们这落魄的一大家子仍心怀悲悯。我们全家在父亲被免去总务主任职务、工资大幅降低后，多年来尽管经济窘迫、食不果腹，但并未流落街头。

三年困难时期，家里人吃饱肚子变成一件极其困难的事情，孩子们永远饥肠辘辘，只要能让肚子里有充实感，什么都找来吃。弟妹们常去野外找一种叫"老娲米"的红色浆果，可以直接吃或者捧回家加一点米粉做成"老娲米"粑粑；学校有时候组织学生上山去挖茅草根，它形如竹鞭，嚼之有甜味；之前野山坡上很多芭蕉树埋在土下的大根茎可以吃，果实芭蕉也可以吃，但已经几乎被挖光了；榆树叶、槐树花、枸杞叶和桑树叶都可以吃，到初夏时树上就被摘得光秃秃的了；父亲有时候从食堂弄些喂猪的豆渣回来给儿女们吃，有时候搜集丢弃的柚子皮，将里面厚厚的白色内皮切碎，拌点大米磨成粉给大家蒸着吃，或者弄些根本无法消化只能塞肚子的谷壳糠饼来吃。当然最合适的补充就是食堂剩下的锅巴，父亲总是把食堂规定不能卖给学生的柴火灶底又黑又硬的锅巴，按米饭二折的价格买回来。刮去黑色的表面，留下黄白的硬壳，仍是好的食物，可以让一大群孩子吃饱。

家里早已经付不出老婆婆的工资了，也许有一年甚至两年或三年都没有给过老婆婆一分钱工资。母亲每个月拿到可怜的薪水左盘算右盘算，总想给老婆婆一点，老婆婆便过来帮着一起数，说："你看看，哪里还有钱给我呢？"然后跟母亲一起计算怎么省钱把日子过下去，并对母亲说："韩先生，以后再也不要跟我提工资的事了，我在你们家还吃你们的饭呢，再苦，也不能让孩子们饿得太厉害。"相濡以沫的岁月，已经将这个苗族妇女变成了我们的家人。

父亲每和孩子们在一起，仍不忘给大家讲陶行知的话："捧着一颗心来，不带半根草去。""行是知之始，知是行之成。"父亲和我们的聊天，基本不涉及油盐酱醋过日子的话题，也不太对我们生活中具体的事进行干涉，父亲最喜欢讲大道理，讲的一些话，似乎离我们窘迫的生活很远很远，但我们爱听，这些话题，仿佛让我们从当下的生活的壕沟里抬起了头，看到了高悬在头顶的星空。谁在学校有了突出成绩，父亲便高兴地说："要奖励！"当然家中并没有什么东西可以真的实质性奖励，但大家听到这句话，便很高兴，因为知道父亲说这句话，只是表示他很高兴，父亲很高兴，我们便也很高兴。而母亲从来不当面夸奖孩子们，也从不许诺什么空的奖励，每当我们有好消息告诉她时，她只是眉毛轻轻扬一下，说："哦！"她只会在临睡前的床头，合上睡前看的书本，偶尔欣慰地私下和父亲提一句："一新今天又得奖了，你知道了？"

我在家里这段最苦的日子之前，已经出外就学，而在这之前，有些事还是值得写下来。我在学校里时，不管什么成绩几乎都是第一第二，老师们并未因我的父亲是历史反革命分子而歧视我，反而格外照顾我。除了文化成绩优秀，我的体育也很拔尖，可能是从小跟着父母逃难，以后又在沅江边到处乱跑的原因，在高三的时候，竟然打破了湖南省当时的成人 100 米短跑记录。当我跑出 11.2 秒的成绩时，体育老师怀疑自己的表坏了，当即找了一个跑得最快的年轻体育老师和我比，这个老师被我远远甩在后面。然后我正式参加县里的运动会，六个裁判同时按表，成绩被正式确认，现在我还保留着那张获奖后的照片。据此，我直接被选送参加了 1957 年湖南省第一届运动会。

谁也不知道，为什么我经常吃着锅巴，童年还得过腿疾，现在却如此善于奔跑。也许，有一种力量在逼迫我，正因为难，所以只能使尽全力拼命跑，才有希望。体育老师非常希望我以后成为专业运动员，我却还是不舍自己的文学情怀，高三终于还是报考了中文系。也许，如果我当时做出了另一个选择，今天我坐在这里写的这个故事，后半段便会截然不同，也许是关于一个跑得很快的运动员的故事，也许，根本就不会有这个故事变成文字。

那时在中学里，共青团员并不像后来那么普及，只有各方面都非常出类拔萃的学生才有机会入团，一般一个 60 人的班级，共青团员最多七八个。我自然被学校看中，写了入团申请书，接下来第一个流程是由班里的主要班干部和团员一起讨论投票，在讨论会上，没有人提到我的父亲的问题，也无人对我的成绩和表现提出异议，但有同学提出我比较"骄傲"。我心目中"骄傲"这个词的含义应该是"趾高气扬"或"盛气凌人",我似乎不是这样。最后大家投票,竟然以多数票通过了关于我"骄傲"的决议,否决了我的入团申请书。

这应该是少年时代的我在人生中的一种特殊体验,一种自己完全无法控制无法左右的力量在无形地压制着我,我回到芸庐,彻夜辗转,难以入睡。我渐渐相信,我确实是骄傲了,在不经意中,我嘴角的一个不置可否的笑容,与旁人对话时一次随意的打断,也许都流露出连我自己都未曾察觉的骄傲。

那一夜,我想了很多,第二天早上起来,我知道自己不再是少年,我步入了青年。我记得自己是在9岁时在那片油菜花地里和失散一个月的父母重逢时从童年步入少年的,人并不是随着年龄慢慢成熟和变老的,这种变化往往发生在某一天,是一种突变。

但不久,学校团委忽然破例,在没有经过班级投票的情况下,让我直接加入了共青团,这在学校是没有先例的。我又有些糊涂了,是学校团委不认为我骄傲,还是即使骄傲也可以入团?这个世界有些复杂,需要尚且年少的我用尽一生去慢慢理解。

高三毕业时的那年初夏,我和学校几个体育尖子去长沙参加省运动会,第一次看到香蕉,便买了一捆带回沅陵给父

母弟妹们尝尝。那时的香蕉在湘西山区属于稀罕物，结果父母将香蕉给同在芸庐里居住的所有邻居每家送两根，最后我们家自己也只剩下两根。父亲将两根香蕉用刀切成 12 段，每人只吃到花生长的一小段，弟妹们很有些不开心。父亲总结说："好东西是'少吃滋味多，多吃滋味少'。"

弟妹们每年的学费加起来不少，虽然好像作为教职员工子弟有些优惠，但仍不是一个小数字，弟妹们便寻找各种机会出去挣钱来减轻父母的负担。每到假期，半大的孩子一定要找活干，假期有活干的学生，在别的同学面前是昂首挺胸很得意的。大些的男孩子可以找有基建工作的地方挑沙搬砖，小一些的或者女孩子可以去县糕点厂包酥糖，或者去酱油厂削榨菜头，需要自己带着一把菜刀；或者去冰糕厂领冰糕卖，自己背个浅蓝色箱子；或者去服装厂钉扣子，手指上戴个戒指一样的顶针；或者去猪鬃厂选猪毛，胸前的口袋里插着根镊子。假期的每一个早晨，在沅陵城街上看着匆忙而过的学生们，从他们的打扮就知道是去干什么活的。弟妹们整个假期都是忙碌的，领到工钱回来交给母亲时，都是昂首挺胸的。

弟妹们在学校的表现也大都优秀。学校有一年集中搞各种学生竞赛，结果我得了高中组演讲比赛冠军，大弟得了初中组演讲比赛冠军，二弟得了数学竞赛冠军，大妹得了作文比赛冠军。当时学校和一家乐器厂有合作关系，有很多乐器，然后我的奖品是一把小提琴，大弟得了把二胡，二弟得了把唢呐，大妹得了个小鼓，家里可以开乐器店了。父母把乐器都送到乐器店卖了，买了些布，给我们做了新衣服，然后奖励全家去河涨洲野餐了一次。我们在江边挖灶煮饭，父亲兴致高昂地和我们一起跳进江水里游泳，笑声回荡在沅江上。

生活就像一张纸，艰难和快乐是它的两面，再难的日子，总偶有轻风吹来，将纸翻过去。

随后，我赴长沙读大学，过了几年，我的大弟二弟和大妹，三人都以优异的成绩，分别考上了武汉和长沙的重点大学。之前因为生活所迫，弟妹们错年读书，三个人读的是同一个年级。就像古代考中进士一样，辰州中学专门敲锣打鼓，送了锦旗到我们家，可惜父亲仍在养猪场，只有母亲代表我们这个家族，光荣地接受这个艰难年代弥足珍贵的荣誉。这面锦旗一直挂在芸庐我们房间的正中间，彰示着我们这个窘迫的家族仅存的骄傲。

在这个略显荒诞的年代，这个世界却仿佛是一个多维度的平行世界，我们这些孩子和我们的父亲、我们的母亲，在同样的时空里，却又似乎交错生活在不同的维度，在极其贫瘠的土壤上，会时时有惊艳的花朵突然绽放出来。我们九个兄弟姐妹，一个个都成长起来，离开我们的父母，离开沅陵城，分别独自面对自己的苦恼和快乐，不再和我们的父母紧密连接在一起了。

在 1957 年，我离开沅陵到长沙的湖南师范学院中文系就读，这在我的人生中其实是一次波折。在辰州中学我一直成绩第一，志得意满，大学志愿只填写北京大学，没有填写其它任何第二第三志愿，但考试成绩出来，并未达到最高水平。湖南师范学院向我抛出了橄榄枝，但心气很高的我拒绝去就读，直到学校开学一个月后，还借参加省运动会生病的缘由，一直在医院和家中滞留，每天和我一个叫梁兵的同学好友在外面晃荡。我俩之前都是班上的体育尖子，我百米跑破省纪录，而他是标枪破省纪录，他个子有一米八几，我俩曾一起参加在长沙举行的省运动会。他学习成绩也非常好，我俩曾相约一定要一起考上北大。但那年高考，他在考试前忽然发高烧，带病参考，以一分之差没能上大学。这边我也没考上北大，两人同病相怜，一起在学校的操场消磨时间。他把篮球一次次扔进篮筐里，而我坐在一旁发愣，将随手采摘的花草撕断、揉碎，扔进泥土中。他放下篮球，满头大汗气喘吁吁地在我身边坐下，说："也许我们的梦想都太高了……"

一天，母亲忽然找我，说要和我谈谈。

这么多年来，母亲一直说话言简意赅、就事论事，专门找我一对一的谈话几乎从未有过。我猜她肯定是要和我谈谈读大学的事，父亲已经劝过我，说别太挑剔，有大学读也挺不错的了，但我没有接受，我那年轻的自尊心使我仍然执意不从。

母亲眼睛并不看我，低着头，像在对地上说话："临儿，你觉得，当教师很低等吗？"我一下子回答不上了，因为父母都是教师。母亲又说："你爸是教师，我是教师，我们很骄傲！"我瞬间投降了，第二天，便收拾行李，距学校正式报到晚一个多月来到了长沙。

虽然后来大弟二弟大妹也都同时考上大学，但随着"文化大革命"的开始，高考取消了。其他弟妹尽管在沅陵一中成绩都很优秀，但再也无缘大学了。不仅如此，小妹和小弟连高中也不让进了。学校有人说："沈家已经出了那么多大学生，还想怎样？书不能全让他们一家读完了！"

书能被读完？荒诞年代，催生出的荒诞逻辑，即使极尽常人的想象力，可能也难以理解。

——

我从车窗里探出身来向站台上的徐敏挥手告别时，徐敏终于忍不住，一把捂住自己的双眼，失声痛哭起来。这一别，又不知何时能见，但一诺既成，万山难阻。

——

第十章

湖南师范学院坐落于岳麓山下，学校并无围墙，教学楼、宿舍、食堂和操场等都散落于绿树成荫的山下大片临江土地上。多数的建筑都是红墙绿瓦，而门联写着"惟楚有才，于斯为盛"的岳麓书院离这儿不远，往东就是滚滚北去的湘江。湘江比沅江更宽广开阔，江中的长条形橘子洲，如一把长剑将滚滚北去的湘江划成两半，江水就此分流，这让我想起了沅陵的河涨洲。往西上山不远就是被枫叶包围的爱晚亭，"停车坐爱枫林晚，霜叶红于二月花"，毛泽东当年便常和同学们来此"激扬文字，挥斥方遒，粪土当年万户侯"。学生们有时从宿舍到大礼堂要翻过一个小山头，而从食堂到图书馆又要穿越很大一片枫林，每到秋天，红叶遮天蔽日。这里没有了教堂，没有了苗女，没有了军人，来来去去的全是行色匆匆夹着书本的学生和老师。我的世界，忽然完全变成了另一番景象。

长沙和沅陵一样，每到春天，映山红便会盛开。我会约几个同学好友，穿过岳麓书院，出后门到爱晚亭，过了爱晚亭就去往蔡锷墓、蒋翊武墓和黄兴墓，翻到后山，便可看见满山谷如燃烧的火焰般的映山红。映山红带着星星般小斑点的红色花瓣是可以吃的，我们在山谷里漫步，徜徉在花海中，随手摘几片在嘴里咀嚼，芬芳而酸酸涩涩的味道，恰如我们艰难但依然盛开的青春。

每当此时，我便万分思念湘西的那座古城，不知道我仍在养猪场的父亲怎样了，一人独自撑着这个家的母亲怎样了，仍在沅陵的一大群弟弟妹妹们怎样了，老婆婆怎样了。我已经习惯了和他们在一起面对生活中永无止境的磨难，而此时此刻，我却逍遥自在地在这象牙塔般的大学里，无需考虑全家每天的一粥一饭。但我能为这个家庭做些什么呢？

在这个钟灵毓秀的地方，我遇到了陪伴我终生的伴侣。

有一天，我参加学校的演出，演出前在后台闲着无事，便独自对着镜子自娱自乐地哼唱着苏联歌曲《三套车》，正唱得起劲，忽然边上一阵笑声，扭头看是学校最有名的一位唱歌剧的女同学，正看着我乐，我不好意思地停下来，很是尴尬。她问我："你叫什么名字？"这是我俩第一次说话。她叫徐敏，大眼睛，神采奕奕的眼睛里总带着笑意。

不久，我也参加学校的歌剧表演，演《红霞》，我演勤务兵，发现她演红霞；后来又演《洪湖赤卫队》，我演张副官，在监狱里，以英雄的姿势，掩护徐敏扮演的韩英逃离，一挥手说："韩英同志，你快走！"还有大学招聘播音员，从许多报名的学生里层层筛选，最后我们俩都被选定，而且在同一个组，她是女播音，我是男播音。

每到吃晚饭时，大学广播里经常回响着我俩的声音，播报各种新闻，最后一句话："……以上由沈一尘、徐敏共同播报。"播完音后，学校食堂已经快关门了，我俩便急匆匆地一起奔跑过去打食堂最后半冷的饭菜。每当学校晚上在球场放映免费露天电影，照例在放映前我俩要播报学校的通知，播完以后电影已经开始，露天电影的广场上已经坐满了人难寻位置，我俩便跑到大屏幕正下方的反面，一起坐在地上仰着头看银幕反面的电影。

我独立创作的大型诗朗诵《为了 61 个阶级兄弟》在学校演出，上百名男女学生，在舞台上朗诵我的作品："窗外的黎明悄悄升起，王书记按灭了手中的烟蒂……"演出结束后，徐敏跑到我身边，将她从后山上采的一束鲜花递给我。如同所有的爱情故事一样，我俩如童话里的公主和王子，在大学的梦幻城堡里理所当然地走到了一起。但童话往往是骗人的，王子随时都可能变成青蛙。

我和徐敏的恋情在学校里尚未公开，周围的同学好友便已经隐约看出端倪，徐敏的中学同学、矮矮胖胖绰号"曹冬瓜"的曹凡最早发觉。曹凡也是学校各种活动的积极分子，大学里的"红旗文工团"演出时，他是场务，主要在后台负责打灯光，有时也客串个群众演员，平时关系比较好的同学总调侃他"曹冬瓜"，他总乐呵呵地答应。那天演出完毕，徐敏走在前面，我走在离她几米的后面，曹凡突然紧几步追上我，似笑非笑地看着我说："你可是把校花摘了，追求她的男生已经排队排到湘江河边了！"我一时语塞，脸有些红，不知如何回答。曹冬瓜忽然正色道："兄弟，我们都为你高兴，但这么好的女孩，你一定要善待她，否则饶不了你！"

在大学期间，正逢国家三年困难时期，整个国家吃都成了问题，大学里稍好，学生们基本不会被饿着，但都是粗粮淡饭，肉很难见到。我和徐敏开始谈恋爱的时候，我省吃俭用攒了一点钱和粮票，请她到学校外的一家面馆吃肉丝面。当热气腾腾的飘着肉香的面条端上来，我俩充满仪式感地将筷子搓了又搓，突然冲进来一个蓬头垢面的乞丐，看来是饿疯了，伸出又黑又脏的双手，如同老鹰的爪子一样从我脑后将双手插入面碗里，捞起面条就往自己嘴里塞，面汤淌满我的头上肩上。店主慌忙过来，抄起板凳要揍乞丐，我们拦住他，干脆让乞丐吃完。看着我满头油汤的样子，我未来的夫人"咯咯"笑得不行。

爱情的确认往往不在于充满仪式感的山盟海誓，而在于日常相处间某一个平凡的心有灵犀的刹那。这一刻，我的眼光碰到了徐敏的眼光，我相信，在这同一时刻，我们俩都在心里再次确认了，将和对方相守终生。

大家都缺营养，有的同学得了水肿病。到学校医务室检查，如果医生确认你得了水肿病，便会开个证明，凭证明可以领到 3 斤黄豆粉，用它冲水喝是极其香甜的。每看到得水肿病的同学在宿舍里冲黄豆粉，香味四溢，让没得病的羡慕不已。水肿病的表现就是用手在胳膊或腿上用力按一个坑，如果坑陷下去很久不能弹起来，便是有水肿。我们没事就按自己的胳膊，期盼着哪天按下去的坑不再弹起来就可以吃到豆粉了。但我身体太好，实在无缘豆粉，只能常常羡慕地看着得了水肿病的同学吃香喷喷的豆粉。

我常常想，仍在家乡的父母，在这困难时期，带着弟弟妹妹们，会是怎样度过呢？我写信回去，得到的回信都是他们都很好，让我安心读书，不要挂念。当我写信告诉他们，我找到了心爱的意中人，母亲便专门给我回了一封从来没有过的长信，言简意赅的母亲忽然变得唠叨，在信中反复叮嘱我要如何如何珍惜和善待自己所爱的人，并希望尽早见到徐敏。

三年级时，学校的红旗文工团在长沙市青少年宫对外公演，徐敏一如既往担当女主角，主演《洪湖赤卫队》里的韩英。十分巧合的是，广州军区一位副司令员正好在长沙出差，就住在中山路青少年宫边上的宾馆。

这天晚饭后，副司令员带着几个部下沿街散步，经过青少年宫，看到门外《洪湖赤卫队》演出的广告，一时兴起，便掏钱买了票进来，坐在下面从头看到尾。演出结束不久，便有广州军区的函发到了学校，点名要徐敏提前毕业，特招到广州军区战士歌剧团。在当时，能进部队文工团，是每一个喜爱艺术的年轻人的梦想。徐敏告知我此事，我真心为她高兴，但徐敏有些忧虑，不知毕业后我能否也去广州。我承诺她将来我毕业分配，不管单位好坏，争取去广州。徐敏仍不放心，提出要在走之前和我回一趟沅陵，见我的父母，而这也是母亲一直万分期待的。

毕业前待分配的日子，我带着徐敏登上了前往湘西山区的长途车，当车缓缓驶入郁郁葱葱的群山，徐敏眯着眼把头探出车窗，呼吸着群山中弥漫着花香的湿润空气，轻轻说："这就是你的故乡。"

而我，近乡情怯，脑海里如同电影般闪现着童年时代在这发生的每一段让我难以割舍的记忆，与父母家人一直有书信往来，知道他们非常不易但基本无恙，别的事情就不得而知了：老婆婆是否还健在？龙头井旁的屠宰场是否还在杀牛？中南门码头还有卖牛杂汤的吗？没有了老谢的电影院现在都放什么电影呢？"一枝花"的饺儿面店还是生意兴隆吗？

走近芸庐，弟妹们如同一群小羊羔般跑出大门围上来，父母都在门口等着我们，从不笑的母亲都从嘴角漾出一丝笑意。徐敏曾经问过我有几个弟妹，我说："很多。"但当八个弟妹集体出现时，徐敏开始有点手足无措，后来悄悄告诉我："看到你这么多弟弟妹妹，我真的是太开心了，太开心了！"我问她："为什么我弟妹多你就开心？"她想了想，说："我也不知道，就是感觉自己突然多了好多好多亲人，真好！"

母亲送给徐敏一个戒指，是当涂韩家大院里她唯一的亲人小姑临走送给她的，这么多年，好几次全家濒临饿死，能卖掉换食物的一切都卖掉了，唯有这个戒指母亲从不舍得，但现在她庄严地给徐敏戴上，长舒了口气。母亲把徐敏拉到一边，郑重地告诉她："等你们决定了结婚的日子，不管在哪里我们都会来，你要明媒正娶！"

母亲又早早在得知我们的回乡行程后，通过一个在香港有亲戚的同事苏老师，从香港买了一双红色鲜亮的高跟皮凉鞋。这样的款式，别说沅陵，即使在当时的长沙也几乎是见不到的。凉鞋正好合徐敏的脚，穿上去让本来个子就不矮的徐敏又高了一大截，凉鞋的高跟底是硬的，踩在沅陵城的石板路上，清脆的响声传得很远。就这样，父母带上我们和所有的弟妹——"沈一群"再次出发，簇拥着身穿的确良新式女衬衣、留着齐腰长发、脚蹬踢踏踢踏响的红色高跟鞋的徐敏，穿过中南门最热闹的街区，感觉似乎整个沅陵的人都看到了。母亲骄傲地拉着徐敏的手，昂首走在最前面。

第二天，我们全家人去爬凤凰山，盛夏的凤凰山，满山的树上都是蝉鸣。蝉鸣山更幽，我们沿着林荫下的山路攀爬，身材瘦小的母亲全程紧紧捏着徐敏的手，像是在拉着她上山，又像是只为紧紧抓住她，仿佛一松手，徐敏就会化作天使飞走。母亲和她一直在低声交谈，不让我们听见。

登上凤凰山，父亲招手叫我过去，指着那座曾经关押过张学良的山顶小庙，说："少帅在这写过一首诗，我还背得出，你听听。"然后背着手，吟诵道："万里碧空孤影远，故人行程路漫漫。少年鬓发渐渐老，唯有春风今又还。"我品了品，说："我喜欢最后一句。"父亲点头："我有时会念起安徽老家，如果将来你们有机会回去，衣锦还乡，修砌祠堂，这句可用。"50年后，我做到了。

下山后我问徐敏："我妈妈都和你说了什么啊？"徐敏调皮地回答："保密！"多年后，我和徐敏结婚之后，徐敏才告诉我，那一天在沅陵爬凤凰山，母亲一直在和她讲述我的各种优点，如何聪明能干有才能，又善良可靠，值得一个女人托付终身。从来不当面夸奖我们儿女的母亲，在使尽她的力量，夸奖她的大儿子，希望能帮自己的大儿子紧紧抓住这段弥足珍贵的感情。

下午，一家人到县城里的照相馆照了一张合影，父母坐在中间，父亲搂着最小的两个妹妹，母亲搂着最小的两个弟弟，我和徐敏站在他们身后，另外四个大些的弟妹站在我们身旁。父亲已经半鬓白发，母亲头发依然乌黑依然面无笑容，妹妹们都是两条齐腰的精心编织的长辫，弟弟们全都穿着白色的衬衣或圆领衫，这张 12 个人的黑白全家福照，至今放在我家的客厅里。

这张照片弥足珍贵，也是母亲难得的主动张罗拍照的。不像父亲有开心的事就爱照个相，母亲一直不爱照相，所留照片极少。即使学校有活动需要拍照，母亲总尽量回避，即使没办法被拖着拍了，眼睛也不看镜头，背着手，眼光低垂地站在围绕她欢笑的学生们中间。年纪稍大些的时候，每当父亲要拍照寄给儿女们，母亲便说："别照了，我们都老了，会吓着他们的。"

徐敏来了，家里决定包饺子吃庆祝，但肉肯定是买不起的，那时正是过"苦日子"的 1961 年，连我们钟爱的猪大肠都买不起了，而沅陵最不值钱的就是辣椒。于是，全家人一起，包了许多白菜辣椒馅的饺子，煮了一大锅，把徐敏辣得满眼泪水。

我带着徐敏在沅陵城徜徉，给她一一讲述我在每个街角每个河滩每个山脚发生的童年故事，我们在家里当年林徽因、梁思成喝茶的走廊上久久坐着，看着远处的沅江亘古流淌，我们到佛像已经不知去向的空荡荡的龙兴讲寺流连，寻找我童年嬉戏的痕迹，忘记了时间，也无暇思考那仍充满了未知的将来，直到广州军区来电催促徐敏动身。

我回到长沙，把徐敏送上南下去广州的列车，火车轰鸣着慢慢移动起来，我未来的夫人从车窗里探出头，将右手伸给我看，母亲送的戒指牢牢地戴在她纤细白净的手指上。

生活仿如童话故事，当午夜的钟声敲响，公主的水晶鞋还在，王子则变回了青蛙。

毕业分配时间到了，我在学校优异的成绩与表现忽然变得毫无意义，我的档案里毫无悬念地记载着我父亲曾是国民党伪县长，现在是历史反革命分子，我是伪县长的大少爷。学校先把我分到了衡阳，衡阳又直接把我分到了下属一个没有电灯的小县城祁东，担任中学老师。广州、长沙这样的大城市，对于我都是绝不可能有机会的。

我们几个一起被分配到祁东一个中学的同学到达的那天，

学校很高兴迎来了省城的高材生，在当晚就急不可耐地举办新教师欢迎仪式。天已黄昏，学校派了几个高年级学生到我们临时安顿的招待所来接我们去礼堂。去礼堂的路上要经过长长的水田，我们在学生手拉手的带领下，在天色渐暗的黄昏里小心翼翼地踩过泥泞的田埂，一个同来的教师不小心脚一滑，摔进了水田中，满身是泥狼狈不堪地爬起来，继续在夜色中赶到礼堂。

礼堂下面坐满了学生，校长和我们这些新来的老师们坐在礼堂的台上，几个课桌一排摆着，上面讲究地铺了白布，还插了几束从田野里采来的野花。台上点了一排蜡烛，台下则黑黢黢的，完全看不到学生们的脸。从台下往上看，风从破旧礼堂的窗缝里吹进来，将蜡烛火苗吹得不停晃动，台上人讲话挥手时的影子便被投射到礼堂舞台背后的白墙上，如怪兽般张牙舞爪。那个刚摔进水田满脸泥浆的教师的脸被烛光近距离照着，更是如同鬼魅。此情此境，我开始有些想笑，但随即深深的哀愁如这夜色般向我涌来，包围了我，席卷了我。不知徐敏现在正在干什么？她应该已经穿上帅气的女军装，也许正在唱《红霞》吧？

祁东当时没有通电，只能靠各单位的小发电机偶尔让灯泡发出细若游丝的微光，像萤火虫一样。但祁东通火车，铁轨就在离学校不远的地方，我每天上完课，吃完饭，就会独自散步到铁路旁，顺着黑漆漆的铁轨走很远很远。有时有绿皮火车经过，我就会看它的字牌是否通往广州；有时轰隆隆的货车经过，上面装着木材、煤炭，我就猜想这是不是运往广州的呢。

我会顺着永无尽头的铁轨一直走到天黑，抬头看既无灯火也无星光的旷野，侧耳听没有车响又无人声的寂静，无限悲凉，满溢于胸。我如同一个被丢进深井里的弃儿，这长长的铁轨，是通向井外世界的唯一绳索，而在井外的世界里，有我最爱的恋人，还有我所有的家人们。

我有了工资，41块一个月。我每月将25块汇回沅陵帮助父母照顾弟妹们的生活，自己留下16块勉强生活。我发现写文章发表可以得些稿费，便开始不断写各种散文、论文投稿到省城，偶发表一两篇不涉及政治的文化小文，可得6—8元稿费，聊补生活开支。而后，县里发现我有戏剧方面的才能，便让我帮助县里戏剧爱好者排戏，我便自己作曲改编了一部歌剧《自有后来人》，自己也扮演了反派鸠山。一时在祁东引起轰动，连续演了很久。

这所学校也发现我能力较强，校长没事就找我去和他聊天，感慨我的语文水平比学校任何人都高，破格把刚毕业到单位没多久的我提拔为语文组副组长。但不久，校长又把我叫过去，吞吞吐吐地说学校还是决定取消副组长这个位置。

后来另一个根正苗红却并无能力的教师又担任了这个职务后，我瞬间明白了，我的伪县长大少爷的出身背景，将永远是我在这里一道不可逾越的屏障。

这时，县剧团向我发出邀请，我坦言我的出身背景，他们笑着告诉我，已经做过调查，并无大碍，而我的才能深得县里认可，决定了要让我发挥。我便毫不犹豫地辞去了这所重点中学的工作，进入县祁剧团。

1962年，徐敏回乡探亲，带着她的母亲从冷水滩来祁东看我。我见到齐耳短发的徐敏大吃一惊，在学校时，徐敏那两条乌黑齐腰的长辫一直是她最珍爱的，同学们常常看到她在女生宿舍的水龙头前一边唱歌一边梳洗她的长发。徐敏看到我惊讶的表情，笑着告诉我："歌剧团让我演江姐，江姐为革命头可断血可流，我把头发剪短算什么？"她母亲在边上说："我觉得还是挺可惜的！"

徐敏曾经跟我讲起过，她的父亲曾是黄埔军校八期学员，国民党的中层军官，母亲出生于农村，当过很短暂的官太太，但剩下时间都是独自苦熬着干粗活养活她和妹妹。徐敏还曾告诉我，她的母亲是被八抬大轿从湖南的乡下抬出村子，到了上海，她父亲在新婚之夜掀起新娘的头盖时，才是两人的第一次相见，而她父母彼此深爱一生。

第一次见面，徐敏的母亲伸出手和我握手，我看到那双手上伤痕累累，布满了厚茧，绝不是曾经的官太太的手，比一般农民的手更加粗糙。在经历了这么多年的命运起落后，徐敏的母亲性格却极其开朗，说话间常常就哈哈大笑，笑声在学校的教职工宿舍里传得很远。

中国的女性似乎大都是坚强的，比之于很多男性在困境下的犹豫悲观，女性或如我的从来不笑的母亲般坚忍而慈悲，或如徐敏的母亲般坚韧而乐观，只是体现坚强的方式不同而已。

和所有的年长者爱回忆往事一样，徐敏的母亲在祁东小住这一段，有空就给我讲述她和徐敏的父亲的往事，那种洞房之夜掀开头巾才第一次见面的古老爱情故事。

徐敏的母亲姓吴，叫吴素云，出生于湖南汨罗县汨罗江边一个村子里，村子叫"罗水村"，而汨罗江便是屈原投江的那一条江，解放后在这里建立了一个大农场，名字就叫"屈原农场"。而在 19 世纪初，这里是一个颇有古风的老村了，村庄依傍着汨罗江，很多人以打鱼为业。

8 岁时吴素云即开始跟着自己的父亲学认字读书。吴素云的父亲是村子里的私塾老师，附近几个村子里条件好一些的家庭都把儿子送过来读书，那时候女孩是不读书的，而且从小就要裹脚，裹好脚后在家学绣花做女红。但吴素云从小不一样，她的两个姐姐都裹了脚，但等吴素云稍大一点，家里保姆过来给她裹脚时，她拼死拼活又哭又闹，坚决不干。她父亲心疼这个从小没妈又最懂事的小女儿，便止住保姆，不再坚持让她裹脚。

吴素云从小懂事能干，父亲每晚睡觉前要有人打热水洗脚，早上父亲起床后要有人先替他点上一枪烟泡在床上抽烟，从吴素云七八岁开始，这些事就都由她做了，她的两个姐姐乐得偷懒。私塾里每天来上学的都是男学生，从院子正门进来，在前面的厅房上课，按规矩家里的女眷在白天是不可以去前面厅房的，进出都从后门走，避开男学生们。但吴素云并不在意，大大方方地里外忙碌干活，空下来就站在学堂门外，听自己的父亲给男学生们讲课，听得入神。徐敏的父亲并不守旧，见这个女儿如此喜欢读书，就干脆让她和男学生们一起上课了，尽管村里有人指指点点，说这个女孩子不裹脚还和男学生一起打打闹闹不成样子，她父亲也不以为意。就这样，吴素云慢慢长大了，成了方圆几个村庄里唯一不裹脚还读了书的女孩子。长到16岁，吴素云已是亭亭玉立。

徐敏的父亲徐远东也是这个村子里的，幼小即是孤儿，只身外出闯天下，风餐露宿，在路上意外遇到了从广州北上的北伐军队伍，被收留下来给一个团长做了勤务兵，勤勤恳恳，跟随团长征战，深得团长的喜爱。战争告一段落后，团长问他个人有什么想法，徐远东想起叔叔因为没读书被渔霸欺凌的往事，便说自己想读书，团长这时候已经是师长，就把他送到了黄埔军校，他成了黄埔军校第八期学员。

离开罗水村 10 年后，26 岁的徐远东已经是上海警备区稽查组组长，少校军衔，一直单身。有一次，几个湖南来上海的军官老乡聚会，大家都带着家眷，说说笑笑，只有徐远东孑然一身，便有人提起他应该娶妻了。徐远东低头沉吟片刻，说自己离开家乡 10 年，时刻思念自己从小长大的罗水村，希望还是能在那里寻到自己的终身伴侣。座中有位太太也是汨罗人，立即拍胸脯说这事包在自己身上，一个少校军官要在这种小村子里挑媳妇实在是太简单不过的事情，又问徐远东对对方有什么要求，徐远东说："五官端正，知书达理，大脚。"

那个热心的军官太太立刻委托家乡的旧交张罗起来，罗水村私塾吴先生的三女儿吴素云成了不二选择。

长到 18 岁从未离开过汨罗的吴素云，被八抬人轿从罗水村接走，踏上了漫长的前往上海的路途。一路上车马劳顿间，年轻的吴素云忐忑不安地猜想着，那个从未谋面的在上海等待着她的少校军官是怎样的一个人呢？她童年时在村子里依稀听到过这个少年的故事，恍惚间觉得自己也许某一次在江边和姐姐们一起洗衣戏水时，听到过江上划过的渔船上一个少年的歌声，在晚霞万丈时模糊看到过一个赤膊少年在渔船上的剪影，也许就是他。想到这个人是罗水村的人，吴素云的心里就变得很踏实了。

婚礼在上海淮海路上的一个大酒店举行，吴素云头上盖着头巾坐在那里，只听到头巾外觥筹交错，热闹非凡，但她什么也看不见。她的新郎官隔着头巾偶尔叫着她的名字说几句让她安心的话，她能低头看到新郎穿着崭新的黑皮鞋和笔挺的西裤在她的边上坐着，有时起身和别人说话，声音温和而平静，偶尔流露出一点汨罗老家的乡音。新婚夜，当吴素云的头巾被掀开的时候，她大胆地抬头看出去，看到的是一张极其英俊的脸，眼中闪烁着善良的光芒。

记得当时讲到这里，徐敏的母亲哈哈一笑，说："真的，他在洞房掀开我头巾的时候，我还以为会是一个很丑的男人，没想到，他那么帅！"我说："都是命运注定！"老太太点头："你和徐敏，也是命运已经注定！"

但这以后，我和徐敏却是关山阻断，相见时难。

第二年，徐敏忽然来了一封长信，信中郑重地告诉我，部队管理很严格，个人生活都必须向党组织汇报、经得同意，组织上认为现在她还太年轻，应该专注革命事业，暂时不批准她谈恋爱，已经恋爱的，可以维持，但不许发展，所以我们将很少有见面机会。我将信细细地一遍遍读，试图在里面揣测她流露的一点点她自己心灵深处的想法，但并无任何蛛丝马迹。也许，这封信也要组织看过才能发出，所以她不能说太多？也许我的回信也要组织先过目？怀着这种猜想，我又释然了一些，便回信说对组织的决定坚决支持，完全理解，过几年等组织批准了再说。而我自己，至此只是每天在中学努力地工作，同时耐心等待着、等待着，让时间来推动我自己无能为力改变的一切。

这期间，我和徐敏偶有书信往来，双方皆"王顾左右而言他"，和一般普通同学朋友间的通信内容无异。我的心，仿如湘西屋内火塘里家人沉睡后的炭团，被厚厚的白灰覆盖着，并无火苗，但白灰下仍是炙热，只要用柴棍拨开灰烬，添上新炭，便随时可以燃起熊熊火焰。

徐敏他们单位不允许去探访，我有些沮丧。这时，徐敏的母亲忽然写了封信到祁东来，邀请我去她那里过春节，她在永州，就是柳宗元的《捕蛇者说》里的"永州之野产异蛇"的地方。我相信这是徐敏的意思，我也很喜欢这个爽朗的老太太，但徐敏不在，而我和徐敏只是恋人并未结婚，总觉有些奇怪。我原来计划是回沅陵的，父亲此刻状态并不好，应是回去看看他才对。我写了封信给母亲征求她的意见，母亲回信，坚决支持我去永州，说这是徐敏的母亲已经把你做家人看待，不能伤了她的心。

我的母亲，在我人生中每一次面临选择时，给出的建议从来简单明了，不拖泥带水。

临春节，我只身赶赴永州，去和我的女朋友的母亲一起过节，而女朋友并不在。年三十的下午，老太太领着我走在永州的大街上，一路上大声地给熟识的街坊邻居介绍："敏儿的男朋友！"大家便问："敏儿呢？""唉，她在广州部队忙呢！回不来！"

除夕之夜，她把关系好的几家邻居都约到家里一起过节，热闹非凡。徐敏的妹妹比徐敏小十岁，聪明伶俐，已直接称我姐夫，悄悄跟我说："姐夫，只要我妈妈认可你，我姐想甩了你都不可能！"席间，一个邻居悄悄跟徐敏的母亲耳语："你大女儿如果不要他了，我觉得他会死的！"

春节的永州城自是热闹，但我的心里却总有些悲伤。屋外的鞭炮声一阵阵涌来，热闹是他们的，在这个时刻，我爱的人远在南方，不知道现在她在做什么。

有一天，老太太忽然拉着我，说："我在祁东给你讲的故事，还没有讲完，你还想听吗？"我说："当然想听！"老太太哈哈一笑："故事有些长，希望你有耐心听完。"在永州城接下来的日子里，她断断续续给我详细讲述了她当年怎样在战火中带着幼年的徐敏千里寻夫的往事。

仅仅在新婚燕尔几个月后，徐远东就被调任贵州炮兵学院。这时日本人已经在华北挑起了侵略战争，战时的调令来得极其匆忙，徐远东只有一天的时间和新婚妻子告别，也就是在这一天，他得知了妻子已经怀孕的消息。徐远东替妻子安排好了上海的一切，说等自己在贵州安顿好就派人来接她和她腹中的孩子，然后无限眷恋地告别了新婚爱妻，奔向大西南。

一年过去了，徐敏已经出生，之前徐远东和吴素云书信往来中，虽然互相思念至极，但考虑到吴素云大着肚子长途奔波去贵州太不安全，而贵州的条件也非常艰苦，远不如上海，所以徐远东一直不同意吴素云去贵州找他。但此时，徐敏已经呱呱落地，日本人也已经逼近上海，每天有飞机从黄浦江上掠过扔下炸弹，上海也已经不再安全。吴素云写信给徐远东，坚定地说："不管怎样，我一定要来找你，让你看看你的女儿，一家人就应该在一起。"徐远东便让上海的同僚帮忙安排了船票，让吴素云带着女儿来贵州都匀找他。

战乱时期的上海十六铺码头，对于一个抱着婴儿的女人仿如地狱一般，所幸徐远东的同僚派了一个勤务兵帮着护送吴素云，得以从纷乱杂沓的人流中挤出一条路，来到船舷前的检票口。但此时忽然有一架日本飞机在天空出现，看着它从远方的外白渡桥上方直奔十六铺码头而来，码头的人群大乱，即使有持枪的士兵维持秩序也毫无用途，抱着孩子的吴素云和拿着行李的勤务兵被汹涌的人群冲散，但吴素云此时并未太顾及行李，而是奋力向船舷挤过去，终于得以在船舱即将关闭时登上了客轮。当客轮长鸣一声缓缓驶离码头时，船上的吴素云才意识到自己身无分文，只是抱着怀中的徐敏，而徐敏正哭着要吃奶。

吴素云在船的僻静处给婴儿喂完奶，开始思考接下来怎么办。江轮逆水而上，即使到自己老家汨罗所属的岳阳也要四天时间，这四天吃什么呢？这时，她突然听到了甲板上传来熟悉的乡音，循声看过去，有五到六个中年男女也带着小孩在那里说话，说的是湖南话。吴素云便抱着孩子走过去，询问他们是湖南哪里的。聊了下来，几个人看到吴素云穿着体面又抱着婴儿，得知了她的窘困状态，都愿意帮助这个湖南老乡，让她这几天和他们一起吃饭。

船到岳阳，吴素云决定还是先下船，顺便回家乡一趟，看望下父亲和姐姐们，稍事安顿，准备妥当后再前往贵州。临下船，吴素云将手腕上徐远东送的玉镯给了那几个老乡，以作感谢，几个老乡又给了她一点零钱，充作岳阳下船后回汨罗的车马费。

回到罗水村，推开院子的大门，吴素云感到一种意外的冷清，院子里空空如也，她抱着婴儿一直走到厅房里也没见人影，吴素云高声呼喊着"爸爸！"，但无人应答。忽然楼梯上脚步声响起，大姐匆匆跑了下来，见到吴素云，上来抱头痛哭。吴素云这才知道，这一年多时间里，家中发生了很大变故，父亲已经在一个月前去世，二姐早已经嫁往外县，而大姐的丈夫参军死在了战场，留下大姐孤身带着孩子。日本人已经打下了武汉，离武汉咫尺之遥的岳阳汨罗一带，有钱人都往西南边跑了，家里只剩下大姐带着一个孩子不知如何是好。

由于战乱，吴素云没有收到大姐寄出的关于父亲死讯的信件，此时听到噩耗，悲从中来，抱着婴儿就去了父亲坟上，叩头痛哭。

得知吴素云要去贵州找徐远东，大姐说："你带上我们吧，我们也无处可去了。"吴素云毫不犹豫地答应了。姐俩把家里所剩不多的钱计划了一下，收拾简单行装，离开已经稀疏无人的罗水村。两个女人和两个孩子，就这样踏上了前往贵州的艰难路途。

一路上，有时走路，有时搭车，有时在简陋的旅馆过夜，有时在车站席地将就一夜。这两个女人和两个孩子，偶尔会碰到好心人让她们搭一段车，但有时则被欺负。一次大家住在一个小旅馆里，正是蚊虫极多的夏季，虽有蚊帐，但仍有许多长脚的花蚊子从蚊帐的破洞里钻进来，叮咬得不到一岁的徐敏哭个不停，19岁的少女吴素云下不了手去拍打那大蚊子，便拿起床边的油灯去烧那蚊帐上的蚊子，一不小心将蚊帐烧燃了，吓得她抱起徐敏跑出房间大叫："起火了！"小旅馆的老板半夜爬起来，指挥伙计们用水浇灭了火，第二天便揪着吴素云要她赔偿烧坏的蚊帐和床单的钱，否则不让她们走，并狮子大开口要出天价。出门在外的女人没有办法和他理论，只能忍气吞声地赔了不少钱。吴素云心疼这些钱好些天，一路走一路叹气，算算本来差不多刚够到贵州的路费，这下不够了。在路上休息时，见有女人拿着香烟向沿路的难民们售卖，便上去攀谈，打听烟从哪里弄来的，可以赚多少钱。这个女人很热心，告诉吴素云，可以从士兵手里买烟，卖给难民，价格可以翻一倍。吴素云便动了心，试着照这个女人说的办法去和经过的士兵询问，果然有士兵愿意把多余的烟卖出来。吴素云想，只要这样卖掉几条烟，赔蚊帐的钱就回来了。和大姐一商量，大姐也觉得这是个好办法，将兜里剩下的钱都凑了出来，让吴素云去和士兵买烟。烟买到后，姐俩就分头牵着抱着孩子，向路过的难民推销香烟。谁知烟还没卖出几盒，忽然来了几个警察，将她们抓起来带到了警察署，说她们非法倒卖香烟要坐牢。在警察署里，大姐吓得只是哭，什么话也说不出来。吴素云倒是镇定，心平气和地和警察讲道理诉苦，并把徐远东的信给他们看，说明她是去找自己的少校丈夫，路上遇到意外迫不得已。一会儿警察署里署长出来了，认真看了看信的内容和信封寄出的地址，叹口气，说："按规定至少应该关你们一个月的，算了，你们走吧！赶紧去贵州找你丈夫！"吴素云和大姐千恩万谢走出警察署。吴素云想了想，又回转身，问："我的烟能还给我们吗？烟不卖掉，我们到不了贵州啊！"署长一愣，露出哭笑不得的表情："不抓你就不错了，还想让我把烟还给你接着倒卖啊？你这个女人是不是脑子有问题？"吴素云却大大咧咧地在椅子上坐下，说："那你把我们关起来好了，监狱也要管我们吃喝，还有两个孩子，反正比在路上饿死好！"署长一下愣住了，想了半天，让下属把香烟拿过来，扔回给吴素云："快走快走！但别在这里卖，告诉你，进了贵州再卖，懂吗？"吴素云落落大方地屈膝致谢，拿起香烟抱着徐敏扬长而去。大姐赶紧一路追了上去。

日本军队推进的速度似乎比难民往西逃的速度快，吴素云一行走了多日，天空中出现扔炸弹的日本飞机的次数越来越多了。有时，大路上默默赶路的人群忽然一阵喧哗，纷纷往路边上的山岩下躲。尘埃扬起的灰色天空中，远远地出现了一架或两架轰炸机，有时只是掠过，有时忽然就像乌鸦拉下鸟粪一样扔下一连串炸弹，将路旁的大树和茅屋掀翻。那一天一行人在路边一处山岩凹进去的阴凉处暂歇，吴素云看到不远处涓涓的河流淌过，浅浅的河水在夏日阳光的照耀下清澈见底，想起自己已经好久没有洗头了，便将徐敏交给大

287

姐抱着，自己走向那清澈的河流，谁知她刚刚解开发髻披散下长发，天空中忽然来了一架飞机，开始顺着河流飞，莫名其妙地一路往河里扔炸弹，第一个炸弹便在吴素云十多米远处炸响，掀起巨大的水柱，将她震得摔进河流中。吴素云刚从水中挣扎着探出头，另一个炸弹又下来了。她不再敢动弹，心想炸弹不会扔到同一个地方的，便蹲在水里，抬头看着那疯狂的日本军机，祈祷它不要往徐敏和大姐在的方向扔炸弹，这时她忽然听到了徐敏的哭声，可能是炸弹的声音惊吓了婴儿，婴儿的哭声非常响亮地传出来。这时，那架飞机似乎听到了什么，又开始折返，往回飞来。吴素云在浅浅的河流中站了起来，朝着和徐敏相反的方向淌着水花奔去，向天上的飞机挥舞着双手，喊叫着，用手拼命地掬起浪花泼向空中，但这次飞机并没有再扔炸弹，向下俯冲了一下，仿佛想近距离看一看这个疯狂的年轻女子在做什么，然后向上一扬机头，消失在天际中。

吴素云浑身透湿，筋疲力尽地回到徐敏身边，从惊慌的大姐手里抱过徐敏，将自己湿漉漉的脸贴在她的身上，失声痛哭起来。婴儿此时却停止了哭泣，好奇地伸出小手，摸了摸自己母亲凉爽湿润的头发。

历时一个多月，吴素云带着徐敏和大姐母子，终于来到了徐远东所在的位于黔南都匀的贵州炮兵学院。徐远东喜悦地拥抱着自己朝思暮想的爱妻，第一次抱起了自己的亲生女儿。

战时的贵州，物价极高，即使作为中高层军官的徐远东，每月的薪水用来养活五口人也远远不够，一年里，大家有半年只能买便宜的杂粮红薯等来代替米饭作为主食，徐远东还把烟戒了，节省些钱，只是为了能让大家吃饱。吴素云曾经有点愧疚地跟徐远东提起，自己没和他打招呼就把大姐母子带到贵州来，徐远东诧异地说："这是你亲姐姐啊！我们怎么能不管她呢？"吴素云紧紧拉住丈夫的手，依靠在他宽厚的肩膀上。两人终于相守在一起，在贵州度过了几年相濡以沫的日子。

解放后，徐远东没有跟随国民党去台湾，选择了留在祖国大陆。作为投诚的校级军官，徐远东被安置到湖南湘阴接受劳教。这期间，吴素云带着三个孩子也跟着回到湘阴，徐敏已经有了一个弟弟一个妹妹，而家里并无任何收入来源。吴素云开始想尽一切办法干活挣钱养活三个孩子，同时等待着她最爱的丈夫。

吴素云开始自己制作各种腌菜如腌萝卜腌刀豆腌藠头等到菜场摆摊，又去富人家的家里当佣人给人洗衣服，也和男人们一起到山里抬砍伐下来的树木。一次由于抬木头时使劲，用力过猛，吴素云的嘴歪了，脸上肌肉扭曲，几个月也回不到原来的样子。这个罗水村出来的娟秀少女，只在上海过了几个月的官太太生活，而今，又重新成为最初的自己，那个罗水村的女孩，一个多情而勤劳的湘女。

居委会看到这个带着三个孩子的女人实在太苦了，终于想办法给她安排了一个街道办事处出纳的工作，虽然收入极其微薄，但至少不是有上顿没下顿了，也不用去扛木头了。在这段日子里，徐敏三岁的弟弟因为打疫苗出了状况，意外死去。多年后，吴素云每和徐敏讲起她这个弟弟，便如祥林嫂般自责："我不该让他去打疫苗的，我只知道别的孩子打了都没事，为什么偏偏他打了就出事了呢？他是最乖最懂事的，从来不哭不闹，很平和的孩子啊，像他的父亲……"

后来，因为表现优秀，徐远东被提前释放了。回到家中，看着自己仍然年轻的妻子脸上满是岁月沧桑，手上已经处处是伤痕老茧，带着剩下的两个日渐长大的女儿，徐远东不由泪流满面。不久，徐远东就患胃癌去世了。吴素云继续以自己柔弱的身躯，以一己之力，将徐敏和她妹妹抚养大，并将她们都送进了大学。"你父亲说过，一定要读书！"吴素云告诉女儿们。

徐敏没有见过她父亲的任何一张照片，在 60 年代的政治气氛里，一个前国民党校级军官的照片可能会给子女带来意想不到的灾难。也许在某一个夜晚，吴素云独自拿出她心爱的丈夫的照片，最后看一眼，亲吻一下，然后将它扔进熊熊燃烧的火炉中了。

记得我未来的岳母吴素云当年曾经告诉过我，她断断续续写了一些回忆文字，希望以后我和徐敏结婚生育儿女，把这些文字交给她的外孙来保存。多年以后，她并未食言，在她去世前的几年，将厚厚的一摞手稿寄给了我在上海读大学的儿子，儿子将其完整保存至今。

在这一摞发黄稿纸上的文字里，洋洋洒洒满满记载着她和自己丈夫的每一件往事，丈夫在和她相处的所有日子里对她说过的每一句关心的话，做的每一件值得称道的事情。文字的最后，吴素云这样描写徐远东："我的丈夫是世界上最帅的男人，民国有四大美男，我的丈夫完全可以和他们媲美；我的丈夫也是世界上最温和有礼的男人，这一辈子，他从来没有对我发过一次火，没有说过一句埋怨的话；我的丈夫也是世界上最正直的男人，他一辈子没有做过任何一件亏心事！"

我实在无法想象，一个女人对自己的丈夫，还能有怎样更高的评价。而这一切，仅仅开始于洞房掀起头巾的那第一次相见，一眼，便是一生。

在永州和徐敏的母亲一起度过我人生中这个极其特别的春节，并听她讲述了那些非同寻常的往事以后，我回到祁东，继续着在小县剧团的工作和生活，主要的日子都是在走村串乡疲于奔波之中，日子过得很慢，很长。

1965年初夏一个普通的夜晚，我正随着县祁剧团的演员们在县里的官家嘴铅锌矿演出。矿里有千余名工人，劳累一天，脸都没洗，便兴致勃勃而满面乌黑地聚集在临时用篷布搭建的简陋的舞台前。虽是初夏，山区夜晚仍是凉爽，山风呼呼吹来，空中弥漫着金属矿里特有的刺鼻气味。矿区里没有那么多灯，工人们便在舞台四周燃起了四个巨大的火堆，熊熊火焰冲上半空，将舞台照得通明透亮。演员们在舞台上面演着唱着，我作为编剧和导演，欣慰地站在舞台侧面观察着台上的每一个细节。

忽然，舞台上的大喇叭停止播放音乐，高声喊着："沈编剧，沈编剧，赶紧到矿长办公室去接电话，衡阳有电话找你！"我心一慌，这么急找我，不会是什么坏事吧？这么晚电话能找到这矿上来，势必是先打到县里，县里再找到剧团，剧团再告诉我在哪个矿山，一定是十分紧急的事。

我气喘吁吁跑到矿长办公室，矿长告诉我："沈干部，不得了啊，这是衡阳打过来的！"我接过电话，对方告诉我他是专署文化局的局长，要派五个代表参加在广州举办的中南六省文艺汇演，刚刚决定了我去。我松一口气，同时心像外面燃烧的火焰般跳荡起来。我要去的是广州！徐敏的城市！

我赶紧说今晚演出结束后，明天回剧团就动身。局长说来不及了，矿上的人说离矿山最近的火车站只有十几里路，今晚就有经过这个站去长沙的车，无论如何明天一早8点必须到长沙火车站集合报到，然后一起坐上午的火车去广州。我放下电话，跑回去和剧团同事们打了个招呼，便带着随身的小包裹动身了。这时忽然开始下雨，我冒雨行走十多里山路，行走如飞，如履平地，翻过山，到了山外的乡村公路，在路边招手搭上了一辆货车，到了白地市镇火车站，再跳上深夜经停的从桂林开往长沙的火车，硬是于凌晨到达了长沙火车站，和参加中南汇演的湖南省演出团会合，奔向广州。

人生路上，总是不断地有阴雨天乃至暴风骤雨，而在不经意之间，忽然又出现了温暖的阳光，彩虹也悬挂在天边。我一直难以忘记这个情景：夜晚的矿山，简陋的篷布舞台，满脸漆黑的矿工，巨大的熊熊燃烧的火堆，银灰色的高音喇叭突然呼叫我的名字，仿佛在寒冷冬夜里，那个卖火柴的小姑娘看到的微弱但美丽的光芒。

中南六省汇演规模盛大，各省纷纷派出最强大的剧团阵容，在广州演出各种精彩节目，一共持续整整一个月。到达广州第一天，在宾馆住下，我就马上给徐敏打了电话，告诉她我来广州了。而在这之前，我们已经整整两年没有见过面。徐敏接到电话，有些意外，有点惊喜，又有些迟疑，问清楚了我住的宾馆地址，说："我会来看你。"

在广州，我们只见了三次面。

第一次是汇演开幕式的那天，在广州中山纪念堂开幕式门前，徐敏穿一身极其帅气的军装，两个同样穿军装的大姐陪同着。我们四个人在大门口，尴尬地站着，寒暄了一会儿最基本的问候，工作怎样，身体怎样，父母怎样，等等。终于无话可说了，徐敏抬眼看了看时钟，我忙说："开幕式要开始了，那就再见了！"她们转身离去，我扭身进了剧场，不去看她的背影。我在想，徐敏也许走一段会回头看看，但门口已经没有我。也许，她并未回头。

第二次已经是两周以后，她打电话到宾馆，说经领导批准，第二天下午有时间出来一下，但不能太远，问我能否到她部队附近的百花园宾馆喝个茶。我说没问题，明天下午我去百花园宾馆等她。这半个月，我没有主动给她打过电话，将精力投入观摩汇演的工作中，假装自己不在广州，假装这个城市从来就没有一个让我牵挂的人。但那天下午，我仍早早地到了约定地方，远远地看见徐敏仍是穿着飒爽的军装，心里仍是咚咚直跳。我们在酒店大堂一起喝了一杯茶，徐敏讲了她在文工团的各种事情，演了哪些角色，在哪里获奖了，自己如何受重视。然后问起我工作上的情况。我只是淡淡地说都挺好，希望后面能够调到长沙工作。终于，所有的关于工作的话题都说完了，谁也没有触动那个只有恋人之间才可以有的对话按钮，见面在漫长的沉默中结束。看着她离去的背影，我望着湘南祁东那个小县城的方向，心慢慢地绞痛着。

又一周过去了，忽然衡阳来了电话，要我提前回去，说有紧急的工作任务。在临行前一天早上，我想了想，还是给徐敏打了个电话告别，说第二天自己就要走了，祝她一切都好。徐敏在电话那头沉思片刻说："今天下午你有空吗？我来你宾馆找你。"我说好啊。

徐敏下午穿着便装来了，白衬衫，下面穿的碎花裙子。穿便装的徐敏，瞬间多了柔和的感觉，我看到了一个曾经在大学里一起演出的徐敏，而不是一个遥远的女军人。徐敏来到了我住的房间。房间是四个人住的，其他人都出去了。徐敏看了一眼空荡荡的房间，在房间唯一的椅子上坐下，沉默不语地看着我。这时，前台打电话过来，说女同志不可以单独和男同志在房间里。我说我们这就出来。徐敏站起身，我也站起来，说："我们分手吧！"徐敏坚决地一摇头："不可能！"我诧异地不知说什么。她说："我们去拍照吧。"

在那个年代，照片是一种最有力的承诺。嘴里说的不算，可以忘记，没有录音；纸上写的也不算，可以伪造，也许会丢失；而照片一定是真的，不可更改的，照片中两个人在一起，那一刻时光停滞，画面静止，这就是承诺。我们在附近找到了一个小照相馆照了张合影。照片上我心事重重，面色凝重；而她也眉头微蹙，若有所思。

　　当天晚上，我就登上了北去的列车。当绿皮火车长鸣一声，缓缓启动，我从车窗里探出身来向站台上的徐敏挥手告别时，徐敏终于忍不住，一把捂住自己的双眼，失声痛哭起来。这一别，又不知何时能见，但一诺既成，万山难阻。

——

在用娟秀的毛笔书写在竖格的黄色信纸上的文字最后，江泉写道："青灯黄卷，万籁无声，茫然四顾，不禁怆然泪下……"

———

第十一章

这段时期里，我在沅陵的父母，分别收到过一封远方的来信，使他们俩分别启动了一次特殊的旅程。

某个早春的一个普通的黄昏，父亲和往常一样清点好各种颜色的餐票和现金，用橡皮筋将餐票逐一捆扎好，锁到抽屉里，准备回家。日子过得飞快，父亲算算自己已经在辰州中学学生大食堂卖了很久餐票了，这个简单工作已经轻车熟路。经过校门口的传达室，忽然被叫住说有他的信。父亲接过来，发现是一封从安徽贵池寄过来的信件，信封上自己的名字和地址都是用小楷的毛笔书写，字迹秀丽。父亲心头一震，这字体看着熟悉，让他想起 30 多年前，江兴从碧野村来南京晓庄学校，给他带的那封信。

父亲就着沅陵城黄昏的晚霞，站在学校门口看完了这封信，站都站不住了，就在门口的石墩子上坐了下来，泪水止不住地淌满了脸庞。

这封贵池来信，是他和江家大闺女的亲生儿子写来的，父亲只在他婴儿时见过一面，甚至都没有触碰过他。儿子名叫沈江泉，仍然姓沈，想必是江家大闺女起的名字，把两人的姓都放了进去，人不能相聚，就在儿子的名字里聚首了。

江泉在信中告诉父亲，他母亲早已在解放前得病去世，而自己现在贵池的一个小学当校长，从小听母亲描述自己的父亲，现在自己30多岁了，未见过生父，非常思念，询问："为什么这么多年，你从来不回来看我？"江泉说自己通过多方辗转，终于找到了父亲现在湖南湘西沅陵的工作地址，希望能有机会见到自己的亲生父亲一面。在用娟秀的毛笔书写在竖格的黄色信纸上的文字最后，江泉写道："青灯黄卷，万籁无声，茫然四顾，不禁怆然泪下……"

家族的血脉传承，有着惊人的力量。这个几十年和父亲并无交集的亲生儿子，竟然也是一个老师，仿佛冥冥之中早已经安排好。

回到家中，母亲看到父亲脸上的泪痕，用询问的眼光看着父亲。父亲将信交给母亲，母亲戴上眼镜细细读完，用手摩挲着那娟秀的字体，叹口气说："我觉得，你应该回去一次。"岁月磨平了一切，母亲已经不是当年那个为碧野村的旧事而伤心欲绝的 20 岁女孩，而父亲更是早已经两鬓斑白。

有些不堪回首的往事，到了该告诉孩子们的时候了。在父亲出发后，母亲将我们这些孩子逐一叫到跟前，和她惯常的姿势一样，眼睛低垂着，并不看我们，说："你们还有个哥哥，在安徽。"我们每个人都极其惊讶，纷纷询问他叫什么名字，长什么样，为什么这么多年从未听说过。母亲只是说："他叫沈江泉，他是你们的大哥。"

父亲这么多年来第一次向学校请了长假，经过长沙到武汉，独自登上了前往贵池的轮船，顺长江而下，只身去见他30 多年未见的亲生儿子。那时通信交通不畅，父亲提前给江泉写了信，告知他自己到达贵池的时间，但父亲一路辗转坐船去贵池的路途上，船竟然比信中约定的时间晚到了四天。四天里，江泉每天都去码头等待，日日孤身归来，几个晚上都因担忧而彻夜无法入睡。当江泉最后终于在贵池的船码头上看到一个消瘦的老人迎风站立在船头时，便确认了这就是自己的父亲。在码头上，江泉先行跪拜，两人随即相拥，都哭成了泪人。

江泉结婚早，已经有三个儿女。江泉将父亲领进家门，大儿子大女儿二儿子等候已久，一起向这个从没见过的爷爷磕头。父亲泪流满面，也几乎跪倒，被江泉搀扶起来在椅子上坐下。父亲在贵池只待了三天，30多年的事，一一和儿子及孙子孙女们互相叙说。江泉郑重地对父亲说："我们希望能尽快拜见我的母亲，孩子们的奶奶！"他指的是在沅陵的我的母亲。对江泉而言，生母已去，生父尤在，已是感恩上苍，而在沅陵的和他并无任何血缘关系的这个女人，便是自己的母亲了。

江泉又陪父亲从贵池县城出发，回了一趟碧野村。30多年没回来了，沿着仍是黄泥灰土的大路走近村庄，父亲踌躇不敢移步，远远看着暗淡的天色下寂寥的村庄，近乡情怯，心里五味杂陈。

村中早已物是人非，结发妻子江家闺女已在解放前离世，自己的父亲还有江家族长都已不在人世，童年一起玩耍的小伙伴现在已经是在村口闲坐聊天的老人。这个当年碧野村族长的大儿子，离开村子30多年，关于碧野村的一切，关于他的父亲，关于他的结发妻子的一切，音沉信杳，全然无知。

父亲上了村后的山坡，和50年前一样，逐一叩拜先祖的墓冢，而新添的老父的墓，极其简陋破败，歪歪斜斜地挤在乱石杂草中。当父亲看到在墓碑上的晚辈名单里仍然第一个刻写着他这个大儿子的名字，不由心生愧疚，虽然他离家而走几十年音讯全无，但老父亲仍然把他当做自己的家人，自己的儿子。坟头上杂草丛生，仿佛能听到亡灵的叹息从乱草中传来，在埋怨自己这个一去不归的儿子。

村里的农田早已恢复种上了油菜花和水稻，罂粟自然已不见踪影。正是紫云英盛开的春季，村子里是梦幻般紫色的世界。岁月轮回，半个世纪过去了，碧野村又回到了父亲少年时的模样，而这个当年意气风发的少年，如今已是近暮之年。

除了山上的祖坟，碧野村里已经没有任何父亲可牵挂的东西，这个沉淀着自己童年和少年时记忆的故乡，在他心中已经变得很轻很轻，而另一个东西则很重很重地忽然占据了他的情感世界，那就是沈江泉一家。血浓于水，血脉相连的亲人在30多年后的重逢，带给父亲的情感冲击，难以描述，愧疚、感动、珍惜、释怀和深深的牵挂，杂糅在一起，五味杂陈。

学校请假的时间要到期了，父亲和江泉及他的家人孩子们告别，万分不舍。父亲一直等待着，应该有这么一个场景，他和这个亲生儿子单独灯下相对，儿子责备他30多年前抛弃母亲和自己而去，全然不负责任，然后他再惭愧地认错和忏悔。但江泉从来不提，只是沉浸在终于找到自己亲生父亲的喜悦中，仿佛当年父亲不是主动离家而走，只是因意外而被迫失散多年。父亲因此更是不安，临上船，紧紧拉着江泉的手，千言万语，最后化为一句话："我会再来看你们！"

离开贵池，父亲专程去了一趟合肥。这里有父亲一个晓庄学校时的同学好友，姓戴，现在是安徽省教育厅厅长，年初刚联系上父亲，邀请他来合肥看看。坐在戴厅长宽敞客厅的沙发上，父亲有点手足无措。戴厅长给他用精致的青花瓷杯泡了一杯香气扑鼻的黄山毛峰茶，说："老沈，我已经知道你在湘西的境况，要不来合肥吧，我安排你一个配得上我们晓庄学校人的工作。"父亲用双手捂着茶杯，沉思良久，说："沅陵已经是我的故乡，我离不开它了。"

十多年前，父亲曾只身到长沙谋事，尚余雄心，而今，动荡的岁月如沅江的浪涛，终于将父亲岩石般的棱角磨平，对于未来，一切或有或无的希冀，都不再重要。

从安徽回来后的父亲，变得更加从容开朗，卖餐票时都哼着小曲。安徽之行，父亲寻找回来了一些东西，放弃了一些东西，也更珍惜一些东西，不管怎样的境遇，能够家人相守或牵挂，一切便都安好。

也是一个普通的年头，父亲那时还在卖餐票，尚未去养猪，母亲则是学校的历史教研组组长和女生部长。母亲突然接到了一封合肥寄过来的信，是她同父异母的妹妹写来的，随信一并寄了 50 元钱，告诉她自己现在合肥工作，她妈妈也早就来合肥住在一起，国民党团长的哥哥在解放后被抓起来，出狱后病死。她妈妈现在身体很不好，恐不久于人世，一直念叨想见一见自己这个在湘西的非亲生女儿。50 块钱是路费。

母亲把信给父亲看，父亲看完，说了五年前母亲和他说的一模一样的话："我觉得你应该去一趟。"岁月如一条永不停息的长河，可以抹平岸边每一块突兀的岩石；在时光的照耀下，所有一切都会变得温柔。对于已近暮年的父母，也许是时候以更淡然的姿态，重新整理那些痛苦不堪的往事，梳理亲情了。

去合肥要经过武汉，而此时二弟和大妹正好都在武汉读大学，母亲便向学校请了假，买了前往武汉的车票，并带上最小的弟弟一起，正好去武汉看看二弟大妹。我当时在祁东工作，也告假前往武汉，算是家庭一个难得的小范围团聚了。而在贵池的江泉得知了我的母亲要到武汉，离贵池不算远，自己工作又走不开，便让自己 13 岁的大女儿萍儿独自赶来武汉，代表他们家拜见一下这个早想相见而一直没机会见面的奶奶。

萍儿在武汉见到这个不到 50 岁不苟言笑的奶奶，却分外亲昵，整天挽着她的胳膊。而我 7 岁的小弟，按辈分是萍儿的叔叔，萍儿每天带着这个小叔叔玩耍，十分开心。到母亲准备动身去合肥的时候，竟然难舍难分，非要跟着一起去，母亲拗不过，便带着两个孩子一起前往合肥。临行，我掏出身上几乎所有的钱，给这个小侄女买了一件颜色鲜艳的外衣，让她穿着陪伴着我母亲，希望给她这趟回望灰暗往事的旅途带来些明亮的东西。

亲情，无需理由，这趟旅途的人员，是一个错综复杂而又奇妙的结构。一个贵池来的小女孩，陪着沅陵来的没有血缘关系第一次见面的后奶奶，以及比她小很多的后叔叔，去合肥见这个后奶奶的没有血缘关系的后母，以及没见过面的同父异母妹妹。

武汉到合肥坐的火车，母亲合肥的妹妹进站台来接母亲一行。当绿皮火车喷着浓烟缓缓在合肥火车站减速尚未完全停下，母亲从车窗往外看去，一眼便从站台熙熙攘攘的人群里看到，一个穿着中式对襟衣的 30 多岁的女子，戴着黑框眼镜。母亲刹那间仿佛看到了镜子里十多年前的自己。外公的遗传基因强大到不可思议，母亲这个同父异母的妹妹，和她几乎长得一模一样。在二十年后，我有机会去合肥出差，顺道看望了这个小姨，也是她由女儿陪着来车站接我，而我在车厢里看到站台上的她，就禁不住哭了。她的形容相貌，完全就是我生前的母亲，如同孪生姐妹，只是年龄差了 10 多岁。

母亲带着两个孩子走出车厢，这个妹妹便立刻认出了她，毫不犹豫地走过来，紧紧抱住了她。母亲跟随着自己的妹妹，直接来到了医院，见到病床上的后母，这是母亲最后一次见她。

"妈妈"这个称呼，是世界上所有的孩子从小天天挂在嘴边的，也许是世界上最重要的称呼，每一秒钟也许有几百万人在使用它。但是，我的母亲，已经年近50，这辈子到现在，从来没有叫出过，也许，当童年的她深夜在那口古井旁游荡时；也许，在她独自模画她想象中的那个日本女人时，在她的心里，千百次地呼唤过，但她从来没有机会把它说出来。

然而，在1964年的这一天，在合肥的这个病房里，我的小弟和萍儿都听到了，她握住病床上那个垂危的老人的手，叫出来了。老人听到后，微微一笑，永远闭上了眼睛。临终前，这位老人终于听到了这个她一直想听到的称呼，见到了这个她一直想见到的人。我不知道母亲在叫出这声"妈妈"时，心里会有多少挣扎，她的脑海里会不会一再出现那个日本女人的样子，但中国数千年的传统，能够满足即将离开人世的人的心愿，永远是闪烁人性光芒的。

母亲回沅陵后，忽然给我写了一封信，详细讲述了这次见面经过，然后在信中说："多年来混沌一片，这次我终于搞清楚了，她就是我的母亲。"

母亲的这个表达很让我疑惑，因为多年来，关于我的外婆的情况，一直是个禁忌话题，小时候每当我们问起，父母的回答都是"以后再和你们说"，但一直不说。当然我也知道，合肥的那个老人一定不是母亲的生母，否则绝不可能这么多年全无联系，直到临终前才见面。多年以后，当我们确认了外婆的真实身份后，我才理解了母亲信中这句话的深刻含义，也许，她从萍儿叫她奶奶的事受到了触动，虽然血浓于水，但亲人的亲人又何尝不可以是亲人呢？

母亲对于我们儿女，从不说谎欺骗，但有些事，可以不说。母亲这次回合肥和继母见面后，终于通过这种关乎内心感受的委婉表达，规避了事实细节而坦陈了心声。

多年后我们找到母亲在"文革"期间的文字"交待"资料，母亲写道："我生在一个官僚资产阶级的家庭里，生母是日本人，我出生后不到一岁，母亲就自杀了。'野孩子、私生子'，是我的幼年被人家称呼的。小时候除读书外，不许随便外出，也不大和亲友见面，生活圈子只是一间小房里……父亲死后，我虽有些恨他，但又觉得他毕竟曾是我唯一的亲人，更觉无依无靠，苦闷难受，看伤感文学作品，比如曼殊文选，觉得身世相同。我也曾想出家，想自杀……"

我想，在合肥叫出"妈妈"的这一刻，母亲终于将压在她心头40多年的那口沉重的古井，轻轻放下了。

这个阶段，在沅陵的家中，尽管父亲受尽委屈，但母亲在辰州中学一直稳定在教学岗位，桃李满天下，极受尊重，也得以支撑这个家庭在磨难中砥砺前行。"文革"开始后，除了我们四个大的儿女之前都已经出外读了大学，剩下的弟妹再也没有了读大学的机会，按上级精神，陆续初高中毕业的几个弟妹面临选择：（1）就地下放。（2）回原籍。（3）投亲靠友。书是不能再读了，除了一个顶职指标，其他人工作也是没有的，要不就地当农民，要不回安徽，要不自谋生路。父母经过考虑，决定让三弟四弟和二妹回安徽祖籍地下放，寻找出路；后来，父亲在辰州中学退休后有了一个顶职指标，四弟得以回沅陵。小妹和五弟还小，留在身边。

"你们大了，都自找生路，散了吧！"父亲一扬手。父亲做完这个决定，忽然有一种如释重负的感觉，孩子们都大了，翅膀已经长好，可以自己飞翔了。自己一辈子，情怀未能实现，命运极尽多厄，但作为 9 个孩子的父亲的责任也算尽到，可以告一段落了。

三弟四弟和二妹从沅陵出发，乘车去长沙，再从长沙分别去安徽。走的那天，如往常一样，一起吃完早饭，母亲便去上课了，父亲在养猪场并未请假回来送别，三个十多岁的少年，背着行囊，一步三回头，自己登上了沅水上离家的渡轮。他们奇怪父母为何如此冷漠，他们不知道，此时此刻，父亲正从猪圈旁直起身来，母亲正从讲台前扭头望向窗外，各自远远地看着渡轮的方向，眼泪湿润了眼眶。看不到背影的离别，更是伤感，孩子们仍在少不更事的年龄，一一远去，独闯江湖，父母的心里，其实肝肠寸断。

几个少年，初次远离家门，到了长沙，便想顺便去瞻仰毛主席故居，搭车来到韶山冲，看到主席童年生活过的背靠青山面对开满荷花的荷塘的房子，三人心情澎湃，手拉手站在荷塘前尽情呐喊："毛主席，我们到您家乡了！"尽管岁月艰难，但少年情怀，对前方未知的人生道路仍然充满期待，往后的日子，没有了父母的庇护，几个少年手拉着手，一起走向远方。

二妹和三弟四弟先到贵池县城里的江泉家落脚，都已经衣衫褴褛，江泉的夫人找出一件旧衣服给二妹换上，又让三弟把衣服脱下来，替他缝补了半个晚上。第二天，江泉又把自己唯一的一件深蓝色夹克衫送给了三弟，让他能够穿着体面地回碧野村。江泉说，我们家都是读了书的人，回到碧野村不能让村人们看不起。三弟回到碧野村，算是村子里唯一读过高中的人，村里就让他负责写标语张贴毛主席语录，算做工分给他口饭吃。过了两年，二妹幸运地在贵池县城里被一个商铺招了工，负责卖一些竹篮竹筐等生活用品。

不久，三弟思念家乡，终于一路扒车，偷偷跑回长沙，不敢直接回来，找了个地方给母亲打了个长途电话，说自己想家了，能回来看看吗。母亲说："你回来吧！"江泉送给三弟的那件夹克，在一路奔波中，在火车站被小流氓抢走了，三弟为夺回夹克还和人打了一架，脸上留下几条血痕。三弟回到沅陵时，身上衣服又已经破烂不堪，青春发育期的嘴上已经长出胡须，头发又脏又乱，脸上还有伤，完全就像个乞丐一样，进门的一刹那，母亲都无法相信这是自己的儿子。母亲含泪烧热水让他洗澡，翻出父亲干净的旧衣服给他换上。三弟说他想看看父亲，母亲说父亲在养猪场最近不准请假，回不来。三弟说："我就想看看他。"母亲说："你这副样子怎么见你父亲，先把头发理了胡子刮了吧！"深夜，母亲带着三弟，偷偷跑到养猪场，看见已经白发苍苍的父亲正独自坐在一个小木墩上剁猪草，旁边的火炉上放着一个搪瓷缸，里面正呼噜呼噜地煮着什么东西，细看原来是父亲馋肉了，买了点便宜的猪肺切碎了放点盐加些水在里面煮。三弟忍不住放声大哭，看到三弟，父亲放下刀子，惊喜地站起来拥抱他："回来了！回来了！"三弟说："老爸您太苦了！"父亲看到搪瓷缸里的沸腾的汤沫冒出来了，赶紧过去把搪瓷缸小心翼翼地端下来，闻闻味道："哪有哪有，你看，我有肉汤喝，挺好的！来一起尝尝！"三弟便蹲下和父亲一起呼噜呼噜地喝汤，连连点头："好喝好喝！"母亲不喝，只是站在边上若有所思。

　　第二天一早，母亲跑到学校财务部，写欠条借了50块钱，到布店里花 20 块钱买了的确良布料，让三弟带走，回去做件衣服，又把剩下的 30 块钱给了三弟。三弟拿着布料和钱，可怜巴巴地问："我能不走吗？"母亲坚决地摇头："不行！"三弟默默地挑起那对写着他名字的水桶，到学校的井里一趟趟担水，将屋里的水缸注满，依依不舍地再次离开了沅陵这个他出生于此的故乡，再次奔赴安徽贵池祖籍的碧野村。

不久，公社的乡村小学看他有文化，把他招到公社小学当乡村教师。再之后，贵池县里招邮递员，虽然工资微薄，但好歹算是公务员有了稳定饭碗，三弟便应聘当了邮递员，仍住在村子里，每天凌晨 5 点起床，骑上自行车赶十几里路，去县城上班，拿 17 块钱一个月的工资，仅能苟活。

有一年，已经在外工作的大妹回沅陵小住几天，父亲在养猪场被监管，面都不让见。大妹看着母亲白天上班忙碌，还要独自照顾年纪尚幼的小弟小妹们，更见瘦弱，心里很是难过。离开那天，因汽车站在河对面，轮渡清早不开，只能让船夫划着小木舟渡河，而一早两个小弟妹还在睡觉，大妹便让母亲不要去送她。大妹在对岸坐上长途车时，天仍未大亮，清晨的薄暮中隐隐约约看到一个瘦小的身影匆匆从远处跑过来，正是母亲。大妹埋怨她为何要赶来，母亲喃喃道："你弟你妹睡着了，我不来总觉得心里不安。"车启动了，母亲挥手的身影渐渐远了，晨风送来她的话语："好好干！多来信。"

这是多年后我们兄弟姐妹相聚时，回忆起母亲对我们每一个人说得最多的话："好好干！多来信。"时世多艰，必须竭尽全力生存，要好好干；同时不管外面怎样，别忘了家人，多来信。母亲的这两句话，是对九个儿女最朴素的期盼。

随着弟妹们的逐渐离开，家中人员减少，在我们家干了20多年的老婆婆也年纪大了干不动了，搬到离我们家两里外的铁炉巷，帮她外甥女带小孩。外甥女的丈夫在抗美援朝战役中牺牲了，家境十分困难。仍然留在沅陵的小妹和小弟仍然习惯于要经常见到老婆婆，只要哪天家里稍微有充裕一点的食物，不管是锅巴还是糍粑，父亲便会用小竹筐装上，让小妹或者小弟给老婆婆送去。有时即使没有东西可送，小妹忽然想念老婆婆了，便会跟父母说一声："我去婆那里了！"父母便说："去吧去吧！"然后四处搜罗，总要让小妹带点东西。没有老婆婆的日子，大家很长时间都适应不了，总觉得家里少了一个亲人。

慢慢地，曾经热闹非凡的芸庐里，只剩下父母和两个孩子了，而随着岁月流逝，最小的弟妹也在逐渐长大，终于，小妹也去了河南新乡，投靠了大妹妹家；最后，最小的弟弟也去了河南新乡，在人民公社的土地上挑粪种地，继续长大。总之，大家一个个渐次远去，都散了。

而在弟妹渐次离开沅陵的这期间，我和徐敏相隔在衡阳和广州两地，书信往来，难得相见。虽是有了一张黑白照片合影的承诺，互相保证，即使万山阻隔也永不变心，但终究如隔着银河的牛郎织女，一年难见一次，相爱却无法相守。但命运有时会在近乎绝望的境况里安排一些小惊喜。

这年冬天，我还在衡阳工作，我一个好朋友要从衡阳回长沙，我正好无事，便去火车站送他。往站台走的时候，我眼睛的余光感觉到不远处似乎有军人的身影，不禁下意识地多看了一眼，发现是三个穿着军呢子大衣的女军人，正裹紧大衣，站在火车站口说笑。我不由自主停下脚步，然后鬼使神差地往那边走去。世上偶然的事情有时候奇妙得超乎想象，我越走近，就越确定，那里面一定有徐敏。我的心快从新买的白衬衫的扣子里跳出来了，我停下来喘口气，压抑住自己的激动，慢慢绕到她们前面。徐敏惊叫了起来。

她刚巧接到军区的指令，正好和两个关系最好的女战友从广西兴安回广州，在衡阳停靠时下站台来走走，活动下腿脚。我们都没有想到，能在衡阳车站这样偶然相遇。两个女战友赶紧知趣地先上车，留下我和徐敏面对面微笑着，千言万语，不知从何说起。徐敏看着我在农村日晒雨淋后的面容，心疼地用手捋捋我的头发："你瘦了，也黑了！"火车的汽笛响了，穿着军呢子大衣的徐敏，在人群拥挤的站台上，在众目睽睽之下，飞快地亲吻了一下我的面颊，惹得车站的路人惊讶地侧目。徐敏转身跑向已经开始缓慢移动的列车，跳上车后，站在车门口朝我用力地挥手。我端一端眼镜架，看着慢慢远去的绿皮火车和穿着绿色军大衣的徐敏，也奋力挥手。刹那间，我感觉到，在这世界上，如果真的有天使，如果真的有仙女，那么，她就在绿皮火车上朝我挥手。

很快就到了1967年春天，徐敏突然来信，告知党组织认为根据她的年龄和表现，批准她可以结婚了。至此，我俩的感情，从我俩第一次相遇、相恋，到曾经的无法把握，但仍一再确认的承诺，已近10年，我们俩都已经快30岁了。

我兴高采烈地请了婚假，搭上火车赶到广州，徐敏的战友们一起帮我们在她狭小的不到十平方米的宿舍里布置了一个简单的婚房。战友们纷纷送来新婚的贺礼，全部是各种各样的《毛主席语录》、毛主席像章，还有各种画着毛主席像的搪瓷杯；只有她关系最好的两个女战友，送了我们一对绣花枕头，既实用，又有点新婚的气息。

我们第二天下午先去体检，再去当地派出所办理结婚登记手续，结果到晚了，当天的婚姻登记时间已经结束，而战友们已经准备好当晚给我们庆祝婚礼，因为后面两天剧团又有外出演出任务了，无法推迟。但徐敏此时显出女军人的执拗，坚持说没领到证就不算政府同意结婚了，今晚不能举办婚礼，怎么劝说也不管用。

我记得徐敏一身军装，坐在铺着花布床单的床上，无论周围的战友们怎么劝说，只是坚定地摇头："不行！不行！"

　　我母亲梦寐以求的明媒正娶是给对方父母磕过头，而现在，徐敏眼中的明媒正娶，则是派出所的那个公章。也许对于世间所有的女人而言，在婚姻这件天大的事情面前，都是一样绝不含糊绝不能将就的。我一筹莫展。

　　徐敏一个闺蜜女战友突然想出了个办法，又回去找到派出所的值班人员，请他们出一个收据，证明我俩的结婚申请已经收到，明天上午可以办理。工作人员看是军人，也就通融了，并无先例地收了结婚申请书，出了个收据，还盖了章。我拿着收据给徐敏看："这是政府出的，政府同意咱俩结婚了。"徐敏看到这个红色印章，心里才基本踏实下来，说："明天一早还是要去领正式的！"我说："一定！放心，政府既然同意了咱俩结婚，就不会反悔的。"徐敏边上的战友们都笑了起来。

　　当晚，大家聚在排练厅里，唱着《大海航行靠舵手》《世界是你们的》等革命歌曲，为我们祝福。我和徐敏一起手举《毛主席语录》，对着墙上的毛主席像鞠躬，齐声说："敬爱的毛主席，我们俩在您的同意下，结婚了！"我想起了那日夜牵挂着我们的远在家乡的父母，又拉着徐敏，朝着沅陵方向和她母亲在的永州方向鞠了三个躬。大家觉得还不够热闹，把战士歌剧团里各种乐器都搬了过来，吹拉弹唱，一直闹到夜深，我们的婚礼成了一场盛大的音乐会。部队领导在院子里散步，看到深夜的排练厅灯火通明、歌舞升平，过来从窗口往里看，被战友看到，也一起被拉了进来。领导开始还有些局促，到后来忽然上台高歌一曲，还跳起了忠字舞。

不管是怎样的日子里，普天之下，婚礼、出生、病愈之类的事总是值得庆贺的，而动乱、战争、死亡之类总是让人哀叹的。人一辈子，无非就是有时庆贺，有时哀叹。

婚礼上，除了徐敏的战友们，只有一个外来的客人，便是我从小一起长大的旺子。旺子在广州的大学毕业后，留在了广州，找到了一份公务员的工作，但主要精力都在写小说。旺子从小对生活有着敏锐的观察力和好奇心，他告诉我，他写了很多故事，关于沅陵，里面很多地方都有我，虽然从来没有发表过，但他一直在写。旺子给我们的结婚礼物是一支英雄牌钢笔，说："用这支笔，记录下你们的爱情吧！"

第二天上午，我们补办好结婚证，然后各自给自己的母亲写信，告知她们这件大事。我在信中告诉母亲："虽然没有办法请你和父亲过来，但我们有政府盖章的结婚证，是明媒正娶。"徐敏给她的母亲写信："我和小沈结婚了，您和父亲在结婚时才见第一面，我和小沈是相恋十年才能结婚，单位终于同意了！"

几日之后，假期已满，我便告别新婚妻子，独自搭上了北上的列车，心中仍然不安，不知道何时能和自己的爱人朝夕相伴。

———

有天傍晚，外面下起了雨，我正一个人在房间里坐着发呆……突然有人敲门。我打开门，惊愕地看见父亲一身湿淋淋地背着个土布包站在门口，雨水使父亲花白的头发一绺绺紧贴在他消瘦的脸庞上……

——

第十二章

当我在祁东时，孟局长是衡阳地区文化局局长，一个40多岁的精干妇女。多年以后，我总是一再忆起和她的往事。年轻时的我自恃多才，常自认为千里马，那她无疑是伯乐；我甚至把自己比作韩信，那孟局长必是萧何，萧何月下追韩信，但成也萧何败也萧何。

20世纪60年代中期，我在祁东的中学和剧团活跃于文艺创作领域，诗文时见省里的报刊，日益显露头角，渐渐引起了衡阳地区的注意。孟局长看到了我写的歌剧，得知是衡阳下属祁东一个中学的业余作者的作品，深为赞赏，安排将我直接调到了衡阳地区戏剧工作室工作。在正式调我之前，我忐忑地告诉孟局长，说自己的父亲有历史问题，孟局长手一挥："你父亲是你父亲，你是你，我只看重你的创作才能，其它我都不管!"

衡阳地处湘南，"山之南为阳"，衡阳便是在衡山的南面，是湖南离广州最近的大城市。这时，我的爱人徐敏仍在广州军区歌剧团，到衡阳工作，无疑离徐敏又近了一些。在衡阳工作的早期日子里，孟局长极其看重我这个年轻作者，屡屡将重要的工作直接交给我，甚至引起了戏剧工作室内几位资深老作者的不满，但孟局长依然器重我。

不久，衡阳地区专署要选送几个青年干部去北京接受毛主席的检阅，孟局长便推荐了我作为衡阳文化部门的代表之一，和其他被选上的人一起前往北京天安门广场。

1966 年 6 月 30 日，数十万人聚集在天安门广场，欢呼着等待毛主席登上天安门城楼，我也兴奋地和大家一起呼喊着、歌唱着。等了一下午，晚上 7 点多钟，在毛主席终于登上城楼朝万众挥手的时候，我也和大家一样流下了激动的眼泪。回到衡阳，机关单位组织我们讲述接受毛主席检阅的经历，我一直以来口才好，代表大家的讲述自然很受欢迎。

在这种热烈的情感下，我很快写出了独幕歌剧《张思德之歌》，歌剧在衡阳首演，没料到很快就流传开来，在全国各地广泛上演，接着，人民文学出版社将其收入结集出版，上海文化出版社又出了单行本。我深受鼓舞。

到这年秋天，政治形势变得越来越紧张。我专心埋头工作，忙于完成局里交代的创作任务，并不太在意和我不相干的事情；遇到有相关的大会，我是能不参加就不参加，实在没办法就过去坐在会议厅的最后面一排，方便偶尔溜出去抽根烟。

这一天，专署机关突然召开全体大会，通知时特别强调机关所有干部谁也不能缺席。我按惯例溜达进去在最后一排坐下，便感觉稍有异样，几百人的会议厅全部坐满了，专署的领导都在台上坐着，还有一个地委领导。孟局长坐在下面第一排，时不时回头用眼光在人群中逡巡着。

会议开始，台上的地区专员逐一读出了最新揪出的名字，我忽然惊讶地听到了自己的名字。随着台上命令这些人上台来，我茫然地站起身来，从会议厅最后一排，穿过两边几百人的目光，一步步走上台，和其他几个人并排站在主席台一侧。我经过第一排时，用求助的眼光看了一眼孟局长，而孟局长正在用愤怒的眼光瞪着我。

然后是由下面的群众轮流上来揭发我们的罪行，竟然有三个同事先后上台揭发了我。我惊愕地听到了关于我的"罪行"。

我的罪行其中一条就是我从天安门回来给大家讲述当时情景时，讲道："当主席出现在天安门城楼时，太阳已经下

319

山……"怎么可以说主席出来太阳就落山了？应该是"东方红，太阳升！"。

然后孟局长上去发言了，痛心疾首，发自肺腑，检讨自己看错了人，被我表面的才华蒙蔽了双眼，没想到我伪县长大公子的反动本性这么快就暴露出来，表态坚决支持专署的决定，强烈要求对我进行坚决打击和惩处。

我在台上听得浑身发冷，渐渐领悟，年轻的我，少不更事，自以为清白的为人处世，竟然如此破绽百出、不堪一击，轻易地便被打得千疮百孔。对我批斗完后，再批斗其他几个揪出来的人，一直持续了整整一个下午，快到天黑，专员才站起来，宣布今天的批斗暂时到这里，散会。

我本来以为会有人过来给我戴上镣铐抓走，愣愣地站在台下等着，没想到过了一会儿，到会的人慢慢都散尽了，只留下我一个人孤零零地还站在台下。管理员过来要关灯了，我才慌忙顺着墙边低头跑出会议厅。

我独自在宿舍发了很久的呆，看看早已到了吃饭的时间，便习惯性地端起饭盆到单位食堂打饭，尽管我此刻心情沉重，全无胃口。食堂已经快下班，大堂里只剩下寥寥不多的几人。这时，厨房的一个师傅走过来，给我饭盆里加了一块肉，叹口气说："小沈，饭还是要吃饱的！"我抬起头，看着这个从未单独和我说过话的厨师的脸，眼前又浮现出童年那次触电时，那张"关公"的脸庞。

在我被揪到台上批斗后的第二天，我给沅陵的父母写了一封信，说："我犯了严重的错误，正在反省。"又给广州的徐敏写了一封同样的信，说："我犯了严重的错误，正在反省。"

有个同事姓梁，这次也被揪出来和我一样成了反党反社会主义分子，他未婚妻和徐敏情况类似，也在广州的部队文工团，他也给未婚妻写了信。他未婚妻的回信很快来了，他看了苦笑着给我看，一大张信纸上，只有用很粗的黑笔写着的两句触目惊心的话："我早就看出你不是好人，我们从此一刀两断！！！"我看得惊心动魄，每天提心吊胆地盼徐敏的回信，但又怕收到她的回信。而我的信似乎石沉大海，从徐敏那并无任何回音。

这期间，我根据要求开始写汇报，首先是汇报自己一个月来的所作所为，什么时间在哪里做什么，和谁在一起，证明人是谁，看我最近有没有做什么坏事；同时写材料，列明自己所有的七大姑八大姨的社会关系，看看我的家族里是否还有什么坏分子在和我一起串谋做坏事。而我的材料里，我的正在喂猪的"历史反革命"和"伪县长"父亲无疑是最触目惊心的存在。

有天傍晚，外面下起了雨，我正一个人在房间里坐着发呆，想着单位最后到底会怎样处理我，突然有人敲门。我打开门，惊愕地看见父亲一身湿淋淋地背着个土布包站在门口，雨水使父亲花白的头发一绺绺紧贴在他消瘦的脸庞上，父亲看到我在，松了一口气，眼睛里闪烁出喜悦的光来。

"你怎么来了？"我小声说，并没有将他让到屋里。父亲一愣，目光黯淡下去，好像犯了错的孩子一样，低下头喏喏道："我们收到了你的信，很不放心，怕你出事，你母亲让我一定要过来看看你。"

我突然有些愤怒，激动地说："你来干什么？我这已经够乱的了！"我这个"伪县长大公子"正在被批斗，"伪县长"他老人家竟然在这个时候不识好歹地自己跑过来了，这不是添乱吗？

"你赶紧走吧，别让人看见！"我的手仍然放在半开的门上，没有让父亲进来的意思。父亲仿佛突然明白了什么，受了惊吓般赶紧转身欲逃离，走了几步又回转身来，弯腰把身上背着的布袋子轻轻放在门口的地上："你妈让我给你带了些吃的。"然后一路小跑，逃离了我的视线，瘦弱的背影很快融入了茫茫夜色中。我"啪"地将门关上，一头倒在床上，闭上双眼，试图平息自己这突如其来的情绪。

迷迷糊糊不知过了多久，一种强烈的不安忽然将我惊醒，我的心跳动得厉害，难以描述的慌张和悲伤同时涌上来。这事不对！我忽然跳了起来，打开房门冲了出去。夜晚的雨下得正酣畅，我的衣服很快就湿透了，但我没有感觉，我在夜雨中疯狂地向火车站方向跑去。

深夜的车站冷冷清清，候车室里有些赶第二天一早班车的旅客在长凳上枕着行李睡觉，我一个个长凳看过去，看到有单身蜷伏在长凳上睡觉的男人便上去细看是不是父亲，我甚至都没能记住这天父亲穿的衣服的颜色。但我并没有在火车站找到他。我又跑到长途汽车站，最后一班汽车早已经离开，大雨中的汽车站，已经空无一人，只有风雨卷起旅客们丢下的垃圾在泥水中翻滚。我站在雨中，仰天大喊："爸爸！"泪水和雨水混在一起，我的心，撕裂成了碎片。

这是我这辈子做的一件最让自己愧疚难过的事，它让我终身抱憾。那时从沅陵到衡阳的汽车票加上火车票，要花掉父母和弟妹们半个月的生活费，父母是下了多大的决心，才会让父亲自己跑来衡阳看我，他们是有多么地担心和牵挂自己这个大儿子？而我竟然没有让雨夜赶来看我的父亲进屋，甚至没有和他和气地说一句话。那个雨夜，被大雨淋得透湿的60多岁的父亲是在哪里度过的？他被儿子赶走后是以怎样的心情在衡阳深夜的街头游荡？他回去后会怎样和母亲描述这一切？

关于父亲那一夜去哪里了，父亲一直没有主动提起，我也难以启齿询问，但谜底在多年后一个偶然的机会揭晓。父亲去了当年他和母亲挽救过的那个学生田丽的家中。

那时，田丽和她的领导丈夫也遭受了冲击。两口子被从长沙调到衡阳，在衡阳的一个部队医院里工作，田丽做护士，她的曾经是高级干部的丈夫，则在医院里做勤杂工，帮护士们搬医疗器具、推送病床等。虽然生活发生了骤变，但所幸两人仍然在一起，天天能见面，一起工作，苦难之下，更是恩爱。而田丽一直和父母保持着密切的联系，到了衡阳便告知了他们。父亲被我深夜赶出衡阳文化局的宿舍，在大街上徜徉，忽然想起了田丽也在这个城市，便试着按照地址找到了医院，找到了田丽夫妇。田丽夫妇热情地接纳了这个当年的救命恩师，第二天买好车票，将父亲送上回程的火车。

过了不久，父亲忽然写了一封极长的信到我单位，而我在两个月后才看到父亲的这封信，因为在他雨夜探访后没几天，我和其他几个被揪出来的坏分子就已经被押送到了一个我们也不知道是什么地方的偏远乡村软禁。而一个多月后，机关又把我们押送回来，先仍是软禁，慢慢地又恢复了我们的正常工作，这个政治事件对我的影响似乎慢慢又平缓了些……

父亲的信厚厚一叠，林林总总数千字，逐一回顾自己的往事，向自己的儿子一再表白，自己这辈子没有做过任何不好的事情。父亲还给其他几个可能因为他的问题工作受到影响的儿女也一个个写信，说："你们可以向组织上实事求是汇报，把我的信给组织上看，政府之前作过结论定性，我是清白的!"

父亲的信，似乎把我们之间的位置倒置了过来，仿如一个被错怪的孩子在絮絮叨叨地向长辈努力解释着自己。而我们对于这封信，都无奈地选择了沉默，我们不知道怎么回复，欺骗他说没事，还是把实情告诉他让他更加难受？我只是捧着厚厚的信笺，一读再读，悲从中来，难以抑止。

很久以后，有一年我回沅陵，和母亲单独相处时，嗒嗒地提起当年父亲雨夜来看我而被我赶走的事，母亲诧异道："我清楚记得你父亲回来说你很好，没有挨打，还说你俩一起出去吃了饭，你是不是记错了？"

而父亲写给我的这封厚厚的几千字的信，事后成为我了解我父亲早年经历的最重要资料。在信中，我知道了很多之前他没有和我讲过的细节。每一个细节，都弥足珍贵。

在我们被送到那个偏远乡村劳动改造时，一天，我吹灭草棚的油灯正准备入睡时，忽然一个衡阳的同事敲响了我的门，送来一个竹篮子。打开竹篮，里面是一篮在那个乡村极其珍贵的鸡蛋，以及一张信纸，上面是孟局长娟秀而有力的几个字："小沈，对不起!"同事告诉我，就在我被押送走不久，孟局长也被打倒了，也和我一样站在了台上接受批斗，其主要罪名之一，就是"提拔重用伪县长大少爷、现行反革命沈一尘"。

很多年以后，我在省会长沙工作，即将升任文化厅的处级干部，这时，不知从哪里传来谣言，说我在"文革"期间在衡阳打过人。为谨慎起见，机关派人去衡阳寻访当年和我共事过的人，最重要的是找到了早已经退休的孟局长。得知省城来人的来意，孟局长激动地说："小沈打人？绝对不可能，他没那个资格！他是'文革'的受害者！"

21世纪初，衡阳市（原地区）文化局举办了一次大聚会，将当年的一些老同事都请了回来。我和徐敏专程从长沙赶回去，再一次见到了已经高龄的孟局长。徐敏特地给她带了一盒天麻作为礼物。孟局长紧紧拉住我的手，哽咽道："小沈啊，我对不起你！"徐敏说："虽然第一次见到您，但老沈和我讲过很多次关于您的事，您后来为他做的事，我们都知道……"

从那一个多月的劳改回到单位后，本以为风平浪静了，但我在衡阳的平安日子并未持续很久，后面还有更漫长的考验在等待着我。

———

春天，头一年的粮食已经在一个冬天吃光了，便是难熬的"春荒"，每天只能吃"薯渣子"……我下田回到肖寡妇家中，忽然发现老寡妇给我端上来一碗热气腾腾的面条，下面藏卧着两个荷包蛋。……肖家6岁的小儿子眼巴巴地在边上看着我碗里的荷包蛋，我忙夹起荷包蛋给他，他却被妈妈甩手一耳光打到墙角："这是沈干部生日吃的，你走开！"

——

第十三章

20世纪60年代末期的一个1月份，临春节前几天，我和一大批政治上可能或多或少都有些问题的年轻干部，被分别发配到各个乡村。我们仿佛一群鱼苗，被随意倾倒进幽暗广袤的深潭中，茫然地在水中摆尾，看着周围完全陌生的世界。我被发配到祁东县一个叫黄土铺的农村。

送我去的这两个同事，一个姓容，一个姓刘，彼此其实极其熟悉，在单位是常常在一起打扑克牌的，但现在身份不同了，他俩中姓容的已经是单位的中队长，刘则是自告奋勇一起来送我的。坐车的一路上三人都沉默，并无只言片语交流。先到了镇上，接待我们的副主任是个女青年，一见面发现竟然是我在祁东当老师时候的学生。她看到我有些惊讶，但沉着地并没有叫我沈老师，而是低头翻了翻手里的表册，说："沈干部看着没干过农活的样子，就安排他在镇上的五四大队吧！"容队长一听不对，马上反驳："不是应该安排到四马大队吗？"女副主任看了看我，说："那里太苦，怕城里人吃不消啊！"容队长断言说："不行，就是让他们来吃苦受教育的，还是按原来计划吧！"刘在边上看看容，又看看我，张了张嘴，终于还是什么也没说。我微笑着看了一眼容队长，之前打扑克牌他总爱和我做搭档，他的妻子还是我和老刘一起介绍他们认识的，现在，我不知道是什么让他变成了这副截然不同的模样。我坦然说："没问题，听容队长的，按规定办事，就让我去最苦的地方。"

女副主任便安排一个公社干部带我去，有好几里地，只能用脚走。老刘忽然接过我的背包，说："我也陪你一起去。"容队长诧异地看看他，只好转身先自己坐车回衡阳了。公社干部带着我俩沿着泥浆满地的土路往村子里走，老刘替我背着行李，低头走路。我看看他，不知道说什么好；他看看我，也不知道说什么好。一直到了村口，老刘抬头看看天色，说："我就送你到这，还来得及回镇上赶车。"我接过行李，拍拍他的肩膀，叹口气："谢谢你！"老刘说："保重吧！"然后一脚土一脚泥地慢慢走远了。

这个女副主任叫肖玲，记得在祁东的中学时，她是擅长射击的特长生，在学校里才貌出众，我离开祁东时听说她即将入选省射击队，没想到在这里意外相逢。由于我们现在彼此的身份差异，都没有当着旁人的面相认，但在后面的日子里，肖玲并没有忘记我这个老师在她管辖的生产大队里。

我被安置到最穷的四马大队第一生产队，这个生产队大多数人都姓肖，队长自然也姓肖。肖队长第一次见我，便说："沈干部，上面有要求，要把你安顿到队里最穷的人家，你要受些委屈了，但有什么困难还是可以找我们！"他陪着我，将我安顿到一家姓肖的老寡妇家里。

肖寡妇50多岁，有三个儿子，大的成人了，小的才五六岁，即使在这个最穷的生产队里也是最穷的一家。我每月给她家交27斤粮票12块钱，吃住都在她家。肖寡妇按规定把我的生辰时间家属地址单位联系电话都记录下来。

过了几天，一年一度的春节就到了。我独自一个人，孤零零地待在肖寡妇家靠近牛栏的杂房里，守着一盏昏黄暗淡的煤油灯，度过了万千家庭团聚的除夕。跨岁时分，贫穷的四马大队里，自然听不到新年的钟声，但仍然有人在村边点响了鞭炮，零零星星从远处传来一点佳节的气氛。而我，只是用手拨一拨灯芯，让油灯的火苗再明亮点，在我身后的墙上照出我自己晃动的影子，与我为伴。

我的妻子，想必在这万家欢腾的除夕夜在忙着春节演出吧？今天她是演江姐还是阿庆嫂呢？我思念在沅陵的父母，不知此时此刻，他们带着弟妹们在干什么，是否也有放鞭炮。

过几天我给父母写了信，告诉了他们我的情况和通信地址，告诉他们我将开始正式学习种地，插秧犁地、担粪割草，日出而作、日入而息，做一个真正的农民了。母亲回信说："随缘听命，既然是农民就做一个好农民，你父亲小时候也是农民。"

农田的活，看着容易做起来难。早春二月，还是寒天冻地，就要赤着脚在田里甩粪，将冬天沤好的猪粪牛粪人粪用犁耙翻出来，均匀地扬撒到田间，技术难度很大，我总是把粪甩到别人身上；而犁田需要稳稳地把住犁，跟紧水牛，我总是被带得摔进烂泥里；砍柴我一不小心就把手弄得鲜血直流，而且周边的山早已经被砍得光秃秃的，要揣着柴刀走山路到 30 里外才能砍到"绝蔸柴"，就是砍剩的树根。

看到我实在不是干农活的料，好心的生产队长便安排我做农活中最为简单的事，和妇女们一起插秧。整个水田里就我一个男人，而且手脚特别慢，妇女们嬉笑着开始飞快地插着秧把我包围起来，俗话叫把我"抬轿子"了。农村插秧因手脚慢而被人"抬轿子"是很丢脸的，何况我是男的。妇女们插完秧，歇坐在田埂上，看着我还在手忙脚乱地赶，都哈哈大笑。有妇女指着田里大声问我："沈干部，你看男的多呢还是看女的多呢?"我如实回答:"我看女的多!"田埂上的妇女们听了笑得东倒西歪,我才明白她们在并无恶意地开我的黄色玩笑,"多呢"在当地话里是"下面"的意思。

春天,头一年的粮食已经在一个冬天吃光了,便是难熬的"春荒",每天只能吃"薯渣子",就是头一年的红薯榨过红薯粉后剩下的纤维渣子,压揉成饼贴在墙上,到春荒时取下来,加点盐放到锅里干炒后,再加水煮着吃。当地话说:"薯渣子淘井水,满口窜!"到五六月份薯渣子也吃完了,就吃各种野菜,比较多的是苦菜根,切碎了煮出一大锅泛黄的粥。我第一次喝苦菜粥,难闻的味道让我吐得一塌糊涂。肖寡妇看得眼泪直流,说:"沈干部受委屈了,新米还没出,家里只有这个吃了!"5月份黄花倒是出来了,当地也盛产黄花,饿得不行的人有时候就直接煮一锅新鲜黄花吃。黄花性大凉,我第一次吃了一大碗煮黄花,便拉肚子拉得天昏地暗。

黄花出来后,我便常跟着强劳力们挑着一担担晒干的黄花,送到几里路外的镇上去。他们一般挑120斤,我的体力和他们有差距,就给我按妇女的量算6个工分,挑80斤。80斤对我而言也极不容易,我的左肩膀不知为什么永远使不上劲,只能用右肩膀挑;有时候他们会跟我说两个肩膀轮着挑不那么累,我只好如实说我的左肩不行。到后来,有一天我忽然发现自己挑80斤没那么吃力了,但到镇上下担子称重时，发现只有60斤，边上的社员都窃窃地笑，原来装黄花时他们偷偷只替我装了60斤，知道我太吃力，还算6个工分。大家肚子里都吃的野菜红薯渣，走到镇上，已经两腿发软，好在到镇上能买到红薯饼等相对实在的食物。我的工资每月还有点结余，便会在镇上买些红薯饼请大家吃，因此社员们每次送黄花都愿意叫上我，宁愿让我少挑点。

肖寡妇一直对我和颜悦色，但有一天忽然不太高兴地找我谈话："沈干部，我家虽然穷，但对你还是不错吧？"我诧异道："很好啊，有什么事吗？"寡妇说："吃谁家的就要拉在谁家，这是规矩。"我才明白，我这天吃了黄花拉肚子比较急，收工回家时忍不住了，经过隔壁人家时先去了他们家茅坑，正巧被肖寡妇看见。队里每个月要上缴粪便用来沤肥，粪便也是按斤计算工分的。我赶紧答应寡妇，以后不管多远，屎尿绝不外流，寡妇这才放心地走了。我这也才明白，为何支书和队长总爱召集大家去家里开会，只要一开会，支书和队长的老婆就喜笑颜开，原来开的时间长了，大家都只能在支书和队长家里上厕所，能算不少工分呢。

这年夏天，有一日我下田回到肖寡妇家中，忽然发现老寡妇给我端上来一碗热气腾腾的面条，下面藏卧着两个荷包蛋。这时正是早稻收割前的春荒季节，是村里最缺吃的时候，鸡蛋面简直是不可想象的奢侈。肖寡妇说："沈干部，今天是你 30 岁整生，这些日子你在我们家没吃上什么好的，生日总要吃好点。"我眼睛有些湿润，没想到她还能记得我的生日。肖家 6 岁的小儿子眼巴巴地在边上看着我碗里的荷包蛋，我忙夹起荷包蛋给他，他却被妈妈甩手一耳光打到墙角："这是沈干部生日吃的，你走开！"孩子捂着脸跑到隔壁牛棚里去了。我端着面追过去，在牛棚里找到男孩，他正面对着正在咀嚼干草的牛儿独自哭泣。我过去在他面前蹲下，将放着两个黄灿灿的荷包蛋的面递给他，看着他破涕为笑，一口气吃得精光。

以后这些年，每逢我的大寿，60 岁，70 岁，80 岁，儿女们都会帮我张罗盛大的聚会，呼朋唤友，满桌佳肴。而我眼前，总难免一次次浮现 30 岁生日时这两个藏卧在面条下面的荷包蛋。

熬到 8 月份，第一批早稻成熟了，割稻的第一天，是村子里最神圣的日子。新打下来的第一丘田金黄的稻谷，当天晒干后被马上碾成白花花的大米，就在队部天井里支起了大锅，煮成一大锅热乎乎香喷喷的白米饭，叫尝新饭。按工分的规定，最低分是 6 分，强劳力是 10 分，我是和妇女一样按 6 分的工分，而尝新饭只有 10 工分的强劳力才可以吃，每人一碗。但队长把我叫过去，把我算进 10 工分队伍里，和其他真正男性强劳力一起享用这顿美餐。所有人都几个月没有吃过米饭了，胃里能生出手来，没有任何菜，每个人都蹲在那，像猪八戒吃人参果一样，呼噜呼噜就吞下去了，我也一样。边上的女人孩子看着直流口水，但规矩就是规矩，强劳力吃饱了，才能接下来干重活。我人生这辈子后来的岁月里，不管有多少美味的菜肴相配，也再没有吃过那么好吃的没有菜的白米饭。

对于我来说，除了吃的问题，没有书看更让人苦恼。村子离大城市很远了，队里下放的干部中，有人当初偷偷带来的几本文学书已经被所有人轮流借了一遍都翻烂了，村子里的农民家中一本书都没有。有时候有县城运过来的生活物资，用旧报纸包裹着，大家便抢着把旧报纸拿来细读，连中缝的遗失启事的每一个字都不放过，再评论这文字写得怎样。一群读过书的年轻人突然再也看不到书，眼睛里充满了对文字的饥渴。就是想看字，随便什么字，只要是码成一行行的字就行。实在熬不住了，一年后我终于想办法订到了一份《湖南日报》，邮递员有时候三四天来一次，有时候一周也不来，只要报纸来的那天，便是我的盛大节日，我会洗完冷水澡后洗完衣服，换上干净的短裤，回到我在肖家一角的房间里，点上油灯，将报纸从标题看起，一直看到最后一个字。

母亲定期给我来信，对于我在农村物质生活的困顿，母亲似乎并不特别在意，她在信中问得最多的是我和徐敏的关系情况。当我言语之间流露出对这个感情是否持续的不确定情绪时，母亲在信中叮嘱："感情随缘，不用强求吧，但你一定不可以做先变心的那一个。"

徐敏还是常有信来，对我在去信中偶尔的负气提议不做任何置评，仍然只是说家常，讲她在部队的工作情况，询问我在农村的生活情况。我在梦中见到徐敏，在一片白雪中，她穿着挺拔的军装，离我不远不近地孑然独立，我想走近前去，但她仍然那么远，我扭头离开，回头望去，她却仍然那么近。

这时我忽然接到了徐敏的母亲的来信，说她刚去广州看望了徐敏，并告诉了我许多徐敏无法在来信里提及的事情。其实现在徐敏在广州的日子并不如我想象的那样风光，她父亲的国民党军官身份一直是压制她的一座大山，虽然由于她业务好，领导本来一直给予宽容，但前一段出了一件事。徐敏的父亲曾经留给她一个瓷杯。徐敏连父亲的一张照片都不能留下，但一直把这个瓷杯留在身边，是因为上面刻有父亲的名字，徐敏每每将热水倒入杯中，对着灯光，父亲的名字便晶莹透亮了。这个举动被人看到，报告给了领导，给她平添了"阶级立场不坚定"的罪名。徐敏即使将瓷杯忍痛摔碎，也无法改变这个罪名给她带来的灾难。自那以后，她再也没有机会在台上出演主要角色了。

徐敏不如我一般善于用言辞表达自己，她总能随遇而安，苦也不轻易诉说。在我们相濡以沫几十年后，高龄的徐敏已经有些小糊涂，总记不住眼前的事，但从没听到过她对生活有任何抱怨，口头禅仿佛是继承了我父亲的"挺好！挺好！"。

有一天，公社秘书远远穿过稻田跑来叫我，说有找我的长途电话打到了公社，但不是衡阳地区打来的。我甚觉诧异，只有地区文化局偶有事才会打这个电话找我，连在广州的徐敏和在沅陵的父母也从来没有给我打过电话，长途电话费实在太贵了。我一路小跑到了公社，话筒里传来徐敏母亲的笑声，问我是否一切还好，吃得饱吗。我的第一反应却是说："长途电话很贵啊，我吃得饱，放心妈！"话筒里又传来老太太的笑声："我是在永州的机关里用一个汨罗老乡的机关电话打的，不要钱！我就打这一个。"我不由有些哽咽，这位老人，把这个唯一的打电话机会留给了她牵挂的在乡下的女婿，没有打给她在广州的大女儿，也没有打给她在一个小煤矿工作的二女儿。

下放到黄土铺的干部，除了我之外，同一个大队里还有其他几个由于各种原因被下放来的，大家有相同的背景，有共同语言，闲时便总在一起打发遥遥无尽的乡村时光。有一次，天天吃红薯渣的几个干部实在馋虫挠心，就下了决心，走几里地去了镇上，花几块钱买回来一只活泼可爱的小土狗。

大家都围过去看，以为他们要养狗，问："人都吃不饱，谁来养它啊?"几个人说："谁说要养，我们要吃了它!"一个女干部忙说："太残忍了吧! 小狗也吃?"

几个人商量接下来怎么弄，都不想惊动村民们，怕他们以为是从谁家偷来的，但杀狗总归要刀子啥的弄出不少动静，这时便有一个人站出来："我来吧!"大家一看，想起来此人是广东人，姓夏，是个法医，曾经给大家展示过他随身携带的一把小巧而极其锋利的医用刀。有人嚷道："不行不行，你那刀是切死尸的，切了狗肉谁敢吃?"其他人马上说："那你就别吃了，正好可以少一人分。"夏法医一路小跑回房间去取来了他的解剖刀，解剖刀用羊皮套套着，拔出来时寒光一闪。大家将小土狗套在布袋里，口中念着阿弥陀佛把小狗摔到没有声音，就交给了法医，多数人躲到一边不忍看接下来的血腥场面。20分钟后，法医说："好了!"眼前已经是大小均匀的 块 块狗肉，连着皮，狗毛已经堆在一旁。早有人去取了锅，大家在山坡上用石块搭了个灶，支起了锅，又撒上干辣椒，炖了一大锅香辣的狗肉汤。那个之前说太残忍跑掉的女干部也回来了，还叫来了另一个女同伴，大家一个个拿起碗从沸腾的锅里盛狗肉，连汤带肉带皮，吃得酣畅淋漓。

还有一个原来同在衡阳地区文化系统的同事姓郭，和我一样，被下放到隔壁的一个生产队，年长我几岁。老郭在这个队里干的其实也是和我一样的农活，但不同的是，他妻子是老师，放弃了衡阳的工作，陪他一起过来，在公社的附中当了教师，老郭可以和夫人一起住在学校里，生活也便有人陪伴照顾，和我的境遇截然不同了。我俩原来在衡阳不过是点头之交，彼此并不十分熟悉，但下放后，他看到我一个人待在肖寡妇家的破屋里，独守油灯，便忽然和我走动多了起来，时常邀请我到他家里吃饭，让他妻子下厨烧菜给我吃。每隔几天，他便总是在晚上饭后走几里地，过来找我聊天，常常会带些他妻子做的食品。

夜晚的我，都是无事可干的。也有附近认识的女青年对我表达过好感，但我心中只有远在广州的徐敏，心无旁骛，日日农田劳作归来后，独守空房，独自坐对昏暗的油灯。这时，听到柴门"咯吱"一响，就知道是老郭推门进来了，心中便刹那间温暖如春，这意境，仿如一首古诗："有约不来过夜半，闲敲棋子落灯花。"

然而老郭从来不提前约我，也不会下棋，只是在任何一个没有风雨的良夜，不打招呼，忽然就推开柴扉，闪身进来。老郭并不善聊，有时过来，带了点吃的，我便不客气地吃；有时，两人枯坐，坐一个小时或两个小时，偶尔有话，有时无话。多数时间是两人面对昏黄的煤油灯，长时间地沉默。陪伴，并无需太多语言。坐到深夜，他站起来："我走了。"

我说："好的，不送了。"他便默默起身，在月光下穿过夜晚的四马大队，回到他妻子身边。而我总会在每一个孤独的夜晚，暗暗盼望着那柴门"咯吱"一响。

一年后，老郭突然被叫回了衡阳，与我失去了联系。"文革"结束后，听衡阳的同事说，他因为在"文革"中打过人还把人打成了重伤，被追究起来，开除了公职。我完全无法相信，这个老郭和那个在我孤独的夜晚推开柴门的老郭是同一个人。对于年轻的我，这个世界的事和人，都越来越让我看不明白了。

每当衡阳或祁东县有事找我们这些下放的干部，总是电话打到公社，再由公社的王秘书打电话通知各大队。公社办公室离四马大队有几里路，四马大队特别穷，电话经常是坏的，每次王秘书接到通知我的电话，便会立即走几里路，兴高采烈地来告诉我。每当我在田里劳作时，忽然抬头看见王秘书的身影远远地顺着田埂跑来，便知道有好消息。王秘书气喘吁吁地站在田埂上，仿佛比我还高兴的样子喊道："沈干部，衡阳叫你回去，是地区啊不是县里！"有时，公社组织我们下放干部去学习中央精神，中午管一顿饭，一般是三两米饭加上一块极咸的油豆腐，王秘书便会偷偷给我多装些米饭，给两块油豆腐，悄悄跟我说："多吃点，你们知识分子在这里太苦了！"

有一天，去公社学习结束后，我正准备回村，王秘书忽然拉住我，说："你先别走，公社领导找你有事！"我有些诧异，一时想不起自己这个从衡阳地区下放来的人和公社领导有什么直接关系，直到王秘书陪我走到镇上，看到肖玲正站在办公室门口，才想起这个当年擅长射击的学生。肖玲和王秘书在黄昏中带着我走出镇子，到了附近的五四大队的一个农户家中，推门进去，里面一对当地农民夫妇正在屋里做菜。肖玲介绍这是她的父母，又向她父母介绍我这个她曾经的老师。王秘书悄悄跟我说："肖主任想请你吃饭，但镇上人多眼杂不方便，只好请你来家里了！"肖玲冲我一鞠躬："沈老师您在四马大队受苦了！帮不上您什么忙，学生一直很愧疚！"我赶紧说："没有的没有的，王秘书一直很关心我！"王秘书却突然说："我可是今天刚知道你是肖主任的老师哦。"

吃饭时和肖玲的母亲聊天，发现她老家竟然是安徽怀远的，和我祖籍的贵池不算远，也算半个老乡。老人很是激动，拉着我问长问短，把她的家世什么都说给我听，讲起她之前在安徽的丈夫是国民党兵的一个排长，阵亡后，她流落到湖南祁东这边重新嫁人；一直在边上忙碌做饭的男人是肖玲的父亲，三代贫农，一直不做声。肖玲忍不住嗔怪她母亲道："你怎么什么都说？"她母亲说："沈老师一看就是值得放心的好人，没关系的。"又扭头跟我说："可惜你出身不好，唉！

我们肖玲条件这么好，还单身呢！"肖玲在边上笑道："沈老师的妻子在广州的部队歌剧团里是女主角呢！公社的人都知道，是不是，王秘书？"王秘书笑着点头："公社的女青年都知道。"我脸一红，只好笑笑，心里不由想起，徐敏似乎已经很久没有来信了。

大概半年后，早春时刻，有一天肖玲突然来到四马大队，一个人来的，找到在地里插秧的我，站在田埂上和我说了几句话，告诉我，她要离开家乡了，还要离开湖南了，去很远的地方，以后可能再也见不到我了。我忙问发生了什么事。肖玲眼圈一红，说我以后会知道的，然后转身离去，只看到她的背影在田埂上越来越远，消失在早春新插禾苗的一片绿色中。后来，王秘书告诉我，肖玲被查出自己母亲的前夫是国民党伪军官，自然不能按照她现在的生父三代贫农来定成分了，被免除了副主任职务，然后肖玲不知为什么，忽然远嫁去了贵州山区，直到两年后我离开这里，再也没有见到过她了。

有一天收工时，四马大队的大队支书忽然把我叫到一边，神秘兮兮地说："沈干部，晚上到大队油坊来，带你耍，不要和别人说！"大队支书平时一贯板着脸，不苟言笑，嘴上八字胡，总叼着个烟袋，经常训斥大队的乡民们。这天他忽然私下找我，让我颇有些意外。

晚春的油坊里，水碾旁边，一些秋天捡拾的枯柴在一个大火盆里熊熊燃烧着，上面一口铁锅，里面是一锅红油酱赤的放了许多干辣椒的狗肉。带着浓浓汤汁的狗肉锅翻腾着，芳香四溢。大队支书和几个大队干部围坐在火盆前喝酒。油坊刚榨过油，如数上缴公社后，油槽里还有残留的一点油底子。支书不知从哪弄了只土狗，把土狗杀了，用这些油底子来烧狗肉，又弄了点苦楝子酒，喝酒吃肉，算是低调搞点小腐败，叫上了大队几个主要干部，而下放的年轻干部里，只偷偷地叫上了我一个人。

支书给我斟上满满一杯苦楝子酒，感慨万分地说："沈干部啊，你们城里来的，说是要和我们农民同甘共苦，我看你们是'同甘更苦'啊！"在四马大队，粮食酒是没有的，苦楝子酒是用山上野生的苦楝树的果实酿造，酒也是苦的，极其辛辣，一口喝下去，嗓子里如同刀割。我一块接一块吃着香喷喷的红烧狗肉，一杯接一杯地喝着苦酒，在这个农村的油坊里，平生第一次把自己喝得烂醉，我不胜酒力，竟然昏昏睡去。

睡梦中，我梦见自己又回到了沅陵，仍在孩童时代，跟着爸爸妈妈，在家热热闹闹地吃着煮猪大肠，老婆婆正在灶台边忙碌；又梦见自己在开满油菜花的桃源，跟老蒋吃腊狗肉火锅。迷迷糊糊睁开眼，发现30岁的自己还在四马大队的油坊里，油坊外已经朦胧露出天光，火盆里已经只剩微弱的余火。其他人都走了，只有老支书还坐在火盆边，"吧嗒吧嗒"地抽着他的烟袋，若有所思地看着火盆里一闪一闪的余烬……

回顾在四马大队的农民生活，我并不觉得苦不堪言，相反，在城里腥风血雨的这段时期，这里仿佛是我的一个世外桃源。除了吃不饱没书看之外，我在村子里感受到的无一例外是温情，村里没有任何人对我有过歧视和偏见，对我是善意的调侃、发自内心的尊重以及看到我吃苦的深深愧疚。我对他们充满感恩，但我也深知，我不属于他们。

纷乱岁月，命如尘埃，命如浮萍，但浮萍也可努力用纤弱的根系，努力抓住旋流中的一点点依托，即使再次被旋流卷走。

我在四马大队种地的日子里，一边日出而作、日落而息，一边总是期待着衡阳什么时候能来电话找我回去。我并不相信自己将终老在这个乡村，但有什么样的力量能把我拉出这片不属于我的土地，我全然无知。

———

毛政委理了理自己军装的领口，一字一顿地说："第一，这个歌剧是小沈在上级的要求下创作的，内容是歌颂一个村支部书记搞农村建设学大寨的，和林某毫无关系。第二，歌剧中提到'四野'没错，但'四野'150万人，我也是'四野'的，'四野'是共产党的'四野'，不是他林某的'四野'。第三，如果你们觉得应该把小沈抓起来，那应该把我也抓起来，把150万'四野'军人全抓起来！"

——

第十四章

这年冬天，我正在稻子收尽后荒凉的田间用土锹埋粪，远远又看见田埂上公社王秘书匆匆走来的身影，离着很远就向我挥手，仿佛一只报喜鸟向我飞来。果然，王秘书转来了衡阳的通知，让我回衡阳文化局一趟，局里有任务。我欢喜雀跃地回屋收拾东西，从大队步行到镇上，坐班车到火车站往衡阳赶。

我被文化局从四马大队叫回了衡阳。衡阳这时要组织个大型文艺演出，宣传一个叫周家椆的地方，这里学大寨学得好，要宣传，先要写节目，局里再次想到了我。

扛了几年的锄头，终于又拿起了笔，我在稻田里被压抑多年的创作热情迸发，短短时间写了唱词："湘水奔腾青山高，山中有个周家桅。"又写了个大型表演唱《采药山歌》，歌颂山里的赤脚医生。文艺演出大获成功。

衡阳地区文化局新调来的毛局长是个军人，原来是一个军用机场的政委，整天叼个烟斗，个子不高但说话声音洪亮，开口说话就像在吼。虽然已经是管文化的副局长，但也是军代表的身份，每天仍然穿着笔挺的军装，还住在郊区军用机场里面，每天有吉普车送他来上班。大家叫他毛局长他不爱听，说自己是政委，让大家叫他毛政委才对。

听说是毛政委看了演出的《采药山歌》，拍手称好，得知是本地作者写的，让把作者叫来见见。戏工室领导汇报说作者不能来，还在乡下改造呢。毛政委问怎么了。有人便告诉他我之前讲述关于毛主席登上城楼太阳落山的事，毛政委哈哈一笑："这就是扯淡，那天我也在天安门前，主席太忙，出来时确实已经是黄昏啊！"便立即让把我调回衡阳，说谁有意见他顶着。

局里的人带我去见这个政委。文化局和文艺工作室在同一个楼里上班，进到他办公室，里面烟雾缭绕，毛政委正把大皮靴跷在办公桌上，叼着大烟斗摇头晃脑地从一个小盒子录音机里听衡阳渔鼓。见了我，放下腿，大步过来握我的手，转头和局里的人说："一看小沈就是知识分子才子嘛！反啥革命了？"这个军人和我聊了半天，越聊越兴奋，说："这样，明天周末，你们戏工室几个才子一起去我家喝酒！"

次日，来了辆吉普车，把我和文艺工作室另外几个年轻人一起接到军用机场边他的家里，将我们请到他屋内。毛政委一把掀开床铺，给我们看他床底下密密麻麻摆的上百瓶"竹叶青"的空瓶子，说："这是我喝过的'竹叶青'！"转身叫夫人备菜，口口声声说自己是粗人不懂文化，和我们聊文化的各种事，也和我们讲他打仗的事。

毛政委并非完全不懂文化，喝着酒，他突然提议，以"饮竹叶青"为引子，就此情此景，大家各赋藏头诗一首。饮酒赋诗，颇有古风。其他人还在逐字斟酌，我便随口吟道："饮酒须尽趁年华，竹杖芒鞋难自夸。叶黄花谢人未老，青春燃尽走天涯。"毛政委一拍大腿："好，小沈雄心犹在。"

酒喝到尾声，他突然问我："你知道'田俫仔'吗？"我说我听说过这人，是衡阳地区最著名的乡村渔鼓艺人。毛政委从床头拿出他的黑色小方盒录音机，一按，里面放出抑扬顿挫的渔鼓调。毛政委眯着眼陶醉地听着，忽然睁开双眼："唱得真好，可惜哟，都不能唱了！"我说是的，他唱的都是《薛仁贵征东》《隋唐演义》，都是"四旧"。毛政委不再继续这个话题，转而继续劝酒。临送我们出去，还大着嗓门在后面喊："以后你们每周来一次啊，放心，喝不穷我！哈哈！"

衡阳民间一直有一种传统曲艺叫"渔鼓"，把蛇皮蒙在竹筒上做成渔鼓，边敲边唱带道白，最著名的渔鼓艺人就是"田俫仔"。当地人婚宴喜庆，若能请来"田俫仔"手持渔鼓抑扬顿挫地唱一段，是极大的面子。"田俫仔"是艺名，知道他本名的倒不多了。"田俫仔"个子不高，走在路上只是一个普通小老头，但只要他往台上一站，一拍渔鼓，嗓子一开，有断帛碎玉的力量，气势非凡，台下必定齐声叫好。"田俫仔"之前唱的段子现在都算"四旧"了，公开场合都不能唱了，有传闻说唱了大半辈子渔鼓的"田俫仔"彻底失业，郁闷不堪，一度想自杀。

这天我进办公室，便看见一个小老头在走廊里溜达，说他小老头是看着瘦小，满脸褶子，细看其实不过 40 来岁，正是"田俫仔"。我上去招呼，他说他等毛局长。正巧毛政委噔噔噔上楼来，看见我俩一起，喊道："正巧，你俩都跟我来！"到他办公室，毛政委习惯性把烟斗一点，脚正要跷上桌子，又收回来，正襟危坐，问"田俫仔"："还想唱？""田俫仔"一瞪眼睛："当然想唱啊毛局长！"毛政委眼睛一瞪："毛政委！啥屁局长！""田俫仔"忙点头："毛政委！"毛政委身子往椅子靠背上一仰，说："没问题，你可以唱，但原来那些不能唱了我也没办法，但我给你想了个办法！"一指我："小沈是我们这的才子，让他给你重新写！薛仁贵不能唱了，渔鼓还是要唱的！"

就这样，我和乡村渔鼓艺人"田俫仔"有一段时间天天待在一起，熟悉了衡阳渔鼓的曲调和韵味，开始给他写唱词，"田俫仔"终于又可以上台演出了。其中，根据《平原作战》情节改编的《智取炮楼》，在各地演出，影响很大。"田俫仔"上台把渔鼓一敲，胳膊拉开，一张口："抗日军民反扫荡，怒涛漫卷敌后方，乔装改扮拔炮楼，智勇双全赵勇刚……"台下的喝彩声便如潮水般涌来。

　　十多年后，我已经调到省城长沙担任省艺术研究所所长，一个黄昏，忽然有人敲我家门，打开门发现是"田俫仔"，十多年过去了，他还是老样子，多年前不显得年轻，现在也未见得老。他说自己来省城参加业余文艺汇演，特地打听到了我的住处，一定要来看看我，还告诉我他一直感谢我让他那些年有渔鼓可以唱，不至于把嗓子憋坏，现在虽然又可以唱《薛仁贵》了，但在昨晚的文艺汇演上，他唱的仍然是我当年给他写的曲目《智取炮楼》。

　　接下来，国家发生了一件大事，而我并没有意识到此事和我有任何关联，仍天天和"田俫仔"在一起搞渔鼓创作。直到有一天，一位地委领导忽然亲自挂帅，来到文化局，在会议室召开紧急会议。随同一起来的还有公安部门的人员。我是被人从办公室带到会议室的。毛政委坐在地委领导边上，脸色铁青。

那位领导说起了地委的精神，说发现了我曾经写过的歌剧《新的起点》，把我定性为林某余党，决定予以逮捕。我顿觉五雷轰顶，完全不知所措。两个干警掏出咣当作响的手铐，准备铐我，这时，毛政委忽然站起来，说："慢！我有不同意见！"领导和干警都转头诧异地看着毛政委。

毛政委理了理自己军装的领口，一字一顿地说："第一，这个歌剧是小沈在上级的要求下创作的，内容是歌颂一个村支部书记搞农村建设学大寨的，和林某毫无关系。第二，歌剧中提到'四野'没错，但'四野'150万人，我也是'四野'的，'四野'是共产党的'四野'，不是他林某的'四野'。第三，如果你们觉得应该把小沈抓起来，那应该把我也抓起来，把150万'四野'军人全抓起来！"说完，毛政委站起来，走到两个干警面前，整整衣领，将双手手腕朝上伸了过去。干警面对一身戎装的毛政委，不由往后退了两步，扭头看着上级。

地委领导和公安干部面面相觑，低下头又轻声商量了一会儿，示意公安干警先把我放开，那位领导说："对沈一尘的处理是地委的决定，考虑到毛政委的不同意见，我们决定回去再商议下，这期间，沈一尘不得离开单位，接受监督。"毛政委说："那我今天也不回家了，在办公室打地铺，陪着小沈。"我的眼睛有些湿润，看向毛政委。他却并不看我，整理下军装，踏实地坐下，端起茶杯。

第二天，地委最新指示下来，决定对我不采取刑事措施，但再次把我临时下放到衡山农村一个更贫穷偏僻的乡村，叫坑头大队。

在生活的深渊里太久，在即将越水而出之前，生活似乎又和我开了个玩笑，再次把我按回水底，浇灭我刚刚燃起的那一点点希望。

军人毛政委和我的竹叶青之约，因为我的缘故未能持续。而毛政委在文化局的任职也未能持续。不久以后，他便又调回广州去了，是回部队还是搞文化不得而知，但我和"田俫仔"的命运都因这个不懂文化但又极其懂文化的军人而改变。

我背上行囊，坐长途车翻山越岭，到了衡山县下属的一个公社，公社的人领着我走了很久的羊肠小道，来到了单位指定我这次下放的坑头大队。队长叼着烟斗打量我半天，一挥手说："跟我走吧！"便把我领到了一户住在草棚里的人家。户主面露为难之色，跟队长商量："我们家六口人，队长你知道的，哪还有房间住啊？"队长摆摆手："随便找个地方就行。"面相忠厚的户主寻思半天，将我领到后面的杂屋，歉意地说："沈干部，只好委屈你住这里了。"我这些年什么苦都吃过了，现在犯了错误被下放，对生活条件并无期待，倒也不在意住在什么地方，但真进了屋，心里还是一咯噔。

杂屋正中间，摆着一具棺材，而我的稻草铺就的床就挨着棺材。当地人习惯年过 40 就到山里砍树做棺材，这具棺木刚刚做好没多久，还散发着清香的桐油气味。头几天，我睡着后，偶尔听到动静，也许是老鼠跑过，就跳起来，起身往棺材看看，怕里面爬个人出来。时间久了，慢慢也就习惯了，抽空还和屋主聊天，评论他这具棺材做得不错。别说只是个空棺材，干一天农活累了回来，就算那棺材里放着个尸首，只要它不半夜跳起来吵我，我也照样可以在边上呼呼入睡。

坑头大队不临河，地上打多深也打不出井水，村子边上有一个大山塘，下大雨后塘里的水就多一点，上面长些苇草漂着浮萍，而如果有一段时间不下雨便成了个小水洼，用木桶兜到塘底也才半桶水。整个村子里的人的一切生活用水都靠这个水塘。有时，我在水塘这边打水回去烧开水喝，发现几米外有村民正在水塘里刷洗粪桶，不由想呕吐。但终究我还是把水打回去，水还得喝，不能渴死。

年轻的我，经历的事越多，心便越来越大，早已不是"少年不识愁滋味，为赋新辞强说愁"的状况，心慢慢如武冈的城墙般坚不可破、百毒不侵了。有时，百般寂寥，我便把双手枕在脑后，跷着二郎腿，看着飘忽的油灯照着那口棺材的影子晃动，开始唱起我最喜爱的苏联歌曲："冰雪遮盖着伏尔加河，冰河上跑着三套车，有人在唱着忧郁的歌，唱歌的是那赶车的人。小伙子你为什么忧愁？为什么低着你的头？是谁叫你这样伤心？问他的是那乘车的人……"这首《三套车》的旋律是如此的优美哀伤，而歌词仿佛就是为此刻的我而写。我的歌声，在这个村庄的深夜的茅草屋里轻轻回荡。

我想起我小时候看到母亲深夜独自在天井里唱歌的情形，对于内心孤独的人，最美的歌，总是唱给自己听。

在人生的某个阶段，当你身体外面的世界变得极度贫瘠几乎一无所有时，便只能向自己的内心寻求一些美好的东西，帮助自己熬过去。大学时期我们深受当时的苏联文化影响，深深打动我的，除了《三套车》《莫斯科郊外的晚上》《小路》《红莓花儿开》这样优美的歌曲，还有如《天鹅湖》和柴可夫斯基的《四季》这样伟大的古典音乐作品；我也熟读普希金、莱蒙托夫、涅克拉索夫的诗歌，托尔斯泰、高尔基和屠格涅夫的小说。此刻，我无法找到这些滋润我心灵的作品来重读，但我可以独自坐在昏黄的油灯前，整夜地在脑中回味我所能记起的这些作品的每一个细节。

"双抢"过后，农活少多了，坑头大队许了我几天假，我便有些想念衡阳，临时起意，什么也没带，只身就往镇上走去，坐上开往衡阳的长途车。一年中最繁忙的农活季节刚结束，我晒得乌黑，穿着件对襟的农民装，剃了个平头，胡子拉碴，眼镜前一段在田里摔了一跤时断了，中间用膏药胶布粘着。到衡阳时已是傍晚，我在暮色中的衡阳街头漫无目的地走着，不知不觉中发现自己已经走到了文化局的宿舍门口，天已经黑了，我敲响了当年送我下乡的好友老刘家的门。

老刘打开房门，就着屋内照向门外的灯光看了半天，才认出我："小沈！"忙将我让进屋里，打热水让我先洗把脸。老刘安排我就在他窄小的房间里打了个地铺住下，两人聊到深夜。他讲起我们之前一起打牌的四个人，老容虽然之前当了中队长，但因出身也不太好，最近有些被冷落。而另一个牌友杨军，现在已经是政工组主任，正在风头上，前一段老刘遇到他，他还专门问起我的情况，唏嘘感慨，说有机会四个老牌友应该聚聚。我说："好啊，聚就聚！"

第二天，老刘从单位回来，说已经安排好了，我们四个人晚上一起来老刘家吃顿饭喝顿酒，并叮嘱我应该换件衣服，把胡子刮了，随即从衣柜里拿出一件他的衬衫给我。我忽然有些悲情意识，断然拒绝，说："我现在就是个农民，我就这样子。"老刘叹口气，不再坚持。

杨军和老容带着酒菜进门，见到我的样子，先都一愣，杨军随即哈哈大笑起来，说："小沈这是知道要见老朋友，特意化装了吧？"我微笑地说："农民，就是这样。"老容在一旁面露尴尬之色。老刘忙把我推上桌，和杨军坐在一起。杨军带了很多酒，大家开始一杯接一杯，听我讲起四马大队和坑头大队的种种事情，我讲到插秧时被农村妇女"抬轿子"，讲到春荒时吃的"薯渣子"，讲到尝新饭，讲到肖寡妇的茅坑，讲到如今床头的棺材。几个人听得有时笑得前俯后仰，有时又不禁擦泪。老容低声和我说："你知道，我出身也不好，只能表现更积极些，当初为难你了，真对不起……"杨军说："要想办法把小沈再弄回来，局里再也没有他这样的才子了！"我就像个馋酒馋了多年的农民酒鬼一样，拼命地灌自己，喝得天昏地暗，不省人事。

我这一醉，昏睡了两天，等我睁开眼，已经是第三天上午，老刘不在房间，给我留了条，说下午回来，让我醒了后等他。我摇摇晃晃起来，给他留条："刘兄，我走了，酒酣志穷，就此一别。"然后穿上我的对襟农民服，蹒跚着往火车站去了。

经停许多小站的绿皮火车极慢，一路上摇摇晃晃地开着，我知道自己仍然一身酒气，便在人并不多的车厢里找了个靠近厕所的角落位置坐下，以便要呕吐时方便。我胡子更长了，黑黢黢的脸上架着我的塑料黑框眼镜，衣服上有我昏睡中呕吐的痕迹。我的情绪极其低落，我相信我终生的命运已经在青春尚未完结时注定，我将一直躬身在稻田里耕作，远离广州，远离衡阳，一直老死在坑头大队的田埂上。我从车窗的玻璃上看到了我肮脏的毫无生气的脸庞。我将车窗推上去，让原野的风吹进来，吹干我脸上残留的泪水。

在摇摇晃晃的车厢里，我眼睛的余光告诉我，有人一直在注视着我。在车厢里隔着两排座位的斜对面，确实有一个光头在盯着我看。我扫了他一眼，发现他穿的衣服比我还要破烂，仿佛在荒野里长途跋涉了几百里而来，但他的目光犀利而深邃，绝不是一般农民。当我的眼光和他交会，他便笑了，起身走过来，在我面前坐下："我猜，你是读书人？"我的酒还没有醒，借着酒意吟道："腹有诗书气自华，如今田里种地瓜。"他哈哈大笑，说："是金子总会发光的！"我不屑地摇摇头："大道理容易讲，努力是没用的。"他断然摇头说："事在人为，命运不公，你可以和它斗！"光头看看左右无人，把头凑近，轻轻说："和你说也无妨，我曾经是国外留学回来，在上海的名医，现在，是逃犯。"我一惊："你越狱的？"他淡然笑笑："第四次了，这一次我从云南逃出来。"

光头告诉我他因为在医院建议不应该只学俄语，也应该学习英语德语等，加强和西方医学领域的交流，被打为反革命，而检举他的人，正是他的未婚妻。他被判了6年刑，同时失去了工作、爱情和自由。他坚持认为给他的这个罪是错误的，两次越狱未遂。刑满后，因为他继续坚持自己的观点，不懈地上诉，所以又判了他20年。这是他第四次越狱。我听得入了迷，从开始的震撼变成了好奇："你怎么能破墙而出呢?""愚公移山,用勺子慢慢挖。""监狱外的高墙呢?""趁夜,用树枝做梯子。""怎能避开警卫?""细心观察,他们的时间都有规律。"陌生人平静地说,"别忘了,我们是读书人,我们有足够的智慧!再就是有胆量和决心!"

不觉间,两个素昧平生的人,敞开心扉聊了个痛快,而我已经坐过了到坑头大队应该下的小站。我站起身来,握住他的手:"我已经过站了,感谢你!能告诉我你姓什么吗?"陌生人说自己姓张,全名就不方便告诉我了。火车轰鸣着快靠站了,我往车门走去,又回头问他:"那你会去哪里?"他摇摇头:"我还没想好,但小沈,我记住你的名字了,也许,我们还会再见到。Never give up!"我一稽首,下了车,回望车厢,看见他从窗口探出头来朝我招手。

人生中的每一次偶遇,常常都是命运的安排,来告诉你一些道理。我意识到,在这纷乱年代,我受的这点苦,比起很多人又算什么。我不需要越狱逃亡,我的爱人虽然不能和我在一起但仍在守候着我,我只需要心存希望,不放弃。也许,当四顾无助时,我需要一种能够揪着自己的头发将自己从泥沼中拔出来的力量。

接下来,我仍在当农民,和徐敏虽是聚少离多,但仍能想方设法相见。此时,徐敏的父亲曾是黄埔军校毕业的国民党官员的历史问题被提出来，无论她表现多么出色，也不能再发展了。部队要她复员，给了她几个选择，有去广西的，有去云南的，有去海南的，但都没有湖南的单位。徐敏毫不犹豫地放弃了这些单位，决定自己回湖南想办法，为了能最终和我在一起。

我请了假，陪着徐敏在长沙、株洲、湘潭奔波了一个多月，没有钱住旅馆，短期寄住在朋友熟人家中，通过徐敏的战友和我认识的各方朋友推荐介绍，试图给徐敏在湖南找到一份工作，但没有任何结果。最接近的一次机会在株洲，徐敏的战友介绍了一家军工厂，厂长本来非常热心地答应安置徐敏在他们厂工作，但得知我是她丈夫，忽然就反悔了，原来厂长是看到徐敏漂亮，想她做自己的儿媳妇。

我们回到长沙，住在一个留在湖南师范学院当老师的老同学家里，一筹莫展。一直顺风顺水的徐敏，变得脆弱起来，我看见她独自坐在墙角擦拭眼泪，我上去搂住她的肩膀，说："不管怎样，我都会永远照顾你。"徐敏抬眼看着我："有你这句话，我踏实了！"那个年代的我们，没有太多动人的情话，这最普通的一句，却是一诺千金。直到今天，80多岁的我，仍然在照顾着同样80多岁的渐渐老迈总是忘事和忘路的徐敏。

在这段东奔西走替徐敏找工作的阶段之前，徐敏就已经怀孕了，眼看着肚子越来越大，工作并无着落，我们只能先跑回衡阳，等待孩子的出生。由于这时正好是毛政委让我为"田俫仔"写唱词的阶段，我得以暂时不用回四马大队，可以留在衡阳照顾怀孕的徐敏。孩子出生那天，我找朋友帮忙把徐敏安排进了部队的医院，在这里我们巧遇了田丽夫妇。

田丽说徐敏是退伍军人，田丽的丈夫老伍认识湖南省退伍办的人，应该可以想办法通过他们找工作。徐敏出了月子，我俩便在老伍的介绍下，到长沙找到了省退伍办。主任是老伍的老同事，从广州军区过来的老军人，在他办公室里，徐敏诉说起自己为部队工作多年，现在无处可去的状况，边说边落泪，哭得梨花带雨。老主任感慨道："我在广州看过你演的栓保娘，没想到现在成了这样。你想找什么样的工作?"徐敏毅然决然地说："我再也不想当演员唱歌剧了，我就想当工人，靠我自己的双手工作!"

终于，在退伍办的介绍推荐下，徐敏在长沙如愿以偿地成为一名工人，在位于雨花亭的长沙市拖拉机配件厂，每天的工作是用磨床打磨拖拉机齿轮。

徐敏在拖拉机配件厂的工作安排妥当后，我在继续回农村种地之前，在长沙滞留了几天帮她安顿。有一天早上8点多，我经过五一路上的湖南剧院，抬头仰望那恢弘的熟悉的大楼，想想我即将回去的村庄，一种悲凉涌上心头。忽然听到有人喊我的名字，扭头看，有一个矮矮胖胖的人正坐在剧院外的台阶上冲我招手，台阶旁有高大的香樟树，早晨的阳光从树荫间照下来，斑驳的光影照在那人的中山装上。我一下子没认出来，直到对方又冲我嚷道："我是曹冬瓜啊！"我不由一惊。

这些年，我早就从仍有联系的大学同学那里得知，这个当年在我们大学的"红旗文工团"里搞剧务的曹冬瓜已经是大人物，尽管当年他在学校舞台上说过最多的台词就是："乡亲们快跑啊！鬼子来了！"

大学毕业后曹凡本来在一个中学当老师，因为口才文笔都不错，又积极参与运动，慢慢地竟然成了湖南一个人物。听说他最近已经被任命为副主任，没想到意外碰到他。

我环顾他周围，并无前呼后拥的随从，有些诧异地问："听说你现在已经相当于副省长了，怎么没有秘书随从？"曹凡哈哈一笑："我是来开会的，又不是来打架的，要什么随从？"随即过来亲热地拉着我的手，问起我和徐敏的状况。得知我在当农民徐敏在当工人，有些唏嘘，看看手表，说："你不赶时间吧？先跟我一起进去开个会，会后去我办公室，我们好好聊聊！"便拉着我昂首挺胸地进了剧院大门。千人的大礼堂，坐得几乎满满当当，我在礼堂最后一排找了个空座位坐下，看着曹凡上到主席台，在铺着红色桌布的长桌后就座，主席台上一排坐着 9 个人，他坐在靠边上第二个。我在下面坐了 10 分钟，想了想，还是悄悄离开了。面前这个世界，与我无关，这个大领导，早已不是我熟悉的那个"曹冬瓜"。

几个月后，风云变幻，我得知曹凡被抓了起来，接下来在监狱里度过了数年。

女儿出生后，因为徐敏在长沙我在祁东，谁也没有条件抚养她，在沅陵的母亲便主动来信，让我们将刚满月的女儿送到了沅陵，和我的弟妹们一起住在芸庐。母亲不知怎么想的办法，在附近找到一户人家，他家有只刚生了小羊羔的母羊。母亲每天去那户人家挤奶，喂养我们还在吃奶的女儿。

据说羊奶对嗓子特别好，女儿长大后继承了徐敏的衣钵，有一副好嗓子，也进入了首都的部队文工团唱民歌，已经是国家一级演员。但童年的女儿在沅陵的日子，也是父母极其艰难的时期，一次我的母亲带她经过集市，她看见苹果那么漂亮，忍不住伸手去拿，被奶奶呵斥后哇哇大哭。在一旁的四弟和小弟看见了，回家便开始合计。那时父亲有严重的痔疮，当地人认为皮蛋可以治痔疮，但皮蛋太贵，买不起，和苹果一样，在我们家都是难以企望的奢侈品。

第二天，四弟和小弟偷偷出门，一会儿回来，得意地从口袋里掏出一个苹果和两个皮蛋。母亲看见，马上明白他们偷东西了，非常生气，拿出戒尺将两个儿子狠狠揍了一通，再逼着他们带着自己找到集市上的商户，把钱补给人家。回家后，母亲又忍不住摸摸四弟和小弟的头，说："我知道你们是为了爸爸和小君君，但记住，我们家虽然穷，再穷也不能偷东西，为了家人也不行！"母亲将苹果切成很多小片，喂我女儿吃了人生首次品尝的苹果，再将其它小片分给大家。然后拿着皮蛋送去养猪场给父亲。

这段时间，在养猪的父亲的工资停发，每月只给15元的生活费，并且被严加监管不许回家。母亲白天上班讲课，晚上回家照顾我的女儿，后来成为歌唱家的女儿幼时爱哭，嗓音靓丽，常常整晚哭，母亲也整晚不能入睡，第二天依然打足精神去讲课。但母亲从未和我提起，都是多年后我的小妹告诉我的。

接下来我们又有一个儿子出生，同样的，我们又被迫把他送到了徐敏的母亲那里，永州的一个煤矿。徐敏的妹妹在这个煤矿当矿区小学老师。儿子从小就安静从容，不哭不闹，并不需要大人花很多心思照顾。

煤矿小学是一排平房，坐落在一个高高的土坡顶上，背后就是野山。小学总共只有两个老师，一个班级。学生下课回家后，山坡上的平房安静如一座废弃的城堡。儿子刚学会走路，便会自己跑到后面山上去看花看草看大树，摘很多果子和花朵回来，徜徉在大自然里，自得其乐。多年后儿子成年，事业有成，便买了一个花园很大的别墅，自己动手，在花园里种了上百种花草树木，闲时便徜徉其中，修修剪剪。

有一年我和徐敏相约请假，一起去煤矿看儿子，当我们走到山坡下面抬头看时，见 4 岁的儿子叉着腰独自站在远方高高的坡头上，静静无语地看着我们俩一步步爬上山坡，从两个遥远的陌生身影变成站在眼前试图搂抱他的有些陌生的父母。当我们拥抱他时，他有些躲避，多年来分开生活，儿子对我们并不熟悉。

矿工们得知省城来了客人，竭尽全力热情接待，让孩子们用弹弓打下成串的麻雀，穿在铁丝上烤得香喷喷的；放一块猪肝在池塘里，弄得半桶螺蛳，放些大料用清水煮，再拿出珍藏的米酒，让夜晚的山坡平房热闹非凡。我看着儿子嘟着小嘴，津津有味地用力吸螺蛳，不禁紧紧搂住他小小的肩膀。儿子到现在也喜欢吃嗦螺。

儿子继承了我的记忆力和观察能力，多年后，一次我和已经人到中年的儿子闲聊，问他是否还记得童年在小煤矿吃嗦螺的事，儿子说当然记得，他说记得螺蛳是矿工们用猪肝抓来的，他也清楚地记得我和徐敏是怎样从山坡脚下一步步远远爬上来，而他站在高处看着我们。我问他："关于那个小煤矿你还记得什么？"他说他记得平屋的后山上开满桃红色的可以吃的花，还有一拍就爆的翠绿色灯笼果；他也记得自己无所事事，在台阶上看着山坡下远处的煤矿，冒出浓浓的黑烟，独自一坐就是几个小时；他尤其记得有一天，他也是站在坡顶的房子前，看到外婆（徐敏的母亲）从山坡下爬上来，走走停停特别的慢，一路在哭。他问外婆为什么哭，外婆说毛主席死了，幼小的儿子不知道毛主席是谁，但发现姨妈也哭，姨父也哭，便知道这个人很重要。第二天煤矿举行追悼会，儿子记得追悼会没有椅子，所有的大人都站着，儿子便和别的小孩在树林般的大人们的腿中间钻来钻去玩捉迷藏，直到被大人呵斥。追悼会开始时，儿子记得第一次听到那沉重的哀乐在煤矿的礼堂里响起，所有的大人都哭成一片，儿子也哭了，虽然并不知道自己为什么哭，就是觉得挺委屈挺难受，等大人们都不哭了，他还在哭。

　　历史在这个时候，对我们家做了慷慨而丰富的安排。南京晓庄学校出来的父亲，此时在湘西的小县城里养猪；大学高材生的我，在湘南祁东县一个贫困农村的水田里种地；大学时被战士歌剧团特招录取的徐敏，则在长沙一个工厂打磨拖拉机齿轮；我们的女儿，在湘西山城的爷爷奶奶的照顾下喝着羊奶长大，被也尚且年幼的小叔叔小姑姑带着在芸庐里玩耍；我们的儿子，则在湘南永州的一个小煤矿里，刚学会走路便独自攀爬野外的山坡，和山里的孩子一起用弹弓打麻雀，至今所有的场景他全都记得。

1977 年，大学毕业 16 年后，我终于调回了长沙，一家四口，终于在长沙团聚了。为了庆祝，又赶上徐敏 40 岁生日，我和徐敏带着儿女到了解放路的一家老牌餐馆李合盛吃一次饭。这是儿子和女儿人生第一次下馆子。

　　在那时候，到餐馆吃饭仍是极其奢侈的事情。李合盛里空空荡荡，除了我们四个，另外只有一桌有客人，是个面色严峻的中年女人，独自一人点了菜坐在那里喝酒。餐馆都是红木方桌和高高的弯腿圆木凳，年幼的儿子和女儿坐在凳子上，短小的双腿悬在空中晃悠。幼小的儿子好奇地一直观察旁边那桌的中年妇女，然后轻轻和我说："爸爸，她一定很孤独。"

　　我说："是的，因为她的家人不在身边。"

　　儿子从小喜欢观察生活，成年后也喜好写作，在上海开公司搞商业之余，发表了很多作品，继承了我的特长，而女儿长大后继承了徐敏的特长，在北京的部队文工团，成为歌唱专业的国家一级演员。

　　我们一家四口在方桌上伸出手，互相紧握。徐敏眼睛湿润地叹口气，说："一家人只要能够在一起，就是幸福。"

　　我想起母亲生前曾专门给我写过一封信，让我一定努力设法调动工作去长沙，说："一家人，就应该在一起，不管多难，一起吃糠咽菜，也必须在一起，在一起才是一家人。"母亲永远能够以她冷静的眼神，在繁杂纷乱的生活中，看到生活的本质。

———

由全国各地赶回来的 9 个兄弟姐妹排成一队，披麻戴孝，由最小的小弟手捧母亲的遗像，走在母亲的灵柩前。送灵队伍从芸庐慢慢地走出来，两边如潮的人群让开路，严肃静默地目送着我们。

忽然，在人群的后面，一声凭空响起的声嘶力竭的哭嚎刺破了这片肃穆……

——

第十五章

那个年代，"四人帮"刚刚被粉碎，人们像惊蛰后的虫子一般，从冰封太久的泥土中小心翼翼地探出头来。霜冻已解，余寒犹在，街上多了些欢笑，但那些久违的人间温情，仍需要时间来慢慢恢复。我将一部儿童话剧《马兰花》改编成了一个大型木偶音乐剧，一经上演，引起了极大反响，很快在全省、全国甚至国外许多国家上演，累计数千场之多。剧中马郎被老黑猫夺走马兰花后一路苦苦寻找，在舞台上对着冷月唱道："月亮月亮，升起在东方，照见马郎，惨白的脸。月亮啊，你为何躲进乌云间？月亮啊，你为何默默无言？……"台下大人和孩子多感怀拭泪。

当时湖南知名的作家叶蔚林看了《马兰花》后，专程来找我，之前我和他不过点头之交，并不太熟悉。他见到我，握住我的手，深情地说："小沈啊，我们的社会，现在真的是太缺少你这样的作品了，过去的苦难已经过去，我们需要歌颂温情、爱情、友情和一切美好的东西！"我说："我坚信，这个世界还是由美好主宰的！"

省文化厅又将我从省会的直属剧团直接调到了厅里面，我继续充满激情地创作了更多的作品。这次我终于可以相信，我可以用我的余生从事我热爱的文艺创作事业了，不会再回去种地了。

还在"文革"后期时，政治形势在某些方面已经开始逐渐宽松，有关部门再次成立调查组，对我父亲的历史问题做了实事求是的调查，找到了当年潜伏在国民党省政府内专门负责管理工作名册的姓李的地下党员，证明了从未在国民党县级人员名单里见过父亲的名字，父亲也从未领取过县长薪水，父亲当年确实只是应急代理县长处理事务，救难为民。而其他被调查人的资料也厚厚一堆，都说父亲没有做过任何伤害百姓的事。政府给父亲予以平反，摘掉了他历史反革命分子的帽子，并发了1500块钱，作为对父亲的补偿。而辰州中学，终于让父亲重新成为他曾代表政府参与接收和创立的这所学校的一名正式退休员工。

父亲心情大悦，打长途电话给我，提出由他支付车旅费用，召集十个儿女（包括江泉）这年春节一起到长沙进行一次大聚会。1500元在当时是一笔不小的钱。此时我仍未调回长沙，而徐敏已经从拖拉机配件厂调到湖南省文艺工作室工作，单位给她在省第三招待所安排了一处住房，有两间房，没有厨房，厕所需要全楼层共用。房子是老式的建筑，柚木地板，红色的墙砖，都是一些文人们住着，隔壁邻居也都是同事，便连挤带借，得以把父母从沅陵接到长沙，加上9个兄弟姐妹以及已经结婚了的家人，20多人欢欢喜喜团聚了一次。那时我儿子刚开始学说话，看到房间里熙熙攘攘那么多人，便跑到楼道口，看见邻居就说："快莫到我家去，我家像火车站。"

大弟来了，现在河南郑州的一家国营企业工作，做到高级主管了，有当厂长的可能。二弟走进来，是我们弟妹中间身高最高的，说话文质彬彬，对家人也有点过分的谦虚客气，现在长沙一所职业学校当老师。三弟中学时赶上"文革"，错过了读大学，一直在兄弟姐妹们面前有点自卑觉得文化不够，现在安徽池州市里自己开了一家杂货店。四弟说话条理特别清楚，是唯一留在沅陵一中当老师继承父亲的衣钵的，也可以代表兄弟姐妹们照顾父母。小弟从小聪明好捣蛋，因为小时营养不够个子不高，但长得十分帅气，正在部队工作，一身戎装。大妹在北京的国家机关工作，听说马上要和妹夫一起派去中国驻苏联大使馆工作，这次也是告别。二妹去了安徽，嫁给一个个子高高很帅气的政府部门的司机。三妹去了河南新乡做审计工作，嫁给了一个永远满脸笑容的中学校长，两口子都喜欢跳国标舞，还在省里比赛中获大奖。

另外让人感慨的是，贵池的沈江泉也赶来长沙参加聚会。江泉已经40多岁，年龄比我们兄弟姐妹都大很多，举止文雅得体，彬彬有礼。除了和父亲及在贵池的二妹和三弟见过面，江泉和母亲及我们其他弟妹都是第一次相见相认。江泉见到母亲便顶礼叩拜，叫了声"妈妈!"，母亲赶紧上去搀扶起他，眼圈微红，万端感慨。

仿佛一个节日的焰火喷射筒，将各色的烟花喷向空中，变换成形状各异的小人驾着降落伞落回地面；又像蒲公英的绒状花瓣被风吹向原野，此时又纷纷飘落回花茎旁。

大家围聚在父母身边，争先恐后七嘴八舌地说话，说着说着笑得前仰后翻，又说着说着哭了起来，然后又带着眼泪笑。母亲特意交代我，一定要弄一副猪大肠来，大家或站或坐围在一起吃大肠锅，仿佛回到了当初的岁月。饭后，父亲乐呵呵地大方地给所有的第三代发红包。

聚会期间，母亲最是忙碌，逐一和每个儿女细聊。小弟在河南当兵，抱怨天天吃红薯都快吃吐了，母亲告诉他，他大哥前些年在祁东农村只有红薯渣吃，红薯能吃饱就很好了，就是吃多了胀气，注意多运动；二妹说起丈夫当司机太忙，经常回不了家，母亲让她体谅男人挣钱养家不易，做好贤内助；小妹说起自己喜欢的国标舞，母亲鼓励说有爱好是好事，尤其夫妻俩有共同的爱好，很是难得，可以增进感情；大弟说起在厂子里人事关系复杂，母亲提醒他尽量对他人宽容理解，换位思考，每个人都有自己的难处；三弟说起小店生意难做，赚钱养家都不容易，母亲说尽到自己能力就好，实在有什么困难可以找自己和父亲；二弟话不多，只说都挺好，母亲告诉他有什么难事别憋在心里，一定要和父母说；四弟常在沅陵，聚会无需多话；大妹告诉母亲自己即将派驻出国，儿子年幼不知怎么办，母亲想了想，让大妹把她儿子也送到沅陵，这几年帮她带，等她回国再送回北京。

聚会的餐桌上，侃侃而谈的自然是父亲，回忆苦难岁月，感慨现在家人终能团聚；母亲几乎不在餐桌上说话，但这些天里，更多的时候，我总会看到母亲在和自己的某一个儿子或女儿，一对一地细细地轻声说着什么，或者在专注地倾听，我越来越深刻地了解到我的母亲是怎样一个务实勤勉的母亲。

大年初一的早晨，长沙下起了鹅毛大雪，城内外白茫茫一片。父母和我们十个兄弟姐妹及各自家人，浩浩荡荡20多人，裹上冬衣，踏着瑞雪，走过湘江大桥，一起攀登湘江河西岸的岳麓山。岳麓山高300米，一行人欢歌笑语，经过岳麓书院、爱晚亭、蔡锷墓、黄兴墓，直到最高的云麓宫。年近70的父亲精神矍铄，走在最前面。到达山顶，俯瞰雪中的长沙城，俯瞰湘江水滚滚北上，看橘子洲将湘江一分为二，想起当年在长沙的往事，百感交集。

这次家族最盛大的聚会，竟然没有留下正式的大合影照片。当年徐敏第一次跟我回沅陵时和我的父母及8个弟弟妹妹在沅陵的照相馆里的那张合影，是每每掀起我思旧情怀的源泉，而这次，没有合影照片留下。父亲曾经提议过大家应该去照个大合影，母亲却说下次大家一起找机会回沅陵再照吧。但是，就没有下次了。人生中很多事情，是不能总计划说下一次的，因为谁也不知道，还有没有下一次。

母亲一生对很多事情的判断都极其客观准确，但也无法预测自己的生命何时猝然而止。而下一次，当我们这些儿女再聚在一起时，已是到沅陵参加母亲的葬礼。

有一种古老的说法，大家族不能轻易搞大聚会，大聚会对于家族中的老人，往往是最后的欢愉。

聚会回去后半年不到，母亲就生了病，肚子无端地疼得不行，惯于隐忍的母亲每每疼得满头大汗，不堪忍受。父亲和同事将母亲送到县人民医院，这时候的医院仍然还在混乱中，之前有经验的老医生们都被发配到了边远农村医院或者也在种地，还在一个个逐渐落实政策过程中，有的已经在乱世中离世。医院检查说没什么问题，估计就是胃病，胡乱开了点药就把母亲打发了。这样耗了半个月，母亲已经不能走动，学校找到县领导，说这是我们这里最优秀的教师。县里出面，破例把还在乡下劳动改造的县医院外科被称为"第一把刀"的杨医生请了回来。

杨医生从乡下坐县政府专门派的车子赶回医院，给母亲做了详细检查后，摇摇头，说："如果几天前，我还可以救她。"母亲本来是轻微的胆囊炎，由于医治错误，现在已经穿孔发展成弥漫性腹膜炎晚期，无法医治。几日后，母亲溘然长逝。

母亲离世的那天晚上，我正在南岳衡山参加一个文艺创作方面的会议，住在衡山顶上的上封寺宾馆里。初秋的山顶上并无任何游客，宾馆里只有我们十来个开会的人，也没有服务员，有个边上庙里还了俗的老和尚替我们烧热水煮饭。虽然还了俗，老和尚也只做素菜，我们餐餐吃的都是斋饭。晚上我和一个作曲的同事共住一间朝北的客房，灯一熄灭，窗外被山风吹得不停摇动的松树的巨大的影子便忽然投到房间里，如鬼魅般起舞。我躺在床上，望向窗外，斑驳树影，冷月凄清，夜凉如水，心中有一种奇怪的不安在涌动。夜半时分，我从睡梦中忽然莫名地惊醒，隔着蚊帐模模糊糊看到月色下的窗纱在舞动，而母亲的身影，清晰而透明地穿过窗棂，慢慢走近我的床前，母亲依然穿着她惯常的黑衣白裤的中式父母装。母亲到床边停了下来，静静地从她的黑框眼镜后面端详着我，然后似乎又朝我伸出了手，要抚摸我的头发。我大叫一声坐起来，打开床头灯，母亲倏忽就消失了。

同屋的同事被我的惊叫声唤醒，问我怎么了。我问他有没有看到什么。他说自己睡着了，什么也没看到，只听到我的惊叫声。我看看桌上的时钟，时间是 12 点 15 分。第二天中午，我接到在沅陵的四弟拍来的电报，上写："母病危，速回。"

我立即放下一切事情，从衡山顶上一路跑下山，坐火车转长途汽车，在次日傍晚时分赶到了沅陵。一路上，我眼前一再浮现半夜看到的情景，我强烈地感觉到，母亲也许已经不在了，但我又暗暗希冀这只是一个偶然的梦境。然而，一出车站，我便远远看到前来接我的四弟面色憔悴，胳膊上挂着黑纱布，一股无尽的悲哀从心中涌上喉头，让我哽咽不能语。我询问四弟："什么时候离世的?"四弟说："昨天凌晨，刚过子夜时分，因为怕你们难过路上不利，父亲交代电报里先只说'病危'。"

宇宙中有很多至今人类无法真正了解的秘密，有很多我们现在的知识无法覆盖的真相。我对于灵魂是否存在的思索和疑惑经久不灭。以往母亲重病，我虽常有担忧夜不能寐，但在如此精确的时间点看到我的母亲，委实匪夷所思。假若世间真有魂灵，那么在那一刻，母亲是可以分身数处，分别看望自己的儿女们，还是专程来看看她最挂念的大儿子呢？我事后逐一询问过其他弟妹们，在母亲离世的那一夜有没有看到什么，他们均说当夜并无异象。那我就假定是后一种猜测吧，母亲虽然挂念所有的儿女，但也无力在弥留之际分身万千，飞身下视她万般留恋的人间。

正是9月，这年河南连日暴雨引发特大洪水，京广线被冲毁100多公里，火车停运，几个在北方工作的弟妹无法尽快赶回，一路设法绕行，经焦枝线，奔波辗转，再换长途车，5天后才到达这个偏远的湘西山城。我们不断用冰块在这依然炎热的早秋保护着母亲的遗体，一直等到所有的兄弟姐妹到齐了，最后看一眼母亲的遗容，才钉上棺木，召开追悼会。

母亲年仅58，因离世得极其突然，未来得及准备棺木。跟从我们家20多年的老婆婆得知，即刻决定将自己的楠木棺材捐给她最尊敬的韩先生。老婆婆早在几十年前按苗族女人的习惯给自己准备的楠木棺材存放在她的侄子盘古那里，在从老婆婆那得到母亲离世的消息后，盘古带着五个村民连夜就动身了，六个人将沉重的棺木扛在肩上，翻山越岭，走了一天一夜。当看到40多岁的盘古满身尘土泥浆，用自己仅有的一只胳膊和肩膀配合，而另一只袖管空荡荡地甩动着，和另五个村民扛着棺木一步步走进芸庐时，我忍不住泪流满面，带着弟弟们赶紧冲上去接过这无比沉重而珍贵的赠物。

我相信，世间人与人之间的恩情回报，绝不是一种锱铢必较的情感交换。我根本无法估算母亲到底做了哪些事值得这些淳朴善良的人来如此厚报她，但我又坦然地相信，我的母亲，她值得这一切。

老婆婆在棺木前擦着眼泪说："这辈子什么事情我都想到了，只是没有想到韩先生会先我而去，但这口好棺木能让韩先生用上，我真的很开心！"母亲一生苦难，在死后却有福长眠在了用以建造故宫号称"皇木"的沅陵楠木的棺材里。

安放进棺木里的母亲安静平和，脸上露出安详的微笑。母亲离世前数月的大聚会，虽然并不富足，大家仍在各自为安妥自己的人生而艰难跋涉，但母亲看到了希望，她知道在韩家大院受尽凌辱的日子不会再有了，拜见公婆被驱赶出来的日子不会再有了，山高月冷爬不过雪峰山的日子不会再有了，因为饥饿而将娟娟送人让女儿死在怀中的日子不会再有了，她可以安心地走了，一辈子从未笑过的脸上，终于在人生结束的这个时候，绽开了笑容。

追悼会就在芸庐举行，学校几乎所有的教师和她教过的还在本地的学生都来了。按当地风俗，有人去世，亲朋好友们时兴送祭幛，就是布匹，由于送的布匹实在太多，引起了驻校工宣队的干预，被强令停止送祭幛。但从外地赶来的人仍是越来越多。

芸庐的周围水泄不通，大家放下了手里的一切事情，赶来送别这位辰州中学甚至是整个沅陵最值得尊重的老师。追悼会开始后，学校领导、同事和学生代表轮番上台发言，感情真挚，催人泪下。奇特的是，在追悼会开始的前一刻，天空骤降暴雨，令人猝不及防，但又在转瞬间戛然而止，天空重归于晴朗，仿佛沅陵的天空先是为母亲洒了一把悲情的眼泪，然后又用晴好的天气来保障追悼会的顺利进行。

追悼会后，由全国各地赶回来的9个兄弟姐妹排成一队，披麻戴孝，由最小的小弟手捧母亲的遗像，走在母亲的灵枢前。送灵队伍从芸庐慢慢地走出来，两边如潮的人群让开路，严肃静默地目送着我们。

忽然，在人群的后面，一声凭空响起的声嘶力竭的哭嚎刺破了这片肃穆，我们循声望去，但人潮之中，看不见哭泣的人，只能听到这哭声一阵响过一阵。大妹妹推了推我，轻声说："是王嫂。"几十年过去了，大妹仍能听出自小最喜欢她的抱着她翻过雪峰山的王嫂的声音。

我们9个儿女和父亲，陪伴着母亲的灵枢，一步步走出芸庐，向天宁山后山走去，将送行的人群和王嫂的哭泣声逐渐抛在了身后。从芸庐到天宁山后山要走漫长的山路，每逢抬棺人放下母亲的灵柩休息，我们子女们是不能坐下来或站着的，都要就地跪下等待，也不知道跪了多少次，大家的膝盖都肿了流出鲜血，但每个人都在回想母亲生前对自己的关爱，心中满是痛，而膝盖并无疼痛的感觉。

母亲被葬在了学校旁天宁山后山的最高处，让她可以看到滚滚的沅江水，看到这座寄托了她半世情怀的湘西古城，看到辰州中学。

我那时也学会了抽烟，在母亲坟头，点上一根好烟，想起母亲生前一直抽最劣质的烟喝最便宜的茶，是否对她的健康也有极大的损伤。印象中母亲有时夜晚在天井里独自伫立抽烟，我们走到边上闻到那烟味都会呛得咳嗽；而母亲喝的茶，浓黑黏稠得如同酱油，弟妹们曾经调皮偷偷捧着喝一口，都苦得吐出来。也许，只有这浓烈的烟茶，才能让母亲在生活的重压下坚持住，用它们来纾解和提振自己。

在数日的葬礼上，众多的来宾往往都是和我们一起回忆我母亲的往事，而这只能让我们更为难过；也有的来宾更懂我们，绝口不提我母亲，和我们寒暄，仿佛来参加一次难得的盛会；只有老婆婆，什么也不说，陪着我父亲默默地坐着，当来宾在深夜慢慢散尽后，起身给我们家里每人煮一碗米粉，上面放着很多很多的辣椒。

母亲生前给我写的最后一封信，是关于我女儿计划以后在沅陵读小学的事，信上说："君儿的学校已经落实，可在荷花池小学就读，勿念！"除了我女儿，我在北京工作的大妹因为要和大妹夫一起被派往苏联工作，之前也将她大儿子小孟送到了沅陵，交给母亲一并照料。有母亲在的沅陵，如同一个永不歇业的免费旅馆，永远敞开怀抱无条件收容着在人生旅途中奔波的儿女们的一切烦恼和挂碍。然而，这一切都落幕了。

母亲第二次被送到医院去时，幼小的小孟忽然说："外婆不会回来了！"大家赶紧呵斥他："小孩别瞎说！"小孟固执地坚持："不会回来了！"然后开始哇哇地哭。

童言无忌，一语成谶。

在母亲葬礼上，当我看到那么多为母亲的离去伤心痛哭的学生们时，我忽然意识到一个巨大的终身遗憾，我竟然从来没有听过母亲讲课。母亲几十年来和我们儿女之间都是言简意赅，没有长篇大论，但说的每一句话，我都记得，不知道当她面对满课堂的学生们滔滔不绝传道授业解惑时，是怎样的风范。我是她的儿子，却没有做过她的学生，但是，母亲又何尝不是我人生中最重要的老师呢？身教重于言传，在母亲离开后很多年，每当我在人生的大事上犹豫惶惑时，总是不由自主地想：如果母亲还在，这件事，她会怎么办？我便豁然开朗了。

在母亲尚在世时，父亲刚刚平反，辰州中学便经常邀请这位学校的老创始人到学校参加一些活动，参加座谈会、为编撰校史提供记忆资料、给学生们讲述学校的历史，父亲有叫必到，发起言来侃侃而谈，声音洪亮，每次发完言回来都兴奋得睡不着觉，把自己的发言一一重复给母亲听，问她有哪句不合适的。母亲会认真思考后，给出她客观冷静的建议和提醒。母亲的话，父亲一定会牢牢记住。

父亲有时又很早起来，赶到操场，远远地站在角落里看学生们做早操。有时又到学校的食堂去巡视，和厨师们聊天，告诉他们学生们爱吃哪些菜；又和来食堂打饭的学生们聊天，问他们吃得可好，对食堂伙食有什么好建议。

有时父亲又会跑到养猪场，站在猪圈旁，看着大猪小猪挤着"吭哧吭哧"吃猪食，一看就半天，还给饲养员讲几只老母猪的脾气性格，要怎样区别对待。有时挽起袖子，一起切好猪草，嘴里呼唤着，把他熟悉的几头老猪召唤过来。

学校搞校庆，头发雪白的父亲自然作为退休老教师的代表，胸前挂着大红花坐在主席台上，不断有年轻的学生和教师过来和父亲合影，父亲微微颔首，目光炯炯有神。

有一段时间父亲忽然坐立不安，时不时偷偷在书桌上写什么，直到有一天，他逐一给全国各地的各个儿女打电话，说自己准备递交入党申请书。当时，我们儿女们虽觉得父亲到这个年纪再申请入党似乎没什么必要，但也不想打击他，便都随口鼓励，并未从父亲的境况角度替父亲认真考虑这件事。

但母亲考虑到了。有一天母亲忽然给我打来长途电话，说希望我为此事劝阻父亲，因为我是老大，他最看重我的意见。我问为什么。母亲沉默片刻，说："我怕他受不了……"我想了想，还是没有专门为这事给父亲打电话，但我完全理解母亲的担忧。果然，年近70的父亲递交的入党申请书石沉大海。父亲因此消沉了一段，和母亲唠叨："玉琴啊，你觉得我这一辈子所做的每一件事，到底哪里配不上共产党员的标准？"母亲沉吟一会儿，说："随缘吧，我们自己问心无愧地做个好人才最重要。"

不久，辰州中学搞运动会，父亲竟然跑过去报名参加半程马拉松。工作人员看着这么大年纪的退休职工报名，啼笑皆非，但学校运动会本无年龄限制，而父亲是平反落实政策的老退休教师，当然只能让他参加。年近70的父亲穿着运动背心，胸前挂着硕大的参赛号码，气喘吁吁地跟在年轻人后面一路紧追慢赶，瘦弱苍老的双腿和胳膊在风中晃动，在大家的掌声鼓舞下跑完了全程。学校专门给父亲颁发了一个特别鼓励奖，白发苍苍的父亲，穿着写有"辰州中学"字样的运动背心，和获奖的年轻教职工及学生一起站在讲台上领奖。

父亲自豪地挺直腰板，从学校领导手中接过运动会的奖状。

罗曼·罗兰说过："世上只有一种英雄主义，就是认清生活的真相后，依然一如既往地热爱生活。"

但这一切都因母亲的离世而改变了。离开母亲后的父亲，忽然变得郁郁寡欢，一下子苍老了许多。母亲生前一直是个寡言之人，不同于多数夫妻女方话多唠叨而男人听着，40多年来，每天临睡前总是父亲滔滔不绝地和母亲讲述白天工作上的各种事和感想，母亲总是默默地聆听，偶尔评论几句。后面一些年，父亲天天养猪，只能说哪头猪得病了哪头猪生娃了，此外实在没什么可说的，母亲反而会饶有兴致地多追问几句细节。

母亲离世后的头一周，父亲晚上完全无法安睡，枕边不再有人听他说话，面对空旷的半张床，有话不知向谁说。后来父亲就假当母亲仍然在，照例和她唠叨他想说的话，夜风吹动窗纱，父亲就当是母亲在微微点头。床边堆积的母亲的书籍，看到坛子里母亲吃剩下的干锅巴，面对沅江的阳台上两人闲坐聊天时坐的两把面对面的空竹椅，都让父亲心碎。无人与我立黄昏，无人问我粥可温，芸庐里只是少了一个人，但对于父亲，便是空了一半。

在沅陵的四弟给我写信，说父亲每天晚上总在房间里自言自语，可以连续讲几个小时，四弟有时进屋陪着他，他却只是把目光放在墙上母亲的照片上，不停地讲着一些过去的事，有时会提个问题，然后停下来侧耳倾听，仿佛在倾听母亲的回答，然后点头称是，又继续和母亲聊。四弟为此很担忧。我回信说让四弟陪父亲来长沙住一段吧。但父亲执意不肯离开沅陵，不肯远离母亲。父亲对四弟说自己要"丁忧"，"丁忧"是古代朝廷为官者当父母亲去世要回家乡三年的规定，父亲却把它用在了母亲身上，母亲去世后整整三年内，父亲没有离开过沅陵。

有时，辰州中学的某个教室外，会有一个白发苍苍的老头在窗口探头探脑，发呆地盯着讲台，嘴里念叨着什么，惹得教室内上课的学生窃窃地笑，都看向窗外。讲课的老师停下讲课走出去探看，便会认出是父亲，明白他想看看母亲曾经给学生们讲课的地方，于是把父亲请进来，向学生们介绍说这是韩老师的先生，学生们便不再窃笑，都站起来向父亲鞠躬，父亲连忙也鞠躬，然后扭头慌张地跑了。

父亲写了一首挺革命的诗，怀念母亲，顺带感谢祖国感谢党："结侣同居四十年，半生辛苦半生甜。寿终花甲不为老，恶痛难医情可怜。祖国富强还夙愿，党恩深重感心田。人生自古谁无死，生得其时也安然。武陵山下风光好，松竹林中作长眠。哀悼英灵归故土，儿孙翘首望云天。"将它贴在床头。这首诗，父亲又用工整的毛笔楷书一遍遍写在稿纸上，分头寄给了在各地的儿女们。

母亲离开后的父亲，已经不再是原来的那个父亲，已是另一个人了。

———

这是一个儿子的赎罪，在多年以后，为年轻时的鲁莽冲动。我这些年从来没有和父亲再聊起过衡阳那天晚上的事，父亲也许也刻意回避，也许，已经全然忘却。但此刻，父子之间，一切尽在不言中……

——

第十六章

当我们终于在长沙有了一套带卫生间厨房的房子，而母亲已经去世多年，父亲终于不再坚持在沅陵守护母亲的孤坟不肯离开，我便把父亲从沅陵接过来住。知道他喜欢打麻将，单位几个老人便常约他去打牌。父亲打牌专注而认真，打牌时从不说话，别人出牌太慢便咳嗽一声，用指头敲敲桌子提醒催促下，如果和牌了则呵呵一笑，优雅地把牌推倒，摸一摸头发。

此时田丽和老伍早已经回到长沙，老伍在一所部队所属的大学任校方领导，只要知道父亲在长沙，便会常常来看望，并总是询问父亲，自己能为他做什么。父亲总是摇摇头："现在我什么都有了，儿女们都好，就是玉琴不在了。"田丽夫妇对我们家的感恩报答持续了终生，多年后，我在河南当兵的小弟在他们全力以赴的帮助斡旋下，从河南调到了长沙的部队高级学院，这个调动是跨兵种跨地区，并非易事，但如田丽多年前离开沅陵时对我父母说的："滴水之恩，必当涌泉相报！"

一次，有个同事来家找我谈工作，先到家里了我还没有回来，他便和我父亲闲聊。等到我到家打开房门，父亲正意犹未尽地在用力拍着自己的大腿："一切都是命运注定啊！"必是已经和我同事长聊了很久。同事后来偷偷告诉我："你的老父亲太能说了，讲了一个小时，几十年的事都告诉我了！"我意识到，除了安排父亲吃喝和打麻将，我也要多和他聊天，老人憋着一肚子话，总是希望有人听他讲讲的。

年近八旬的父亲，身体已经大不如前，一天他打麻将回来，急匆匆地往厕所跑，待在里面久久不出来。我不放心，厕所门没锁，便推门进去，见他光着屁股，裤子褪到膝盖下面，正试图用厕所里的水洗自己的裤子，看到我，露出孩子犯了错误般惭愧羞涩的表情。年迈的父亲打麻将时没忍住，将粪便拉在了裤子上。我赶紧拿来一条干净裤子，让父亲换上，然后自己替他把裤子搓洗干净。父亲不安地在边上走动，很不好意思的样子。我不禁眼眶湿润，想起自己童年时穿着干净的衣服在外面疯不小心掉到河沟里，穿着全是泥水的脏衣服回家，父亲也是赶紧替我洗干净不让母亲知道批评我。世事轮回，周而复始。

有一天，我发现父亲走路有点一瘸一拐，便问他是不是腿受伤了。父亲摇头，什么也不说。我便逼着他把鞋袜脱掉查看，发现父亲两只脚的脚指甲已经长得卷起来，倒钩进脚趾肉上面，都刺出血来。父亲自己没有办法剪断长成这样的脚指甲，又不好意思和我说，就每天这么忍痛坚持着。我埋怨他为什么不跟我说，父亲喏喏无语，他还没有习惯自己已经无法避免的衰老，即使在儿子面前也放不下自己的面子。我找来剪刀，让他坐在椅子上，把脚伸到我面前，用剪刀一点点替他剪去那也许一年没有剪过的指甲，再给他的每个脚趾上的伤口涂上碘酒。父亲极为不安地伸着脚，眼睛不敢看我，假装东张西望。而此刻的我，脑中浮现出当年在衡阳来看望我的父亲，被赶出门连夜流落街头的情景。我认真地一点点剪着，泪水忍不住滴到了父亲的脚上。父亲感觉到了，深深叹口气。

这是一个儿子的赎罪，在多年以后，为年轻时的鲁莽冲动。我这些年从来没有和父亲再聊起过衡阳那天晚上的事，父亲也许也刻意回避，也许，已经全然忘却。但此刻，父子之间，一切尽在不言中。

这期间我们把徐敏的母亲也接来长沙长住，小小的屋子里，我和徐敏加上两个老人两个孩子，十分拥挤。我儿子和我父亲住在一间房里，和我说："爷爷晚上总是深更半夜地叹气呢！"我说他在想念奶奶呢。

住了一年多后，父亲还是决定回沅陵，叶落归根。自从母亲离去后，父亲日益感觉自己时日无多，不想在长沙或者任何他乡离世。

回到沅陵的父亲，忽然又想念起最早的故乡碧野村，人越到高龄，越容易怀念更久远的事。80年代后期，父亲独自开启了一次归乡之旅，跑回了碧野村老家。

父亲看到的碧野村，和50多年前相比变化并不大，之前沈家和江家的老宅子已经早就坍塌，建了些新的二层水泥房子，用工也很简陋，在田间东一栋西一栋凌乱地矗立着，反而比50多年前更显萧条。田间种了些普通的蔬菜和稻米，田埂上照例是开满油菜花，池塘里满目黑黄的残叶枯枝中伸出了一些弱小的荷叶，尚未到荷花盛开的季节。

在碧野村，他所有熟识的长辈和同辈都已不在人世，和在村口抽烟看上去很老但实际上才60来岁的人聊天，此人终于记起这是50年前离家，20年前回来过一次的当年族长家的沈家大少爷。于是，他便把父亲的一些近亲和曾经认识的人都喊来，人越聚越多，大家你一言我一语说起往事，唏嘘感慨。村支书也过来了，便召集大家一起到沈家祠堂里说话。

论起辈分，算了算，父亲是老太爷辈分了，村里与他同辈的人一个都没有了，村支书能算到我的孙子辈。

当天，村里沈姓人家在祠堂里搞了个聚会，欢迎辈分最高的在世的老太爷回村。沈家祠堂经过多年风雨，已经破旧不堪，四处漏水。那天正好下雨，大家把桌子摆在雨水淋不到的祠堂角落里，村里人各自凑了些酒菜。父亲兴致高昂，难得地喝了不少酒。觥筹交错间，支书邀请父亲在村里住下来，按规定可以给他块地，但房子要自己建。父亲便心动了，突然有了老来还乡，在故土颐养天年的想法。第二天，就委托陪他去碧野村的在贵池县里工作的三弟给我们兄弟姐妹逐一打电话，说想在村子里建个小房子，作为自己安顿的地方，需要花 2500 块钱，希望大家凑一下。

父亲这辈子第一次向儿女们开口凑钱，大家不管经济情况怎样，自然尽力，但对于父亲的这个想法，大多并不认同。我给父亲写信，告诉他我们会凑钱，但他离开碧野村 50 年，这里对于他应该并无太大意义，不太可能长住的。父亲没有回信解释，我忽然意识到，"孝顺"二字，"顺"似乎更重要，老人的心情，难以理性注解，顺从便是吧。

儿女们的钱很快就凑齐了，父亲在碧野村村口一棵大槐树下开始请人正式建房子，很是忙碌了一阵，也很充实。父亲先借住在村中远亲的家里，自己每天跑去工地，在大槐树下徘徊，看着那小小的泥土房子一砖一瓦地慢慢有了模样，给我们每个儿女写信，欣喜地通告我们房子的进展，还把房子设计图样附在信中，其实只是一个能遮风避雨的小土房，外墙刷了水泥而已。

房子建好后，父亲便急不可耐地搬了进去，将一直随身带着的母亲的遗照端端正正地摆在房屋中间，对着照片说："玉琴啊，50多年前，你到了县城没能进碧野村，今天我陪你来了，你想在这待多久就待多久，谁也不会赶我们走了……"

父亲又写信给沅陵的四弟，让他把家里的一些书想办法找人带过来，似做长期打算。父亲自己一个人在碧野村住下后，自己种菜，用柴火灶做饭，每天到村子里熟人家溜达闲聊，天黑了自己烧热水洗澡安睡。父亲又常常去后山的祖辈坟地上转悠，终于在爷爷的墓冢附近，看好了一块空地，旁边有几棵苍翠的松树，便和村长说好了这块地留给他建墓，准备作为自己将来叶落归根的长眠之处。

父亲又逐一写信给我们兄弟姐妹，描述房子内外的景致以及挑选好的坟地的位置，并邀请儿女们过去看看。但除了近在贵池的三弟二妹和江泉一家能偶尔专程去村里看看他，我们其他在各地的儿女们都因为工作、孩子忙得不可开交，自然不可能没事跑去碧野村陪他住，父亲有些失落。

几个月后，江泉忽然染病离世，父亲奔赴县城参加葬礼，白发人送黑发人，想起自己对这个亲生儿子的愧疚，悲情难止，心灰意冷。之前父亲每隔一段时间，便会从碧野村搭车去县城，在江泉家里住一小段。江泉知道父亲爱打麻将，一定组织隔壁邻居的老人们来家陪父亲打麻将。这时江泉已经从学校校长调到贵池的教育局，工作十分繁忙，但每天回家，总会抽时间陪父亲聊聊天，给他烧好洗澡的热水倒到桶里。

对于父亲，没有了江泉在附近的碧野村，慢慢地变得越来越没有意义。在村子里居住这段时间，村人都知道父亲儿女众多，都在全国各地很多大城市发展，认为他很风光，应该很富裕，闲谈言辞间必是流露种种羡慕，甚至嫉妒。父亲便想尽办法帮助村里的亲戚们，但事实上那时我们全家经济上仍然并不宽松，成家的儿女们都是勉力维持各自家用，而父亲一个月几十块钱的退休金，也基本上都花在了来往于各个儿女家的旅费上。在村子里他还有个同父异母的弟弟在世，父亲很想给他些经济上的帮助，计划着送给他 100 块钱帮助家用。正好江泉的大女儿萍儿过来村子里看他，父亲便和萍儿商量这事，萍儿拿着笔帮着他算了半天，发现其实父亲根本拿不出这 100 块，否则回沅陵的旅费都不够了，便建议他送 100 斤存余的全国粮票，这在当时的村子里也是非常有价值的馈赠了。而对于村子里其他亲戚朋友们，但凡有人请他去家里吃饭，父亲总是买烟买酒带着，绝不空手，不让人说闲话，久而久之，他在经济上也日益觉得吃力。

江泉的过早去世，让父亲终于下了决心，放弃了在碧野村养老的计划，收拾东西又打道回府。前后一年多，折腾了一通，还是回到了沅陵。离乡太久，归来已是旅人，碧野村已经不是故乡。而沅陵，才是他的故乡，那是他的爱人埋葬的地方。

我曾经在70年代中期去过一趟碧野村，那是我第一次见到江泉。当时我即将调到省会长沙工作，利用一次出差上海的机会，请了假，从上海坐火车到合肥，再到贵池，去见我从未谋面的同父异母的大哥沈江泉。江泉到需转车的安庆来接我，见到他的瞬间，我忽然感慨，父亲的基因看来真的是在大儿子身上体现得淋漓尽致，江泉的样子，挺直的鼻梁和炯炯有神的眼睛，像极了年轻时的父亲。恍然间，我仿佛又回到了几十年前的沅陵城，眼前这个中年男子，依稀就是那个在我童年时带我去沅江边吃牛杂碎的人。

此时，我的三个弟妹刚刚从沅陵被遣散回祖籍，尚未找到合适的工作，挤在碧野村几十年前留下的一处破旧祖屋里，向村里人学着种田。江泉便带着我，从贵池县城走了十几里路到碧野村，我第一次见到了这个我们沈家发源之地。江泉此时是贵池县城里一所小学的校长，对于碧野村的村民来说，已经算是从村子里出去了的有头有脸的人物。江泉便出面在祖屋里弄了酒菜，将碧野村的支书和村长请来家中吃饭喝酒，尤其隆重推荐我这个湖南来的沈家后代跟他们认识。酒从中午一直喝到下午5点，我的三个弟妹并无资格上桌，都穿着破旧的衣裳搬个板凳坐在屋角，看着自己的两个大哥和村领导应酬，他们知道，这其实都是为了他们。江泉是读书人，一贯低调，此时却略带吹嘘地告诉支书和村长，自己这个湖南来的大弟弟，是在湖南的省会长沙工作。可能之前我和江泉聊天时提起过这种可能，我本想纠正他，但想想还是没有言语，只是拼命给支书和村长夹菜敬酒。两人对我立刻肃然起敬，说在湖南省里工作的那已经是大干部了，以后也许还有请我帮忙之事，至于我的三个弟妹，让我们放心，都是沈家血脉，他们自然会予以关照。并不善酒的江泉在边上频频劝酒，这个大哥在竭力希望为弟妹们做点什么。

再之后见到江泉便是母亲离世前的长沙大聚会，然后没想到他就永远离开了我们，我们再也见不到这个长得最像我父亲的同父异母的大哥了。

在母亲离世后的第十年的1985年，已经回到沅陵的父亲，给所有的儿女写信，希望次年春节大家都回沅陵一起过个年。分散在全国各地的9个儿女书信往来商量很久，各自家事繁杂，安排不便，终于没能成行，但都邀请父亲去自己的城市过年。1988 年父亲再次发起大聚会的建议，仍然未果。一晃眼到了 1991 年，父亲又提起沅陵大聚会的事，仍未果。随着年事越高，1975 年全家一个不缺地一起在雪后攀登岳麓山的情景便越是频繁地出现在父亲白日的遐想中和深夜的梦中。

在 80 年代末，我作为省艺术研究所所长，有机会再次来到沅陵，看望独自待在沅陵的父亲，同时观摩当地新排的辰河戏《寡妇链》和《辰州教案》。听着这些熟悉的唱腔，我眼泪忽然止不住流了下来，我想起了母亲带着少年的我，在河滩上站着看《李慧娘》的往事，同事们有些诧异地看着我，因为剧情似乎并没有如此的感人。我擦干眼泪，抱歉地告诉他们："我想起了我的母亲。"

看完演出第二天，沅陵文化局的朋友们找了一条船，组织大家游览水电站建好以后的沅江，并在当年的青浪滩的一家江边餐馆用餐。如今水急滩险的青浪滩已经不复存在，曾经远在高高山坡上的伏波庙如今临水而立，沅江变得开阔而缓慢。我忽然记起听老同学提起过，我的好友梁兵就在青浪滩乡的中学工作，便问起能否找到他一起来吃饭，乡政府的人很快就把 20 多年来一直在青浪滩中学的梁兵老师找了过来。

江边渔家餐馆柴门低矮，梁兵掀开门帘进来时需低下头，身材虽然仍然高大，但我看到的他瘦骨嶙峋，宽大的衣服里面空空荡荡，仿佛一个巨型稻草人，一阵风就能把他吹倒。我激动地站起来想拥抱他，但他只是伸出瘦长的胳膊和我握手，然后在桌尾坐下。席中，大家谈起水电站的建设，让青浪滩甚至整个沅陵的人付出了很多而回报极少，这边的人经济上都很困难，学校连教材都买不起，情绪颇激动。梁兵只是默默地听着，而只要有人举杯，他便一饮而尽。而我试图和他多聊聊，问他什么他都只是简单回答，并不询问我什么。"还打篮球吗？""早不打了。""家人都好吗？""都好。"……

　　临近席散，大家纷纷起身准备告辞，忽然下起了大雨，大家只好又坐下。梁兵突然站起来，把外衣解开，说："我给我的老同学吟一首魏源的诗吧！"然后开始中气十足地吟诵起了《青浪滩夜雨》："客行得良朋，夜舟泊惊浪。欢娱忘苦辛，寂寞成悲壮。谁知今夕雨，正及武陵涨。疑挟海气来，骤使滩声让。山鬼灯淅沥，同行气凄怆。解衣见殷勤，无酒谁酣畅。地是伏波阻，人异屈原放。……"用的沅陵话，豪情慷慨，抑扬顿挫，头一仰一伏，把大家听得都无语怅然，纷纷凝心看那苇帘外青浪滩夜晚的雨。他吟诵完，将一杯酒一饮而尽，重新坐下，不再说话，而所有人也都良久静默，仿佛众人的元神已被他的诗抛向外面夜雨下的青浪滩，难以回归。而此时任何一句溢美之词，似都显得多余，将会击破这块凝重的虚空。

我们登上渔家餐馆外的船时，夜已深，雨已停，月亮出来了。沅水如同一条凝滞阻塞的巨大血管，在夜色中甚至没有一点江涛拍岸的声响。正是满月，月光姣好，不远处的伏波庙寂寞地矗立在月色下，再也没有3000只乌鸦遮天蔽月地振翅飞起。我们的船缓缓离开青浪滩岸，走出很远，我还看到梁兵高大瘦弱的身影，站在江边的月光下，仍然高高地举着手，做出告别的姿势，如同雕塑一般。

这次在沅陵，我忙完工作，尽量延长在沅陵陪伴父亲的时间，滞留了近半个月，方才回长沙。这段单独相处的日子里，父亲给我讲了很多过去的事，使得今天，我才有这么详尽的资料，能知道那么多在我出生之前和我不在他身边时发生的往事，追溯有关我父母的一切。

父亲80岁那年，曾独自从沅陵出发，返乡小住，登了一次黄山。一个80岁的老人，独自拄着拐杖登上了黄山山顶，惹得路人纷纷称赞。父亲站在黄山高处，看着云海劲松、飞瀑流泉，即兴写了一首打油诗："八十老叟登黄山，劫波历尽志更坚。若把山路比命运，下山更比上山难。"父亲兴致勃勃地将这首诗写在信里，逐一寄给自己的儿女们。而对于我这个大儿子，他更是迫不及待，下了山就拨长途电话给我，在电话里把诗读给我听。我在办公室接电话时，正忙于工作，匆忙听完，随口称赞几句，心里其实觉得父亲这首打油诗实在写得一般。而今重新读起，忽然有一种顿悟，大道至简，也许，腹有诗书的晚年父亲，写给孩子们的诗，已经无关文采，直抒胸臆即可。

这年秋天，85岁的父亲独自坐在房子里百无聊赖、孤独难捱，忽然有了一个想法，他走到墙上母亲的遗像前，说："玉琴啊，我打算去看看儿女们，一个一个看，就是不知道他们现在都很忙，我会不会给他们添麻烦。你说呢？"照片里的母亲依然眉头深蹙，像在思考父亲的问题。当晚，父亲便梦见了母亲，母亲说："你去吧！他们再忙，看到你肯定会很高兴的。你也替我看看他们每个人都怎么样了，回头见到我也可以跟我详细讲一讲，我俩很快就要见面了。"

父亲第二天起床便开始写信，花了一周时间给九个儿女各写了一封长信，但并不寄出，而是收拾进行包里，动身前对着墙上母亲的遗像说："玉琴啊，我按照你的意思，要代表你去看看儿女们了，就像你说的，我们俩再见面的时间已经很近了，很近了……"

父亲决定先去安徽，贵池有二女儿和四儿子，还有江泉的子女，还有碧野村；然后再去河南，那里有在郑州的二儿子和在新乡的三女儿及当兵的六儿子，再去北京看大女儿，然后回到长沙看大儿子和三儿子，再回到就在沅陵的五儿子身边。

当 85 岁的父亲突然只身出现在四儿子（三弟）家门口时，三弟大为意外，但三弟一贯话不多，也没多问什么，将父亲迎进寒碜窄小的房间内，让妻子赶紧收拾个临时的床铺出来，铺上破旧但整洁干燥的被褥。三弟的妻子也是碧野村来的，朴实憨厚，无话。三弟现在贵池开着一个卖竹制品的小店，勉强维持生存，是弟妹们中经济上最不稳定的，一家就住在临街小店的后屋里面，房间里堆满了竹箩筐和竹斗笠。父亲说："没什么事，就是想你们了，来看看。"三弟说："您想住多久都行，您儿子这里虽然粗茶淡饭，但饱暖无忧。"

父亲便白日没事坐在小店门口，有时问清儿子价格后有顾客来还帮着卖点箩筐，但执意不让三弟告诉同在贵池的二妹和江泉的子女，说自己会专门去看他们的。一日黄昏，天色渐暗，父亲看着儿子将店门关上，外面热闹的街景瞬间消失，只剩下他和儿子，便说："我想和你聊聊。"三弟给自己泡了杯浓茶，给烟茶酒不沾的父亲倒了杯白开水，父子在窄小安静的店内对坐。父亲告诉三弟，这些年有一件事自己一直觉得有些对不住他，就是当年把辰州中学可以顶职的机会给了四弟而不是他。父亲说知道三弟这些年对这件事一直心里有疙瘩。三弟不语。父亲又说当年母亲是主张按年龄顺序，大哥二哥三哥和大妹都考了大学，按理应该这第四个儿子顶职，但是自己觉得三弟从小更能吃苦，而四弟从小聪明伶俐受宠爱多，吃苦不够，担心把他扔出去他吃不消，就说服母亲了。三弟还是不语，眼眶有些红，扭头看到边上堆到屋顶的竹箩筐有些摇摇欲坠的样子，搭凳子上去把它摆正，从板凳上下来，眼泪已经滴了下来。三弟擦擦眼泪，说："是您和母亲把我带到这个世界，把我养大，就这一点，我还能有什么抱怨的呢?"父亲掏出一封信："我还有很多想跟你说的话，都在信里。我明天去你妹家了，你等我走以后再看。"三弟接过信，郑重地放到口袋里："好的，我答应您!"

二妹在城里一家国营商店做售货员，收入不高但也算铁饭碗，也还稳定。二妹夫是单位的司机，为人热情、做事灵活，很得领导喜爱，常会往家拿些别人送给领导而领导看不上的食品烟酒等，但就是工作没准点，需随叫随到。父亲突然出现，女儿自然很开心，当晚，女婿便弄了很多菜，劝父亲喝点酒开心，父亲仍是坚持不喝，但饭吃到一半，一个电话进来，女婿便出门给领导开车去了，剩下父亲和女儿。二妹有一个女儿，在屋里做功课。二妹独自面对父亲，不知说什么好。相比自己的姐姐和妹妹，二妹性格是最为内向的，但母亲在世时，二妹所有的事情都会和母亲说，信件往来也都是和母亲之间的；聚会时，母亲和二妹的私下聊天是时间最长的。但和父亲，却感觉无话可说。父亲很想把自己记忆中单独和童年的二妹相处时的一些有趣的往事和她唠叨唠叨，却迟疑着不知从何说起，屋里二妹的女儿做作业有事在叫妈妈。二妹便进去了，父亲孑然独坐，面对着一桌菜，拿起酒杯倒了点白酒，尝了一小口，还是吐了出来。

父亲在二妹家小住了三天，留下了一封长信，叮嘱二妹等他走了后再看。

江泉有四个儿女，虽然江泉离世已经七年，但同在一个城市，子女们和三弟二妹仍时有往来，二妹还是给他们打了电话告知父亲来了贵池的事。萍儿找了个车，自己过来接爷爷。萍儿沿袭江泉的领域，在县城里已经是一个局长，听说有可能被提拔为副县长。三个弟弟都在银行系统工作，大弟弟已经是县支行的行长，收入稳定。车开到一处新建的县政府的六层干部公寓楼，六楼顶楼的房间宽敞明亮，萍儿已经为爷爷准备了一间朝南的房间。当晚，江泉的四个儿女带着家人一起，叫上二妹和三弟，在县政府边上的一家餐馆相聚。饭间，正好县长在隔壁应酬，闻讯过来给萍儿这个高龄而精神矍铄的爷爷敬酒，父亲破天荒地喝了一杯。

回到家中，父亲对萍儿说："惭愧，我什么也没为你父亲和你们做过……"萍儿说："没有您，就没有我们，爷爷不用提这个。"父亲说："你们现在都挺好，同在贵池，有机会互相关照吧！"萍儿拉着父亲的手："爷爷您放心，我们都是沈家的亲人。"

父亲并未在萍儿那多待，第二天便请她帮着订了去河南郑州的车票，前往自己的二儿子（大弟）那。

大弟大学毕业后，分配到郑州，现在是一家国营化工厂的厂长，忙得不可开交。父亲依然是按着通信地址突然出现，房门紧锁，父亲在门口的楼梯上坐了约半小时，隔壁邻居看到问起，赶紧给大弟打电话，大弟脱不开身，让他夫人提前请假赶回来。晚上大弟回家，看到父亲，责怪他为什么不先告知一下。父亲本想幽默一下说想给儿子一个惊喜，但看到忙碌一天回家的儿子疲惫的神情，终于还是没有说出来。大弟让妻子多做了几个菜，但吃饭时客厅里的电话一直不停地响，厂长不断地放下碗筷接电话，处理各种事情。饭后，大弟又匆匆出门了。

第二天天蒙蒙亮，父亲睁开眼睛，便看到衣着整齐的大弟坐在他床边。见父亲醒了，大弟问："您这次突然跑来，是有什么事吗？"父亲摇摇头："没什么事，就是想代表你妈妈，来看看你们。"提到母亲，大弟便有些黯然，沉默片刻，说："您想住多久都行，只是我工作很忙，怕没有太多时间陪您。"父亲说没事，看到他挺好就行了，知道该怎么和母亲说了，自己第二天准备去新乡，去看自己的小女儿。同样的，父亲给自己的二儿子留下了一封信，叮嘱他在自己走以后再打开。大弟工作的工厂并不富裕，厂长也没有小车，大弟安排一辆送货车在送货时绕一下到火车站，让父亲坐在副驾驶上，自己坐在货仓里。闻着后面货仓里传来的一阵阵刺鼻的农药味道，父亲叹口气。

三妹在新乡一家研究院工作，搞审计，三妹夫是新乡一个中学的校长。大弟替父亲买好车票后，还是打长途电话给三妹，告知了父亲的车次号，让她来车站接父亲，并叮嘱她一定要让父亲多住一段。三妹从小性格开朗，喜欢唱歌跳舞，现在和自己的丈夫仍一起参加民间国标舞蹈的比赛。在新乡火车站见到父亲，已经年纪不轻的三妹扑过来拥抱父亲，和童年时看到父亲带着好吃的回家时一样。

一周后，三妹要和丈夫一起参加新乡市的国标双人舞比赛，三妹极力要求父亲多住些日子，一定要去现场观摩他俩的比赛。父亲眼中再次浮现出几十年前，自己和玉琴坐在辰州中学大礼堂里，观看10多岁的三妹在上面跳舞的情景。

父亲在新乡住了一周多，其间由女婿陪着，坐长途车去看望了在河南一个县里当军人的小儿子（五弟）。五弟1957年出生，小我18岁，此时才30出头。五弟从小聪明，文采好，能写一手好文章。见到突然出现的父亲，一身戎装的五弟像哥们儿一样拍拍父亲的肩膀："老爸这是搞偷袭啊，正好我有假，下午和姐夫陪你在周围玩玩！"五弟弄了辆军车，拉着父亲在秋天的中原大地的原野上奔驰，车窗外都是硕果累累的果树，又到附近的一个部队驻地吃了饭，再将父亲和三妹夫送回新乡。小儿子告诉父亲自己已经有女朋友了，父亲点头："太晚了，要尽快!"

父亲给小儿子和小女儿分别留下长信，坐上了前往首都北京的列车，去看望他的大女儿。

父亲到达北京的时间非常及时，再过一个多月的国庆节后，在国家政府机关工作的大妹就要被派往当时的苏联常驻了，这一去，千山万水的阻隔，见一面就不容易了。一般父亲和自己的大女儿都会比较亲近，而到母亲去世以后，大女儿便有时会充当起母亲在世时的责任。最常打长途电话到沅陵叮嘱和严厉要求父亲注意生活方式维持健康的便是大妹，有时大妹会给父亲往沅陵寄冬帽或者人参，叮嘱他防寒和滋补。在北京小住几日后，大妹便决定陪同父亲一起先到长沙再到沅陵一趟，她本来也计划在出国前有一个月假期和家人辞行。父亲便没有拿出那封长信，准备在沅陵分手前再交给女儿。父亲这封信，一定要离别前才能给。

大妹陪着父亲到长沙后，先去在长沙当老师的二弟家小住，父亲一定要把我这个长子，留在这个天伦之旅的最后，作为最重要的章节。二弟职业虽为老师，但多年来单独面对父亲，都喏喏不敢多言，交流甚少，好在有姐姐在一起，二人坐下闲聊，才不至于冷场。父亲提起二弟出生后不久，家里正是状况窘迫忙乱之时，没有人能照顾他，只能把他放在婴儿椅上，边上放些水喝和吃的，让他在那坐一整天，到晚上父母回来，二弟的裤子上都是一整天的屎尿，再给他换洗，很苦的。二弟像听别人的故事一样，扭头问大妹："有这样的事？"大妹摇摇头："那时我也小，不记得了呢！"父亲歉然："你们小时候，都受苦不少，是我和你妈能力不够啊！"二弟沉默良久，忽然说："我全都忘了，只记得您总是和我们反复讲的那句话。"大妹问："哪句话？"二弟站起来，深情地说："捧着一颗心来，不带半根草去。"

几日后，父亲和大妹来到我家，父亲很安心地住下来，还让我张罗曾经一起打过麻将的邻居们一起来玩。每到晴朗的良夜，父亲搬张椅子，和自己的大儿子大女儿坐在阳台上，在如水的月光下，在璀璨的星空下，忆及旧事，侃侃而谈，兴致盎然。我们谈论得最多的自然是母亲，我们逐一追忆母亲生前对儿女们每一件事说的话，虽言简意赅，但都如箴言般，无比清晰明确地给我们指明了方向，符合我们这个家族的道德观价值观，从未有过错误。父亲讲到从洪江买橘子做生意的事，讲到把2岁的妹妹娟娟送人做养女的事，讲到自己写入党申请书的事，等等。我说母亲在58岁即离开了我们，我们想象如果母亲活到现在，活到高龄，会不会也像有的老人一样有点老糊涂？父亲摇头说："你妈妈，不会看错任何事，这辈子我只要不听她的建议，都是错的。"

我想起父亲出外时间不短了，让他脱下鞋袜，查看他的脚指甲，果然又长到卷曲起来，直嵌到肉里。我拿出剪刀，大妹一把将剪刀夺过去，蹲下来捧起父亲瘦骨嶙峋的腿，给父亲一点一点剪，泪水也滴了下来。

父亲和我们提出了一个夙愿，说自己一定要死在沅陵，因为沅陵是可以土葬的，而我们这些儿女现在生活的任何城市，都只能火葬。"我不要火葬，烧成灰了，你妈妈就认不出我了。"父亲认真地说。

几天后，父亲偶感风寒，有点咳嗽发烧，我带他到医院，吊了盐水，烧退了。父亲忽然要马上走，说打听到一个沅陵的老同事正好有车来长沙办事，可以马上搭他的车回沅陵。我和大妹劝他说坐班车也很方便，在长沙过完国庆节再走也不迟，但父亲突然变得极其固执，一定要搭车第二天一早就走，不管不顾地收拾行李，我们只好应允。临走，父亲把给我的信私下交给我，说等他走了再看。

父亲接近 80 以后，自己照顾生活便已经不方便，在沅陵搬到和四弟一起住。然而当大妹陪着父亲来到四弟家，发现大门紧锁。大妹问怎么回事，父亲嗫嚅道："学校派他们两口子一起去广州培训了，后天回来。"大妹有些气，说："你已经早就知道了，那为什么不在长沙等两天再回来？"父亲像犯了错误的小孩子一样低头不语。大妹忽然明白了，在长沙的那场病，让父亲担心就此在长沙离世，会要火葬。对此时的父亲，死亡之神似乎已经徘徊在他的周围，而他最担心的，就是不能和母亲的肉身埋在一起。大妹不再说什么，和父亲在边上找了个招待所住下，等两天后四弟回来。

大妹把四弟数落了一通，说他办事考虑不周全。四弟只是听着，并不反驳。比起其他在外地的儿女，天天待在父亲身边的四弟，并不容易。远方的儿女只需要书信往来，而四弟天天面对的是晚年的父亲。父亲这些年有时候变得有些固执，柴米油盐的生活琐事，有时四弟安排得不够周全，父亲会发发脾气，然后说其他儿女会怎样。四弟只是辰州中学的一名普通教师，并无太多能力，只能尽力而为，面对着日益衰老的父亲，偶尔接受父亲的抱怨和外地兄弟姐妹们的批评。此时的四弟，其实已经联系好了长沙的工作，随时可以离开沅陵去长沙工作，但考虑到父亲希望留在沅陵怕他没人照顾，暂时搁置了。四弟并未和兄弟姐妹们解释太多，直到父亲离世后，才调到长沙。

大妹离开沅陵回北京时，父亲把给她的信交给了她。而给长期陪伴他的四弟，也有一封信，更长。

我们九个兄弟姐妹，在不同的时间，不同的地点，打开了父亲给自己的信。信纸上标着序号，通篇都有 30—40 个数字编号，上面一件事一件事地列明了父亲记忆中和自己的这个儿子或者女儿单独相处时让他难以忘记的小事情。有的事情，我们太小不知道或者不记得；有的事情，我们没有想到父亲记得这么清楚，没有那么多感慨。而给我的信中，写着："……第3条：1948年冬，小雪中，单独带临儿至中南门码头吃'老田头'的牛杂汤，天气甚为寒冷，辛辣热汤入肚，寒意全消……第15条：1949年春上，与失散月余的临儿在桃源县八字路重逢，涕泪满襟。临儿虽年幼，却有男儿担当，全家行李无一丢失。其时桃源乡野遍地盛开油菜花，黄艳夺目。"

这趟旅程，是父亲和所有儿女的永诀之旅。

1992年10月份，也就是在巡游各地最后从长沙回到沅陵后，父亲开始动笔写遗嘱，仿佛对自己去日无多有感觉。父亲在遗嘱中讲道："我和你们的妈妈在几十年战乱中，到处逃亡，到处流浪，异乡做客，举目无亲，冒了多少惊险，受尽了无数次的饥寒。现在你们的妈妈早已逝世，我还一息尚存，只希望在我辞世那天，你们能赶回沅陵，送我上山……我一定要死在沅陵！沅陵是我的第二故乡！……我死后一定要千方百计地把我和你们的妈妈葬在一起，或者在她附近。我和你们的妈妈结侣同居四十年，共甘苦，同患难，感情甜蜜，生养了你们这些儿女，从来没有闹过矛盾，也没有争执过是非。我和你们的妈妈应该生在一起，埋在一起!"

然后就是各种细节，包括一定要通知江泉的子女，还有来宾的礼品及学校的安葬费和抚恤金怎么使用都一一讲清楚，包括葬礼上的伙食一定要给来宾安排好不能省钱，鞭炮要多放才热闹等。最后的结尾，父亲有些感伤地说:"沅陵甚好，我的一生，将就此了之，我何日去世，谁也难说，这里安静!这里舒适!这里熟人多!这里很美!"

1992年12月11日，父亲在沅陵的医院病房里，告别人世，病因是前列腺癌。父亲晚年常常小便失禁，无法控制，儿女们曾经批评他，归咎于他打麻将时认为中途上厕所会影响手气，常常憋着造成的。然而那时并没有现在定期体检的习惯和条件，直到年迈的父亲溘然长逝，儿女们才知道他的病因。我痛苦难当，深深地责备自己:作为长子，你以为经常接年迈的父亲来家里住，好吃好喝照顾好，再给他剪个脚指甲，就够了吗?

仿佛是命运的安排，也就在这之前短短几个月，在父亲出发看望儿女们的旅途之前，寄托着我们家20多年情怀和记忆的芸庐刚刚被拆掉。芸庐被拆的那天，父亲拄杖伫立在一旁，看着芸庐在推土机前轰然倒塌。灰尘扬起，扑面而来，覆盖在父亲白色的须发和脸颊上，两行老泪顺着布满灰尘的脸颊流下来，划出两道沟痕。父亲深刻感受到，所有承载着往事的船舶，正在加速行驶，离他而去。而他很快将带着母亲离世后的记忆，见到母亲了。

辰州中学给这个学校的创始人之一，举行了规模前所未有的追悼会。学校的大礼堂被专门用来设立父亲的灵堂，按当地最隆重的葬礼习惯，灵堂设立七天七夜，灯火通明，除了我们从各地赶回来的兄弟姊妹（江泉已经于 80 年代后期先于父亲而去），学校各个部门的领导和父亲生前的同事好友，轮流彻夜为父亲守灵。父亲的棺木放在灵堂正中间，正是冬季，棺木内又每天更换冰块，长保父亲遗体不腐。我率弟妹们披麻戴孝，接受源源不断从本地和外地赶来的人的凭吊。

礼堂外设立了临时的饭堂，给大家提供餐食，还搬来了米粉机，随时用成袋的米粉压制出沅陵特有的圆粉条，在边上的大锅里煮好，放上猪油和辣椒，热气腾腾地给数百名来宾填饱肚子。

县里几乎所有的主管领导都来了，白发苍苍的甫校长从长沙赶来了；已是知名作家的旺子专程从广东赶来了，他的母亲秦家女人早已经过世；已经完全是个农村老人的盘古来了，老婆婆早已离世，用一口简陋的薄木棺材入了土；学校里和父亲共事过的很多同事好友，以及父亲教过帮助过的学生都来了，数百人在灵堂前聚集，哀悼这个在学校养猪场度过了多年岁月的沅陵一中的创始人。

我想起了 40 多年前的 1945 年，父亲带着我们走下那条从洪江顺流而下装橘子的乌篷船，首次踏上沅陵中南门码头的那一刻，在这个陌生的山城并无一人相识，而今，这么多人过来为父亲哀悼，父亲的在天之灵应可宽慰了。

　　追悼会的最后一天，即将黄昏，忽然驶来了好几辆桑塔纳轿车，车身外都满是尘土泥浆，呼呼地一直开到灵堂前停下，第一辆车里先风尘仆仆地钻出来两个人，一个 50 来岁，另一个看上去已经年近 80。老人过来面对父亲的遗像连磕三个头，泪流满面。我们赶紧上去，我一眼就认出了是老蒋。老蒋让儿子也磕了三个头，然后招呼后面几辆车上下来的一帮年轻人也都过来磕头，又从车上卸下一大堆各种土特产礼物，像一座小山一样堆在灵堂里。

　　我说："老蒋你人来了我们就感恩不尽了，为何要带这么多东西！"老蒋一摆手："别客气，没有沈先生就没有我的今天，当年如果不是沈先生把我从临澧带出来，没准我早就死在那里了！现在我儿子开了公司搞车队跑运输，昨天一早从四川动身赶来的，一定要最后看一眼沈先生。"我说："当年在桃源如果我没有等到父母，就跟你去四川了！"老蒋赶紧抱拳："快莫提了，听说你在省里当处长了，别笑话我们小个体户！"

　　老蒋看到米粉机，嚷道："快给我们弄点米粉吃，饿死了，多放点辣子啊！"弟妹们都过来，含泪带笑地和已经年迈但精神矍铄的老蒋拥抱。老蒋这些年和父亲一直有联系，回沅陵看望过父亲一次，还曾数次邀请父亲去四川小住。父亲一直计划着，想找合适的时间过去，没想到尚未成行，便已永诀。

在追悼会上，我代表儿女们发言："我们的父亲，还有我们的母亲，平凡而伟大，终其一生，尽他们的微薄之力，帮助过许许多多的人，而从未伤害过任何人……"

父亲也被安葬在了沅陵城郊天宁山后面的鸳鸯山上，和母亲合葬在了一起，这是父亲遗嘱里要求的最重要的第一条：和母亲葬在一起。

人生是一趟单程列车，起点已经决定，但谁也不知道自己将在哪一站下车，父亲85年前在贵池的碧野村诞生时，绝对无法想象到自己最终会在湘西的这个小县城长眠。但一路同行之人，有的已经更早下车，有的仍在车上，挥手告别。而曾经同行便是缘分，能在最后离别时挥手的，能有几人？

墓前的人群渐渐散去，我让弟妹们先回去，说我想自己在这里再待一会儿。我就这么一个人静静地坐着，一直坐到最后一抹晚霞从天宁山外的天际消散，浓重的暮色夹带着长夜前的孤寂漫上山来，忽然感觉到自己也在加速老去。父母在，人生尚知来处；父母亡，人生只剩归途。我回头看看弟

411

妹们，长兄为父，我知道，我将要为这个家族承担更大的责任了。

我最后给父亲的墓磕了一个头，立起身来，准备离开，忽然发现有个身影在沿着陡峭的山路匆匆往这里走，近了，我认出是田丽。已经50多岁的田丽裹着一个深褐色的格子头巾，穿着一件呢子大衣，大衣上挂满野草残枝，来到墓前，看到我，说："我想单独和沈老师待一会儿，你介意吗？"我点点头："天黑了，注意下山路，我在山下等你一起走吧。"然后一步步走下山去，远远回头，看见在苍茫的暮色中，穿着米黄色呢子大衣的田丽正跪在泥地上，抱着字迹未干的墓碑放声痛哭。

父亲一介书生，60多年前，风华意气，少年情怀，从九华山下那个小村庄走出来时，一定不知道自己会在这个湘西的古山城终老。父亲的一生，鲜有高光时刻，多为困境隐忍，离去时却分外安详，如同一棵老树倒下时，回眸看到自己的周围，已是一片郁郁葱葱的树林。

而我们9个兄弟姐妹，每到重阳登高之日，凭空举酒，总能看见年轻的父母，带着我们"沈一群"，大包小包，大筐小筐，从尘土飞扬的广袤天地间向路的尽头走去。

———

夜雨带着早秋的寒意骤然袭来，而广场上的上千学生竟无人离场。在影片结束时，浑身被淋透的学生们都站起来，随着影片一起高声合唱起了我们的国歌。我热泪盈眶，扭头对导演说："我们作为艺术工作者，能看到这种场景，还有什么可遗憾的呢？"

——

第十七章

父亲生前平反后，有一次得知我要去上海出差，便打电话过来，告诉我他有江兴的上海住址但没有电话，希望我抽空去找一下江兴，看看他怎样了。我理解父亲，之前以他清高的个性和当时的身份，是绝不会去找江兴他们的，但现在已经平反就不一样了，而且母亲又离开了，他备感孤独，也许想找找这些老朋友。当年一起打算去延安的杨广宪、段其才已经离世，只有江兴还在。

而江兴对于父亲而言，比起另外两人意义更是不同。一方面，江兴当年是跟随着父亲从贵池的碧野村逃出来，是父亲将他带上了去延安的路；另一方面，江兴是碧野村那个江家大闺女的亲弟弟，也就是江泉的亲舅舅，这层关系，无论怎样也是并不松散的纽带。但这么多年，江兴那边，音沉信杳，父亲一直挂念。

我问父亲："如果我能见到他，说什么？"父亲想了想，说："你就问问他是否还好，还有，告诉他，你母亲已经不在了。"我说好的，父亲想了想，又追一句："你告诉他，我已经彻底平反了，之前对我的处理是错误的，还给我补发了工资。"我说放心，这个我自然会讲。

我在上海循着父亲给的地址，找到了江兴家，是在淮海路附近闹中取静的红墙独门小院，拐角第二栋。按响门铃，一个穿着精致的30多岁女人出来开门，我告知自己父亲是江兴的老朋友，委托我来看他。她上下打量我良久，说江老夫妇去外地旅行了，让我留下电话号码，她会转告他。我问能否给我江兴家里的电话。妇女说不了解我的身份，她只是看家的保姆，没有权利把像江老这样的老领导的电话轻易泄露给陌生人。我写了张纸条，留下父亲在沅陵的电话号码给她，转身离开这个红墙小院，她是否将纸条交给了江兴或者是转身丢进了垃圾桶就不得而知。但在后面的数年里，父亲从来没有接到过江兴的电话，父亲自然再也没有和我提起过江兴。

80年代父亲回碧野村建房子小住时，从村子里的亲戚们那听到，江兴在上海曾经做了很大的官，但一次也没有回过碧野村，江家在村里或县里的亲戚们曾经有人去上海时也找过他，但谁也没见着他。"忘本的家伙！"村里一个江姓老人狠狠地往地上吐了口唾沫，又说起江家这些年远不如沈家，还是我父亲好，现在十个儿女，都在外面发展得好，枝繁叶茂，儿孙满堂。父亲听了不语，叹口气，说："都是命运注定。"

到了 20 世纪末，在上海工作的儿子接我和徐敏去小住，当儿子驾车带我们游览热闹的淮海路时，无意拐到一条小街上，车窗外闪过的一排红墙小院忽然引起了我的注意，我让儿子就近找地方把车停下，然后我们寻回到那一排小院前，我非凡的记忆力再次显现，我很确定这就是我 20 多年前受父亲之托来找过江兴的地方，我甚至能准确地记得具体是哪一栋，是拐角第二栋。院子大门半开着，我从院门外向里张望，一个 50 多岁的妇女正趁着天气晴好在院子里晾晒一床缎面的被子，时光仿佛在这里停滞了，我十分确定她就是当年给我开门的那个保姆。我们敲了敲院门，问："请问，江兴在吗？"妇女过来，看看我们仨，很高兴地说："你们找江老啊？他在的在的，请进请进！"

我们坐在一楼客厅里宽大的雕花红木椅子上，喝着保姆用精致的镂空瓷盖碗泡的明前狮峰龙井，看见一位老人挂着拐杖在保姆的搀扶下慢慢走过来。江兴比父亲小 2 岁，算算已经 91 了。江兴颤巍巍地坐下，抬头用询问的目光看我们，眼神丝毫不浑浊。我报出了父亲的名字。江兴一怔，激动地拄着拐杖站了起来，要过来握我的手，我忙上去扶他坐下。江兴马上问："还在不在？""不在了。""哪一年？""8 年前。""葬在哪里？""湘西沅陵。"江兴垂下头，然后说："我一直在找他，他为什么不来找我？"我无法确定地看着这位老人，又看了看在一边忙着给我们准备水果的保姆，20 多年前的事她一定早已忘记了。

我说："父亲那些年，境况非常不好，也许不想麻烦您吧！"江兴叹口气："沈哥还是那么清高，多少年也没变。"徐敏诧异地看我一眼，没说什么，我之前和她讲过找江兴而不遇的事。父亲早已不在人世，面对这个 90 多岁独自待在房间里追忆往事的老人，我想，不管当时真实情况如何，没必要给他增加任何懊悔和埋怨自己或别人的因素了。江兴曾经和父亲如此紧密亲近，但 1939 年长沙一别这六十年里，父亲怎么过的，他并不知道；他怎么过的，父亲永远也不会知道了。

江兴突然犹豫着说了一句话："其实，我是做过对不起你父亲的事的……"我不言语，脑海中却在瞬间猜测了江兴要讲的事的多种可能：是当年父亲在碧野村被举报抓走有关，还是在父亲被批斗最困难的时候江兴有所了解而没有帮助？或是当年我到上海留下父亲的电话而他终于没有拨出？我等待着，但 90 多岁的江兴终于还是摇摇头，叹口气，什么也没有再说。一个耄耋之年的老者，对于一个早已作古的朋友的忏悔，似乎本已没有太大意义。一些疑团，大可随生命的终结随风而逝。

江兴想留我们一起在家吃饭，说想多听听我讲讲父亲这些年的事，吩咐保姆准备饭菜。我想了想，还是婉谢了，起身告辞。如果是20多年前，我也许会很愿意和他讲很多父亲的事，而现在，我什么都不想讲了。江兴说等一下，挂着拐杖到书房拿出一副精致的小麻将，说："沈哥最爱打麻将，有机会去沅陵上坟，替我把这烧给他吧！"我接过麻将，紧紧地握了握老人瘦弱的双手。当我们走出院子很远后回头，还看见江兴在保姆的搀扶下在院子门口朝我们挥手。

后面在世纪之交这段时间，我在潇湘电影制片厂任副厂长，正是新中国成立50周年，我负责组织创作了电影《国歌》，作为给祖国的献礼。时光荏苒，记得最初曾在田汉和聂耳创作这首歌曲的上海寻访，以后摄制组又在上海拍摄了两个多月，我数次来此，但再也没有去拜访这位老迈的故人。

《国歌》拍完后，我带领《国歌》的制作团队包括导演和聂耳及田汉的扮演者在八个省进行了巡回展映，和观众直接交流，在部队放，在工厂放，在大学放，而我最难忘的就是在武汉的华中理工大学放映时的场景。电影是在大学的露天广场放映，影片快结束时，夜雨带着早秋的寒意骤然袭来，而广场上的上千学生竟无人离场。在影片结束时，浑身被淋透的学生们都站起来，随着影片一起高声合唱起了我们的国歌。我热泪盈眶，扭头对导演说："我们作为艺术工作者，能看到这种场景，还有什么可遗憾的呢？"

接下来，我又负责组织生产了一部文艺片《那人·那山·那狗》，在日本获得极大反响，在日本东京、大阪、神户和京都全都上映，在有的城市连续放映一年多仍未下档。1999 年底，我随中国电影代表团访日，代表团携带了这部影片，和日本电影界交流。这是我第一次到日本，在东京成田机场踏上这个国度的土地时，我就总忍不住去回想 80 多年前那个在当涂韩家大院跳井的日本女人，我的亲生外婆。多年来，我一有机会就搜索整理母亲留下的笔记信笺及任何有线索的遗物，试图了解到关于我外婆的任何一点蛛丝马迹，她姓什么，从日本哪里来，但都一无所获。

我只能在每个城市遐想外婆也许原来就是这里的，我在大阪城即将凋落的樱花海下徜徉，想象当年也许外婆曾穿着和樱花同样艳丽的和服打着油布花伞从树下走过；我在京都的金阁寺下小坐，想象外婆当年也许曾踩着木屐咯噔咯噔地踏上寺庙贴满金箔的三层楼阁；我在神户港逡巡，想象着外婆当年会不会就是在这里背着行李登上轮船，追随外公离开了她的故土漂洋过海来到中国安徽的当涂。

最后在东京，一位已经89岁的日本著名的老电影导演请我们在银座的一个高楼顶上可看到东京全景的餐厅吃饭，老导演开场说了三句话："你们的电影拍得很好！中国的文化了不起！中国的医学了不起！"经翻译转告我们后，老导演便不再说话，低头慢慢喝酒眼睛微闭，他的几个助手通过翻译和我们聊着电影文化的话题。

晚餐临近尾声，有人随口提起说沈厂长的外婆是日本人，和日本有缘。老导演忽然像刚睡醒一般睁开了眼睛，问我："她叫什么名字？日本哪里的？"我说不知道，生下我母亲几天就自杀了，所以没办法找到她在日本的亲人后代了。老导演将脸上肌肉全部挤到一起，露出极其痛苦的表情。又问我："你在日本还有其他认识的人吗？"我说有，有一个叫水谷涉步的医生，之前在中国湖南认识，后来回日本了就没有联系了。老导演皱起眉头半天，说："我认识他！"然后转身跟助理叽哩哇啦说了半天，助理点着头退步出去餐厅打电话了，一会儿回来，跟老导演汇报。老导演喜笑颜开，伸手过来抓住我的手说："我没办法替你找到你外婆家里人，但我替你找到你家的老朋友了。"

第二天上午，老导演的助手来到我们住的日中友好会馆，带我步行，穿过东京繁华的街区，10多分钟后来到一个僻静的小院子。小院子完全是中国风格，种了很多竹子，挂着灯笼，黑瓦飞檐，屋内各种竹编藤艺，仿佛到了湘西。一个90岁左右的精神矍铄的老人端坐在一张太师椅上，正是水谷。"韩先生的儿子？"水谷一口流利中文，伸出胳膊，紧紧握住我的双手。

水谷早年已是东京非常有名的中医专家，老导演身体有不适总来找他，两人相处甚密。世界不大，何处不相逢。水谷同时也是当地中日民间友好组织的负责人之一，是有600多人的"回想四野会"的创始人之一。前些年经常回到中国，和中国的中医界交流医术，推进中日友好。这批1953年遣送回日本的3万名参加过解放军的医务人员和技术人员，在之后的几十年里，大都成为推进中日民间友好的中坚力量。

而我们这次中国电影代表团到日本，不仅是电影行业内的交流，中日民间友好组织派了几个年纪已经不轻的老人，全程陪同我们，带着我们参观日本的各种风俗文化，态度极其礼貌，仿佛肩负着某种责任，来报答这个曾经遭受他们欺凌却宽容大度的民族。

得知母亲过世后老婆婆让出棺木的事情，水谷眼眶湿润，感慨道："韩先生，才女！老婆婆，好人！"我忽然想到，当年母亲和水谷很熟悉，会不会聊天时告诉过水谷有关外婆的事，哪怕一点点线索也好。水谷沉思良久，说："我唯一知道的是，韩先生的母亲，是北海道的。"水谷告诉我，当年我的母亲和他讲了一些自己的日本妈妈在日本时支离破碎的线索，都是她在天津和外公在一起的那段时间里偶尔听外公提起的，讲到这个日本女人从小出门就能看到渔船，村子里散布着腥味，每天听着海潮的声音入睡，还提到一些居住的房屋的式样，以及每年冬天大雪会覆盖整个村落，连海上都会漂来浮冰。水谷根据这些信息，基本推测她必定是北海道的，也许是小樽或札幌，或者更北面的小渔村里。"很遗憾，我没有机会把这件事当面告诉韩先生。"水谷叹道。

关于外婆的过去，如同完全没有星光和月亮的夜的大海，这仿佛是海天的尽头，终于闪烁出了唯一的一处微弱渔火，而这对于我，已经是奢侈的光芒，我终于能把我的外婆的来处定位在一个大岛上。北海道，那个日本最北面的岛屿，我的外婆，也许曾是北海道一个渔民的女儿？而我的母亲一生不喜欢吃鱼，怕那个腥味，是否和这有关呢？

又过了几年，我和徐敏退休后，专程参加了一个前往日本的旅行团，行程里包括北海道，到了札幌和小樽。小樽盛产玻璃制品和音乐盒，我精挑细选了一个穿和服面容忧郁的玻璃女俑，又买了一个播放宫崎骏电影《天空之城》主题曲的音乐盒，带回家，摆在炉台上方，点上三炷香，打开音乐盒，让水晶般晶莹剔透的忧愁女俑低头倾听着同样晶莹剔透的《天空之城》乐曲，愿我那不知姓名的苦难的外婆在另一个世界安好。

2001 年 5 月，前身是成立于 1901 年的全中国三个最早的新派学校之一的沅陵国立辰郡中学的辰州中学，举行建校一百周年校庆，向全国各地的校友们发出了邀请。辰州中学对于我们，不仅仅是母校的意义，更重要的是，它是我们的父母为之奉献终生的地方，我们九兄弟姐妹，全部从全国各地赶了回来。

学校在老辰郡中学的旧址上用黑青石重建了老校大门，上面古朴庄重地题写着"国立辰郡中学"字样，门内是校史陈列馆。我们进门便看到了父亲的照片和母亲的照片。父亲目光炯炯的面容摆在辰州中学创始人一栏，而母亲眉头深蹙的照片下，写着"被称为天宁山师太"的韩老师。这一刻，我相信假若父母在天有灵，不管这几十年的风雨，此刻应该也释然了。

由于从外地赶回沅陵的校友太多，学校把附近所有的招待所和旅馆都包了下来，临时搭成大通铺安置校友们，一个大房间里几十个人，不管你的身份是著名学者、官员，还是普通职工，或者农民，大家都住在一起，在这里，大家都是同样的身份，就是辰州中学的校友。大家白天参加学校各种活动，晚上在大房间里闲聊，十分热闹。

我虽然多年前就已经是省里的处长，之前出差过来都是当地文化局局长或县长陪同，但这次回来住在大通铺，并不介意。偶和隔壁床位一个人聊天，得知他是湖南湘雅医院的最有名的外科大夫，马王堆的汉代女尸就是他亲手解剖的；而同屋的，还有解放初期第一批从沅陵一中毕业送到苏联留学的学者，还有好几个二酉洞下的乌宿村出来的教授（乌宿被称为教授村，也许因为在二酉洞下的缘故，一个村子里出了近百名教授）。不由感慨沅陵一中泱泱学府，确实藏龙卧虎。

旺子带着他的夫人一起回来了，旺子已经是知名的大作家，他的长篇小说《湘西往事》，被翻译成多国文字，让整个世界都能够通过他的眼睛他的语言，了解这个神秘的大山里的人。小说里，我能依稀看到我自己，看到我的父母，看到吕班长，看到保牧师，看到"一枝花"，看到老谢，看到宰牛场。而旺子的夫人，正是徐敏当年在广州军区的战友，他俩因为旺子作为唯一的来宾参加我的简朴婚礼而相识相恋。命运奇妙无比，偶然和必然交错，因果相连。

在校庆的典礼上，我拿出父亲生前遗书，上面有关于辰州中学的一段，读给大家听："辰州中学是我工作和生活了四十多年的地方，在过去的四十多年里，我都是以学校为家，学校就是我的家。你们九兄弟姊妹全部都是这个学校培养长大的，这些年我受到过一些不太公正的对待，但这并不是学校的错，是时代所然。我退休后，学校还给我划了一间房子，对我真好，让我能在此安度晚年。你们要热爱辰州中学，尽量为它做一些事情。我将最终在这里告别人世，这里好，这里安静，这里舒适，这里美丽！"座中校友，无不为这个辰州中学退休老人的肺腑之言而动容。

我和弟妹们抽空相约寻访我们居住了多年的芸庐旧址，芸庐已经不在，那棵千年桂花树仍然枝繁叶茂，而我们家当年每天从芸庐出来打水的古井仍然水质清澈，我们用摇橹摇上一桶井水，每人捧在手里喝一口，它和童年时同样的清甜凉爽。

我们在校门外意外地发现仍然有担子挑着用小瓦钵装的冷甜酒糟，弟妹们蜂拥而上，一人一碗，吃了起来，忽然有人开始掉眼泪，妹妹们都哭了，边吃边哭。她们想起了母亲，和母亲的话："偶尔微醺又何妨？"

晚上仍在辰州中学任教的几个老同学相约一起到热闹的新城的一家餐馆吃饭。在门外我看到一个老妇人正在一个小煤炉上用小小的模具炸着一个个灯盏窝售卖，这童年的小吃引起我的怀旧之情，便停下来买两个尝尝。妇人面色黝黑，并不抬头看我，认真地将两个灯盏窝炸好用黄纸包好递给我。我忽然觉得她眼熟，走出几步后又回头看她，她正迎着夕阳抬头擦汗，尽管时隔40多年，我仍然能从老妇人的眉眼里认出，她是周维。我悄悄询问边上的同学这是否是当年因早恋被开除的周维。同学说没错，她就是周维。"那刘军呢?"我问。同学说:"刘军在中南门码头当搬运工，已经很多年了!他俩是两口子。"我心中一激荡，犹豫着要不要上去问候，但想了想，还是止步不前。远远地看着她，我眼前又浮现出当年那个留微鬈短发的拉小提琴的少女。不知现在的刘军和周维，在忙碌一天回到他们自己的家中后，是否还会在黄昏时再次奏起他们的小提琴乐曲?而又过几年后我再到沅陵，无意中听老同学们提到，刘军和周维的一儿一女，分别考上了中国的顶级学府，一个清华，一个北大。和那个年代许多的家庭一样，父母中断的人生乐章，也许儿女可以继续更华丽地演奏。

在沅陵滞留几日，临走前，我们走向沅陵的古城，发现它大部分已经不在了。早在60年代初，国家就开始考虑利用沅水丰富的水力资源，在青浪滩后改为五强溪建立大型水电站，而根据水电站的设计，古老的沅陵城80%将被淹没在水下。而今，曾经汹涌奔腾的沅江已经变得宽广温柔，淹没了古城的大部分。

凶险的四十八滩不复存在，不会再有喊着号子的纤夫在江岸拉着纤索奋力行走，不会再有生死未卜的"排古佬"在激流中撑篙搏击。大自然赋予沅水的巨大力量，将被人类归集起来，变成能源。而那无数悲情的浪漫，也将永远消逝。

记得在 1975 年母亲去世的时候，我和徐敏回来参加葬礼，在黄昏中走过沅陵城当年红色高跟鞋踏过的石板路，路旁房屋墙倾石摧，已无人居住；曾经热闹非凡的电影院，像一座破旧的古堡，摇摇欲坠；天主教堂的彩色窗户破碎如万花筒里的碎玻璃，在夕阳下闪烁着纷乱的光彩；空荡荡的修道院里再也没有金发碧眼的黑袍修女走出来。我们走过中南门曾经的街市，看到"一枝花"饺儿面馆的房子已经倒掉，半壁坍塌的墙缝里，竟然有一株南瓜藤，沿着土墙顽强地蔓延攀爬，在废墟上结出了一个硕大的南瓜，极为醒目地呈现在古城的夕阳下。我走上去，抚摸着这个倔强的南瓜，想起了这座古城的人民，还有在这座古城里刚刚永远离开我们但又永远留在了沅陵城的我的母亲。

这一次回来参加校庆，我们兄弟姐妹决定近距离再去看看滋养我们的沅江。我们经过龙兴讲寺，来到两江交汇处的白田头。正是枯水季节，江水退得远远的，已经被淹没了 20 多年的老城区的断壁残垣竟然部分露出了河岸，在江水里时而露出时而沉没。江涛已经将那些大石块的边角磨得圆润，它们散乱地堆砌，保持着在当年江水淹没坍塌时的形状。石块上仍然依稀可以看到深深刻入的文字和花纹，它也许是某家宅院的门廊，也许是某个古迹的碑牌。我们曾有的青春，也变得如同这些残垣，被岁月的长河淹没，化作难以诉说的乡愁。

即使在这枯水季节，现在的沅江也比当年的沅江宽阔。我童年记忆中的沅江，江面比这窄，浪比这大，船比这多，码头上全是各种船上下来的水手，在忙着装卸木材、桐油、木炭和水果、山货、烟草，都打着赤膊高声嚷嚷着，就着"老田头"的牛杂汤灌几斤米酒下肚。沅江的这一切，都早已经不一样了。

古老的沅水上，流淌着无数的故事，记得小时候我最爱听船工们讲沅水的故事《寡妇链》《孝子索》《伏波群鸦》……船工说："水有多长，故事就有多长！"我耳边又响起沅水传来的"四十八溪号子"："小龙溪来到澎溪，宋溪对面大黑溪，舒溪下面是杨溪，五溪对面是荔溪……"

那九华山下的碧野村，父亲的出生之地，我再一次到这里已经是在父亲过世十多年以后，这时我已经从省里电影厂的领导位置上退休，有了闲暇时光，便忽然念起这个故乡，它应该只是父亲的故乡。虽然父亲生前曾在那里建房小住，但随着江泉的去世，父亲终于没有了在那里待下去的心绪，回到了沅陵，仍是在沅陵辞世。此时，我忽然想再去看一看这个地方。我先来到贵池，在贵池工作的江泉的大女儿（萍儿）和大儿子陪同我一起来到碧野村。

对于我们的来临，村里举行了盛大的接待，因为我已经是碧野村在世的沈家家族中辈分最高的长者，论起辈分来，现在的村长算是我的孙子辈，见了我儿子都应该叫叔。村子在沈家祠堂里摆了三桌酒宴，沈家在村中有身份的年长者和有职位的干部全都过来作陪，还有从贵池县城赶过来的。已经有多年历史的沈家祠堂已经破败不堪，酒席间又下起雨来，雨水从破漏的屋顶淌进祠堂，大家只好将桌子搬到屋角不被雨水淋到的地方。村长叹口气："这祠堂实在太破旧了，我们沈家后代这些年不孝啊，没有能力重修祠堂。"我便说："应该修，我先表态，出3万块，其它大家自愿凑！"江泉的儿女也随即表态。村长举起酒杯："今天沈畏三的大公子牵头，我们沈家人一定把这事办成，祖宗是最大的佛！"

重修祠堂的消息很快传开。于是，我们家在全国各地的九兄弟姐妹以及各自的儿女们，加上江泉的儿女，一起出资，资金几乎占到了整个祠堂所需几十万费用的半壁江山。村中其他沈姓村民，根据自己能力也全都尽力参与，每家从100元到1000元不等。

资金筹足后，祠堂很快动工，在原祠堂的地方，拆掉重建，标准的皖南徽派建筑，白墙黑瓦，祠堂里的石柱子撑起几丈高的屋顶。祠堂外一对威武的石狮子，立在黑漆的大门两旁。作为碧野村沈家在世的人辈分最高的，我题写了祠堂门外的对联:"山水有情春风在,桃李无言故人归。"请了县里最好的石匠雕刻在大门两侧。我记起了50年前和父亲在沅陵凤凰山上关于修葺祠堂的约定,借用了他诗中"唯有春风今又还"之意,算是以此告慰他在天之灵。

新祠堂建好后,碧野村邀请我们回去看看。这次,我在上海工作的儿子陪着我来到了碧野村,这是他第一次来到这个我们家族最早繁衍生息的皖南村庄。村里人在祠堂内竖了一块巨大的花岗岩的功德碑,上面是密密麻麻按照出资金额排名的数百个沈姓后代的名字,我们家族几十人的名字排在功德碑的前列。

随后几年,在村里的支持下,新祠堂又扩大了占地,又进行了几次增加投资和扩大,厅堂的后面围了个院子,一直围到后山脚下,前面用水泥浇筑了一大块平整的小广场,并从广场修了车道,可直接通到县道上,车可以开进广场来,直接停在石狮子前。广场前是一个荷塘,正是盛夏,荷花朵朵,在碧绿的莲叶间摇曳。祠堂后直到山坡,用高墙围了很大的院子,以备后期有条件拓展。祠堂内,高大的石柱撑起两层楼高的空间,在碧野村的沈氏家族往上几百年能找得到名字的列祖列宗都供在香台上,密密麻麻一大堆,一起接受子孙的叩拜,隔着袅袅青烟,看着子孙们繁衍生息,血脉相连,遍布神州大地。而我们这个家族的儿女们,每一次祠堂的进一步扩大，都鼎力相助。我们相信，如果父亲还在世，必然会万分欣喜，我仿佛看见父亲用他一贯的口气，连连点头："很好！很好！"

祠堂里有很多留存的祖训，与人为善、心怀宽广、勤勉敬业等，是正确但含糊的文字。但我回顾我的父母，他们命运多舛的一生中，确实没有做过任何一件坏事，多年来，我深受感染，我相信，一个光明磊落的人生，要长存敬畏之心。如果把自己近百年的人生的每一秒钟，制作成电影回放，会有无数的窘迫困顿，但绝无任何一刻是不堪的。人生很长，所以，这并非易事。我们都没有愧对祖先的遗训。

此时的我，已经退休。奇怪的是，前半生风雨坎坷的日子，几乎每一件事情每一个画面都深深印在我的脑海里，挥之不去，但当一切越来越好时，日子却加速了，飞一样地过去，其间的成功喜悦、功成名就等，反而在我的记忆里很轻很轻。

我一辈子都在从事和艺术创作与研究相关的工作，但主要是担任一些行政管理职务，故而作品不算多，但亦有一点不错的成绩，如有获得国家级文华编剧奖的《火云鸟》，有在国内外上演数千场，或至今仍活跃在舞台上的《张思德之歌》《马兰花》，还有歌剧剧本《斑竹泪》，曾受到省政府大力支持、中国歌剧研究会直接指导，惜因故虽排成却未能上演。

而这一切的灵感之源，也许最初都来源于在沅陵的童年：我看到老谢在他的电影院的银幕前摇头晃脑地朗诵台词；我看到兰羽秋扮演的李慧娘在河滩边的大舞台上，挂在绳索上荡动；我看到向培良在逐字逐句地教母亲演《雷雨》，我想到了童年的我扮演的阿廖沙；我听到了永生堂里唱诗班在管风琴伴奏下的天籁。

　　当我面对碧野村祠堂里的列祖列宗回顾这一切时，他们可能并无共鸣，只有我在沅陵鸳鸯山上长眠的父母能够会心地点头。是我的父母造就了我，是湘西那个山城造就了我。

　　近百年前，这个新修祠堂所在的安徽贵池碧野村里走出了一个少年，当他最终流落到湘西的山城终其一生后，他的子女们，饮着沅江水长大，在湘西沅陵这个古城成为他们自己。我恍然觉得，也许我们更应该在沅陵修建一个祠堂，即使里面没有列祖列宗，只供奉着我的父母两人。这件事，只能当岁月长河流淌得更远时，让我的后人们来做了。

　　在我和徐敏渐渐步入晚年的岁月里，儿女远在北京和上海，我们俩单独居住在长沙湘江河边。面江而居，正应景我客厅里挂的一幅曹禺先生书写赠我的古诗："月落乌啼霜满天，江枫渔火对愁眠。姑苏城外寒山寺，夜半钟声到客船。"当年我曾陪同先生在岳阳漫游，又一起去汨罗江祭奠屈原，看江水滔滔，共发怀古之幽情。而今，先生作古已久，只有那张条幅，伴随隐隐江涛声，时时唤起我的怀念。

从我家西向的大阳台上，俯瞰滚滚北去的湘江，可以看到橘子洲头那座硕大的毛泽东年轻时代的雕像；目光越过江水，便可远眺巍巍的岳麓山。我相信这个阳台的位置，就是80多年前我的父母在长沙大火中相拥跳江的位置；而江对面的岳麓山下，在晴日可依稀看到绿树掩映中的红墙绿瓦，那正是60多年前我离开沅陵后和徐敏相遇的母校。在这几乎没有变化的山水楼台面前，时间似乎失去了它的意义，只在我们的身体上显示它的力量，我们都已两鬓斑白。

对于我们这个年纪的人，生活似乎可以变得极其简单，如同一艘船经过了无数的激流险滩，终于到达开阔平坦的大江，什么也不用做了，自然会慢慢顺流入海，到达那最终的归宿。美其名曰"安享晚年"，而我以为这只是"吃喝等死"的另一个表达，我们的生命中不能没有让我激动的事，不能没有让我期待的方向。我开始接受一些大学的邀请，去给年轻学子们讲艺术课程，由于课堂反响很好，更多的大学前来邀请我，以至我先后在长沙的湖南大学等八所大学开设影视艺术讲座，常常近千名学生将大学的礼堂挤得满满当当。有时，我会从近80年前湘西沅陵那个老电影院的老谢讲起。

而终身从事声乐艺术事业的徐敏则坚持带学生，每天早晨，我经常被楼下客厅里来家里上声乐课的学生们的歌声叫醒，徐敏一边在钢琴上伴奏，一边纠正学生的发音。更让我惊讶的是，在退休后的若干年，并不善文字写作的徐敏，竟然连续出版了四五本厚重的声乐教育专著，其中《中国歌剧与歌剧表演》《戏曲声乐教程》等都受到业内的广泛好评。省里还经常邀请我们去各种重要的影视、音乐、戏剧方面的审查或比赛担任评委。

有一次，看我们这么忙碌，一个和我同期退休的老朋友用长沙话劝我："搞么子啰，都退休哒！踏踏实实坐得屋里几好噻！"我本想反驳，但想想还是笑笑，不再解释什么。人与人之间，对人生的看法是截然不同的，这正是这个世界丰富多彩的原因。

但无法回避的事实是，我们都在步入年迈。在徐敏的身上，体现出来的就是不认路了。有一次她应邀去河西市人民大会堂参加会议，以往都是有单位派车送她回来，这一次她看到门口的公交车可以直达家门口，不想给人家添麻烦，坚持自己坐车回家，但坐反了方向，一直到了终点站也没看到我们家那一站，下车天已黑，发现自己已经不在长沙，到了宁乡，只好打电话让我去接她。另一次我们和儿子一家在上海附近的一处大规模演艺游乐公园游玩，徐敏上了个厕所出来，就又走错了方向，绕着景区的湖走了一圈也找不到我们，手机也没带。我们等了许久，终于听到公园的广播说有老太太和家人走失。我们绕过半个湖，终于远远看到徐敏站在公园的广播站门外，痴痴地看着我们来的方向。那一瞬间，我想起了9岁的我在油菜地里等待失散的家人的情景。人老了，就慢慢又变回孩子了。

长沙离盛产烟花爆竹的浏阳仅仅几十里路，使得烟花爆竹在这里使用频繁，在相当长的时间里，每逢周末，将湘江分流的狭长橘子洲上都会燃放半个小时的焰火，于是，在周末的晚上来我们家聚会和看焰火，成了在长沙的大学老同学们的一个经常性节目。夜色中，江风顺着江面吹来，将阳台上一群相携站立的老人两鬓白发吹起，雾气飘过老人们满是皱纹的面庞，而老人们依然明亮的眼瞳里有璀璨的烟花在绽放。

一次，我们大学同学里一起在红旗文工团演过话剧歌剧的在我们家相聚，一帮老人兴致勃勃地唱起了当年大学时排的《洪湖赤卫队》，大家纷纷重饰当年角色，唱到一半，偶尔有人提起了曹凡，说起他当年也是在我们的红旗文工团里的。我忽然发现自从40多年前在湖南剧院门口遇见他之后，就再也没有看到过他。同学里有人听说他坐了数年牢后，出来在一个学校当图书管理员，现在当然也早已退休了，只是和同学们似乎没有任何联系。便有同学打电话，找到了和曹凡仍有联系的老朋友转告，代我邀请他过来相聚，听说他一口答

应，并问了地址。一直到傍晚我们在餐馆开始吃饭喝酒的时候，曹凡终于气喘吁吁地赶到了。像曹凡这样矮壮之人，往往年轻时显老，老了反而显年轻。曹凡除了头发几乎掉光了之外，面上皱纹并不多，见到各位老同学，并无久违后相逢的热情，只是逐一微微颔首，矜持地坐下，不说话也不喝酒，偶尔夹一筷子菜意思一下。大家寒暄叙旧，回忆大学时排演歌剧的趣事，但再无一人和当年一样叫他"曹冬瓜"，也无人提起他后来那一段特殊时期的往事。

酒过三巡，我作为主人举杯站起来走一圈，和每一个老同学碰杯祝语，到曹凡面前时，却端着酒杯不知说什么好了。曹凡稳稳地站起来，找了个杯子给他自己满上，仰脖子一饮而尽，烈酒入喉，眼眶里泛出一点泪花。我也将酒饮尽，和他拥抱了一下。

第二天，曹凡忽然给我打来电话，感谢我邀请他，并说自己是接到电话后立即从岳阳赶过来的。他又说看过我的歌剧剧本《斑竹泪》，非常感动，因为娥皇女英到九嶷山寻找舜帝，那里就是他的家乡。我说那只是神话传说，是艺术创作，不用想太多。曹凡却斩钉截铁地说："不只是神话，舜帝以天下为己任，是我等平民百姓的楷模！我深为感动，谢谢你！"我放下电话，良久无语。

从曹凡我忽然又想起了另一个旧友，那个我当年在四马大队的夜晚独对昏黄油灯时，柴门"咯吱"一响，推门进来陪伴我的老郭。老郭也是后来牵涉"武斗"打人等问题被开除公职的，之前衡阳的老同事里有说他后来坐了牢，也有说并没有。不知老郭现在怎样？我便给衡阳仍有联系的当年同事朋友逐个打电话，询问老郭的事，终于在一个和他仍有联系的朋友那里得知了他的情况。老郭当年确实参与了"武斗"，后来也确实进过监狱，但时间不长，不到一年后释放出来，公职是没有了，后来衡阳的一个剧团看他可怜，让他作为临时工替剧团守传达室，一辈子也没有恢复公职。第二年，我正好有机会去衡阳开个会，我特意在会后不参加会议聚餐，独自前往那个老郭守传达的剧团。我没有让任何衡阳的老朋友陪同，选择独自前往，我期待能和老郭单独坐一坐，即使没有很多话说，就是相对静坐，一如当年。剧团传达室里却是一个年轻小伙子，我上前询问老郭是否还在，小伙子诧异地看我一眼，说："他上个月死了，你是外地来的吧?"我心头一震，问："怎么死的?"小伙子挠挠头："具体我就不知道了，年纪也大了，总有这个病那个病……"我道完谢，沿着剧团路对面耒水边的绿化大道，慢慢往开会的宾馆走。耒水是湘江最大的支流，在衡阳汇入湘江，河水在黄昏中一阵阵拍击着河岸，浪花溅入河滩上的碎石中。老郭就如这浪花，偶尔溅落到我的人生中，但他终究无法和我一起，汇入那浩荡的江河主流中，汇入湘江，汇入长江，汇入浩瀚的大海了。

关于那些在我困窘岁月里手持灯火照亮过我的人。我很难忘记当年在衡阳回坑头大队的绿皮火车上遇到的光头，而有一年，我和徐敏去上海儿子那里小住时，无意中从上海的电视节目里看到一个专题，介绍一位在上海知名的老医生，一个满头银发身着笔挺西装的老人正精神矍铄地给许多年轻医生讲课，报道说他带领的医学研究团队攻克了一个重大医学难题，事关人类健康和福祉，获得国家大奖。尽管电视里的老医生不是光头，但我一眼就认出了他，姓张，尤其他那永远充满自信的眼光，和当年在火车上鼓励我时毫无变化。我激动不已地叫徐敏和儿子来看，和他们再次讲述那次偶遇。我几乎想立刻起身去那所医院找寻他，去见见这个故人，但想必他现在应该非常繁忙，也许需要挂号预约，排队专家门诊很多天，而我眼下并无需要他看的病。几十年前，他已经义务为我看过病了，不是身体上的，而是心灵上的，他开的药方，我沿用至今：NEVER GIVE UP.

而后几年，我们家湘江河畔的白发聚会仍然常有，但江中的橘子洲上不再每个周末放焰火，只在逢年过节时燃放，不知道是市政府的经费问题还是考虑环保，怕过于频繁的焰火燃放污染了清澈的湘江水。而在这和北去的江水同样不停歇地流淌的时光里，前来聚会的白发老人慢慢在减少，有的是身体已经无法容许前来，而有的，已经永远离开了大家，先行去往那个离所有老人并不遥远的另一个世界，在那里等着我们。

佛学里坚信"轮回"的存在，释迦牟尼已经来到这个世界 8000 次，我作为一个从小接受唯物主义教育并在中年加入共产党的彻底唯物论者，到了现在的年龄，已经不再拘泥于关于这个话题的立场。童年时，保牧师告诉我，"天国"是一定存在的，善良的人会在"天国"相聚。人的生死之间就如同一个行路的旅人在热闹明亮的城市和黑暗寂寥的乡野间行走，当你告别城市，在暗夜独行一段漫长而寂寞的乡野之路后，下一个灯光璀璨的城市就在前面等待着你。

看来，所有的宗教都不认为我们离开这个世界后就不会再来，不认为因生死而隔开的亲人和友人就不会再次相见。我宁愿相信，我能再次见到这些逐渐离去的朋友，能再次见到那些早我而去的亲人，包括我的父亲和母亲。

抬头，忽然发现坟旁一棵盘根错节的老紫藤，以前从未注意，在这清明时分，紫藤花正应季开得极其灿烂。隔夜的一场暴雨，将斑驳蔓延的老藤上成串的紫藤花打落，飘落在新立的花岗岩墓碑上，飘落在墓前叩拜的我们白发苍苍的头发上，飘落在我们已经伛偻的双肩上，又随山风飞扬起来。

——

第十八章

2017 年春上，一辆载着 9 位老人的商务车行驶在 G56 高速上，进入湘西山区，商务车变得小心翼翼。车窗右侧是长满青竹和松柏的陡立山坡，左边是深深的山谷，车缓缓盘曲而行。

车过官庄，便进入了湘西群山。

车上除了年近 80 的我，还有其他 8 个弟妹，最小的也有 60 多，是刚退休不久的小弟。一路上，弟妹们两两坐在一起，互相唠叨着自家各种烦心的事：有发愁儿女婚姻矛盾的；有担忧孙子考大学进不了名校的；有儿女在国外抱怨见面太远的。并不拥挤的车厢里，空气中似乎堆满了种种人生的不尽如人意，大家仿佛已经全然忘却，当年在这片土地上，我们全家人，光只是为了活下去就已经竭尽全力。

山中忽来暴雨，密集的雨滴将车顶打得"砰砰"直响，我"哗"地推开了车窗，早春清凉的空气裹挟着雨中山林草木的气息冲了进来，一直坐在我身边沉默不语的三弟张开他厚厚的嘴唇大吸一口气："空气真好啊!"大家都停止了交谈，往外看去。车已经翻过山头往下行驶，熟悉的兰溪已在车窗左侧缓缓流淌，翠绿的山坡上，零星几座单檐悬挑花格木栏的吊脚楼，提醒着大家，沅陵快到了。

清明还乡，自然是为了扫墓，而这一年，正好是母亲诞辰整整 100 年，也是父亲诞辰 110 年。100 年前的这一天，母亲在当涂的韩家大院里，第一次睁开双眼，看到这个苦难的世界，而父亲，早她十年，出生在了皖南的九华山下。我们这次 9 个高龄儿女从全国各地赶到长沙会集后一起前来，是特意在这个特殊的日子里，重修墓碑，将已经风化破蚀的红砂岩墓碑换成结实的花岗岩，增刻文字，并题写墓志铭。

进城后，商务车在和我们童年时代已经完全不一样的沅陵的街道上弯来绕去，几乎迷失方向，直到忽然在车窗外看见永生堂的尖尖的塔顶，我便挪到司机旁边的座位，很确定地告诉他："接下来我指路，不会错!"永生堂离芸庐不远，当年我走出芸庐的大门，穿过那片橘子园，便可看到这个塔顶。穿过陌生的新市区，车到一片青山下便迷了路，一群老

441

人，开始互相搀扶着，穿过山脚下人家窄窄的院门，踩着松软的土坡，向那百米高处的坟茔一步步攀爬，我们儿时跑上跑下甚是容易的山坡，此刻已是艰难的路径。在山中众多的墓冢中，终于远远看到一大丛高高挺立的青竹，便知道父母的墓到了。

父母墓冢的圆顶上，青竹长得极其茂盛，一根根箭一般射向长空，在坟山上格外醒目。听说很多当地人常常会过来拔几根，移栽到自家祖辈的坟头。因为我们一家在沅陵已算是望族了，9个子女都先后离开了沅陵这个湘西小城在外发展，子孙满堂，各有所成。按当地习俗，我们父母坟头上的青竹可以给他们带来好运，保佑他们家族兴旺。

抬头，忽然发现坟旁一棵盘根错节的老紫藤，以前从未注意，在这清明时分，紫藤花正应季开得极其灿烂。隔夜的一场暴雨，将斑驳蔓延的老藤上成串的紫藤花打落，飘落在新立的花岗岩墓碑上，飘落在墓前叩拜的我们白发苍苍的头发上，飘落在我们已经佝偻的双肩上，又随山风飞扬起来。

沈从文当年在北京去世，墓冢仍遵从他的遗愿安放在了湘西，他的侄子黄永玉在墓碑上题写："战士不是战死疆场，便是回到故乡。"因为沈从文当过兵，故称战士，而他的后半生，在乱世潜心研究古代服饰，与世无争，梦回故乡，自是必然。

父亲的一生，虽是坎坷崎岖，沉浮不定，成败难以一言以蔽之，但终能以高龄离世，儿女成群，也算无怨了。而苦难深重的母亲英年意外早逝，则是我们儿女最大的遗憾。面对父母的坟茔，千头万绪，千言万语，不知从何说起。我们儿女唯有列数往事，是为缅怀纪念，由作为长兄的我执笔，重新题写了墓志铭。全文如下：

　　公元 2017 年春，沈氏兄弟姐妹并携亲眷子孙共 56 人择吉日良辰重修已故双亲合葬之墓，为昭示今生后世，刻石以铭之。先父先母安徽贵池当涂人氏，少时皆聪颖好学，志存高远，族人所重，外出寻梦，相识相知，自立自强，携手创业。可奈敌寇侵华，故土沦陷，遂离乡背井，辗转万里，几陷绝境，终落魄于山城沅陵。幸有此方乡亲好心相待，得以安家谋生。二老终其一世从事教育之业，乐甘清贫，宠辱不惊，谨遵师德，育才树人，深得众多学子喜爱钦敬，桃李蹊前，自成风景。而膝下子女渐多，生活屡陷困顿，双亲尽心操持，茹苦含辛，将我等哺育成人，既为高堂亦为师尊，上达社稷宗族圣言祖训，下至解字说文等无不谆谆教诲，身心传承，此番真情深恩，儿女受用终身。今朝天下有幸，已然春和景明，双亲身后家族欣荣，人丁可谓兴盛，事业各见其成，当圆祖上遗梦，应慰地下英魂。父母大人容禀，此方风水祥和兆瑞，高士诚言落地生根，双亲血脉盈盈四海五洲，愧无一室能厮守于灵前。然每逢清明忌日，或则远归长叩，或则焚香遥拜，墓前刻石，千钧之重，世世代代当永铭于心。祈愿二老慈光永照，福延子孙。呜呼，音容宛在，魂去仙庭，天地幽幽，俯首涕零。

九个高龄白发老人，齐齐跪下，面对墓碑，深深叩拜我们长眠在沅陵这个湘西古城的父母。

至此，新建的墓碑，重题的碑文，下面长眠着我们家族多年前先后亡故的两位长辈，家族的百年悲欢，算是打上了一个重重的句点。而在我们身后，我们的下一代及后面几代都已经如这山上的藤蔓般在这世上努力地成长起来，蔓延开来，一切都开始于那个从碧野村离家的少年，和那个在韩家大院哭泣的小女孩。一切并未结束，一切才刚刚开始，生生不息，千秋万代，亘古不灭。

2021年3月26日，在整个世界都被新冠肺炎疫情侵扰而中国已经率先复苏的时候，我的儿子和女婿开着车，陪同已年过80的我和徐敏，从长沙出发，经停临澧、邵阳、新宁、崀山、武冈、绥宁，再翻越雪峰山，再到洪江、辰溪、泸溪，到达沅陵，再官庄，再桃源，再经常德回长沙。这条

路线，正是长沙大火之后，父母一路颠沛流离，最终进入湘西的群山中，把沅陵他乡变故乡的艰难路程。

时隔 80 年后，重走我的父母当初走过的路，算不算和父母又一次跨越时空的久别重逢？而沿路当那吹拂过他们曾经年轻面庞的山风再次吹过我已不再年轻的身体，算不算又一次穿透生死的深情拥抱？

徐敏年过 80 以后，已是头发全白的老太太，一次在商店里，被几个年轻的女售货员围住，说从没见过这么精致的老太太，年轻时一定是大美人。但徐敏的记忆已经有些衰退，有时仍被邀请出去讲声乐课，如果学生不陪着回家常常坐错车。但这次不短的旅行，她坚持要和我们一起。女婿是电影导演，儿子是企业家兼文学爱好者，都把此行作为极有意义的寻根体验。

同样是清明前的春天，沿路油菜花盛开，山中映山红遍布。世界已经完全改变，往事成了历史，旧物已是尘埃，只有大自然季节的约定，总是如期而至，从不爽约。

在临澧，我们完全无法找到当年和我们家相关的任何痕迹，城市都是开阔的商业街和高楼大厦，并无完整的老城区留存，范婆婆被日本飞机投下的炸弹炸死的菜市场早已不复存在，我出生的医院也已荡然无存。市中心建了丁玲广场，纪念这位当地出生的文学巨匠。丁玲大父亲 3 岁，1936 年到达延安，是最早到达延安的文人之一。第二年，父亲也踏上了前往延安的路途。而几年后我在临澧三天三夜的暴雨中呱呱落地，彻底消除了父母去延安的梦想，也改变了他们的一生。

在新宁，我们四处询问，善于和老人搭讪的女婿，很快在新宁北门市场后面一处老街上和一个老人聊出了线索。老街上仍有许多木质黑瓦的两层老楼，楼下或开着早餐店，三两老人闲坐聊天。得知我们的来历和目的，一个自言曾是县医院医生的老人自告奋勇带我们去当年县政府所在地。"那里有一大排几百年的老樟树，"老人说，"是城里的最高点。"我们跟着老人一路攀爬，来到了一处地势最高的建筑附近，看见一排排仓库储存着粮食，外墙上大红字写着"严禁携带火种入内"。

仓库旁那排雄伟的老樟树，俯瞰整个城市。这里现在属于新宁县粮食局的粮仓，抗日时便是县政府办公所在地。仓库旁有一栋带弧形圆顶和西式烟囱的小楼尚在，老人说这个楼当年应该是县警察局的房子。父亲便是在这里担任了23天代理县长，再一次彻底改变了他的一生。我问老人："后来日本人打进来情况怎样？"老人说："日本人没进城，绕道走了，我们这小县城，不值得他们打。"我愕然，也就是当年白跑了。但这都是命运，谁又能未卜先知呢？如果我们没有因为逃日本人踏上艰难的路途而留在了新宁，后面的人生又会是怎样？一切都无法重新演绎。

我们登上了崀山，母亲带着老蒋和王嫂走错方向的地方。崀山现在已经是国家级森林公园，山可媲美张家界，水不亚于桂林，修了气派的旅游大门入口，卖着不便宜的景区门票。景区内石笋状的山峰，清澈的江溪，满山的野花，一切和当初并无变化，游客们以和我们当年截然不同的心境在拍照留影。登上山顶新建的观景亭台，边上有两条方向截然不同的下山石阶路，有红色字体的路标写在石阶旁："广西方向下山。""湖南方向下山。"这里父亲并未来过，但母亲似乎也未特意提及过这个地方奇异的仙境般景色，我是唯一对这里的景致有深刻记忆的。母亲忧心离乱前路，弟妹太小浑然不觉，也许只有半懂事的孩子如我，当年才能看到它的惊人之美。

我们到了武冈，父母逃难途中相约见面的地方。当初江边的同保楼已经完全重新建造，并附带开发出一片美食文化街，卖当地著名的武冈铜鹅、卤豆腐等特产。美食街按旧时的样子造了很多食坊商铺，广场上很多旧时街景的雕塑，截取漫长的战乱年月中难得的和平年代，刻画过去歌舞升平的风土人情。武冈的古城墙，依然结实厚重，几百年的战火痕迹在上面留下千万个坑洼的洞穴，但它千百年来从未真正被击垮过。

过雪峰山时，我们是沿新修的公路，在山中蜿蜒驱车而过，前后不过一个多小时。经过山顶时艳阳高照，让我忆起当年的月冷山高。而当年确实是这座天然屏障，成为阻挡日本人的关键，也是难民们的终极心理防线。翻过这座山，日本人就打不过来了。怀着这种信念，万千难民争先恐后携家带口，咬牙翻越雪峰山，在战乱中苟活。而这种信念，居然成真。日本最终未能真正跨过雪峰山。此时又正值春季，野路边冒出千万杆旗帜般的春笋，忆起当年曾吃笋挨过饥饿，我们停车在路边野地挖了一棵新鲜的笋，带到山后的路边餐馆，让他们用腊肉加辣椒炒了，自然比当初白水煮出来好吃百倍。

我们到达会同，专门去了高椅村。现在的高椅村，在网上被评为中国十大古村落之一，但因地处偏远，并无太多游客。村中老屋保留甚好，一如当年我们短暂停留的样子，只是进了村便有各种当地人吆喝招徕游客去买假古董、旧窗棂、旧瓷器之类；村中平地上精致地种着各种普通的蔬菜稻米，用崭新的围栏逐一围划成一小片一小片土地；有农妇慢腾腾地在田间拔草种菜，似乎主要是给游客拍照的应景工作。几千年的世外桃源，未经战乱摧毁，却在和平年代悄然瓦解。当年如果父母选择留下，也许我们能平安度过这一生，而现在的我，也许正叼着烟斗，如同一个活古董，坐在老屋前等待和游客拍照。生命的价值，也许不仅是平安，也不是它的长度，更重要的在于它丰富的厚度和广度。

到达洪江，我们似乎穿越回了 70 年前。现在的洪江已经成了湘西南一个著名的旅游城市，政府花了大钱，修旧如旧，在古城原址上建造了规模巨大的"洪江古商城"，重现当年盛况。烟馆、青楼、镖局、戏院、钱庄、洋行鳞次栉比，雇了很多业余演员，穿上当年的服装，为游客展示旧时风情。有演员在荷风院里弹琴唱戏、有穿着小八路服装的半大女孩在八路军办事处门口打快板、有武师在镖局抡流星锤、有妓女在街旁楼上阳台冲游客挥舞手绢，绚丽的激光投影将当年 48 个码头的巨幅动态图像投射到白墙上，数百只船舶在停停靠靠，辰沅码头上正有一艘乌篷船满载着货物离岸、靠岸，如是反复。

真实的历史是绵长不绝的惊涛骇浪，而后人只能从中搜取一点轻薄的飞沫，试图装饰成五彩的肥皂泡展现给游客，色彩斑斓，却全无力量。我们试图在洪江寻找当年父亲做生意失败的洪江蜜橘，却发现这个品种已经不再能在市集上找到，取而代之的是到处在卖的橙柑。橙柑比起蜜橘，更经久耐放不易腐败，如果当年有这种橙柑，父亲弄一船到沅陵应该不会烂掉，到达沅陵后早期的日子也许会好过很多，但我们家的命运会因此改变吗？

从洪江往沅陵路上，我们沿着沅江边的公路行驶，我看着车窗外的江水，眼前仿佛又看见一艘乌篷船，满载一船蜜橘，在星辉下缓缓漂荡。当年犬吠相闻、吊脚楼林立的辰溪，现在已是个有点时尚有些杂乱的小县城，街道并不宽敞，车水马龙，人潮拥挤，小店林立，竟然有肯德基。而橘子坏掉时经过的泸溪则显得更整洁，沿沅江边修了一条洁净的步行道，从江边石栏可以看到对面峭立的石壁，石壁间有缝穴往外淌着山里下来的汩汩泉流，高高地泄入江中。入夜，我们沿江散步，不再能听到远近相闻的犬吠，传入耳中的是江边路上不息的车鸣。

到沅陵，我们惊讶地发现在龙兴讲寺隔壁建了一个名字就叫芸庐的精品酒店，建筑格局自然和我们当初住的日式风格毫无关系，是按照中国传统四合院样式建造。疫情尚未结束，沅陵这种本非旅游热点的城市的酒店更是客源惨淡。我们定了两套房，酒店便把带三套房的一整个大院子的大门钥匙交给了我们，复古的大木门配的巨大的铜锁。此芸庐和彼芸庐并无任何关系，但这个名字无疑激起了我的乡愁，我终于又住在了芸庐。深夜，沅陵城下起了大暴雨，雨水将中式酒店天井里的青石板打得噼里啪啦作响，我披衣起来，深夜赏雨，久久难以入眠。恍惚间，我似乎听到母亲的歌声，是在当年芸庐的天井里，她轻轻唱给自己听的歌曲。我又想到龙兴讲寺就在隔壁，房间的窗外即可看见它模糊的飞檐在雨夜里伸向夜空，不知此刻在这暴风雨里，寺中那棵银杏树是否会被打落满地新叶。

第二天一早，连夜的暴雨后，天已放晴，我们便早早起来，走进晨光中的龙兴讲寺参观。我兴致盎然地和门口收门票的工作人员说 70 年前我在这住过好几年，她索然地"哦"了一声，低头继续玩她的手机。我们买门票参观自己曾经住过的房子，寺里完全没有任何其他游客，大部分的佛像都已不见踪影，连大雄宝殿的如来佛祖像都已不在，只在里面"虎溪书院"的位置还有个半新的王阳明石雕像，石碑上镌刻着他那两首写龙兴讲寺的诗。我寻到当年我们居住的那间大屋，里面空空荡荡，在墙上潦草地挂了几张关于当地苗族和土家族结婚祭祀等活动的传统风俗照片，门口挂着牌子："沅陵风俗文化陈列馆。"天井里的鱼池还在，里面并无游弋的鱼儿，肮脏的池中有几只乌龟在中间的假山上缩着头沉思。银杏树还在，和当年变化并不大。70 年，我已经从一个偷吃银杏果的孩童变成了年迈的老人，而这棵银杏树，只是将它在寺院黄瓦红墙之上的枝干又稍微伸展开了一点。江风吹来，它抖动了一下枝叶，发出"唰唰"的响声，万物有灵，我相信，是它认出了我，在和我追忆当年我带着同学们爬上它的情景。

傍晚，我独自走出芸庐酒店，过马路便是江边，看着在水位升高后新建的江边广场上跳广场舞的大妈们，意识到这里可能再也看不到"酉水拖蓝"的胜景了，也不会再有人在河滩上用废弃的船缆燃起一大锅牛杂碎卖给忙碌的船工了。新的沅水开阔而缓慢，仿如我从懵懂的少年已走向年迈。

我们来到马路巷，它就是当年的教堂街。马路巷靠沅江的一部分已经被淹没在沅水之下，只余下基督教永生堂和寥寥几处宗教建筑，如"为善最乐楼""海牧师楼""希莱德牧师楼""韦小姐楼"等，此地已经是国家文物保护单位，街上的居民已被迁走，又并无游客，整个街道恍如白日鬼城，只有我们几个人的脚步声响彻青石板路面。我们在永生堂的铁门外向里面张望，教堂里出来一个当地老太太，问我们是哪里来的，我告诉她我从小在沅陵长大，常来这里，这次从长沙过来。老太太便说："我开门让你们进来吧！"她不仅打开大铁门，还带着我们穿过她看守这座教堂居住的小房间，打开永生堂楼上楼下所有的门，让我们任意参观。我耳畔仿佛又响起了身穿蓝色和白色长袍的唱诗班吟唱的颂歌，眼前出现了圣诞卡、壁炉和奶油蛋糕；我看到保牧师身着闪亮的牧师袍衣，胸前挂着耶稣受难的银质十字架，站在讲台上庄严地布道。只是，此刻抬头仰望教堂里那些菱形彩色玻璃的，已是耄耋之年的老者，不再是当年那个天真无知的孩童。

我们在沅陵河街上的老菜场品尝了童年的灯盏窝、炒汤圆、桐叶粑，溜达出来，忽然看到一栋巨大而破烂不堪的西式建筑极不相称地耸立在空荡荡的大街旁，建筑被大火烧过，楼墙近半已经坍塌，五层高蜿蜒数百米的楼群如同一个濒死的巨兽立在那里。我想起这应该是当年沅陵最大的教会医院，后面变成了人民医院，水谷就在这上班，我当年去参加省运会百米跑比赛，回来病了也在这里住院治疗，母亲也就是在这里离世。大楼面向街道的一层是个洗车场，一帮人拿着水龙头在冲洗车辆。见我们长久伫立在那里指指点点，洗车房里走过来一个人，问我们是哪里来的。得知我们的来历后，此人告诉我们这个楼现在是他的，他10多年前就花260万买下来了，本来打算把它拆了建新楼盘搞房地产，结果政府第二年就确定这个楼为文物，不能拆，想回购，谈了多年价格也没谈拢，现在他开价8000万，正和政府谈呢。他说完把烟头朝地上一扔，骂骂咧咧："奶奶的，害得我10年建不了楼。"我问他："为什么被烧成这样，什么时候烧的？"他满不在乎地说："前几年，没小心。"我不想再和他说下去，转身离开。车上，儿子说："我觉得那火可能就是这个人自己放的。"我说："不要臆测，但确实不是每个人都懂得历史的价值。"

　　我们来到辰州中学的老校区，这里已经没有多少师生。

在沅江南岸进沅陵的高速入口旁，已经建了全新的辰州中学，听说现在的学生已经达到6000人，教职员工近千人，咖啡色的校舍，整齐俨然。而挤在老街里的老校舍，已经不是主要校区。我们在校园里漫步，正在一块刻着当年校庆捐款的校友名单石碑上查看我们全家九兄弟姊妹排成一排的名字，就有人过来询问，一看我们就知是从外地而来。得知我们的身份，很兴奋地说不知道沈老来了，有失远迎。说话者是副校长，年轻时就听闻过我的名字，那时我在省里当处长，回来参加过校庆。听说我们想看看芸庐的旧址，便带我们来到一处楼房前，遗憾地说当年的领导不了解芸庐的价值，拆了建教师宿舍了。又感慨接下来可能辰州中学这个老校区也要划给别的当地学校，不叫辰州中学了，问我是否在省里还有些老朋友领导的关系，能否帮忙说说，不要把老校区划出去。我沉思片刻，说："我试试。"我的情怀自然牵挂着这个母校，但我深知，在历史变迁的大道上，一己之力，永远十分有限。芸庐可以拆掉，教会医院可以200多万卖给小房地产老板，教会街空无一人，永生堂只有一个衣衫破旧的老太太看管，对于曾经是国家级贫困县的沅陵，我们这些早已远离它并不在此生活的人，又能过多苛刻地要求它什么呢？在有些落寞的老校园里，我又看到了那一棵千年桂花树，依然枝叶繁盛，它目睹了这个古城的千年变迁，而它自己，寂寂无言，只是一如既往地花开果落，渐渐老去。

我回想父母当年万里迢迢，一路停留，最终选择了沅陵，终是宿命。临澧是生命朝不保夕的战火之地，新宁是官腐横行的乱世小城，武冈是无法久留的经停之所，高椅村是远离纷乱的桃源之地，洪江是红尘商贾的纷繁之城，只有沅陵，一言难尽，魔幻而华彩，托付一生并无遗憾。

告别沅陵，我们顺着当年逃土匪的方向，前往官庄。当年的木炭车就是喘着粗气从沅陵跋涉到此，老蒋在这里找到了我，我还记得他带我在这吃的那顿香喷喷的腊狗肉火锅。官庄虽然离沅陵城不远，但已经到了山区边角，前方即是湘北平原，而我竟然在路旁看见一个小店，仍挂着"腊狗肉、腊麂子肉、腊野猪肉"的招牌。一方水土养一方人，似乎70年过去了，当地人还是吃着和当年同样的食品，过着也许并无太大差别的生活。

车到桃源八字路，9岁的我曾在此高高坐在车顶上守候一个月，等待和寻找父母。路旁的油菜花一如当年，绽放成一望无际的黄色海洋，蜜蜂在花间飞舞，空气中弥漫着醉人的花香。当初荒年的油菜花开得张牙舞爪，而现在的黄色海洋，开得整齐归一，更像精心剪裁过的画幅，纯为审美而准备。边上建了一栋崭新的20多层的宾馆，落地窗和阳台面对油菜花地，应是将此作为赏花景观卖点。很多路过的车辆纷纷停下来，人们用广阔的油菜花地作为背景，摆出各种姿势拍照。我们也停车走近原野，我近距离查看，万千的油菜花儿刚开到一半，方兴未艾，至少后面还能有半个月的时间，向这个世界呈现出这片不变的黄灿灿的色彩。

"当油菜花全部盛开，父母就会找到我……"

70多年前，那个固执的小男孩独自坐在车顶上，遥望着尘土飞扬的大路尽头，这么想。

——

而时光永不停滞，白驹过隙，携卷着天地间的尘土，将每一瞬间变成往事。但哪怕这个世界满是尘土，飘荡在虚空中，当太阳出来，风起时，也都是载歌载舞的。

———

尾声

我时常回想我们家族百年来走过的路，在满是歧路的旅程中，无数次的假设，如果当初有不同，结果又会是怎样？

我又会时常想起一些或多或少介入和影响过我们生活的人，一张张面容走马灯般浮现在我眼前，许多人帮助过我，有的人挽救过我，也有的人伤害过我，但我几乎无法找到一个需要定义为"坏人"的人，如木心所言："不知原谅什么，诚觉世事尽可原谅。"

如果将短暂的人生当作一场无关悲喜的体验盛宴，和过往百年这片土地上许许多多的家族历史一样，苦难当是多数时候的食材，而温情则是无处不在的佐料，而正是这些佐料，一直支撑着人们不断吞下生活苦果而坚持下去的信心。

人的主观世界，便是整个宇宙。人在生命中遇到的每一个人，在你的世界里，都是带着使命而来，让你经历一些有意义的事，懂得一些道理，他们的出现、存在和消失，一切都是为了你。正如璀璨星空中的每一颗星星，大都比我们生存的地球大很多，而这些星星的数量，比地球上的沙粒尘埃还要多。每颗星球孤独地旋转，旋转在它自己的世界里，而其它星球闪烁的光芒，只是瞬间从你眼角掠过，你还是你，但星光闪烁后，你已经不是你。而时光从来不能倒流，所有发生过的事情，也许一定会发生，你并无法改变，所以没有如果，没有假如。也许千百万年前，我们这个家族故事的剧本便已经写好；也许，在浩瀚宇宙中，同样的传奇故事，已经毫无差别地演绎了千百万次，所有的传奇只不过是稀松平常的重复，上天只是在不厌其烦地看着微不足道的平凡众生一次次如尘埃般舞动。但尘埃并不卑微，如果没有尘埃，雨滴和雪花何以依附？哪来的夏日的酣畅甘霖和冬日的漫天飞雪，滋润万物，哺育众生？

　　而时光永不停滞，白驹过隙，携卷着天地间的尘土，将每一瞬间变成往事。但哪怕这个世界满是尘土，飘荡在虚空中，当太阳出来，风起时，也都是载歌载舞的。

————

跋

《天地扬尘》创作期间，我偶会将部分篇章与友亲们分享，听取意见，而对方往往提起其中的某个故事某个细节，询问："这是真的吗?"

毫无疑问，这是一篇纯文学小说，尽管它那跨越百年的大量素材主要来源于我父亲和我面对面的讲述，也仍是有较多虚构成分的纯文学作品。

小说中的"我"的视角是我的父亲——潘一尘，小说名"天地扬尘"因此而来。而"父亲""母亲"自然是我的爷爷奶奶。小说中我写的"我"天赋异禀、记忆力惊人，在现实中这样来形容我的父亲潘一尘确实丝毫不为过。他曾经一天和我讲了 10 个小时，每个近 80 年前的记忆中的人物姓名、事件地点时间和当时场景都张口就来丝毫不错。而当我陪同他重走那段童年的他在湘中南和湘西颠沛流离的路途时，沿路所见，虽然早已是另一个世界，但也许是一个河滩，也许是一座古寺，总有些跨越岁月长河不变的东西，能再次点燃他的记忆，给我滔滔不绝地讲述出更多的往事细节。我不擅长使用录音笔等设备，开始是用笔匆忙潦草地记录在一个蓝色封面的小本子上，而后很多字迹我自己已经无法辨认，最后我便放弃了记录，只是聆听。能深深打动我的一定会在脑海里挥之不去，不用担心被遗忘。

前段时间遇到湘籍著名老作家水运宪老师，他和我父亲是老相识了。除了盛赞我父亲的才华之外，关于小说创造，他说："创作的最高境界就是完稿后，连你自己都搞不清你写的哪些是完全真实发生过的，哪些是艺术提炼虚构的了。"这句话让我豁然开朗，有醍醐灌顶的感觉。我明白我为什么对于友亲们关于"这是真的吗？"的问题难以回答了。

在百年过往里，有些真实发生过的事情往往匪夷所思或者远超出人类常态，以至于听者大可质疑其真实性而认定为杜撰；而小说中一些虚构衍生出来的故事和细节，又往往鲜活自然，令人如此信服，觉得此情此景下这样的事几乎肯定会发生且值得铭记和感慨。

我无法穿越时空去旁观我的家族在这百年里所经历的每一件值得记录的往事，但我可以用文字和想象的力量，以上帝的视角，和我年迈的父亲一起，和我们家族的先辈们再一次相逢，陪伴他们体验那一路的苦难和温情。而这一年来的写作过程中，有时我回到长沙，有时父亲来到上海，有时我们分隔两地时在电话里深夜长谈，追忆我们家族的往事。感谢这部小说，也让我和我的父亲有了超出平常父子间的更高维度的交流，主要是他讲述我聆听。对于这个世界上大多数的老人而言，儿女的耐心聆听也许是一种极其奢侈的孝敬。

我是第一次驾驭长篇小说，对于《天地扬尘》的写作，我曾一直在三种文体中犹豫，一是严格编年体的无虚构家族纪实，二是按其中几十个人物分别独立成章的短集，三是更为自由的一气呵成的状态。作协的龚旭东老师作为一开始就鼓励我创作这篇小说的专家，建议我采用第三种模式，而关于我对读者有可能觉得乱的担心，他说："不要低估读者，文字跟着你自己的思绪走，你自己不乱就行。"于是有了现在这样的《天地扬尘》。

小说创作是这世界上最愉快的事情之一。我的主业是国际贸易，是个商人。而每当忙完公司业务回家后，陪伴孩子们到晚上9点都睡了，我于是有了9—12点这三个小时的时间来写作，有时把自己写笑了，有时把自己写哭了，有时把自己写得毛骨悚然觉得脑后阴风阵阵。写到得意处，停下来到花园里抽根烟，夜风清凉，花香袭来，抬头看月明星稀，掐灭香烟，回屋再去和我的先辈们在故事里相遇。我也期待着我的这部小说和每一个有可能喜欢它的读者早日相遇。

另外，在《天地扬尘》面世之前，其实已经有很多的朋友读过这部作品，在它正式诞生前的不同阶段，以不同的方式。上海疫情静默期间，人们忙碌的生活忽然变得闲散安静，我有时和邻居好友们喝茶，给他们诵读作品片段，有人把全文要过去，一口气读到天亮，唏嘘不已。好友"秀才"喻恩泰在我初稿完成时便讨要文稿，打印出来，在他拍《繁花》的片场抽空捧着细读，并洋洋洒洒给我写了很长的感悟，又将作品发给他很多好友分享。我也有缘将作品送余秋雨老师指教，余老师认真读完 20 多万字的作品，读到文中亮点便和马兰老师分享，并以极高审美纬度对其中近 10 个人物的文学性潜力提出了具体建议。如果《天地扬尘》是个孩子，在它出生前，已经得到了诸多关爱，在此我一并表达无限感恩之情。

———

附文

潘一尘

自我退休或者更长的时间里，作为父子闲聊，经常触及的一个话题就是我们家族的往事，回忆过去是迈向老年的所有人的喜好，忙碌的儿女们能够耐心倾听已属难得，而当儿子一年多前忽然告诉我说他要把它写出来，我是有欣喜又有怀疑的。虽然我了解他从小在写作上就有几分天赋，读书时就发表了不少小说和散文，有的获全国奖，有的还被选做中考试题，但跨越百年的长篇小说他是否能够驾驭？他作为事业不小的企业家是否能够有时间静下心来完成这件事？

儿子自幼着迷文学，曾立志成为一个专业作家，但命运却安排他成了一个商人。听说他们生意圈里熟悉他的朋友总调侃他是"被石化生意耽误了的文人"，我倒觉得他现在的状况更好，当写作不是养家糊口的事的时候，也许才能心无挂碍地发挥。

我们家族的故事，在百年中华历史上虽不是绝无仅有的，但至少是罕见和值得铭记的，而比经历了什么更加重要的，是我们对它的思考、感悟以及凝练成有价值的文学作品的能力。我多年来其实一直想自己动笔把它写下来，但年事已高，精力不济，而且作为亲历者，刻骨铭心，囿于真实，下笔难以跳出去，更难以升华为诗情和哲思，而我十分欣慰地看到，儿子他做到了。

数年来，我们曾多次一起回到贵池，回到沅陵，寻访祖辈留下的踪迹。当儿子开始动笔后，我们还专程沿着当年我的父母带着幼年的我在湘北、湘中南和湘西颠沛流离的路径一路寻访，和故土亲友们见面交流，为《天地扬尘》的创作潜心准备。而每到一处，睹物思情，埋藏在我记忆深处的更多回忆便被打开。

你是怎样的人，你看到的世界就是怎样的。我很欣慰地看到，在儿子的作品里呈现出来的状态，虽然诸多沧桑苦难，但更多的是人间温情，通篇并无一个严格意义上的"坏人"，而那些具有魔幻色彩的湘西风土人情，儿子也运用文学的虚构手法，既符合史实，又展开了想象的翅膀。

作品中的事件和人物大多是真实的，真实的才最打动人。

比如"范婆婆"，小说中没有提到的是，她其实也是我的接生婆，因为战乱年代的医院已经没有足够的护士，是她用温暖双手将我从母亲的腹中抱到这个世界，是她天天拭擦我获婴儿大赛冠军的照片并以我为傲，是她在我们即将离开时给我买吃的而死于飞机轰炸，而我已经无法记得她的相貌；比如用箩筐挑着我和弟妹跋山涉水逃日本人，又在油菜花地无怨无悔地陪伴童年的我一个多月，一起守望逃土匪离散的家人的老蒋；又比如黄土铺农村的房东肖寡妇，在我孤苦伶仃的三十岁生日那天，给我下了一碗那时极其珍贵的荷包蛋面，骂走她在边上垂涎欲滴的小儿子，这碗面，胜过我此生的任何一次佳肴。这些人和事，都真实得没有掺杂一点水分。

让我终生难忘备感温暖的，从来不是像焰火般灿烂的人生大事件，而是这些平凡而善良的人，像微弱的烛光一样照亮曾经在寒冷黑暗中的我，而烛光永不熄灭。

我一直在思索，是否苦难才能激发善良？是否匮乏才能孕育温情？是否痛苦才能点燃信念？在现在物质极大丰富的社会里，人世间很多弥足珍贵的东西反而变得难以寻觅。

我对这个世界永远是感恩的，我们家族的命运也和我们国家民族的兴衰息息相关。我达观而勤勉的父亲和博学而聪慧的母亲造就了我，我在中年的儿子身上也越来越多地看到祖辈当年的影子，在国家民族今非昔比的当今环境下，他们的人生，一定可以达到我们以及我们的祖辈们难以达到的高度。这部《天地扬尘》，也是我和儿子作为家族的长子长孙，对祖辈最好的缅怀，对家国最虔诚的致意。

———